Australien, Mitte des 19. Jahrhunderts: Sarah, jüngster Spross einer großen Siedlerfamilie, ist ein junges Mädchen voller Neugier und Abenteuerlust. Als sie sich in Jack verliebt, schmieden beide begeistert Zukunftspläne. Doch für Sarahs Stiefmutter Meg kommt Jack niemals als Schwiegersohn in Frage. Denn er ist ein Aborigine-Nachkomme und würde den gesellschaftlichen Aufstieg der Familie gefährden. Und so setzt Meg alles in Bewegung, um Sarah und Jack von einer Heirat abzubringen …

KATE GRENVILLE gehört zu den wichtigsten und erfolgreichsten Autorinnen Australiens. In Deutschland wurde sie mit dem vielfach ausgezeichneten Roman »Der verborgene Fluss« einem breiten Publikum bekannt. Für »Eine Ahnung der Vollkommenheit« wurde sie mit dem renommierten »Orange Prize for Fiction« ausgezeichnet.

KATE GRENVILLE BEI BTB

Der verborgene Fluss. Roman

Eine Ahnung von Vollkommenheit. Roman

Der Sternenleser. Roman

Kate Grenville

Sarahs Traum

Roman

Aus dem Englischen
von Karina Of

btb

Die Originalausgabe erschien 2011
unter dem Titel »Sarah Thornhill« bei The Text Publishing
Company, Melbourne, Australien.

FSC
www.fsc.org
MIX
Papier aus verantwortungsvollen Quellen
FSC® C014496

Verlagsgruppe Random House FSC® N001967
Das für dieses Buch verwendete FSC®-zertifizierte
Papier *Lux Cream* liefert Stora Enso, Finnland.

1. Auflage
Genehmigte Taschenbuchausgabe Januar 2016
btb Verlag in der Verlagsgruppe Random House GmbH, München

Umschlaggestaltung: semper smile, München
Umschlagmotiv: © Susan Fox/Trevillion Images
Druck und Einband: GGP Media GmbH, Pößneck
SL · Herstellung: sc
Printed in Germany
ISBN 978-3-442-71310-3

www.btb-verlag.de
www.facebook.com/btbverlag
Besuchen Sie auch unseren LiteraturBlog www.transatlantik.de

Dieser Roman ist Sophia Wiseman, Maryanne Wiseman und ihrer Mutter »Rugig« gewidmet.

»Ein Berg mag, aus verschiedenen Blickwinkeln betrachtet, unterschiedliche Formen annehmen, doch daraus folgt nicht, dass er keine oder unendlich viele Formen hat.«

E. H. CARR

ERSTER TEIL

Der Hawkesbury war ein herrlicher Fluss. Breit und ruhig floss er dahin, das grüne Wasser kräuselte sich sanft, die Felswände leuchteten golden in der Sonne, und auf den Ästen der Bäume hockten weiße Vögel, aufgereiht wie Wäschestücke an einer Leine. Es war ein lieblicher, stiller Morgen, die Sumpfeichen raschelten leise im Wind, und das Land spiegelte sich im Wasser.

Man hat uns die »Kolonie Neusüdwales« genannt. Mir hat das nie gefallen. An uns war gar nichts neu. Wir waren einfach nur wir.

Zum Hawkesbury kamen all jene, die verbannt worden waren. Sobald sie begnadigt wurden, machten sie sich auf den Weg hierhin. Fünfzig Meilen von Sydney entfernt und kein Richter oder Polizist weit und breit. Man konnte sich ein Stück Land aussuchen, eine Hütte darauf bauen und brauchte nie mehr zurückzublicken.

Das hörte man sehr oft. *Nie mehr zurückgeblickt.*

So wurde es eine Gegend ohne Großmütter und Großväter. Ohne Tanten und Onkel. Ohne Vergangenheit.

Pa hatte als Fährmann auf der Themse angefangen. Dann war er verbannt worden – aus welchem Grund, hab ich nie erfahren. *Achtzehnhundertsechs, Sträflingstransport auf der Alexander*. Obwohl ich ihn als Kind mit Fragen löcherte, hat er mir nie mehr erzählt, wenn er da in seinem Sessel saß, vor sich hin lächelte und mit der Hand über den Samtflor der Armlehne strich.

Thornhills Farm war ein stattliches Anwesen. Hundertzwanzig Hektar fruchtbares Uferland, und man musste den ganzen Fluss bis nach Windsor hochfahren, bevor man ein so prächtiges Haus wie das unsere sah. Anfangs hatte Pa auf der alten *Hope* Fleisch und Getreide anderer Farmer flussabwärts nach Sydney transportiert. Dann hatte er damit aufgehört, hatte inzwischen seinen eigenen Weizen und Mais, Rinder und Schweine und ließ seine Waren von anderen Männern transportieren.

Im Grunde seines Herzens war er aber immer ein Fährmann geblieben. Unten am Anlegesteg waren ständig ein paar Ruderboote vertäut, und als man die neue Straße nach Norden baute, sah er eine weitere Chance und kam auf die Idee mit dem Stechkahn. Eine Überfahrt über den Fluss einen Shilling pro Person, eine halbe Krone für einen Mann mit Pferd, Sixpence für ein Stück Vieh. Wo Leute unterwegs waren, wurde auch ein Gasthof gebraucht, und so ließ Pa den Gasthof »Zum Fährmann« bauen und stellte George Wheeler als Pächter ein.

Niemals hab ich Pa eine Axt heben oder ein Stück Brennholz tragen sehen, und inzwischen ruderte er auch nicht mehr selbst, sondern ließ das andere machen. Hab genug gearbeitet im Leben, meinte er. Morgens aß er sein Frühstück, dann zündete er sich seine Pfeife an und ging hinaus zu den Männern mit ihren Hacken und Spaten. Jemmy Katter, Bob Dodd, Dickie Parson und drei oder vier andere. Von der Regierung zugeteilt, leisteten sie ihre Zeit ab, wie er selbst es getan hatte. Die meisten von ihnen stammten aus London und hatten noch nie zuvor einen Spaten gesehen.

Pa hatte den Männern aufgetragen, den Boden zwischen den Maisreihen zu hacken und die Schweinepferche auszumisten. Während er seine Pfeife stopfte, sah er ihnen bei der Arbeit zu, deutete hierhin und dorthin und wies sie laut zurecht, wenn er fand, dass sie etwas nicht richtig machten.

Sie mussten ihn mit *Sir* anreden. Vergaßen sie's, gab's eins mit der Peitsche.

Von einem, der es so weit gebracht hatte wie Pa, sagte keiner mehr, dass er *verbannt worden* oder *ein ehemaliger Sträfling* sei. Er war jetzt ein sogenannter *alter Kolonist*. Trotzdem gab's immer noch viele Leute, die sich niemals mit einem Freigelassenen an einen Tisch setzen oder ihn in ihr Haus einladen würden. Für manche war einer, der *verbannt* worden war, für alle Zeit mit einem Makel behaftet. Der Mann selbst, seine Kinder und seine Kindeskinder. Aber für andere Leute war Geld ein Mittel, um Dellen und Kratzer aus der Vergangenheit glattzubügeln. Die Oberfläche neu zu lackieren.

Obwohl Pa jetzt Mr Thornhill war, dem Thornhills Landspitze gehörte, hatte er ein paar Angewohnheiten von früher beibehalten. Jeden Nachmittag holte er sich ein Stück Brot und ging auf die Veranda hinaus. Setzte sich auf die harte Bank neben dem Fenster – ein Kissen wollte er nicht –, das Brot und ein Glas mit Wasser verdünntem Rum neben sich auf dem Fensterbrett. Dann hob er sein Fernrohr ans Auge und blickte hinunter zum Fluss, wo man die Boote aus Richtung Sydney um den letzten Felsvorsprung von Thornhills Flussabschnitt kommen sah. Fuhren sie mit der Flut, glitten sie schnell flussauf, setzte aber gerade die Ebbe ein, wurden sie von der Strömung meerwärts getrieben und mussten die Riemen einlegen. Manchmal schwenkte Pa das Fernrohr auch in die andere Richtung, zum Schilfdickicht, wo sich der erste Seitenarm zwischen den Hügeln hindurchschlängelte. Meistens jedoch blickte er über den Fluss hinweg zur Baumreihe an der oberen Kante des Felskamms hinauf. Obwohl dort nichts war als Felsen, Bäume und Himmel, saß er stundenlang da und spähte dorthin, und an der Stelle, wo seine Hand das Fernrohr umklammert hielt, war das Leder bis aufs blanke Messing durchgewetzt.

Ich, Sarah Thornhill, wurde im Jahr achtzehnhundertsechzehn geboren. Den Namen habe ich von meiner Mutter – sie hieß auch Sarah, aber gerufen wurde sie Sal. Weil ich das Nesthäkchen der Familie war, nannte man mich Dolly – Püppchen.

Dolly hat mir nie gefallen – ich wollte kein Püppchen sein.

Meine Schwester Mary war fast drei Jahre älter als ich, was sie mich auch nie vergessen ließ. Sie bekam die Seite vom Bett, die neben dem Kamin war. Drängelte sich, wenn wir die Treppe hochstiegen, immer an mir vorbei. Na ja, lauter lächerliche Sachen, aber wenn man klein ist, wurmen sie einen.

Dann hatte ich noch drei große Brüder.

Johnny war zwei Jahre älter als Mary. Immer mit irgendeiner Idee im Kopf. Einmal hat er eine Menge Zitronen gekriegt und sich ein Gerät gebaut, um an den Saft zu kommen. Hat sich von Ma etwas Zucker erbettelt, unten beim Stechkahn einen Stand aufgebaut und sich mit dem Saft ein paar Shillinge verdient.

Noch mal zwei Jahre älter war Bub. Schon als kleiner Junge war er wie ein erwachsener Mann, ernst und bedächtig. Zog nie ohne seine Hacke los, und wenn er eine Distel sah, blieb er stehen und grub sie aus. Von ihm hatte Johnny die Zitronen bekommen, und Bub hatte dafür auch die Tracht Prügel gekriegt.

Der Älteste von uns war Will. Als ich geboren wurde, war er fünfzehn und arbeitete schon auf den Schiffen wie die anderen Männer. Will war mehr unterwegs als zu Hause. Mit dem Zedernholz die Küste rauf und runter. Zur Robbenjagd nach Neuseeland. Manchmal blieb er so lange weg, ein halbes Jahr oder mehr, dass ich schon dachte, er würde nie mehr wiederkommen.

Captain Thornhill nannten ihn die Leute, obwohl er in Wirklichkeit nur Will Thornhill war, der sich hochgearbeitet hatte. Hat nie sein Patent gekriegt oder so. Konnte nicht lesen und schreiben. Keiner von uns konnte das.

Pa hielt nichts vom Lernen. Konnte seinen Namen schreiben, sagte aber oft, dass Kinder von ein paar Hektar Land und einer Herde Schafe mehr hätten als von jedem Buch. Wenn er was Schriftliches brauchte, beauftragte er den alten Loveday oben an Becketts Reach damit. Loveday war als freier Siedler in die Kolonie gekommen und hätte ein gutes Leben führen können, wenn er nicht in seiner armseligen, klapprigen Hütte sein ganzes Geld versoffen hätte. »Schaut ihn euch an«, sagte Pa oft. »Der alte Loveday ist zwar nicht mit dem Makel behaftet, aber jetzt sagt mir: Wollt ihr lieber so leben wie er oder wie ich?«

Wir sprachen nie darüber, aber Ma war nicht unsere richtige Mutter.

Ich hatte ein paar Erinnerungen, scharfe kleine Bilder, von einer anderen Mutter. Wie mein Bruder Will in der Küchentür steht und ich auf der Tischkante sitze und die Erbsen aus einer Schote herauszupulen versuche, während diese andere Mutter eine Schote nach der anderen ruckzuck mit dem Daumennagel aufritzt und die Erbsen in die blau gestreifte Schüssel mit der grauen, angeschlagenen Stelle am Rand purzeln. Paffte ihre Pfeife, saß da und pulte die Erbsen, ohne dabei hinsehen zu müssen. Das Bild war so scharf, dass es sogar einen Geruch hatte – eine Mischung aus Tabak und Erbsen. Manchmal nahm sie die Pfeife aus dem Mund und sang unmelodisch und mit zittriger Stimme das Lied von den Londoner Kirchenglocken: *Oranges and lemons, say the bells of Saint Clement's. You owe me five farthings, say the bells of Saint Martin's.*

Will, wie er mich unter den Achseln packt, hochhebt und

in der Luft herumschwenkt. Wie die Unterseite des Schindeldachs hin- und herschwingt, ich mit der Erbsenschote in meiner Faust, während sich die ganze Küche um mich dreht, und wie ich dann mit offenem Mund wieder auf dem Tisch sitze, lache oder weine, ich weiß nicht, was, und Will, dessen Kopf bis fast an den Deckenbalken reicht, am Herd herumklappert, ruft und scherzt, und meine Mutter dasitzt und die Erbsen alle auf ihre Schürze gekullert sind, ohne dass es sie schert.

Und wie ich dann in einen dunklen Raum gebracht werde, draußen ist Sommer, aber alle Vorhänge sind zugezogen und die Fensterläden geschlossen. Jemand führt mich an der Hand zu dem hohen Bett, in dem meine Mutter liegt. Ich bin völlig verängstigt und verschüchtert, sie ist verschwitzt, ihr Haar strähnig, ihre Wangen eingefallen, und auf der Decke ihre knochige, wächserne Hand.

Ich spüre eine Hand im Rücken, die mich nach vorne schiebt, damit ich das gelbe Gesicht auf dem Kissen küsse. Der Blick meiner Mutter gleitet seitwärts zu mir hoch, sie lächelt, aber ihre Lippen sind weiß und trocken, ihr hageres Gesicht von faltiger Haut bedeckt. Ich schrecke zurück, wie soll ich so was küssen! Ihre Hand kriecht über die Decke auf mich zu, sie berührt mich an der Schulter, am Scheitel, wieder an der Schulter, dann sinkt die Hand nach unten, und ich darf hinausgehen.

Diese erste Mutter schwand wie ein Traum dahin, und dann kam eine andere Person, zu der wir »Ma« sagten.

Pa hatte keine Geschichten zu erzählen, aber Ma hatte genügend für sie beide auf Lager. Drehte Orte und Namen und Daten in ihrer Hand wie Münzen um, zählte und zählte sie aus reinem Vergnügen immer wieder auf. Ihr Daddy war im Zuckerhandel tätig, und sie war in einem Haus in Brixton-Hill aufgewachsen, *auf der Nordseite, denn das ist die vornehmere Seite.*

Ihr Ehemann war irgendwas in der Armee gewesen, sie hieß damals Margaret Grant. Sie waren *als freie Siedler* zusammen nach Neusüdwales gekommen. Dann war er gestorben.

»Bin hier an den Fluss gekommen, um eurem Pa zu helfen«, erzählte sie. »Eure Mutter war zu krank, konnte nicht mehr für ein Haus voller Kinder sorgen. Irgendwann haben wir dann geheiratet.«

Mir gefiel, wie sie es erzählte, das Damals und Heute miteinander verknüpfte.

Ma hatte immer etwas Getriebenes an sich – ihr Körper schob sich beim Gehen nach vorne wie bei einem fliehenden Huhn. Musste ständig irgendwas in Ordnung bringen. Nie vergaß sie den Makel, der Pa anhaftete. Sie sah es als Aufgabe der Ehefrau, ihn zu verdecken, auch wenn sie ihn nicht auslöschen konnte.

Sie hatte alle möglichen Vorstellungen, wie man sich zu benehmen hatte, damit einem keiner diesen Makel ansah. »Ellbogen vom Tisch, merk dir das, Dolly«, ermahnte sie mich, »und eine wohlerzogene Person lässt stets ein Restchen auf dem Teller liegen.«

Wenn wir rausgingen, lief sie uns immer mit unseren Hauben hinterher. Wollten wir vielleicht rumlaufen wie diese schwarzen Kerle? Jeden Sonntag, ob Sonne oder Regen, mussten wir zur Kirche, und immer dieser Mottenkugelgeruch. *Wir haben unterlassen, was wir tun sollten, und getan, was wir lassen sollten*. Die Kirche war voll strenger Wörter, aber diese hier waren einfach und klar, zusammengebacken zu etwas Kompaktem, in das nichts eindringen und aus dem nichts herauskonnte.

Pa bemühte sich redlich um gutes Benehmen, vergaß es aber immer wieder. Leckte das Messer ab oder sagte *Futter*, ein Wort, das Ma für unfein hielt.

»Das heißt Nahrungsmittel, William«, wies sie ihn zurecht. »Oder Esswaren.«

»Bei Gott, Meg«, erwiderte er dann. »Fressalien, genau.« Er lachte, streckte aber die Hand nach ihr aus und berührte sie besänftigend am Arm.

»Was bin ich doch für ein ungehobelter Bursche«, sagte er. »Kann von Glück sagen, dass sie mich genommen hat, eure Ma.«

Humor war zwar nicht gerade Mas Stärke, aber sie lächelte dann, und dabei erkannte man, was die beiden miteinander verband. Nur sie beide, niemand sonst im Raum.

Ich hatte Pa schon öfters aus dem Schnabel der Teekanne trinken sehen, aber wenn Ma zusah, zwängte er seine Wurstfinger in den lächerlich kleinen Henkel der Teetasse. Bei Tisch hantierte er mit dem Silberbesteck so, wie es Ma gefiel, zerdrückte die Erbsen, schob sie mit dem Messer auf den Gabelrücken und legte die Gabel, wenn er mit dem Essen fertig war, fein säuberlich neben das Messer.

Wenn wir uns wegen irgendetwas an ihn wandten, sagte er immer: »Fragt am besten eure Ma, was sie dazu meint.« Nicht dass er ein Pantoffelheld gewesen wäre, unser Pa. O nein! Aber er hatte das Seinige getan. Hatte uns mit allem versorgt – Haus, Land und Geld. Hatte eine gute Mutter für uns gefunden. Nun konnte er sich zurücklehnen. Er wusste, Ma würde schon darauf achten, dass seine Kinder einen Schlussstrich unter die Vergangenheit zogen und sie hinter sich ließen, genauso wie er es getan hatte.

Pa genoss sein Geld. »Wenn du mal nichts gehabt hast«, pflegte er zu sagen, »weißt du, dass Haben besser ist als Nichthaben. Das Beste, was du kriegen kannst.« *Das Beste* bedeutete bei ihm, jeden Tag Fleisch. So viele Kartoffeln, wie du essen kannst, mit frischer, ungesalzener Butter.

Und Orangen. »Hab mit zwölf Jahren zum ersten Mal im Leben eine Orange gesehen«, erzählte er uns immer wieder, »aber nicht zum Essen.« Mary und ich machten uns insgeheim darüber lustig, das war eins der wenigen Dinge, bei denen wir uns mal einig waren. Jedesmal, wenn Anne eine Schale mit Orangen hereinbrachte, drückte Pa seinen großen dicken Daumen in eine Frucht und zog die Schale ab. »Hab mit zwölf Jahren zum ersten Mal im Leben eine Orange gesehen«, sagte er dann wieder. »Aber nicht zum Essen.«

Mary und ich warfen uns verschwörerische Blicke zu, sie sog die Wangen ein, dass ihr Mund wie ein Fischmaul aussah, und ich tat so, als wäre mir der Tee in die falsche Kehle geraten, und ich müsste deshalb husten.

Ma hielt uns dann später eine Standpauke. »Euer Pa hat schwere Zeiten durchgemacht«, sagte sie. »Ihr dummen Dinger habt ja nicht die leiseste Ahnung.«

In der Küche hatten wir Mrs Devlin, und Anne war das Mädchen für alles. Einmal in der Woche kam eine Frau, um die Wäsche zu waschen, ein junger Eingeborener sorgte für unser Brennholz. Trotzdem mussten Mädchen unserer Schicht – begütert, aber nicht von vornehmer Geburt – sämtliche Haushaltsdinge erlernen. Mrs Devlin zeigte uns, wie man Brot backte und in einer Hefeflasche die Gärung in Gang hielt, all diese grundlegenden Dinge, und Ma brachte uns *die Feinheiten* bei – wie man den Schinken in hauchdünne Scheiben schnitt und bei einem Biskuitteig das Mehl vorsichtig unterhob, damit er schön locker blieb. Mary arbeitete gern in der Küche, aber mir ging Mrs Devlins ständiges Gejammer über Mr Devlins Tod und Mas verständnisvolles »Ach ja, eine arme Witwe hat's schwer im Leben« auf den Geist. Ich wollte meine Zeit nicht schwitzend am Herd verbringen, um halb eins war dann alles gegessen und von der ganzen Arbeit nichts mehr zu sehen.

Ich lernte, wie man einen Brotlaib formte, eine Rinderbrust einlegte und all diese Sachen, die man als Mädchen können musste. Aber sobald es ging, machte ich mich aus dem Staub. Ich hatte ein geheimes Plätzchen ganz für mich allein, eine Höhle zwischen dem Gestrüpp oben am Hang hinter dem Haus. Man musste steil hinaufklettern, aber es war nicht weit. Nah genug, um gleich wieder da zu sein, wenn Ma mich rief, ohne dass sie meine Abwesenheit bemerkte. Weit genug, um meine eigene Welt zu sein. In unserer Gegend gab es viele Überhänge, unter denen der weiche, gelbe Fels abgebröckelt war, aber meine Höhle war so groß, dass man darin stehen konnte, und voll von honigfarbenem Licht. Der Boden weich mit trockenem Sand, herabgerieselt vom Dach und seit dem Anbeginn der Welt noch nie vom Regen durchnässt.

Dort richtete ich mir mein eigenes Reich ein, wie es Kinder gern tun. Hatte eine angeschlagene Teetasse, einen Milchkrug ohne Henkel und eine Schöpfkelle, weil auf dem Dach der Höhle ein Loch war, ich weiß nicht, ob von Menschen oder der Natur gemacht, das sich bei Regen mit reinem, klarem Wasser füllte. Der Rand der Höhle war auf gleicher Höhe mit den Baumkronen. Man konnte dort sitzen und zusehen, wie die Blätter in der Brise zitterten, und dahinter war der Fluss, ein farbiger Streifen wie ein Muskelstrang. Wenn man in der Höhle saß, hörte man die Geräusche der Wildnis viel schärfer. Die Höhle war wie ein großes, lauschendes Ohr.

Mary wollte nie mit mir dort rauf. Sagte, sie verstehe nicht, wozu man da hochklettern und sich von den Stacheln zerkratzen lassen sollte, bloß um auf dem harten Boden zu sitzen. Mir war das ganz recht. Die Vögel genügten mir als Gesellschaft. Einen davon nannte ich den »Was-Vogel«, weil sein Ruf wie eine Frage klang. »*Dit dit dit dit dit?*«, rief er, worauf ich den Mund spitzte und antwortete: »*Dit dit dit dit?*«

Ich überlegte, wie es wäre, fliegen zu können, und stellte mich manchmal an den Rand des Felsens. Aber so gern ich's auch ausprobiert hätte und so jung ich auch war, wusste ich doch, dass ich warten müsste, bis ich auf eine andere Art würde fliegen können.

Keiner von uns Thornhills konnte lesen oder schreiben, aber man brauchte kein Buch, um dahinterzukommen, wie man zählte, zumindest mit den Fingern.

Eines Tages, ich war so an die fünf oder sechs, ging ich zu Pa auf die Veranda. Es war ein strahlender Morgen, über den Fluss strich ein leichter Wind, und auf dem Wasser tanzten glitzernde Lichtpunkte.

»Ich habe drei Brüder«, sagte ich. »Siehst du, Pa? Ich kann zählen!«

Sein Gesicht kam mir immer größer vor als das von anderen Menschen. Breites Kinn, große Nase, dicke Backen. Und seine Augen – das eine Auge hatte eine andere Form als das andere, was man aber nur sah, wenn er einen anschaute und man ihm dabei direkt gegenüberstand. Was gerade der Fall war. Diese blauen Augen und sein komisch geformter Mund.

»Nein, Dolly«, sagte er. »Du hast vier Brüder.«

Er nahm einen kräftigen Schluck aus seinem Glas, und ich hörte die Flüssigkeit durch seine Kehle rinnen, als wäre da ein Hindernis, um das sie sich einen Weg bahnen musste.

»Nein, Pa, schau, ich hab drei«, sagte ich.

Streckte dabei drei Finger in die Höhe.

»Will, Bub, Johnny«, sagte ich. »Siehst du?«

»Du hast vier Brüder, Dolly«, erwiderte er. »Nur dass Dick für einige Zeit weggegangen ist.«

»Weggegangen?«, fragte ich. »Warum? Und wohin?«

Pas Miene verhärtete sich. Ich wusste, das bedeutete Ärger. Frag lieber nicht weiter!, dachte ich.

»Wann kommt er denn zurück, Pa? Wann kommt Dick wieder zurück?«

Da sprang er auf, das Glas fiel um, und die Bank kippte mit lautem Knall auf die Dielenbretter, dass es nur so staubte. Pa stand vor mir, sein breites Gesicht brüllte etwas zu mir hinunter. Ein schwindlig machendes Klatschen, als er mir mit der flachen Hand seitlich ins Gesicht schlug, in meinem Ohr ein hoher, schriller Ton, als ob etwas in weiter Ferne kreischt.

»Jetzt reicht's aber!«, schrie er. »Geh mir aus den Augen, verdammt noch mal.«

Er versetzte mir einen so heftigen Stoß, dass ich durch die Tür in die Diele stolperte. Ich schlich ins Schlafzimmer hoch, wo Mary noch tief und fest schlief. Kroch ins Bett, rollte mich ganz klein zusammen und zog die Decke über den Kopf. In der stickigen Dunkelheit knickte ich einen Finger nach dem anderen um. Johnny, Bub, Will. Eins, zwei, drei.

Den restlichen Tag ging ich Pa aus dem Weg, doch nach dem Mittagessen suchte ich Will. Er saß in dem alten blauen Ruderboot, einen Hobel in der Hand, ein Stück Holz auf den Knien, und arbeitete an einem neuen Ruderblatt.

»Pa hat mir erzählt, ich hätte vier Brüder«, sagte ich. »Aber ich hab doch nur drei.«

Ich wollte schon wieder anfangen, mit meinen Fingern abzuzählen, doch Will blickte gar nicht auf, und der Hobel fuhr ohne anzuhalten weiter hin und her. Das Einzige, was ich sehen konnte, waren die flache Krone von Wills altem Palmbasthut und seine Schultern, die sich bei jedem Schub des Hobels bewegten, und die weißen Hobelspäne, die neben seine Füße fielen.

»Tja«, sagte er dann. »Da war auch noch Dick. Zwischen mir und Bub. Das war's wohl, was Pa gemeint hat.«

»Ist er tot?«, fragte ich. »Ist er gestorben?«

Will hob das Ruderblatt in die Höhe, strich mit dem Finger über die Kante und pustete darauf.

»Nicht tot«, sagte er. »Weggegangen.«

»Weggegangen?«, fragte ich. »Wie meinst du das? Wie weggegangen?«

»Dick war immer ein bisschen eigen«, sagte Will. »Hatte ein paar seltsame Vorstellungen. Wusste nie so recht, wo's langging.«

»Mochtest du ihn nicht?«, fragte ich.

Jetzt blickte er auf. Seine Augen waren wie die von Pa, eisblau in seinem sonnengebräunten Gesicht.

»Hat nichts mit nicht mögen zu tun«, sagte er. »Dick und ich hatten uns nie viel zu sagen, weiter nichts. Er und Pa, die beiden sind nicht miteinander klargekommen.«

»Wie meinst du das?«, fragte ich. »Nicht miteinander klargekommen?«

Will setzte den Hobel ab und legte das Ruderblatt beiseite. Dann richtete er sich im Boot auf, sodass es auf dem Wasser hin und her schaukelte.

»Komm mal hier runter«, sagte er.

Er hob mich ins Boot und setzte mich auf den Sitz am Heck, meine Knie fast an seinen. Es war still und heiß, aus den Planken strömte ein schwerer Pechgeruch. Als wären wir beide in einem abgeschlossenen Raum.

»Also, Dolly«, sagte er. »Jetzt hör mir mal zu. Ich hab nie erfahren, was damals passiert oder nicht passiert ist. Einmal hab ich Pa gefragt. Halt deine verdammte Nase da raus, hat er gesagt. Hat mich mit dem Riemen verdroschen. Hat mir dabei fast den Arm gebrochen.«

Das verschlug mir die Sprache.

»Hab nie wieder gefragt«, sagte er. »War's nicht wert, dafür noch eine Tracht Prügel einzustecken. Ich vermute, dass Pa Krach mit Dick hatte und ihn weggejagt hat. Du weißt ja, wie Pa ist.«

Er legte mir die Hand auf die Schulter.

»Dolly, wir haben einen Bruder«, sagte er. »Soll irgendwo oben am Seitenarm wohnen, hab ich gehört. Aber ich hab ihn aus meinem Gedächtnis gestrichen, und ich kann dir nur raten, Dolly, das Gleiche zu tun. Ganz ehrlich, das rate ich dir.«

»In Ordnung, Will«, sagte ich, weil ich ein bisschen erschrocken war. Noch nie zuvor hatte ich Will so ernst reden gehört.

Aber ich überlegte bereits, wen ich sonst noch fragen könnte.

Iris Herring wohnte ein Stück flussaufwärts am Cat-Eye Creek, vor ihrer Hütte pickten Hühner herum, und ein paar Ziegen beäugten einen mit schief gelegten Köpfen. Ein Kartoffelfeld und ein Blumenbeet mit den gleichen blutroten Geranien, die wir zu Hause hatten. Eine unscheinbare, schon recht alte Frau, unerschütterlich wie ein Fels, immer mit einer abgenutzten Pfeife im Mund. Doch wenn ein Kind unterwegs war oder man sich das Bein aufgerissen hatte und es genäht werden musste, war sie diejenige, an die man sich wandte.

Mrs Herring wusste alles, was am Fluss vor sich ging. Sie erzählte es nicht immer, aber sie wusste Bescheid.

Beim nächsten Mal, als sich Ma mit einem Korb Orangen und einer geräucherten Speckseite von Jemmy Katter zu Mrs Herring rudern ließ, kam ich mit. Setzte mich auf Mrs Herrings Schoß, auf die fleckige Schürze, und lehnte den Kopf an ihren weichen Busen. Die beiden tranken Tee und redeten über kleine Kinder, die lange Ohren machten, dann ging Ma nach draußen, um sich ein paar von Mrs Herrings Frühlingszwiebeln zu holen, und ich nutzte die kurze Gelegenheit.

»Kannten Sie meinen Bruder?«, fragte ich. »Meinen Bruder Dick?«

»Natürlich hab ich den gekannt«, sagte Mrs Herring. »Du liebe Güte, hab euch doch schließlich alle auf die Welt gebracht!«

Dabei streckte sie die Hände vor, braun und mit geschwollenen Gelenken, glänzende Knoten an den Fingerknöcheln, die Haut zerknittert wie Merinokrepp.

»Du warst mir vielleicht ein Früchtchen, Dolly«, sagte sie. »Bist rausgekommen und hast dich umgesehen, als würde dir alles gehören. Und gebrüllt! Meine Güte, hattest du eine kräftige Lunge!«

»Ist er gestorben?«, fragte ich. »Ist Dick gestorben?«

»Natürlich nicht, du Dummerchen«, antwortete sie. »Ist für einige Zeit woandershin, weiter nichts. Und jetzt hopp, runter mit dir, muss die Erdäpfel fürs Abendessen fertig machen.«

Ma kam wieder zurück, wir hörten, wie sie draußen an der Wand die Erde von den Zwiebeln abklopfte. Mrs Herring stupste mich mit dem Finger leicht an die Wange.

»Am besten ist, du blickst nach vorn«, sagte sie. »Ich selber blicke auch nie zurück. Niemals nicht.«

So war das am Hawkesbury. Alles versteckt zwischen diesen unverrückbaren Felswänden und Bergkämmen, die uns in dem engen Tal einschlossen. Hätte sie am liebsten zurückgeschoben, um einen freien Blick auf all die Dinge zu kriegen, die die Leute wussten, aber nicht aussprechen wollten.

Damals waren überall Schwarze. Die Leute redeten über die wilden Schwarzen, die weiter draußen lebten, dort, wo die Weißen bislang noch nicht hingekommen waren. Liefen splitternackt herum und fraßen ihre kleinen Kinder auf, wurde erzählt. Töteten jeden Weißen, den sie sahen, schnitten ihm das Herz aus dem Leib.

Ich glaubte das nicht. Die einzigen Schwarzen, die ich zu Gesicht bekam, hatten Kleider an wie wir, nur dass ihre verschlissener waren, und man hatte noch nie gesehen, dass sie jemanden getötet hätten.

Manchmal kamen sie an unsere Hintertür und warteten dort, ein oder zwei Frauen in zerlumpten Kleidern, neben sich ein paar kleine Kinder mit Rotz an den Lippen. Klopften nicht, baten um nichts, sahen uns nicht an.

»Da seid ihr ja wieder!«, rief Mrs Devlin jedes Mal. »Wollt wieder was abstauben, stimmt's?«

Man hätte meinen können, sie wären taub. Gaben nie eine Antwort.

Mrs Devlin ging dann zum Vorratsschrank und holte einen Laib Brot heraus, ein Stück Speck, die Hammelkeule vom Vortag, Eier, Orangen. Murrend legte sie die Sachen in die Blechbüchsen der Frauen.

»Wenn's nach mir ginge oder deiner Ma, würden wir sie wegjagen«, sagte sie. »Aber dein Pa will es so. Hat mir gesagt, wenn sie kommen, Mrs Devlin, geben Sie ihnen was. So,

Dolly, jetzt verschwinde aber, sonst stecken sie dich noch mit ihren Läusen an.«

Wenn Ma, Mary und ich von Jemmy nach Windsor raufgerudert wurden, sahen wir an bestimmten Stellen mitten in der Wildnis Rauch aufsteigen. »Das müssen die Schwarzen sein«, sagte Ma dann. Ich suchte die Gegend ab, sah aber nie auch nur eine Menschenseele. Bloß den Rauch, und selbst der war manchmal so schwach, dass man sich nicht sicher sein konnte.

In Windsor waren am Stadtrand immer Gruppen von Schwarzen zu sehen, die unter den Bäumen oder um ein paar glimmende Zweige herumhockten. So dunkel waren sie, und trotzdem musste man zweimal hinsehen.

Ma packte uns an den Händen und zog uns schnell weiter.

Einmal richtete einer dieser Männer sich langsam auf und kam mit ausgestreckter Hand auf uns zu. Aus der Nähe konnte ich erkennen, dass sein Handteller genauso blass war wie meiner, nur von dunklen Linien durchzogen. Sein Haar stand ihm wie Federn vom Kopf ab, sein Gesicht war voller Pockennarben.

Ma hielt mich so fest, dass es wehtat. Sie keuchte, so schnell zerrte sie uns weiter.

»Wer ist das, Ma?«,fragte ich. »Wer war dieser Mann?«

Sie beugte sich zu uns runter.

»Jetzt hört mal gut zu, Mädchen«, sagte sie. »Ich hab nichts gegen die Schwarzen. Sie tun mir leid, wirklich und wahrhaftig. Sie sind nicht viel besser als die Tiere auf dem Feld. Gott in seiner Weisheit hat uns über sie gestellt.«

»Der Mann hat gestunken«, warf Mary ein. »Ich hab ihn gerochen, puh!«

»Da seht ihr, wie unzivilisiert sie sind«, sagte Ma. »Können nichts dafür, die Armen. Wir geben ihnen was, ihr habt sie ja gesehen hinter unserem Haus, wir geben ihnen ständig was.

Unsere Christenpflicht, sie anständig zu behandeln. Aber diese Bettelei hier mitten auf der Straße kann ich nicht ausstehen.«

Ich blickte zu der Stelle zurück, wo der Mann mit den anderen saß. Der Rauch von ihrem kleinen Feuer wurde vom Wind hin und her getrieben.

»Wo sind denn ihre Häuser?«, fragte ich. »Warum gehen sie nicht nach Hause?«

»Wenn ich das wüsste«, erwiderte Ma. »Aber ich wünschte, sie würden sich davonmachen und aufhören, ehrbare Leute zu belästigen.«

In unserer Nähe lebten ein paar Schwarze, nur wusste ich lange Zeit nichts davon. Bub und Johnny waren meistens zu zweit unterwegs und mit ihrem Jungenkram beschäftigt, aber manchmal durften wir Mädchen mitgehen. In die Wildnis oben hinter dem Haus oder in einem unserer Boote den Fluss entlang. Pa achtete darauf, dass wir alle mit einem Ruder umgehen konnten. Eines Morgens setzten wir vier es uns in den Kopf, am Flussufer weiter zu gehen, als wir's je zuvor getan hatten. Ich freute mich auf neue Gegenden und rannte voller Ungeduld voraus.

Anfangs war es ein schöner Sandweg unter den Sumpfeichen entlang. Ab und zu fegte ein Windstoß durch die Zweige und ließ die Blätter rascheln, das Wasser leuchtete in der Sonne. Ein Paar Wallabys hüpften zum Hügelkamm hoch, ein Emu stakste herum. Eine fette Eidechse, die wie eine Schlange durchs Gras glitt, ließ mich zusammenfahren.

Am Ende von Thornhills Land blieb ich stehen, um auf die anderen zu warten. An der Grenze war kein Zaun, sondern nur ein felsiger Berghang, an dessen Fuß ein Haufen Geröll lag. Hier hörte das gute Land auf, dahinter war nichts als dorniges Gestrüpp und Wildnis.

Mary wollte umkehren, doch ich wollte unbedingt sehen, was dahinter kam. Der Pfad ging immer noch weiter, war aber steiniger und nicht mehr so deutlich erkennbar wie zuvor. Ich folgte ihm, und die anderen kamen hinterher.

Bald schon war der Reiz des Neuen verflogen. Die Sonne brannte auf uns herunter, nirgends war Schatten, und wir hatten nicht daran gedacht, Wasser mitzunehmen. Mary bekam eine Blase am Fuß und jammerte, sie wolle zurück. Johnny rief mir zu, ich solle stehen bleiben, aber ich tat so, als hätte ich nichts gehört.

Nach einer Weile machte der Pfad eine Biegung, und ich trat unvermittelt auf eine Lichtung mit einem kleinen Bach und ein paar Schatten spendenden Bäumen hinaus. Und ein paar Rindenhütten, die ein qualmendes Feuer umstanden. Drei alte schwarze Frauen drehten die Köpfe zu mir her. Ein paar Kinder mit aufgeblähten Bäuchen, am Feuer ein alter Mann mit einer Decke über den Schultern. Alle so mager, dass sich ihre Knochen unter der Haut abzeichneten.

Und schwer auf einen Stock gestützt ein großer, krummer Mann. Auf der einen Seite seines Kopfes war blanke, straff gespannte Haut, wo etwas Schlimmes passiert sein musste und nie verheilt war. Der Stock war im Wesentlichen das, was ihn aufrecht hielt.

Er stand da und beobachtete mich. Ohne auch nur zu blinzeln.

Eins der Kinder hustete unentwegt, das war das einzige Geräusch. Die Frauen blickten wieder weg. Eine von ihnen streckte den Arm aus und bewegte etwas in der Asche. Der Mann rührte sich nicht und wandte den Blick nicht von mir ab.

Die anderen holten mich ein. »Oooh!«, hörte ich Bub ausrufen.

»Komm da weg, Dolly!«, rief Johnny. »Schnell, es ist besser, wir kehren um.«

So forsch ich auch war, etwas an diesem Ort und der mich anstarrende Mann bewirkten, dass ich froh war, gehen zu können.

Wir machten uns auf den Rückweg, Mary rannte trotz ihrer Blase, und keiner von uns drehte sich noch einmal um.

Kaum hatten wir unser Land erreicht, wurden wir alle wieder mutig.

»Wieso bist du so gerannt, Mary?«, fragte Johnny. »Dachtest du, der würde dich fressen? Großer Gott, dieser alte Kerl?«

Bub und ich fielen in sein Lachen ein, aber keiner sah dabei den anderen an.

Ma oder Pa haben wir nie davon erzählt. Haben auch untereinander nie mehr darüber geredet. Sind diesen Pfad aber nie wieder lang gegangen.

Die einzigen Schwarzen, die wir kannten und mit denen wir redeten, waren die beiden Burschen, die in unseren Ställen arbeiteten. Pa lernte erst spät zu reiten – wie mit den Orangen war das eine Sache, mit der er nicht aufgewachsen war. Aber Reiten war etwas, was die Leute der Oberschicht machten, also hatte er sich einen Stall voller Pferde angeschafft, und Jingles und Phillip versorgten sie. Die beiden waren bei uns, seit ich denken konnte, und wohnten in den Ställen zusammen mit dem jungen Schwarzen, der für das Brennholz zuständig war.

Jingles war sehr kräftig und sehr schwarz. Ein dichter Bart mit grauen Strähnen und tief liegende Augen. Ich glaube nicht, dass ich von ihm je mehr als sechs Worte an einem Stück gehört habe, und diese paar waren auch noch genuschelt. Er war durchaus freundlich, aber lächeln hab ich ihn nie gesehen. Hab nie was Jinglehaftes an ihm bemerkt.

Phillip war ein völlig anderer Typ. Jünger als Jingles und bei Weitem nicht so dunkel. Ein Elternteil von ihm musste weiß gewesen sein. Ein hochgewachsener, sehniger Bursche, unglaublich, welche Lasten er mit diesen dünnen Armen tragen konnte. Hob einen Sattel hoch, als wäre es nichts. Ein langes, kluges Gesicht im Schatten seines Hutes, die Haut gelblich, mit schwarzen Sommersprossen so groß wie Viertelpennymünzen.

Er war ein Charmeur, dieser Phillip. Klapperdürr, aber mit einem Lächeln, das Steine erweichen konnte.

Meine Güte, Phillip verstand was vom Umgang mit Pferden. Einmal sah ich ihn mit einem gerade neu erworbenen Pferd. Das verängstigte arme Tier war noch nicht mal an das Halfter gewöhnt, sein großer Augapfel rollte hin und her, und es scheute tänzelnd vor allem zurück. Phillip blieb jedoch ganz geduldig. Führte es auf dem Hof umher und redete stundenlang leise auf es ein. Dann hatte er ihm auf einmal das Halfter übergestreift, und das Pferd trabte ganz ruhig neben ihm her.

Pa ritt ab und zu, aber ihm war dabei nie ganz wohl. Vor seinem großen Vollbluthengst Star hatte er Angst, was man an der Art erkannte, wie er in den Sattel stieg. Phillip musste das Pferd neben dem Holzklotz festhalten, damit Pa aufsitzen konnte. Und wenn er dann oben saß, thronte er da so wacklig wie eine Kirsche auf einer Torte.

Will setzte sich auf kein Pferd, wenn er mit einem Boot fahren konnte, sagte, im Sattel werde er seekrank, aber Bub und Johnny ritten gern. Reiten bedeutete für sie, kommen und gehen zu können, wie es ihnen gefiel. Bub ritt mit seiner Hacke bis zu den äußersten Feldern, Johnny ritt hangaufwärts auf der Straße nach Sydney bis Martins Corner, nahm das Pferd auf dem Hügel immer zu hart ran und kriegte Streit mit Pa, wenn er es schaumbedeckt zurückbrachte.

Ich wartete sehnsüchtig auf den Tag, an dem ich endlich alt

genug wäre, um reiten zu dürfen. Wusste, dass die Welt größer würde, sobald ich Beine unter mir hätte, die länger waren als meine eigenen. Oft ging ich durch die Ställe, redete mit den Pferden, legte, wie Phillip es mir gezeigt hatte, Apfelstücke auf meine flache Hand und fütterte sie damit.

Ma gefiel das nicht. »Das ist kein Ort für euch Mädchen«, meinte sie. »Wenn ich euch mit den Schwarzen im Hof erwische, verpasse ich euch eine Tracht Prügel, die ihr nie vergessen werdet.«

»Wieso denn, Ma?«, fragte ich. »Wieso sollen wir das nicht dürfen?« Statt einer Antwort presste sie nur die Lippen zusammen.

Als Pa der Ansicht war, dass wir jetzt alt genug wären – ich war so an die acht, Mary zehn oder elf –, schaffte er für uns zwei Ponys an. Ich hatte noch nie zuvor einen Damensattel gesehen. Mit so einem komischen gebogenen Horn daran und beiden Steigbügeln auf einer Seite.

»Wofür ist dieses Ding da?«, fragte ich Jingles. »Ich will einen richtigen Sattel!«

»So reitet man als Dame«, erwiderte Phillip. »Da hängst du das Knie ein, verstehst du? Damit die Beine zusammen sind. Ist vornehmer.«

»So ein Schafscheiß aber auch«, sagte ich, ein Spruch, den ich bei Pa aufgeschnappt hatte. Mary sah mich an, als würde gleich ein Blitz vom Himmel fahren und mich erschlagen.

»Entweder ich reite so wie die Jungs«, sagte ich, »oder ich reite überhaupt nicht, zum Donnerwetter!«

Und pflanzte mich auf die Steinplatten im Hof. Mary saß bereits auf Belle, ein Knie an das Horn am Sattel gehängt, aber ich weigerte mich, auf Queenie aufzusitzen, wollte nicht mal in ihre Nähe gehen, sosehr Phillip mir auch gut zuredete und obwohl ich nichts auf der Welt lieber getan hätte als zu reiten.

Schließlich ging Phillip zum Haus rüber. Klopfte an die Hintertür, bis Mrs Devlin den Kopf aus dem Küchenfenster streckte und fragte, was er denn wolle. Einige Zeit später erschien Ma am Fenster und redete mit ihm.

Kurz darauf kam sie mit energischen Schritten auf mich zu.

»Steig auf der Stelle auf, Dolly Thornhill«, sagte sie. »Das ist ja wohl die Höhe, sich hier vor den Schwarzen zum Gespött zu machen!«

Sie packte mich am Handgelenk, aber ich zog mit meinem ganzen Gewicht in die andere Richtung. Phillip und Jingles sahen zu, und Ma bekam ein rotes Gesicht.

»Das soll dein Vater regeln«, sagte sie dann. »Du kommst jetzt mit mir, Schätzchen, oder ist's dir lieber, ich hole ihn hierher?«

Pa zu verärgern, war eine Sache, ein verärgerter und von seiner Bank weggeholter Pa war eine andere, also ging ich mit ihr. Er lachte laut auf, als er mich sah.

»Du meine Güte, Dolly«, sagte er. »Auf dieser Unterlippe könnte man glatt sitzen!«

Ma wies ihn darauf hin, dass es nicht damenhaft sei, wenn ein Mädchen rittlings auf einem Pferd saß.

»Aber Pa«, protestierte ich, »ich will doch gar keine Dame sein!«

Für eine kleine Göre war ich ganz schön schlau.

»Der alte Loveday ist ein Gentleman«, sagte ich, »aber du fragst uns doch immer, ob wir etwa so sein wollen wie er.«

»Da hast du ganz recht, Dolly«, sagte er. »Hast es klar erkannt. Schau mal, Meg, ist doch eigentlich egal, wie sie reiten. Solange sie auf den besten reinrassigen Pferden sitzen, können sie mit jedem anderen mithalten.«

Ma wusste, wann es angebracht war, zu kämpfen. Schalt mich einen Bauerntrampel, gab mir aber schließlich eine alte Hose von Bub, die ich unter dem Rock tragen konnte.

»Weiß Gott, was es mit dir noch für ein Ende nehmen wird, Dolly, so eigenwillig wie du bist«, sagte sie. »Aber zumindest werde ich dafür sorgen, dass du anständig gekleidet bist.«

An dem Tag, als wir zum ersten Mal mit den Pferden ausritten, begleitete uns Pa. Star rollte mit den Augen und stampfte mit den Hufen. »Ganz ruhig, Star! Brrr! Ruhig!«, rief Pa, worauf das Pferd noch nervöser wurde.

Jingles ritt auf Lightning voran, gefolgt von Mary auf Belle, dann kam ich auf Queenie, dann Pa, und der Letzte war Phillip auf Valiant.

Als wir die Felsen erreichten, an denen Thornhills Land endete, ritt Jingles weiter. Vorsichtig trabten die Pferde den steinigen Pfad entlang. Ich rechnete damit, dass Pa jeden Augenblick rufen würde, wir sollten anhalten, aber er tat es nicht.

»He, Jingles!«, rief ich. »Wo reiten wir denn hin?«

Keine Antwort.

Als wir die Lichtung erreichten, sah es zunächst so aus, als wäre niemand da. Dann kam aus einer der Rindenhütten eine Frau, ihre dünnen Beine und Arme staken wie Stöcke aus dem Kleid hervor. Unser Erscheinen schien sie nicht zu überraschen. Hastig und mit schriller Stimme rief sie etwas in die Hütte, und der krumme Mann kam heraus. Stützte sich auf seinen Stock, blickte zu Boden. Die Frau bückte sich, kroch in die Hütte zurück und beobachtete uns durch die Öffnung.

Pa stieg von Star ab und reichte Jingles die Zügel. Er hatte etwas dabei, das in ein Küchentuch eingewickelt war. Blieb auf der anderen Seite des Lagerfeuers stehen, sodass er und der Mann, durch das Feuer getrennt, einander genau gegenüberstanden.

»Einen schönen guten Tag, mein alter Freund!«, rief Pa.

Seine Stimme war viel zu laut. Ich fragte mich, woher er den Mann kannte.

»Ich wünsche dir einen wunderschönen Tag«, sagte er. »Und hier ist ein bisschen was zu essen für dich.«

Pa hielt ihm das Bündel hin, aber der Mann nahm keine Notiz davon. Sah so aus, als könnte er den ganzen Tag auf seinen Stock gestützt stehen bleiben, während Pa ihn über das Feuer hinweg ansah und der Rauch in die windstille Luft stieg. Pa legte das Bündel schließlich auf den Boden, wickelte es auf und breitete die Sachen nebeneinander aus. Brot, Mehl, Kartoffeln. Ein Stück Rollentabak. Die Sachen lagen auf dem Boden wie Abfälle.

Pa sah zu Jingles hoch, der auf dem Pferd sitzen geblieben war.

»Ich hab dich schon früher darum gebeten und ich bitte dich jetzt noch mal«, sagte er. »Du sprichst die Sprache von diesem Burschen. Sag ihm, dass ich es gut meine.«

Man hätte meinen können, Jingles sei taub.

Pa wandte sich an Phillip.

»Komm schon, Junge«, forderte Pa. »Sag ihm guten Tag, weiter nichts.«

Phillip hustete und rieb sich am Hals, als juckte ihn da was.

»Zum Donnerwetter noch mal!«, rief Pa. »Was soll man denn noch tun?«

»Tut mir leid, Mr Thornhill«, sagte Phillip. »Bitte höflichst um Entschuldigung.«

Pas Zorn verrauchte so schnell, wie er in ihm aufgestiegen war.

»Macht nichts, Junge«, sagte er. »Ist schon gut. Bring die Mädchen jetzt zurück, und nimm Star gleich mit.«

Oben auf dem Pferd war ich zum ersten Mal größer als mein Pa.

»Nein, Pa!«, rief ich. »Das ist viel zu weit! Komm mit uns!«

»Los, los, Mädchen«, rief Pa. »Reitet schon mal voraus. Ich komme gleich nach.«

Als wir die Lichtung verließen, warf ich einen Blick zurück. Pa stand noch immer am Feuer, der Mann auf der anderen Seite. Dann drehte sich der Mann um, bückte sich, sodass sein magerer Hintern in der traurigen alten Hose zu sehen war, und verzog sich in die Hütte. Das Letzte, was ich sah, war Pa, wie er allein dort stand und der Rauch um ihn und die auf dem Boden liegenden Lebensmittel herumwirbelte.

»Was ist das, Jingles?«, fragte ich. »Was ist das, was er ihnen gegeben hat?«

Jingles drehte sich nicht um und gab auch keine Antwort.

»Bisschen Proviant, Miss«, sagte Phillip hinter mir.

»Ja«, sagte ich. »Aber warum hat er die Sachen mitgebracht?«

Das war die falsche Frage. Man brauchte nicht zu fragen, warum jemand diesen mageren Menschen Brot und Fleisch brachte.

»Wer sind diese Leute?«, fragte ich. »Sind sie mit euch verwandt?«

»Verwandt mit Jingles«, erwiderte Phillip, aber nicht in seiner üblichen munteren Art. »Durch seine Tante oben am Seitenarm.«

»Oh«, sagte ich.

»Dein Pa bringt ihnen regelmäßig Proviant«, sagte er. »Oder schickt uns damit los. Bei jedem Wetter.«

»Einfach nur, um ihnen was zu geben?«, fragte ich.

»Genau«, sagte Phillip. »Einfach nur, um ihnen was zu geben.«

Musste wohl eine dieser Christenpflichten sein, dachte ich. War mir zwar noch nie aufgefallen, dass Pa sich um kirchliche Dinge scherte, aber was hätte es sonst sein sollen?

»Warum haben sie die Sachen dann auf dem Boden liegen lassen?«, fragte ich.

Das war nur der Anfang der Fragen, die mich beschäftigten, aber Phillip tat so, als hätte er mich nicht gehört.

»Arme alte Leute, dein Pa mag sie nicht darben sehen. Hat mir mal erzählt, er weiß, wie es ist, einen leeren Bauch zu haben. Ihr jungen Damen habt bestimmt noch nie gehungert, was? Kriegt heute bestimmt 'ne schöne Hammelkeule, schätze ich mal.«

Womit er natürlich vom Thema ablenkte. Und Mary warf sofort eifrig ein, dass sie Mrs Devlin bei der Zubereitung der Lammkrone helfen würde. Mit Rosmarin und Zwiebeln und neuen Kartoffeln.

Als wir zu Hause waren, setzte ich mich auf den Hackklotz im Hof und wartete auf Pa. Mit schweren Schritten, als wäre er müde, kam er schließlich angestapft. Ohne mich zu bemerken, bückte er sich, um den Dreck von seinen Stiefeln abzukratzen. Seine Miene war so bedrückt, dass ich es für besser hielt, ihn nicht anzusprechen. Er ging zur Hintertür und zog seine Stiefel aus. Wollte gerade auf Strümpfen reingehen, doch da erblickte er mich.

»Du hast aber lange gebraucht, Pa«, sagte ich.

Er tappte über die Steinplatten auf mich zu und ging vor mir in die Hocke.

»Das sind arme Seelen, Dolly«, sagte er. »Arme, hilflose Seelen. Sterben langsam aus wie ihre gesamte Rasse.«

Dieser starre Blick aus seinen blauen Augen.

»Ich möchte ihnen gern was geben, Dolly«, sagte er. »Um ihr Dahinscheiden zu erleichtern. Aber sie wollen's nicht nehmen. Na ja, sie nehmen es, sobald ich weg bin. Nehmen es und essen es. Andernfalls würden sie schon längst verhungert sein. Aber sie nehmen's nicht von mir. Nicht aus meiner Hand.«

Sein Gesicht verzog sich auf einmal so seltsam, und ich dachte schon, er müsse lachen, aber er holte nur seufzend Luft.

»Deine Mutter hat sich für sie eingesetzt, Dolly«, fuhr er fort. »Ich musste es ihr versprechen. Deshalb hast du mich dort gesehen. Deshalb stehe ich da und bettle sie an.«

Seine Stimme klang, als schnürte ihm beim Sprechen etwas die Kehle zu. Schlagartig war er ein alter Mann geworden, sein Blick leer und düster.

»Stehe da und bettle sie an«, wiederholte er. »Komme eine Woche später wieder, mache es erneut. Wegen deiner Mutter.«

Nach dem letzten Wort stieg ihm etwas in die Kehle, das ihn nicht mehr weitersprechen ließ, und er brach ab.

»Bei Gott, Dolly«, sagte er mit einer Stimme, die nur noch ein Krächzen war. »Bei Gott, ich wünschte, man könnte die Zeit bis zu jenem Tag zurückdrehen und ihn anders ausgehen lassen.«

Bis zu welchem Tag?, dachte ich. Wie anders ausgehen lassen?

»Ist das Bettelei, Pa?«, fragte ich. »Wenn du ihnen was gibst? Oder Christenpflicht?«

Er räusperte sich heftig, um die Kehle freizubekommen. Machte dann einen so tiefen Atemzug, dass ich die Luft bis nach unten strömen hörte. Er richtete sich auf und berührte mich leicht am Scheitel.

»Tja«, sagte er. »Deine Ma sieht das anders, Dolly.«

Seine Stimme klang wieder normal.

»Wenn man damals noch nicht hier war, weiß man nichts davon«, sagte er. »Deine Ma war damals noch nicht hier, deshalb weiß sie's auch nicht. Deshalb muss ich mich ihr in dieser einen Sache widersetzen.«

Als er sich aufgerichtet hatte, hob er den Fuß, um die Unterseite des Strumpfes zu betrachten, mit dem er über die Steinplatten gelaufen war.

»Deiner Ma würde das nicht gefallen«, sagte er. »Dass ihr Mädchen dort hingeht. Ich hätt euch nicht mitnehmen sollen. Brauchst ihr nicht zu erzählen, wo ihr heute gewesen seid, Dolly. Ich werde Jingles sagen, er soll in Zukunft den anderen Weg nehmen, wenn ihr mit den Ponys ausreitet.«

Er ging zur Hintertür zurück, zog die Strümpfe aus, legte sie auf seine Stiefel und ging mit seinen großen nackten Füßen ins Haus.

Was er mir da erzählt hatte, war einfach nur vernünftig. Man konnte nicht zusehen, wie Menschen verhungerten.

Aber weshalb hatte sich sein Gesicht so schrecklich verzogen? Als würde ihn ein Tier von innen zerfressen?

Ma verkehrte gern mit anderen Leuten. Nicht mit Leuten der Oberschicht, nein, mit denen verkehrten wir nicht. Auch nicht mit den Leuten, die am Seitenarm wohnten, arme Schlucker, die nicht mal ein Boot besaßen. Die, mit denen wir verkehrten, waren die sogenannten *besseren Familien*. Leute, bei denen es wie bei uns aufwärts ging, hauptsächlich Freigelassene. Die Cobbs von Milkmaid Reach, die Lewises von Ebenezer, die Fletchers von Portland Head. Der alte Mr Loveday, wenn er nüchtern war. Die Langlands. Sonntagsnachmittags kamen sie hergerudert, der Fluss war für die Familien, die an seinen Ufern wohnten, ein wichtiger Verkehrsweg. Mrs Devlin backte dann eine riesige Menge Törtchen und Scones, und Anne war den ganzen Nachmittag damit beschäftigt, die Etagere nachzufüllen.

Ma kannte von jedem die Geschichte – wer als *freier Siedler* gekommen und wer *verbannt* worden war und was einer, der *verbannt* worden war, verbrochen hatte. Anders als Mrs Herring erzählte sie alles, was sie wusste, auch gern weiter. Mr Chapman hatte am Burleigh Fair ein Schaf gestohlen und konnte von Glück sagen, dass er nicht gehängt worden war. Mr Fletcher hatte einen Mann niedergeschlagen und ihm die Uhr und zwei Halbkronenstücke aus der Tasche geklaut.

»Und Mrs Fletcher?«, fragte ich.

»Kannst du ein Geheimnis für dich behalten, Dolly?«, fragte sie, und bevor ich Ja sagen konnte, erzählte sie's mir auch schon. »Mrs Fletcher ist eine von diesen Frauen gewesen, die sich an Männer verkaufen«, erklärte sie. »Ist erwischt worden, als sie den Geldbeutel von 'nem Mann gestohlen hat, der sich bei ihr vergnügen wollte.«

Ich fragte mich, woher sie all diese Geheimnisse kannte.

Die Langlands kamen oft. Ma und Mrs Langland waren aus dem gleichen Holz geschnitzt und hielten sich beide für sehr feine Damen. Mrs Langland war eine korpulente Frau, die fast aus ihren Kleidern platzte, aber etwas von einem gezierten Püppchen an sich hatte. Ließ ihr Schultertuch – Paisleymuster, weich und leicht wie Entenflaum – immer über der Stuhllehne hängen und bat einen dann, es ihr zu bringen. Wartete darauf, dass man ausrief: »Oh, ist das ein weiches Tuch, und so leicht!« – damit sie einem erzählen konnte, es sei indischer Kaschmir und ziemlich außergewöhnlich, womit sie ausdrücken wollte, dass es besser war als die Schultertücher aller anderen Frauen.

Hinter Mrs Langland verbargen sich keine Geheimnisse. Wenn man glaubte, was sie sagte, stammte sie aus einer guten englischen Familie. Aber nicht zu hoch gestellt, um einen Freigelassenen zu heiraten, wohlgemerkt. Sofern er es zu etwas gebracht hatte. »Meine Leute waren gut situiert«, erklärte sie und rückte dabei ihr Schultertuch zurecht. *Meine Leute*. Mir fiel auf, dass Ma von da an auch immer von ihren *Leuten* in Brixton Rise sprach.

Mrs Langland schwang gern das Zepter. War sehr von sich eingenommen und hielt sich für sehr schlau.

Der alte Mr Langland hatte bei einem Seidenweber in Spitalfields gearbeitet, hatte Ma mir erzählt. War erwischt worden, als er unter seinem Mantel siebenundzwanzig Taschentücher hatte mitgehen lassen. Er war bei der ersten Partie dabei gewesen, die vor vierzig Jahren verschickt worden war, als die

Kolonie aus nichts als ein paar Zelten mitten in der Wildnis bestand und es noch nicht so viele Regeln für alles Mögliche gab. Mr Langland und Pa wären lieber raus in den Hof gegangen, wo sie ihre Pfeifen paffen und auf die Steine hätten spucken können. Doch weil sie sich nun bemühten, ehrbare Männer zu sein, blieben sie bei ihren Teetassen und den Scones sitzen und hörten sich Mrs Langlands Gejammer über ihre schmerzenden Gelenke an.

Die Langlands hatten eine ganze Reihe von Kindern, die alle nach Mrs Langland geraten waren, blass und weich wie Gebäck, das bei zu niedriger Temperatur gebacken worden war. Charlie, ein pummeliger Junge, war Mamas Liebling. Sophia, die nächstjüngere, war nicht viel älter als ich, weshalb alle dachten, wir wären Freundinnen. Aber ich konnte mit ihr nichts anfangen – sie war nur daran interessiert, ob ihr Kleid schön war, ob die Bänder ihrer Haube farblich zu ihren Handschuhen passten und wie sich ein Mädchen frisierte, um *das Beste aus sich zu machen.* Ihr Spitzentaschentuch guckte aus ihrem Ausschnitt heraus, damit es *den Blick anzog*, und sie ließ es immer wieder zu Boden fallen, damit *etwas Farbe in ihre Wangen kam*.

Lauter solche Tricks. Hat sie mir und Mary erzählt, bloß damit wir uns wie Dummköpfe fühlten, weil wir diese Tricks nicht kannten.

Weil Sophia größer war als es ein Mädchen ihrer Meinung nach sein sollte, trug sie immer nur flache Schuhe. Setzte sich hin, wenn möglich. Musste sie stehen, knickte sie eine Hüfte ein. Mary behauptete, Ma hätte es gern, wenn Sophia Langland und Will zusammenkämen, aber ich tat das verächtlich ab. Was sollte mein gut aussehender Lieblingsbruder an so einer Langweilerin wie Sophia Langland finden, wenn er sich jede andere aussuchen konnte?

Und dann war da noch Jack. Sechs oder sieben Jahre älter als die anderen Langland-Kinder und völlig anders geartet. Jacks richtige Mutter war auch nicht Mrs Langland, sondern eine Schwarze, die schon vor langer Zeit gestorben war. Ma hatte es mir erzählt, aber es war sowieso kein Geheimnis. Jeder wusste, dass Jack ein halber Schwarzer war.

Als Mr Langland sich mit Jacks Mutter zusammentat, war Neusüdwales nach allem, was man hörte, noch ein raues Land. Die Menschen waren immer kurz vorm Verhungern gewesen, und außer bei den Eingeborenen gab es nicht sonderlich viele Frauen. Die Männer taten, was ihrer Natur entsprach. Was die Kinder betraf, die daraus hervorgingen, fanden Männer wie Pa und Mr Langland das nicht sonderlich schlimm. Was zählte, war nicht, ob man ein halber Schwarzer war, sondern dass man mit einem Ruder umgehen oder einen Baumstamm spalten konnte.

Inzwischen wurden die Dinge allerdings etwas anders gesehen. Die Leute, die später als freie Siedler in die Kolonie gekommen waren, zogen strenge Grenzen. *Verbannt worden* oder *als freier Siedler gekommen*, weiß oder schwarz. Mr Langland war inzwischen ein kirchenfrommer Mann und hatte sich eine ehrbare Ehefrau zugelegt. Sicher würde er nicht gern daran erinnert werden, dass er einmal mit einer Eingeborenen ganz glücklich gewesen war.

Jeder wusste das von Jacks Mutter, doch keiner redete darüber. Es war wie mit dem gestohlenen Schaf oder dem niedergeschlagenen Mann, um an die Münzen in seiner Tasche zu kommen. Man redete nicht darüber, um den Betroffenen nicht zu beschämen.

Was in Jacks Fall einfach war, denn man sah es ihm nicht auf den ersten Blick an. Er hatte ein dunkles Gesicht, ja, aber die Männer, die auf den Schiffen arbeiteten, bekamen alle dunkle

Gesichter. Die etwas ausgeprägtere Stirn – daran hätte man es vielleicht erkennen können. Und die Farbe seiner Augen. Ein Grünton, der sich leuchtend von seiner dunklen Haut abhob.

Aber er war nicht anders als wir anderen und redete von *den Schwarzen* genauso wie alle anderen. Sie waren ihm genauso fremd wie uns. Dass Mrs Langland nicht seine richtige Mutter war, wusste er. Die eingeborene Frau hatte er jedoch nie gekannt. Bei ihrem Tod war er noch zu klein gewesen.

Trotzdem gehörte er nicht richtig zu dieser Familie. Er nannte Mrs Langland zwar *Ma*, doch sie zeigte keine Zuneigung zu ihm, und Jack und seine Halbgeschwister hatten nichts füreinander übrig. Er kannte sie kaum, weil er schon als junger Bursche auf den Schiffen unterwegs gewesen war. Jack hatte kein so leichtes Leben wie seine Geschwister gehabt.

Jack war einige Jahre jünger als Will. Als ich ihn zum ersten Mal sah, muss er so um die fünfzehn gewesen sein, Will über zwanzig. Ich selbst war noch ein kleines Mädchen, sieben oder acht. Die beiden waren wie Brüder, alles an ihnen war großzügig bemessen. Beide hatten einen kräftigen Brustkorb und breite Schultern. Schwarze Bärte und von Sonne und Salz verbrannte Gesichter. Sie arbeiteten Seite an Seite auf der *Industry*, Jack konnte es mit manch älterem Mann aufnehmen.

Wenn die *Industry* in Sydney vor Anker ging, blieben die beiden immer bei uns, bis sie wieder in See stach. Ließen sich von jemandem im Boot flussaufwärts mitnehmen oder fuhren auf der neuen Straße in einem der Fuhrwerke mit. Jack blieb ein, zwei Nächte bei uns, dann lieh er sich eins von Pas Booten.

»Auf nach Langlands«, sagte er dann. »In ein paar Tagen bin ich wieder zurück.«

Langlands, so nannte er es.

Ich glaube nicht, dass es irgendjemand von den Langlands kümmerte, ob Jack zu Besuch kam oder nicht. Aber es gehörte sich nun mal, seine Angehörigen zu besuchen, also hat er's getan. Ist dann ein paar Tage später wieder von Langlands zurückgekommen und war die restliche Zeit bei uns.

Pa und Jack verbrachten Stunden mit ihren Pfeifen draußen auf der Bank. Manchmal gesellte sich Will zu ihnen, häufiger jedoch war er auf dem Fluss unterwegs, Besuche machen. War ein geselliger Bursche, unser Will.

Jack kannte sich mit dem Wetter und den Booten genauso gut aus wie Pa, war aber klug genug, es ihn nicht merken zu lassen.

»Sieht nach Sturm aus«, sagte Pa beispielsweise, und ob Jack nun der gleichen Ansicht war oder nicht, er antwortete dann: »Ja, Mr Thornhill, sieht ganz danach aus.«

Ein raubeiniger, ungebildeter Mensch, aber er besaß eine angeborene Höflichkeit.

Für Pa war Jack Langland beinahe wie sein eigener Sohn. »Dieser Jack Langland«, sagte er oft, »einen besseren kann man nicht finden. Ehrlich für drei Männer.«

Ma war nicht so angetan von ihm.

»Soso, Jack, da bist du also wieder«, sagte sie, wenn er mit Will nach Hause kam. »Du willst doch bestimmt gleich weiter, um deinen Pa und Mrs Langland zu besuchen.«

Worauf sich Pa einschaltete. »Deine Eltern können eine Weile ohne dich auskommen, Jack«, sagte er herzlich. »Bleib bei uns, solange du magst, Junge.«

Wir hatten einen Hund, weiß mit dunklen Flecken und samtigen schwarzen Ohren. Jack war immer ein leichtes Opfer für einen Hund. »Jetzt ab mit dir!«, rief er, wenn der Hund auf seinen Füßen lag, worauf der Hund sich erhob, sich einmal um sich selbst drehte und sich dann noch dichter an ihn herandrückte. Wo auch immer Jack war, lag auch der scheckige Hund, eine Pfote über der anderen, und grinste mit seinen schwarzen Lippen zu ihm hoch, als gäbe es auf der ganzen Welt nichts Bessres als Jack.

Am Abend unterhielten Will und Jack uns mit ihren Geschichten, während das Kaminfeuer im Salon flackernde Schatten entstehen ließ. Der Schiffszwieback sei so voll mit Maden gewesen, dass er so gehaltvoll war wie eine geröstete Käseschnitte. Das Wetter in Neuseeland sei so stürmisch und rau, dass alle Bäume schräg wuchsen.

»Ach, hört doch auf«, sagte Johnny dazu. »Das glaubt ihr selber nicht!«

Also stellten sich Will und Jack auf den Kaminvorleger und neigten sich beide zur Seite, um die schiefen Bäume im windigen Neuseeland darzustellen, aber wir wussten immer noch nicht, ob sie uns auf den Arm nahmen oder nicht.

»Wie ist denn das mit den Robben?«, fragte Pa. »Wie werden sie eigentlich getötet?«

»Sie liegen auf den Felsen, die Flosse in der Luft«, sagte Will. »Als wollten sie einem zur Begrüßung zuwinken. Man nimmt einen Knüppel und haut ihnen damit einmal kräftig auf die Nase. Damit das Fell nicht beschädigt wird.«

»Und weiter?«, fragte Bub. »Spannt ihr die Felle auf oder legt ihr sie in Salzlake oder was?«

»Beides, wir legen sie in Salzlake und spannen sie auf«, sagte Jack. »Man muss sie perfekt aufspannen, um 'nen guten Preis zu erzielen.«

»Was ist so'n Fell denn wert?«, fragte Johnny. »Drei Shilling, vier?«

»Fünf«, sagte Will. »Das wird in China dafür gezahlt. Wenn es keine Beschädigungen hat.«

»Und dabei haben sie so ein hübsches Gesicht«, sagte Jack. »Wie ein Hund, bloß keine so lange Schnauze.«

»Hübsches Gesicht!«, rief Will. »Das ist für dich ein hübsches Gesicht, Jack?«

»Ich tu's nicht gern«, sagte Jack. »Wenn sie einen mit diesen Augen ansehen.«

Ich stellte mir einen Hund ohne die lange Schnauze vor. Wie man ihm mit einem Stock so fest auf die Nase schlug, dass er daran starb.

»Warum machst du dann nicht was anderes?«, fragte ich.

»Fünf Shilling pro Fell, deshalb«, sagte Jack. »Man muss schließlich was auf die Seite legen können.«

Daraufhin sagten wir nichts mehr. Für meine Brüder wäre bestimmt mal viel Geld da, aber Jack musste sich alles selbst zusammenverdienen.

In Neuseeland gab es auch Eingeborene, doch anscheinend waren sie ganz anders als die hier in Neusüdwales. Versessen aufs Kämpfen. Fielen übereinander her, Stamm gegen Stamm, und die Sieger fraßen dann die Verlierer auf. Tätowierungen im ganzen Gesicht, Kinn, Wangen, Nase, überall.

»Das macht ein spezieller Meister«, sagte Jack. »Mit 'nem feinen Meißel und 'nem kleinen Schlegel. Zuerst werden die Schnitte in die Haut gekratzt, dann wird die Farbe eingeklopft. Hab mal zugesehen, wie es einer bei sich hat machen lassen. War angespannt wie 'ne Bogensehne, um nicht vor Schmerzen laut aufzuschreien.«

»Sind sie schwarz?«, wollte Ma wissen.

»Nicht so schwarz wie unsere Eingeborenen, Mrs Thornhill«, sagte Jack. »Eher braun.«

»So ähnlich wie deine Hautfarbe?«, fragte sie.

»Oh«, entfuhr es Jack. »So ähnlich, nehme ich an, Mrs Thornhill.«

Will warf ein Holzscheit in den Kamin und stieß es mit der Stiefelspitze zurecht, worauf die Funken hochstoben.

»Lass dir doch auch so 'ne verdammte Tätowierung machen«, schlug er vor. »Dann kannst du als Neuseeländer durchgehen!«

Alle lachten, doch wenn man's recht überlegte: Was war daran eigentlich so lustig?

»Aber komm dann bloß nicht auf die Idee, mich aufzufressen, Freundchen«, sagte Will. »Du würdest dir die Zähne ausbeißen, so zäh, wie ich bin. Und jetzt steh mal auf, Jack, wir zeigen ihnen diesen Tanz.«

Die beiden stimmten ein lautes Gebrüll an, schlugen dabei mit den Armen, streckten die Zungen raus und stampften so kräftig auf den Boden, dass die Fensterscheiben klirrten. Das, so behaupteten sie, sei die neuseeländische Art, einander zu begrüßen.

Jack und ich mochten uns von Anfang an. Irgendwie hatten wir in vielem ähnliche Ansichten. Er redete mich nie mit Dolly an, sondern nur mit meinem vollen und richtigen Namen. Woher wusste er, dass ich kein Püppchen sein wollte?

Wenn sie von ihren Fahrten zurückkamen, brachte Jack mir immer ein kleines Geschenk mit, eine Muschel mit schillernden Regenbogenfarben im Innern, einen Kieselstein mit einem Loch darin – die Art Dinge, an denen man als Kind Gefallen findet. Einmal, als ich schon älter war, zehn oder elf, brachte er mir einen kleinen länglichen Stein mit, grün, glatt poliert, mit einem Loch drin, durch das man eine Kordel ziehen konnte.

»Von einem Neuseeländer gemacht«, sagte er ganz leise zu mir. »Damit du deinen Freund Jack nicht vergisst.«

Der Stein lag wie ein Edelstein in meiner Hand. Er war wunderschön, obwohl es nichts weiter war als ein schlichter Stein, weich in der Hand, so wie grünes Wasser, wenn man es festhalten könnte. Ich schloss meine Finger fest darum und wusste nicht, wie ich sagen sollte: *Ich könnte dich niemals vergessen, Jack.*

Aber Mary sah es mir an.

»Aha, Dolly!«, sagte sie. »Sieht ganz so aus, als würdest du Jack Langland heiraten wollen, stimmt's?«

Sie lachte, auch Johnny, und alle sahen zu mir her.

Es war mir peinlich, dass sie mich so leicht durchschaute und sich über meine Gefühle lustig machte. Ich spürte, wie das Blut in meinen Wangen pochte. Da lachten die anderen noch mehr. Sogar Will grinste.

Jack ergriff meine Hand.

»In Ordnung«, sagte er. »Bleibt nur die Frage, an welchen Finger wir den Ring stecken.«

Er tastete prüfend meine Finger ab, einen nach dem anderen.

»Der hier«, sagte er. »Der hier, würde ich sagen. Muss erst das Geld zusammensparen. Für den goldenen Ring. Und ihn dann an diesen Finger hier stecken. Dann werden wir glücklich und zufrieden sein.«

Seine Nüchternheit beschämte die anderen.

Danach hatte er bei der Rückkehr von einer Fahrt auch immer etwas für Mary dabei, eine Muschelhalskette oder feine Schnitzereien aus Muscheln, die er während der Fahrt in seiner freien Zeit auf der *Industry* angefertigt hatte. Und etwas für mich, das mich nicht in Verlegenheit bringen konnte.

Trotzdem machten Jack und ich uns immer einen Spaß daraus. Kam er mit Will aus Neuseeland zurückkam, wartete er einen ruhigen Augenblick ab, wenn niemand in der Nähe war. »Willst du mich immer noch heiraten, Sarah Thornhill?«, fragte er dann. Worauf ich prompt zur Antwort gab: »Klar will ich das, Jack Langland!«

Jene Jahre waren aufgeteilt in die Zeiten, in denen Will und Jack unterwegs waren, und die Zeiten, wenn sie wieder zu Hause waren. Eine andere Art von Tag und Nacht, bloß jeweils monatelang. Als ich zwölf wurde, schenkte mir Jack eine Schachtel mit zwölf Muscheln, das Ganze so klein, dass es in meine hohle Hand passte. *Willst du mich heiraten, Sarah Thornhill?*

Als ich dreizehn wurde, waren Will und Jack gerade wieder unterwegs. Ich fragte mich, ob Jack mir wohl noch so eine Schachtel mitbringen würde, dieses Mal mit dreizehn Muscheln, aber er schenkte nie zweimal das Gleiche. In diesem Jahr war es eine Eierschale, cremefarben mit grünen Sprenkeln, die er ausgeblasen und in eine mit Federn gepolsterte Schachtel gelegt hatte. Dann fuhren sie wieder fort.

Die Fahrten dauerten von Mal zu Mal länger. Die Robben würden immer weniger, sagte Pa. Sie mussten immer weitere Strecken fahren, um welche zu finden, und wenn sie welche fanden, waren es nicht mehr so viele wie früher. Während es früher so um die zwei Monate gedauert hatte, bis der Frachtraum voll war, blieben sie jetzt fast das ganze Jahr fort.

Allmählich bekam ich eine frauliche Figur und kriegte meine Tage. Ma war zu genant, um über Dinge zu reden, die sich in unserem Körper abspielten, aber Mary war fast sechzehn und hatte seit einigen Jahren ihre Tage. Sie machte Billy Cobb, der ein Stück flussaufwärts wohnte, schöne Augen. Er war ein dicker, ungeschlachter Trampel, und ich hatte nicht den Eindruck, dass Mary ihn sonderlich mochte, sie übte wohl nur an ihm. Ab und zu kam er von Cobbs runtergerudert, und die beiden verzogen sich dann zu zweit irgendwohin. Als ich meine Tage bekam, war Mary sehr nett zu mir. Nachdem wir keine Kinder mehr waren, kamen wir besser miteinander aus.

»Du kannst jetzt Kinder kriegen, Dolly«, sagte sie. »Das ist es, was es bedeutet.«

Ich muss sie wohl verständnislos angeblickt haben.

»Mit einem Mann, weißt du«, fuhr sie fort. »Du hast doch schon gesehen, wie die Pferde diesen Schlauch runterlassen. Auf die Stute springen, wenn man sie lässt, und ihn reinstecken. Genauso ist das bei den Menschen, bloß ein bisschen schöner.«

In der Tat hatte ich die armen alten Stuten gesehen, auch die Kühe, und ich würde so was auf keinen Fall mit mir machen lassen. Aber ich hatte nichts dagegen, nun kein Kind mehr zu sein. Mir kam der leise Verdacht, dass Mary vielleicht doch nicht so ganz genau wusste, was Männer und Frauen zusammen machten.

Wenn Will und Jack so lange fortblieben, langweilte ich mich schrecklich. Ich wachte früh auf, wünschte aber, ich hätte länger schlafen können, weil der Tag einfach nicht vergehen wollte. So viele Leute im Haus, und trotzdem war es leer. Ich kletterte nach wie vor zu meiner Höhle hoch, saß dort in dem honigfarbenen Licht und lauschte dem Was-Vogel. Der Vogel und das Licht waren genauso wie immer, aber irgendwie hatten sie ihren Reiz verloren. Ich wunderte mich selbst über das Kind, das ich bis vor Kurzem gewesen war, dem ein Morgen, an dem es dem Was-Vogel geantwortet hatte, gut ausgefüllt erschienen war.

Mein Körper verwandelte sich in den einer anderen Person, und auch mein Ich veränderte sich, aber mein Körper und mein Ich bildeten keine Einheit. Ich wurde mürrisch und verdrießlich, während ich darauf wartete, dass ich endlich zu mir fand.

»Hast du Würmer, Dolly?«, fragte mich Ma. »Du bist so unruhig wie eine Katze.«

Und ging tatsächlich mit dem Abführmittel auf mich los. Danach zwang ich mich, still zu sitzen. *Fass die Seele in Geduld,* sagte ich zu mir, wie ich es beim Pfarrer gehört hatte. *Fass die Seele in Geduld.*

Die Tage und Wochen verliefen fast alle gleich. Besuche von den Langlands und all den anderen, wobei sich Sophie jedesmal sofort bei Pa erkundigte, wann Will denn zurückkomme. Mary und ich machten Ausritte bis zu den Felsen am Ende von Thornhills Land und in die andere Richtung nach Paynes Mill. Manchmal ritt ich mit Johnny auf der Straße nach Sydney talauswärts bis nach Martins Corner. Mein Bruder war in Judith Martin verliebt, deren Vater das Land dort gehörte. Ein- oder zweimal ließen wir uns und unsere Pferde mit dem Stechkahn übersetzen und ritten dann auf der anderen Flussseite die neue Straße hinauf. Machten am höchsten Punkt halt, warfen einen Blick hinunter ins Tal, dann kehrten wir wieder um.

Nie weit genug, um irgendwo anzukommen, und nach ein paar Stunden schon wieder zu Hause.

Einmal machten wir einen Ausflug nach Sydney, das war ein großes Ereignis. Ich war gerade vierzehn geworden. Auf Trevarows *Emily* ging es flussabwärts und dann raus aufs Meer die Küste runter bis nach Port Jackson. Zum Glück war der Wind günstig und die See ruhig. Ein Wirtshaus in der Bridge Street suchte gerade einen Lehrling, und Johnny, der neunzehn war, wollte die Stelle nehmen. Wollte so schnell wie möglich raus aus dieser öden, todlangweiligen Gegend – womit er unser Tal meinte.

Sydney war nicht mein Fall, es war laut, die Menschen dort unhöflich und hektisch. Die besseren Herrschaften mit ihren tänzelnden Pferden ritten einen auf den Straßen fast um. Wir erhaschten einen kurzen Blick auf den Gouverneur, goldbetresst und einen Dreispitz mit Feder auf dem Kopf, was für zwei Mädchen vom Hawkesbury durchaus ein Erlebnis war. Doch nach ein paar Tagen waren wir wieder zu Hause, und weiter ging der verdammte alte Trott: Brot backen, Hammelfleisch zubereiten und immer wieder dasselbe Geschirr spülen und wegräumen, morgens, mittags und abends.

Der scheckige Hund war ein kluges Geschöpf. Dolly Thornhill war ihm völlig egal, aber er wusste, dort, wo sie war, würde auch Jack früher oder später sein. Wenn ich zu meiner Höhle hochstieg, bahnte er sich zwischen Sträuchern hindurch einen Weg nach oben und hockte sich dann neben mich auf den sandigen Boden, sodass ich seinen warmen Atem an meinem Ohr spürte. Wenn ich zum Bootssteg runterging, legte er sich auf die Planken, den Blick wie ich flussabwärts gerichtet, eins seiner schwarzen Ohren aufgestellt.

Manchmal setzte ich mich zu Pa auf die Veranda, und er überließ mir auch mal das Fernrohr, wenn ich nicht zu häufig darum bat. Schwarz glänzende Mangroven, nasse Felsen, Wasser. Durch das Fernrohr konnte man jede Kräuselung sehen. Wenn ein Schiff gekommen wäre, hätte man von sämtlichen Leuten an Deck die Gesichter erkennen können.

Tag für Tag wartete ich darauf, dass Will und Jack nach Hause kamen.

Eines Nachmittags hockte ich auf der Vordertreppe, der Hund lief schnüffelnd den Kiesweg auf und ab, und Pa saß hinter mir auf der Bank. Ich starrte vor mich hin, in meinem

Innern ein unbestimmtes Verlangen, als ich hörte, wie hinter mir die Bank umkippte, weil Pa so hastig aufgesprungen war.

»Will!«, brüllte er. »Will ist wieder da!«

Zwei Stufen auf einmal nehmend, hastete er an mir vorbei, aus dem Tor hinaus und mit seinen ulkigen schiefen Schritten weiter den Weg hinunter, das Fernrohr immer noch in der Hand. Es kümmerte ihn nicht, dass die Knechte zu ihrem Herrn hinstarrten, an dessen Füßen die Stiefel schlappten, weil er sich nicht die Zeit genommen hatte, sie zuzuschnüren.

Ich rannte hinter ihm her, auf halber Strecke schoss der Hund an mir vorbei, und als ich den Bootssteg erreichte, stand er schon am äußersten Rand und reckte sich über das Wasser zu dem Boot hin, das noch ein gutes Stück entfernt am unteren Ende des Flussabschnitts war. Das Segel hing schlaff von der Rahe, die Leute an Bord waren nicht größer als Ameisen. Einer von ihnen musste Will sein. Und einer der anderen Jack.

Bei diesem Gedanken – Jack! – hatte ich auf einmal ein Kratzen in der Kehle, als wäre ich zu schnell gerannt. Da wurde mir bewusst, was mir in all den Monaten des trübseligen Herumhängens nicht bewusst gewesen war. Jack war es, auf den ich gewartet hatte.

Inzwischen drängte sich ein ganzer Haufen Leute auf dem Steg, Mary und Ma und Bub, alle redeten aufeinander ein, wie lange Will und Jack weg gewesen waren und wie langsam sie den Flussabschnitt raufkamen, ob wohl gerade Gezeitenwechsel sei oder ob sie die Riemen würden einlegen müssen. Redeten und redeten, ohne dass das Boot näher zu kommen schien.

»Kann ich mal das Fernrohr haben, Pa?«, fragte ich. »Damit ich was erkennen kann?«

Zuerst sah ich nichts als Himmel, dann Gestrüpp. Weil ich das Fernrohr zu schnell nach unten schwenkte, verfehlte ich das Boot. Ich suchte das gekräuselte Wasser ab, und endlich sah ich das alte graue Holz der *Emily*, und oben am Bug, nach vorn gelehnt, als wollte er schneller zu uns kommen, Jack. Sein schwarzes Haar glänzte in der Sonne, sein Bart war so dick, dass er fast das ganze Gesicht verdeckte. Er sah direkt zu mir hin. Ich winkte, und er winkte zurück, obwohl ich nicht mehr gewesen sein kann als eine Gestalt, die einen Arm ausstreckte.

Als die *Emily* uns endlich erreicht hatte, wartete Jack nicht ab, bis das Boot vertäut war, sondern sprang über das Wasser hinweg an Land. Erstaunlich leichtfüßig für einen so großen, kräftigen Kerl. Geschmeidig wie eine Katze landete er neben mir.

»Aha«, sagte er. »Wenn ich mich nicht täusche, ist das Sarah Thornhill.«

Genauso wie ich ihn in Erinnerung hatte, mit lachendem Gesicht und tausend Knitterfalten um die Augen.

Und Dolly Thornhill brachte kein Wort heraus. Das war ja mal was ganz Neues.

Der scheckige Hund lief im Kreis um uns herum, seine Rute schwang wie ein Teppichklopfer hin und her. Pa klopfte Will auf die Schulter, Will klopfte auf Pas, und beide brüllten aufeinander ein.

Willst du mich immer noch heiraten, Sarah Thornhill? Ich sah Jacks Miene schon an, dass die scherzhafte Frage gleich kommen würde, er holte schon Luft, sein Mund begann die Worte zu formen. Doch dann bemerkte er meine neue Figur und überlegte es sich anders. Die Worte hingen zwischen uns.

Nichts geschah. Nur ein Schweigen von der Länge eines Herzschlags und ein Blick von Jack in meine Augen. Aber der Blick sagte: *Jetzt ist alles anders.*

Während die anderen vor uns zum Haus hochgingen, blieben wir beide ein Stück zurück. Hunderte Male waren wir diesen Weg schon raufgegangen, aber noch nie zuvor hatte ich mir dabei Gedanken gemacht, wie man neben einer anderen Person herging. Wie viel Abstand musste man lassen? Berührte man sich beim Laufen, streifte die Hand beim Vor- und Zurückschwingen gegen die des anderen, und wie atmete man?

Pa schürte das Feuer im Salon und goss schwungvoll seinen besten Madeira in die guten Gläser. Seine Hand zitterte, so sehr freute er sich über Wills Heimkehr. Anne brachte Gebäck herein, doch Pa sagte: »Nichts von diesem süßen Kram, Anne, bring diesen beiden Burschen eine ordentliche Portion von dem Fleisch von gestern Abend. Eingelegtes Gemüse dazu, und mach die Teller schön voll!«

Ich sicherte mir einen Platz neben Jack auf dem Sofa. Machte es wie Sophia und ließ es so aussehen, als wäre es Zufall, dass wir nebeneinander zu sitzen kamen, obwohl ich es mir gleich beim Betreten des Zimmers vorgenommen hatte.

Pa wollte alles wissen. Wie viele Stürme und wie viele Felle, ob sie einen guten Schiffsoffizier hätten und ob sie gut verpflegt würden. Er konnte nicht genug kriegen von den Geschichten über ihr raues Leben, während er selbst in seinem warmen, behaglichen Salon saß mit all seinem fruchtbaren Land drumherum.

Etwas Glutasche flog aus dem Kamin, und ich streckte den Fuß vor, um sie auszutreten. In meinen neuen Stiefeletten von Abercrombie's, mit Knöpfen an der Seite, sahen meine Füße sehr zierlich aus. Ich ließ mir Zeit mit der Glutasche, und als ich mich wieder zurücklehnte, nahm ich Jacks leises Lächeln wahr.

Sie hatten Gefährliches durchgemacht. Zu wenig Robben, weshalb sie über die gute Saison hinaus hatten bleiben müssen und in Stürme gerieten. Waren bis ganz runter in den Süden gefahren, zu einer Insel, die zu abgeschieden und zu kalt war, um darauf leben zu können. Waren das Risiko aber trotzdem eingegangen, um nicht mit einem halb leeren Schiff zurückzukehren.

»Genauso schwer zu finden wie ein verdammter Floh«, sagte Will. »Stimmt's, Jack?«

Aber Jack blickte nur versonnen ins Feuer, und ich war die Einzige, die wusste, warum er nicht zuhörte – weil nämlich meine Hüfte fest an seine gepresst war, und an der Stelle, wo wir uns berührten, strömte etwas von seinem Körper in meinen und von meinem in seinen.

»Aufwachen, Jack!«, rief Will. »Das gute Leben macht dich wohl schläfrig!«

»Habt ihr sie denn gefunden?«, fragte Bub. »Oder was?«

»Gefunden, ja«, sagte Jack. »Und die Kerle, auf die wir dort stießen, waren schon seit drei Jahren dort. Wurden zurückgelassen, um Robben zu jagen, und der Mistkerl von Kapitän hat vergessen, sie wieder abzuholen«.

»Drei Jahre!«, rief ich. »Da hätten sie längst tot sein können!«

»Ja, und es hat auch nicht mehr viel gefehlt«, erwiderte Jack. »Hast du dir jemals vorgestellt, wie Robbenfleisch schmeckt, Sarah Thornhill?«

Sein Gesicht war so dicht neben meinem, dass ich die von seinen roten Lippen abstehenden Barthaare erkennen konnte.

»Nein, Jack«, sagte ich. »Wie denn?«

Er musterte meinen Mund, meine Augen. Seine waren gesprenkelt, grün-braun. Die Wimpern sehr schwarz.

»Widerlich!«, rief Will quer durch den Raum zu uns rüber. »Wie ranziger Fisch, stimmt's, Jack?«

»Also, diese Kerle da«, sagte Pa, »hatten die denn kein Boot, um von dort wegzukommen?«

»Genau, Mr Thornhill«, sagte Jack. »Kein Boot, also hieß es eins bauen oder dort bleiben, bis sie sterben würden. Stehen zwar ein paar Bäume da rum, hatten aber keine Säge, bloß eine Axt.«

»Na, da hätten sie doch einen Baum fällen und so lange bearbeiten können, bis sie eine Planke hatten!«, rief ich. »Jeweils eine Planke aus einem ganzen Baum!«

»Du bist schnell von Begriff, Sarah Thornhill«, sagte Jack. »Genau. Ein Baum, eine Planke.«

»Gott bewahre«, sagte Pa.

»Wie viele hatten sie schon fertig, als ihr dort angekommen seid?«, fragte ich. »Wie viele brauchten sie noch, um ein Boot bauen zu können?«

»Acht Stück hatten sie«, sagte Jack. »Noch weit von einem Boot entfernt. Meine Güte, haben die sich gefreut, uns zu sehen.«

»Haben uns geküsst«, sagte Will. »Haben uns tatsächlich geküsst, verdammt noch mal!«

»Igitt!«, rief Bub. »Doch nicht etwa auf den Mund?«

»Erzähl uns doch nichts, Junge«, sagte Pa. »Niemals.«

»Du würdest es bestimmt genauso machen, Sarah Thornhill«, sagte Jack in das allgemeine Gelächter hinein. »Die Ärmel hochkrempeln, um den ersten Baum zu fällen, stimmt's?«

»Stimmt«, sagte ich. »Ich kann nämlich sehr hartnäckig sein, Jack. Bin nicht so zartbesaitet, wie du vielleicht denkst. Wenn ich was will, hör ich nicht auf, bevor ich's geschafft hab.«

Jack revanchierte sich immer für die Gastfreundschaft, wenn er bei uns war. Trug Brennholz für den Kamin herein, bis die Holzkiste voll war, und war immer derjenige, der das Feuer schürte, bis es hell loderte. Holte sich den Hofbesen und hatte die Veranda- und die Vordertreppe schon gefegt, während alle anderen noch schliefen.

Am ersten Morgen nach seiner Rückkehr wachte ich früh auf. Lag einen Moment lang da, dann fiel es mir ein. Jack ist wieder da! Zog mich an, ging runter zu Mrs Devlin in die Küche und sah Jack draußen im Hof Brennholz hacken. Das Beil schlug nie daneben, und das Holz fiel sauber von der Klinge ab. Jacks Bewegungen waren so gleichmäßig und mühelos, er und das Holz und das Beil wie eine tanzende Einheit.

»Na, da schau her – Sarah Thornhill«, sagte er. »Munter wie ein Vögelchen.«

Wie hatte ich es bloß all die Monate ohne ihn ausgehalten! Jetzt, da er hier war, kam es mir vor, als wäre ich die ganze Zeit halb tot gewesen.

»Willst mir wohl beim Aufstapeln helfen, oder?«, fragte er. »Aber gib auf die Splitter acht. Mit deinen zarten Fingerchen.«

Unser Tal war so tief eingeschnitten, dass die Sonne erst spät hineinschien. Die Felswände ringsum erstrahlten schon alle im goldenen Licht, bevor es uns erreichte. Eine schöne Tageszeit, wenn alles in dieses weiche Licht getaucht war und man wusste, dass die Sonne bald warm auf einen herabscheinen würde. Auf mich und Jack. Wir redeten nichts, weil Worte nicht nötig waren.

Plötzlich kam Ma aus dem Haus gestürmt.

»Jack, lass das doch bleiben«, rief sie. »Und Dolly, sieh dich mal an, du bist ja voller Splitter!«

»Das mach ich doch gern, Mrs Thornhill«, erwiderte Jack. »Ist das Wenigste, was ich tun kann, wo Sie und Mr Thornhill so gut zu mir sind.«

»Na ja, Jack«, sagte sie. »Bin ja froh, dass du kein Schmarotzer bist wie manch anderer. Aber wir haben doch den Jungen für das Feuerholz, deshalb überlass das besser ihm.«

»In Ordnung, Mrs Thornhill«, sagte Jack.

Ma ging wieder ins Haus zurück. Die Küchentür schlug krachend hinter ihr zu.

»Warum ist sie so verärgert?«, fragte ich. »Sie schimpft doch sonst immer herum, dass nicht genügend Brennholz da ist.«

»Will mir nicht zu Dank verpflichtet sein«, sagte Jack. »Ihre Art, mir zu sagen, dass sie mich hier nicht haben will.«

»Einige von uns wollen dich aber hierhaben«, erwiderte ich. »Jede einzelne Minute von jedem einzelnen Tag.«

Wir hätten uns womöglich den ganzen Morgen gegenseitig angelächelt, wenn Mrs Devlin nicht aus dem Fenster gerufen hätte, Jack solle ihr etwas Anzündholz bringen.

Er brachte eine Ladung Holz hinein und ließ es in den Korb fallen.

»Dann kann ich ja eure Messer schleifen«, meinte er. »Mrs Thornhill hat mir mal gesagt, dass sie Wert auf gut geschärfte Messer legt.«

Es stimmte, dass Ma Wert auf gut geschärfte Messer legte, aber soweit ich wusste, hatte sie das nie zu Jack gesagt. Mrs Devlin widersprach nicht, sondern nahm die Messer aus der

Schublade und holte den Schleifstein und das Öl. Ich folgte Jack durchs Haus auf die Veranda.

»Wenn ich's nicht auf die eine Weise schaffe, werde ich's eben auf eine andere Weise schaffen«, sagte er. »Will hören, wie sie *Danke, Jack* sagt.«

Er setzte sich auf Pas Bank, legte sich den Schleifstein aufs Knie, das er zum Schutz der Hose mit einem Lumpen bedeckte, und träufelte ein paar Tropfen Öl auf den Stein. Dann nahm er eins der Messer in die Hand, ein altes mit abgebrochener Spitze.

»Mit dem hier könnte man nicht mal Butter schneiden«, sagte er. »Keiner in diesem Haus hat eine Ahnung, wie man eine Klinge richtig schärft.«

Dann strich er mit dem Messer über den Stein, abwechselnd die eine und die andere Seite, immer hin und her. Was für ein lieblicher Klang, diese Schmirgelgeräusche.

Nach einer Weile kam Pa mit seiner Pfeife und einer Tasse Tee heraus, setzte sich und blickte auf das Messer.

»Deine Mutter hat das damals aus London mitgebracht, als wir hierhergekommen sind«, sagte er. »In ihrem Bündel. So wenig wir auch hatten, ein Messer brauchte man unbedingt. Haben es von einem Mann in der End Lane gekauft, die Spitze war damals schon abgebrochen, aber deine Mutter meinte, das wird uns überdauern, und hier ist es, auf der anderen Seite der Welt, immer noch zu gebrauchen.«

Er saß da und beobachtete Jacks Hände, in Gedanken zurück in der End Lane, in dieser Vergangenheit, über die er nie sprach.

»Wenn ich dieses Messer sehe, denke ich an das abgebrochene Stück«, sagte er. »Muss irgendwo dort draußen in dieser weiten Welt sein. Nichts geht verloren, man muss bloß wissen, wo man suchen soll.«

Er trank seinen Tee aus und griff nach dem Fernrohr, dessen unteres Ende die Bahn seiner Beobachtungen nachzeichnete. Jack zwinkerte mir zu und kniff dann ein Auge ganz zusammen, um Pa an seinem Fernrohr nachzuahmen. Keiner außer Jack wagte es, sich über Pa lustig zu machen, nicht mal hinter seinem Rücken.

Nach einer Weile kam ein Boot flussaufwärts geglitten. Das Segel gehisst, ein Mann mit einer blauen Mütze im Heck.

»Das ist Dick«, sagte Pa. »Da fährt er hin.«

Auf der Welt gab es Hunderte von Dicks. Trotzdem fragte ich.

»Welcher Dick, Pa?«

Er schien mich nicht zu hören. Der Mann mit der Mütze drückte die Ruderpinne zur Seite, und das Boot schwenkte dorthin, wo der erste Seitenarm in den Fluss mündete.

»Fährt zu Blackwoods rauf«, sagte Pa. »Bis ganz oben rauf. Schon jemals den Seitenarm raufgefahren, Jack?«

Blickte weiter in die Richtung, in der das Boot verschwunden war, als ob es vielleicht zurückkommen würde.

»Hab noch nie Anlass dazu gehabt«, entgegnete Jack. »War das Dick Blackwood, Mr Thornhill?«

Pa warf ihm einen kurzen Blick zu, blaue Augen wie Glassplitter.

»So wird er genannt, Junge«, sagte er. »Dick Blackwood.«

Sprach den Namen mit einem höhnischen Unterton aus.

»Wird so genannt«, sagte er. »Ist er aber nicht.«

Auf einmal sprang er auf, stapfte die Treppe hinunter und aus dem Tor hinaus in Richtung Fluss, als könnte er nicht mehr still sitzen.

»Wer ist Dick Blackwood?«, fragte ich Jack.

»Wohnt oben am Seitenarm«, antwortete Jack. »Hat 'ne Brennerei, braut Schnaps. Pa kriegt immer welchen von ihm. Das Zeug ist so scharf, dass es einem die Gedärme verätzt.«

»Ich hab einen Bruder, der heißt auch Dick«, sagte ich. »Ob er das vielleicht ist?«

Niemand sah mir so direkt in die Augen wie Jack oder hörte mir so genau zu.

»Dick Blackwood, dein Bruder«, sagte er. »Meinst du?«

»Vielleicht auch nicht«, sagte ich. »Nur, na ja, der Name halt.«

Jack griff sich ein anderes Messer und strich mit der Klinge über den Schleifstein, vorwärts und rückwärts.

»Will hat's mir mal erzählt«, sagte ich. »Dieser Bruder hat irgendwelchen Krach mit Pa gehabt. Ist weggeschickt worden. Und sein Name war Dick, verstehst du?«

»Hab noch nie jemanden sagen hören, Dick Blackwood sei ein Thornhill«, sagte Jack. »Aber irgendwie komisch ist's schon, dass er immer so für sich bleibt.«

»Dachte schon, du würdest mich auslachen«, sagte ich. »Es für Quatsch halten.«

»Niemals, Sarah Thornhill«, sagte er. »Niemals würde ich dich auslachen.«

Er strich mit dem Daumen über die Klinge und legte das Messer zu den anderen.

»Aber ich würde es gern wissen«, sagte ich. »Ob er's nun ist oder nicht.«

»Schau mal«, sagte er. »Unglaublich vieles ist möglich oder nicht möglich auf dieser Welt. Lass die Sache einfach auf sich beruhen, bis sie sich irgendwann von selbst klärt. Das ist meine Meinung, Sarah Thornhill. Wenn mich einer fragt.«

Er sammelte die Messer ein und stand auf.

»Wir legen die jetzt zurück in die Schublade«, sagte er. »Und dann will ich mal ihr Gesicht sehen, wenn sie den Schinken aufschneidet.«

Also ließ ich es dabei bewenden, war mir aber sicher, dass

sich eines schönen Tages eine Gelegenheit ergeben würde, um rauszukriegen, ob er's nun war oder nicht.

Unschuldig wie die Lämmer standen wir beide da, als Ma den Schinken anschnitt. Nachdem sie die erste Scheibe heruntergeschnitten hatte, hielt sie verdutzt inne, blickte auf das Messer in ihrer Hand und drehte sich zu Jack um.

»Warst das du, Jack?«, fragte sie. »Hast du das geschärft?«

»Ja, Mrs Thornhill«, antwortete Jack.

Sie schnitt eine weitere Scheibe ab. Das Fleisch fiel so dünn vom Messer, dass man hindurchsehen konnte.

»Also, eins muss man dir lassen, Jack«, sagte Ma. »Du verstehst es, eine Klinge richtig zu schärfen.«

»Ja, Mrs Thornhill«, sagte Jack.

Sanft wie ein Lämmchen, aber als sie sich wegdrehte, grinste er mir breit zu wie ein Tiger.

Am Nachmittag kamen die Langlands zu Besuch. Sonst niemand, und Ma bestand darauf, dass Will sein gutes neues Jackett anzog. Jack hingegen hatte kein sieben Guineen teures Jackett von Deane's, nur sein blaues Hemd und ein Halstuch und sein schwarzes, mit Wasser gekämmtes Haar. Aber in meinen Augen war er der schönste Mann der Welt.

Dieses Mal war ich nicht schnell genug, um es so zu deichseln, dass Jack wieder neben mir auf dem Sofa saß, und er nahm auf dem Stuhl Platz, über den Mrs Langland ihr Schultertuch gehängt hatte. Als er danach griff, um es ihr zu reichen, blieb er mit dem Fingernagel darin hängen und zog einen Faden heraus. Meine Güte, machte Mrs Langland ein Theater. Mit gesenktem Kopf stand Jack da und ließ ihre Standpauke über sich ergehen. Die Schamröte stieg ihm ins Gesicht.

»Das ist ruiniert«, sagte Sophia. »Da kann man nichts mehr machen.«

»Sehr wohl kann man das«, entgegnete Mary. »Gib mir das Tuch, Jack. Ich krieg das schon hin, und hinterher sieht niemand mehr, wo die Stelle war.«

Mrs Langland wusste nicht so recht, ob sie ihr kostbares Kaschmirtuch jemand anderem anvertrauen sollte, doch Mary nahm es Jack aus der Hand, zupfte den Faden von seinem Fingernagel und ging ins Nähzimmer. Wenn es nachher noch schlimmer aussieht, dachte ich, wird Jack dafür bezahlen müssen.

Aber als Mary nach einer Weile zurückkam, merkte ich an ihrem beschwingten Gang, dass sie den Schaden behoben hatte. Mrs Langland guckte, Ma guckte, doch die geflickte Stelle war einfach nicht zu entdecken. Sophia hielt das Tuch sogar unters Lampenlicht, um es Stück für Stück zu untersuchen.

»Ich glaube, ich hab's so hingekriegt, wie ich's versprochen hatte«, sagte Mary. »Die Stelle, die ich ausgebessert habe, ist nicht mehr zu erkennen.«

»Na ja«, meinte Sophia. »Ist wohl besser, ich gucke nicht so genau hin.«

»Na, dann ist ja alles in bester Ordnung«, warf Pa ein. »Ich nehme noch eins von den Scones, Meg, und Jack, du hast ja gar nichts mehr auf dem Teller, nimm dir doch von dem Gebäck, bevor es verkommt. Und schenk dir noch Tee nach.«

Mrs Langland fing wieder mit dem Gejammer über ihre Gelenke an.

»Dr. Mitchell meinte, ich hätte die lockersten Gelenke, die er je gesehen hat«, sagte sie. »Wenn ich den Fuß auf dem Boden aufsetze, ist er völlig platt, nicht die geringste Wölbung.«

»Ach du liebe Güte«, sagte Ma. »So was aber auch.«

Pa biss so herzhaft in sein Scone, dass die Krümel auf seinen Schoß prasselten. Ma legte die Stirn in Falten und sah ihn kopfschüttelnd an. Er muss wohl gedacht haben, sie runzelte die

Stirn, weil man in Gegenwart von Besuchern laut und deutlich sprechen und sich *ein wenig unterhalten* sollte.

»Sophia«, sagte er daraufhin, »du bist ja fast so groß wie ich. Die Körpergröße hast du eindeutig von deinem Pa. Komisch, dass ein Kind entweder mehr nach seiner Mutter oder seinem Vater kommt. Dolly da drüben zum Beispiel. Ihrer Mutter, Gott hab sie selig, wie aus dem Gesicht geschnitten.«

Er war zufrieden mit sich. Dachte, er habe seine Sache gut gemacht.

»Also, das ist ja nun völliger Unsinn, William«, schalt ihn Ma. »Sophia ist bei Weitem nicht so groß wie du. Bei Weitem nicht. Es kommt darauf an, aus welchem Blickwinkel man jemanden ansieht, nicht wahr, Mrs Langland? Und Sophia, meine Liebe, ganz reizend, wie du heute frisiert bist.«

Pa verstand den Wink und sagte nichts mehr. Aber mich stimmte es nachdenklich, was er da gerade gesagt hatte. Ich hatte bislang noch nicht gewusst, dass ich meiner Mutter wie aus dem Gesicht geschnitten war. Das bedeutete, dass sie in gewisser Weise in mir weiterlebte. Und bei allen anderen Menschen musste es genauso sein: dass sie diejenigen, die vor ihnen gegangen waren – ihre Mutter, ihren Vater, ihre Großmütter und Großväter bis zurück zu Adam und Eva – in sich trugen.

Es war interessant, all diese Gesichter hier in diesem Raum zu betrachten. Mary kam nach Pa, das war leicht zu sehen, das breite Gesicht mit den runden Wangenknochen und den blauen Augen, wenn auch nicht ganz die gleichen. Will ebenfalls, er hatte Pas kantiges Kinn und den großen Mund. Sophia war wie ihre Mutter, nur nicht so dick. Aber zwischen Jack und Mr Langland, der direkt neben ihm saß, war nicht die geringste Ähnlichkeit feststellbar.

»Jack sieht Ihnen kein bisschen ähnlich«, Mr Langland,

sagte ich. »Scheint nach seiner Mutter zu kommen, so wie ich nach meiner.«

Kaum hatte ich diese Worte ausgesprochen, hätte ich sie am liebsten zurückgenommen. Mr Langlands Teetasse verharrte mitten in der Luft, Pa zog die Finger aus seiner Westentasche, Mrs Langlands Hand fuhr zu ihrer Wange hoch, als hätte sie unter dem Tisch eine Schlange erblickt. Auf einmal herrschte schreckliche Stille. Ma stellte die Teekanne ab, als wäre sie aus Glas. Man hörte das leise Klicken auf dem Tisch.

Jack hatte gerade in sein Gebäckstück gebissen, doch als er merkte, dass alle anderen reglos wie Statuen dasaßen, hörte er auf zu kauen. Er sah zu Mr Langland hin, doch Mr Langland starrte nur ins Leere.

Vor zwanzig Jahren hatte Mr Langland mit einer Eingeborenen geschlafen. Darum war Jack auf der Welt. Aber wer sie gewesen und wie es dazu gekommen war, dass sie miteinander geschlafen hatten, wusste heute nur noch Mr Langland. Niemand stellte Fragen, niemand redete darüber. Als hätte diese Frau nie existiert. Außer dass Jack ihr Blut in den Adern und etwas von ihren Gesichtszügen hatte.

»Der Tee ist eiskalt«, sagte Ma. »Ruf doch bitte Anne, damit sie einen Kessel heißes Wasser bringt, William.«

Und so kam alles wieder in Gang, Pa ging zur Tür und rief nach Anne, Mr Langland trank seinen Tee aus und wischte sich über den Mund, Mrs Langland betrachtete interessiert irgendeinen Fleck auf ihrem Rock.

Jack blickte auf seine Knie. Hätte ich doch alles rückgängig machen können und meine Gedanken bei mir behalten! Die Uhr schlug die volle Stunde, und ich hasste sie dafür, dass sie immer nur vorwärts ging, nie rückwärts.

Als die Langlands aufbrachen, blieben Jack und ich ein Stück hinter den anderen zurück.

»Jack«, sagte ich leise zu ihm. »Ich könnte mir die Zunge abbeißen, weil ich das gesagt habe.«

»Na ja«, sagte er. »Ist aber doch eine Tatsache. Jeder weiß, dass Jack Langlands Mutter eine Schwarze war. Aber keiner spricht darüber. Nie.«

»Auch dein Vater nicht?«, fragte ich.

»Pa will nicht, dass darüber geredet wird. Sagt, so wie du aussiehst, Jack, könntest du als Portugiese durchgehen. Also gib dich auch als einer aus.«

Als Mrs Langland draußen die Treppe hinunterstieg, stellte sie sich fürchterlich an. »Nimm Mrs Langland bei der Hand, William!«, hörte ich Ma rufen. »Nein, die andere Hand, zum Donnerwetter!« Man hörte das Knirschen von Schritten auf dem Kies und das Quietschen des Tors.

»Ehrlich gesagt«, fügte Jack hinzu, »wäre es leichter für mich, wenn ich's wüsste. Ihren Namen, wer sie gewesen ist. Wie es dazu kam, dass sie meine Mutter geworden ist. Ob sie mich gekannt hat, ob ich sie gekannt habe, und wenn's nur eine einzige Woche gewesen ist. Ich weiß bloß, dass sie eine Eingeborene war. Und gestorben ist.«

So hatte ich Jack noch nie zuvor erlebt. Das war nicht der fröhliche Jack, den wir alle kannten, sondern ein Mann mit einem Schatten der Traurigkeit, der ihn durch sein Leben begleitete.

»Selbst der Junge, der für das Feuerholz sorgt«, fuhr Jack fort. »Oder Jingles. Werden nie was anderes tun als Holz hacken oder den Pferdestall ausmisten. Aber sie wissen, welchen Namen ihre Mutter hatte und wo sie herstammen.«

»Du wärst kein anderer, wenn du's wüsstest«, sagte ich. »Wärst trotzdem Jack Langland. Das ist doch unwichtig.«

Aber ich wusste, dass es sehr wohl wichtig war. Die Erbsen und die Pfeife, *Oranges and lemons, say the bells of St. Clement's.*

Diese paar Bilder von meiner Mutter, die ich im Geiste immer wieder betrachtete. Warum würde ich das tun, wenn es nicht wichtig gewesen wäre?

»Übrigens, die Neuseeländer«, sagte Jack, und ich dachte schon, er wolle dieses heikle Thema abschließen. »Die Tätowierungen in ihren Gesichtern. Jede einzelne dieser Linien erzählt eine Geschichte, wenn man sie zu lesen versteht. Aus welcher Familie der Mann kommt. Von den Vätern bis zu den Großvätern und immer weiter zurück. Wo du herkommst, wo du hinpasst. Alles klar und deutlich auf deinem Gesicht zu sehen. Deshalb lassen sie die Schmerzen über sich ergehen.«

Das Tor quietschte, Kies knirschte.

»William, du könntest endlich mal wieder das verflixte Scharnier ölen!«, hörte ich Ma rufen.

»Ich verstehe, was du meinst, Jack«, sagte ich. »Zu wissen, wo man herkommt.«

Ich legte ihm die Hand auf den Arm, denn meine Worte drückten auch nicht annähernd das aus, was ich sagen wollte, aber ich hoffte, meine Berührung würde es ihm verständlich machen.

»Du bist eine gute Seele«, sagte Jack.

Er zog mich an sich, drückte sein Gesicht in mein Haar.

»Nimmst Anteil an meinen Problemen«, flüsterte er. »Ich danke dir für dein gutes Herz, Sarah Thornhill.«

Auf der Veranda waren Schritte zu hören, und wir rückten auseinander. Seine Umarmung und seine Worte in meinem Haar spürte ich noch den ganzen restlichen Tag. Der sanfte Ausdruck in seinen Augen, wenn er mich ansah, während sich die anderen um uns herum unterhielten, verriet mir, dass es bei ihm genauso war.

Am nächsten Morgen sagte Jack, er werde zu Mrs Herring fahren, um ihr ein bisschen Brennholz für den Winter zu sägen. Während ich noch nach einem Grund suchte, um mitfahren zu können, machte Ma mir die Sache leicht.

»Dolly, du fährst mit Jack«, sagte sie. »Ich habe eine schöne geräucherte Hachse für Mrs Herring und einen kleinen Käse. Die arme Alte wird sich darüber freuen.«

»Na gut, Ma«, sagte ich und tat so, als wäre es mir eher lästig.

Jack ruderte, ich saß im Heck. Er hatte seine Jacke ausgezogen, und ich legte sie mir um die Schultern. Sie war schwer, und die Wärme von Jack noch darin. Bei jedem Ruderschlag kam sein Gesicht dicht an meines heran, dann entfernte es sich wieder.

Mrs Herring saß auf der Bank vor ihrem Haus, ihre Pfeife im Mund, Hühner trippelten um ihre Füße herum und pickten die Körner auf, die sie von ein paar Maiskolben abgeschabt hatte. Sie sah uns entgegen, wie wir vom Bootssteg heraufkamen und uns immer wieder gegenseitig anrempelten, als wäre der Pfad zu schmal für zwei Leute, weil es so ein heimliches Vergnügen bereitete, einander zu berühren.

»Na, sieh mal einer an«, sagte sie. »Jack Langland und Dolly Thornhill.«

Ihren schlauen alten Augen, die in einem Netz von Falten vergraben waren, entging nichts.

»Ich danke dir herzlich für die Viktualien, Dolly«, sagte sie.

»Richte deiner Mutter meinen Dank aus. Also, ich denke, es ist besser, du gehst mit Jack mit und passt auf, dass er alles richtig macht. Meinst du nicht auch, Dolly?«

Jack zersägte das Holz so, wie er sämtliche Arbeiten verrichtete – kraftvoll und mit ruhiger Hand. Hievte den Kloben auf den Bock, wandte den Blick nicht von der Schnittstelle ab und hielt beim Sägen nicht inne, bis das Stück herunterfiel. Ich hob es auf, legte es auf den Stapel zu den anderen und sah zu, wie Jack das nächste Stück in Angriff nahm. Bevor er mit der Arbeit begann, hatte er sein Hemd ausgezogen, und ich konnte die kräftigen Sehnen seiner Arme sehen, die an den Stellen, wo die Sonne draufschien, stärker gebräunt waren, seinen Rücken und seine Schultern mit den sich unter der Haut bewegenden Muskeln. Ich bedauerte es fast, als er fertig war.

Als wir zur Hütte zurückgingen, war am Anlegesteg ein weiteres Boot festgemacht.

»Das ist Dick Blackwood«, sagte Jack. »Hartgesottene Alte, wenn sie Blackwoods Schnaps verträgt.«

»Dick Blackwood!«, rief ich überrascht.

»Ich weiß genau, was du jetzt denkst«, sagte Jack. »Aber halte dich am besten da raus, rate ich dir.«

»Mal sehen«, sagte ich, doch mein Entschluss stand bereits fest.

Dick Blackwood saß da, einen Becher Tee in der Hand. Ein großer, kräftig wirkender Kerl, nicht viel älter als Jack. Zottelige Haare, die mal wieder geschnitten gehörten, und ein Bart, der das halbe Gesicht verdeckte.

»Dick, du kennst Jack Langland, nehme ich an«, sagte Mrs Herring. »Und das ist Dolly Thornhill.«

»Dolly Thornhill«, wiederholte Dick.

Musterte mich mit einem Blick, der im Nu eine Menge erfasst, in dem aber nicht viel Wärme lag.

»Dick Blackwood«, sagte ich. »Hab dich schon öfters den Fluss rauf- und runterfahren sehen.«

»Soso«, sagte er. »Spionierst also oben vom Haus.«

»Hab gehört, du bist vielleicht verwandt mit mir«, sagte ich.

Etwas in seiner Miene hielt mich im letzten Moment davon ab, *Bruder* zu sagen.

»Hast du gehört, soso«, entgegnete er. »Nun ja, Dolly, wenn man weit genug zurückgeht, ist jeder Mann und jede Frau auf dieser Erde irgendwie mit jedem anderen verwandt. Stimmt's, Iris?«

Ich wünschte, ich hätte die Miene unter dem Bart besser deuten können. Vielleicht lächelte er, vielleicht auch nicht.

»Bist weggeschickt worden«, sagte ich. »So hab ich's gehört.«

»Weggeschickt worden!«, rief er aus. »Hör dir das an, Iris! Sagt, ich sei weggeschickt worden!«

Jetzt lächelte er tatsächlich, aber es war kein nettes Lächeln. Ich wünschte inzwischen, ich hätte auf Jack gehört und den Mund gehalten.

»Ganz sicher weiß ich's nicht«, sagte ich. »Hat mir keiner direkt gesagt, hab's nur vermutet.«

»Hör mal, Dolly Thornhill«, sagte Dick, und jetzt lächelte er nicht mehr. »Ich bin niemals von irgendwo weggeschickt worden. Überall, wo ich hingegangen bin, bin ich aus freien Stücken hingegangen. Solltest du was anderes gehört haben, hast du bei Gott was Falsches gehört.«

Dann erhob er sich und setzte seine blaue Mütze auf.

»Ich geh jetzt, Iris«, sagte er. »Wenn du Nachschub brauchst, gib mir Bescheid.«

Von der Hüttentür aus sah ich zu, wie er in sein Boot stieg und davonruderte. Möglich, dass er mich, während er sich in die Riemen legte, unter seiner Mütze genauso beobachtete wie ich ihn. Als er außer Sicht war, suchte ich Mrs Herrings Blick.

»War das Dick Thornhill?«, fragte ich.

Aber sie tat so, als wäre sie ganz darauf konzentriert, das Feuer wieder in Gang zu bringen. Beugte sich hinunter und blies in die Glut.

»Lass gut sein!«, sagte Jack. »Hör jetzt auf damit!«

»Er hat mir nicht widersprochen, oder?«, entgegnete ich. »Hat nicht gesagt, dass er nicht Dick Thornhill ist.«

Aber ich redete zu Mrs Herrings Rücken. Die Glut wieder zum Lodern zu bringen, war offenbar alles, was sie interessierte. Als das Feuer aufflammte, richtete sie sich auf und wischte sich die Hände an ihrer Schürze ab.

»Jack sieht das ganz richtig, Dolly«, sagte sie. »Es gibt Dinge, die man am besten in Ruhe lässt.«

Ich holte tief Luft.

»Jetzt Schluss damit, Dolly«, sagte Mrs Herring. »Eins möchte ich gern wissen: Seid ihr zwei ineinander vernarrt oder was?«

Jack blickte mich an, ich blickte Jack an.

»Ist eigentlich sonnenklar«, sagte Mrs Herring und lachte, dass man die dunklen Zahnlücken in ihrem Mund sah.

»Bin noch nie einem Mädchen begegnet, das so ist wie Sarah Thornhill«, sagte Jack. »In meinem ganzen Leben noch nicht.«

Legte den Arm um meine Schultern.

»Wer auf der ganzen Welt würde nicht in Jack Langland vernarrt sein?«, sagte ich und legte den Arm um seine Taille, sodass ich die Haut unter seinem Hemd spürte.

»Was ist das doch für eine verrückte Welt«, meinte Mrs Herring. »Aber erzähl mal, Dolly, was sagen sie denn zu Hause dazu? Zu dir und deinem hübschen Schatz hier?«

Sie sagte es ganz beiläufig, doch ich spürte, wie gespannt sie auf die Antwort war.

»Oh«, sagte ich. »Wird schon in Ordnung sein.«

»Das ist gut«, sagte sie. »Freut mich zu hören, Dolly.«

Auf dem Heimweg fuhren wir mit der Ebbe, die starke Strömung trieb uns schnell voran. Jack saß im Heck, ohne die Ruder benutzen zu müssen, man spürte nur dieses herrliche Wogen des abflutenden Wassers und hörte das Gurgeln, wenn er die Ruderpinne zur Seite drückte und sich das Wasser darum brach. Das Kielwasser hinter dem Boot bildete eine blasse Linie mit schlingenförmigen Wellen an den Stellen, wo Jack die Ruderpinne bewegt hatte.

»So, Sarah Thornhill«, sagte er. »Du bist also in mich vernarrt?«

»Ganz fürchterlich, Jack«, sagte ich.

Ich beugte mich vor, und er kam mir entgegen, seine Hand an meiner Wange. Mein erster richtiger Kuss.

»Komm, setz dich hier neben mich«, sagte er nach einer Weile. »Damit du ganz nah bei mir bist.«

Seine Stimme, zärtlich und ein bisschen zittrig, verriet mir, was er fühlte.

So saßen wir nebeneinander, Jack den Arm um mich und ich den meinen um ihn gelegt, und sahen zu, wie die Farmen an uns vorüberglitten. Doyles Farm, mit dem auf den Sand gezogenen Boot, dann, am anderen Ufer, Fletchers Kornfeld, gelbe, in der Brise raschelnde Halme, und in einem Baum ein Rieseneisvogel, der mit lautem Gelächter aller Welt verkündete, dass er eine Eidechse gefangen hatte. Bei Cobbs Farm waren die Kinder unten am Fluss, Kathleen, die Große, mit Angelrute und Schnur, während die Kleine, die nicht ganz richtig im Kopf war, dahockte und vor sich hin träumte. Sie winkten, als sie uns sahen, und wir winkten zurück, ohne uns dabei loszulassen.

Es war derselbe alte Fluss, den ich schon mein Leben lang kannte, derselbe Schlamm an den Ufern, dieselben Leute. Aber alles war durchfärbt von Glückseligkeit, weil ich Jack Langland liebte und Jack Langland mich.

Als die Stelle in Sicht kam, wo links der Seitenarm abzweigte, streckte ich den Kopf an Jack vorbei, um hinaufzublicken. Es wurmte mich immer noch, wie Dick sich über mich lustig gemacht hatte.

»Jetzt hör mal zu, ich weiß genau, was du gerade denkst«, sagte Jack. »Aber halte dich da besser raus. Hast doch gesehen, wie er reagiert hat.«

»Er hat mir keine Antwort gegeben«, sagte ich. »Und hast du seine Augen gesehen, Jack? Dieselben Augen wie Pa!«

Jack packte die Ruderpinne und drückte sie energisch zur anderen Seite.

»Wir finden es ein für alle Mal heraus«, sagte ich. »Holen eine Antwort aus ihm heraus. Tu es für mich, Jack.«

Er schüttelte den Kopf, steuerte das Boot dann aber mit ein paar Ruderschlägen in den Seitenarm hinein. Vorbei an Devines Farm, vorbei an Matthews Farm, vorbei an Maunders, der letzten Farm. Weiter als bis dorthin war ich noch nie gekommen. Dahinter wurde der Seitenarm immer schmaler, die Felshänge zu beiden Seiten rückten enger zusammen.

Ganz oben am Seitenarm. Das war alles, was ich über Dicks Wohnort wusste. Und dass dort eine Lagune sein sollte.

Nachdem wir an Maunders Farm vorbei waren, wurde es vollkommen still. Nur das steil bis ins Wasser hinabreichende Dickicht, Schilf und Steine entlang dem Ufer, und die glänzenden Mangroven verdunkelten mit ihren überhängenden Ästen den Fluss.

Jack hielt im Rudern inne.

»Bist du dir sicher?«, fragte er. »Sicher, dass du das hier willst?«

War ich nicht. Nicht mehr. Die unheimliche Stille in diesem engen Flusstal, das Dickicht, wie es den Atem anhielt und uns beobachtete. Wenn man selbst weggejagt worden war, was würde man dann denen gegenüber empfinden, die hatten bleiben dürfen?

»Jetzt sind wir schon so weit gefahren«, sagte ich. »Viel weiter kann's nicht mehr sein.«

Jack warf mir einen Blick zu, ruderte aber weiter. Dann kamen wir um eine letzte Biegung, und dort, halb versteckt zwischen den Mangroven, war ein Anlegesteg mit Dick Blackwoods Boot. Ein offenes Stück Land, im Hintergrund glitzerte Wasser. An einem Hang, ein Stück weit vom Ufer entfernt, ein Haus.

Und Hunde, die bellend auf unser Boot zugerannt kamen, große, hässliche Viecher.

Jemand kam aus dem Haus und hielt die Hand über die Augen, um nicht von der Sonne geblendet zu werden. Eine Frau – man sah, wie ihr Kleid um die Beine flatterte.

Ich dachte, die Hunde würden stehen bleiben, sobald sie das Wasser erreicht hatten, aber weit gefehlt! Zwei von ihnen sprangen geradewegs hinein, und der andere rannte parallel zu unserem Boot am Ufer entlang. Die Entfernung zu uns war so gering, dass man seine scharfen, gebleckten Zähne und den Geifer an seinem Maul sehen konnte. Er schätzte offenbar ab, ob er ins Boot springen könnte. Die beiden anderen Hunde, die ins Wasser gesprungen waren, schwammen mit kräftigen Zügen auf uns zu. Einer von ihnen biss ins Ruder und hätte es Jack fast aus der Hand gerissen.

»Gott steh uns bei!«, schrie Jack.

Er wendete das Boot so hastig, dass es um ein Haar gekentert wäre. Ruderte wie ein Verrückter, die Hunde folgten uns und bellten mit wassergefüllten Mäulern. Das Gebell wurde von den Felswänden zurückgeworfen und hallte in dem engen Taleinschnitt wider, dass es wie von einem Dutzend Hunden klang. Dann waren wir um die Biegung herum, und das Bellen verhallte.

»Meine Güte, Sarah Thornhill«, sagte Jack. »Du kannst einen ganz schön in die Bredouille bringen!«

Er lachte, aber unsicher.

»Sieht aus, als wollte Dick Blackwood nicht gestört werden«, stellte er fest. »Hat dort ja auch seine Schnapsbrennerei. Jemand in diesem Gewerbe will bestimmt nicht, dass andere Leute bei ihm rumschnüffeln.«

Ich zitterte am ganzen Körper. Noch nie zuvor hatte mir ein Tier Todesangst eingejagt.

»Du bist leichenblass«, sagte Jack. »Ob nun Dick Blackwood oder Dick Thornhill, meine Güte, das ist doch letztlich egal.«

»Na ja«, sagte ich. »Wäre immerhin ein Bruder.«

»Sieh mal, irgendwas ist doch in jeder Familie«, sagte er. »Es gibt keine Familie, die nicht ihr großes oder kleines Geheimnis hat. Geht keinen anderen was an. Das ist meine Meinung, Sarah Thornhill.«

Er strich mir mit der Hand über die Wange und küsste mich wieder.

»Das hier«, sagte er, »das geht uns beide was an.«

George Wheeler war die trübsinnigste Seele auf der Welt, trotzdem war das Gasthaus »Zum Fährmann« jeden Tag voll. Das Land wurde immer weiter nach Norden hin erschlossen, und die Viehtreiber zogen mit ihren Schaf- und Rinderherden zu dem guten Weideland dort hinauf.

Und so kam es, dass Archibald Campbell und John Daunt tags darauf in unserem Salon standen. Das Gasthaus sei voll belegt, hatte George ihnen erklärt, aber diese beiden Gentlemen, die auf dem Weg nach Sydney waren, brauchten unbedingt eine Unterkunft für die Nacht.

Gentlemen, wohlgemerkt. Und Gentlemen wies man nun mal nicht ab.

Die beiden waren ziemlich junge Burschen, Archibald Campbell ein fröhlicher Kerl mit breitem Gesicht, blondem Bart und honigfarbenem Haar. Ein Mann wie ein rosaroter Kuchen.

John Daunt war ein völlig anderer Typ. Während er dastand, schwankte er mit dem Oberkörper nach hinten und zu den Seiten, als wüsste er nicht so recht, ob er willkommen sei. Eine Schönheit war er nicht, irgendwie schlecht zusammengesetzt, als stammten seine Arme und Beine nicht aus derselben Garnitur. Nicht älter als Jack, aber mit schütterem Haar, man konnte schon sehen, dass er irgendwann eine Glatze haben würde.

Pa hatte sich bei einem Sturz vom Pferd das Handgelenk

und den Fuß verstaucht und konnte deshalb zur Begrüßung der beiden Gäste nicht aufstehen.

»Guten Tag, meine Herren«, sagte er. »Herzlich willkommen in meinem Hause, und entschuldigen Sie bitte vielmals, dass ich wegen eines kürzlichen Missgeschicks nicht imstande bin, Sie stehend zu begrüßen.«

Viel zu viele Worte und viel zu übertrieben. Das kam daher, dass er ein *ehemaliger Sträfling* war. Ma ging zu ihm hinüber und stellte sich neben ihn, das Kinn in die Höhe gereckt, für den Fall, dass ihn jemand beleidigen wollte.

Daunt trat vor und streckte die Hand aus. Weil Pa, dessen rechte Hand bandagiert war, nicht so recht wusste, was er tun sollte, musste Daunt mehr oder weniger seine linke Hand ergreifen und schütteln.

»Sehr erfreut, Mr Thornhill«, sagte er. »Freut mich außerordentlich, Sie kennenzulernen.«

Er sprach mit irischem Akzent.

»Ich bin Ihnen wirklich sehr dankbar, Sir«, fuhr er fort. »Mr Campbell und ich, wir beide, dass wir Ihre Gäste sein dürfen. Wir danken Ihnen von Herzen für Ihre Gastfreundschaft.«

Kurz gesagt: *Ich weiß, dass Sie ein entlassener Sträfling sind, aber es macht mir nichts aus.*

Campbell lächelte, jedoch mit ausdruckslosem Gesicht. Von diesen beiden ist Daunt der Kopf, dachte ich.

Ma fing gleich eifrig an zu erzählen, dass das Pferd, das Pa abgeworfen hatte, ein Vollblüter und immer sehr nervös sei. Ich sah, wie Campbell seinem Reisegefährten einen Seitenblick zuwarf. Das Lachen darüber, wie die Kolonisten mit ihren reinrassigen Pferden angaben, hoben sie sich für später auf. Dann waren die Verbeugungen vor den Damen an der Reihe. Mary war *Miss Thornhill*, ich hingegen *Miss Sarah*. Ich wollte schon protestieren, ich sei fast fünfzehn, kein Kind mehr, da fiel mir ein, dass Ma gesagt hatte, dies sei bei Leuten *aus gutem Hause* so üblich. Nur das älteste Mädchen wurde mit dem Nachnamen vorgestellt.

Dann kamen Will, Jack und Bub herein, und das ganze Zimmer war voll von Männern, die vortraten und die Hand zum Schütteln ausstreckten. Neben den beiden Gentlemen in ihren feinen Anzügen sahen unsere Männer derb aus. Buschige Bärte, sonnenverbrannnte Gesichter und ein Gewusel von Füßen zwischen den Stühlen und Tischchen.

Während wir auf das Essen warteten, unseren *Luncheon*, wie Ma es heute nannte, unterhielten wir uns ein wenig. Archibald Campbell war Schotte, und anfangs hatte ich große Probleme, ihn zu verstehen, weil er in jedes Wort ein paar Extraschleifen einzufügen schien. Ma erkundigte sich nach seiner Familie, und er sagte, sein Vater habe ein Landgut in der Nähe von Aberdeen. Eine große Familie, so viele Brüder und Schwestern, dass sie eine ganze Kirche füllen würden. Da galt es schwer zu überlegen, bis man seine Worte verstand.

Bis jetzt hatte ich noch nicht erlebt, dass Mary Gefallen zu erregen versuchte. Saß kerzengerade da, wie Ma es uns ständig einbläute, ohne dass der Rücken die Stuhllehne berührte. Ließ ihr Taschentuch fallen, und als sie es aufhob, hatten ihre Wangen doch tatsächlich einen hübschen rosa Schimmer.

»Wo ungefähr befindet sich denn Ihr Anwesen, wenn ich fragen darf, Mr Campbell?«, erkundigte sie sich. »Ist es eher als abgelegen zu bezeichnen?«

»Keine Entfernung, Miss Thornhill«, entgegnete er. »Ein Tagesritt, mehr nicht.«

Die sanfte Röte stand ihr gut.

»Also in Richtung Norden?«, fragte Mary.

»Auf der anderen Seite der Bergkette, ein kleines Stück jenseits davon«, sagte er. »Ein äußerst hübsches Fleckchen Erde.

Noch nie hat jemand prächtigeres Land gesehen. ›Garlogie‹ habe ich es genannt.«

Mary nickte eifrig. Selbst wenn sie nichts verstanden hätte, würde man ihr das nicht angemerkt haben.

Gib bloß acht, Billy Cobb!

Ich saß neben John Daunt auf dem Sofa, Will und Jack auf den harten Stühlen auf der anderen Seite des Zimmers. Ich zwinkerte Jack zu, aber weil Daunt neben mir saß, konnte Jack schlecht zurückzwinkern. Langsam kam es mir ein bisschen dämlich vor, wie Daunt und ich ständig den Kopf von Mary zu Campbell und wieder zurück drehten.

»Mr Daunt«, fragte ich, »und wo befindet sich Ihr Grundbesitz, wenn man fragen darf? In der Nähe von Mr Campbell?«

Er schaltete sofort und rückte ein Stück herum, damit wir einander besser ins Gesicht sehen konnten. Noch nie zuvor hatte ich aus so unmittelbarer Nähe einen hässlicheren Mann gesehen, dachte ich. Wuchtige Stirn, buschige Augenbrauen, die Kinnlade wie von einer Bulldogge. Eine Augenbraue war schief und am äußeren Ende nach oben gebogen, was ihm einen spöttischen Ausdruck verlieh.

»Um ehrlich zu sein«, sagte er, »in der Grafschaft Cork würde man von einem abgelegenen Ort sprechen, wenn man bis zu diesem zwei Tage unterwegs wäre. Hier jedoch, in diesem riesigen Land, kann man fast die ganze Woche unterwegs sein, um die gleiche Entfernung zu bewältigen, weil das Land nicht so erschlossen ist.«

Sein irischer Akzent war unverkennbar, aber ich hatte keine Probleme, ihn zu verstehen. Halb Oberschicht, halb irisch. Ich war besser dran als die arme Mary, die sich bei jedem Satz von Mr Campbell den Kopf zerbrechen musste.

»Allerdings«, fuhr er fort, »bin ich noch nicht annähernd so weit wie Mr Campbell. Wer in dieses Land kommt, ist im ersten Jahr nur der Dumme. Da stimmen Sie mir doch sicher zu, nicht wahr, Mr Thornhill? Mr Langland?«

»O ja«, erwiderte Will, aber man hörte seiner Stimme an, dass er nicht sicher war, was Daunt eigentlich meinte.

»Ich bin erst seit einem halben Jahr hier«, sagte Daunt. »Habe bis jetzt noch nichts Besseres als eine Hütte vorzuweisen.«

»Oh«, entfuhr es Ma, »eine Hütte.«

»Ich bin sicher, dass ich vor Jahresende ein ordentliches Haus werde vorweisen können«, sagte er. »Aber wie Sie wohl verstehen, Mrs Thornhill, dauern all diese Dinge eine elend lange Zeit.«

»Allerdings«, warf Pa ein. »Nichts geht schnell, weder auf dem Land noch zur See.«

»Nun, Mr Daunt«, fragte Ma, »aus welcher Gegend in Irland kommt Ihre Familie, wenn ich fragen darf?«

Was sie in Wirklichkeit wissen wollte, war: *Sind Sie ein Papist?*

»Aus einem Ort namens Glenmire«, sagte er. »In der Nähe von Cork. Sind Sie schon einmal in Cork gewesen, Mrs Thornhill?«

Ma schüttelte den Kopf, wartete aber immer noch auf die Antwort.

»Wir Daunts«, fuhr er fort, »gehören zu den sogenannten Anglo-Iren. Wir haben echte Iren als Pächter auf unserem Land. Aber um ehrlich zu sein, ich könnte keine hundert Worte der irischen Sprache sprechen.«

Du bist nicht auf den Kopf gefallen, John Daunt, dachte ich. Wie du ihr vermittelst, dass du kein Papist bist. Und nicht arm.

Dann läutete Anne das Glöckchen, um uns ins Esszimmer zu rufen. Pa humpelte zwischen Will und Jack hinaus.

»Nun, Mrs Thornhill«, sagte Daunt, »gibt es bei Ihnen eine feste Sitzordnung?«

Er verwendete das französische Wort *placement*, und kaum hatte er es ausgesprochen, wurde ihm sein Fehler bewusst.

»Oder setzt sich jeder dahin, wo er möchte?«, fügte er schnell hinzu.

Nachdem er Ma auf die Idee gebracht hatte, dirigierte sie uns alle dorthin, wo sie uns haben wollte. Pa saß natürlich am Kopfende, Ma neben ihm. Campbell neben Mary, Daunt neben mir. Will und Bub. Und ganz am unteren Ende Jack.

Der Stuhl gegenüber Jack war leer, geradezu als würde eine Person fehlen. Wäre Dick hier gewesen, dann wäre das sein Stuhl. Ich musterte Pa am oberen Ende des Tischs und fragte mich, ob er sich jemals über diesen leeren Stuhl Gedanken gemacht hatte.

Anne brachte die Brathühnchen herein und stellte sie vor Pa auf den Tisch.

»Nun, Mr Thornhill«, sagte Campbell, »würden Sie mir wohl gestatten, die Honneurs zu machen, da Sie mit Ihrem Handgelenk gehandicapt sind?«

Noch ehe irgendjemand aus seinen Worten schlau geworden war, hatte er die Servierplatte bereits vor sich stehen und das Tranchiermesser in der Hand.

»Und vielleicht würden Sie mir gestatten, das Tischgebet zu sprechen«, sagte Daunt.

Noch nie zuvor war bei uns ein Tischgebet gesprochen worden. Ich warf Mary einen Blick zu, aber sie tat so, als wäre ein Tischgebet das Normalste auf der Welt.

Das Tischgebet hatte so viele Worte, dass ich auf das Amen warten musste, um zu wissen, wann es zu Ende war. Mit elegantem Schwung machte sich Campbell an der Platte mit den Hühnchen zu schaffen. Das Tranchiermesser war noch nie so zur Geltung gekommen, das Fleisch ließ sich so fein zerlegen, dass er fragen konnte: »Dunkles Fleisch oder weißes, Mrs Thornhill, oder darf ich Ihnen von beidem etwas auflegen?«

»Wirklich, das machen Sie ganz wunderbar, Mr Campbell«, sagte Ma immer wieder. »Ich weiß einen Mann zu schätzen, der ein Hühnchen fachgerecht aufzuschneiden versteht.«

Sie wiederholte es so oft, dass Pa schließlich sagte: »Ist ja gut, Meg, aber Mr Campbell ist nicht der einzige Mann auf der Welt, der weiß, wie man ein Hühnchen zerlegt.«

Ma lief rot an. Ihr Wangenmuskel zuckte vor Anstrengung, das Lächeln aufrechtzuerhalten.

Jack, der schon seit seiner frühen Jugend zur See fuhr, kannte sich mit den Tischmanieren nicht so gut aus. Statt einen anderen zu bitten, ihm etwas zuzureichen, langte er einfach über den Tisch und griff danach. Er drehte die Gabel um und schaufelte die Erbsen auf die Zinken, statt die zerdrückten Erbsen auf den Gabelrücken zu schieben, wie es sich gehörte. Nahm sich ein Stück Brot und tunkte damit die Soße auf. Als er fertig war, schneller als alle anderen, war sein Teller sauber gewischt, und der Knochen lag abgenagt am Tellerrand. Er strich sich über den Bart und wischte sich die Hand an der Serviette ab.

Nichts, was er sonst nicht auch gemacht hätte. Doch dieses Mal beobachtete Ma ihn scharf und warf Daunt einen vielsagenden Blick zu. Ich bemerkte, wie sie die Mundwinkel kurz nach unten zog und die Augen verdrehte.

»Ach, Jack«, sagte sie so laut, dass alle anderen sich zu ihm hindrehten. »Das Mädchen hat dir wohl eine zu kleine Portion auf den Teller getan. Lass dir doch noch etwas geben.«

Wir alle hörten es. Nicht, dass sie wirklich glaubte, Jack hätte noch Hunger, nein, sie wollte ihn bloß lächerlich machen. Schließlich waren die feinen Herren hier, und da musste sie zeigen, dass sie wusste, was gute Manieren waren. Sie war schon immer ein Snob, doch bis zu diesem Zeitpunkt war es lediglich eine von Mas kleinen Marotten gewesen.

Jacks Miene war anzusehen, dass er tatsächlich überlegte, ob er sich noch etwas geben lassen sollte, doch als er zu Ma hinblickte, merkte er, dass ihr Lächeln falsch war. Er blickte auf die anderen Teller, auf denen sich jeweils noch das Restchen befand, das man anstandshalber übrig zu lassen hatte. Wir alle bekamen mit, wie ihm bewusst wurde, dass er der Einzige war, der seinen Teller leer gegessen hatte, bis er glänzte.

»Nein danke, Mrs Thornhill, ich habe genug.«

Ich hätte nie gedacht, dass Jacks Stimme so unsicher und beklommen klingen könnte.

»Jack, mein Junge«, sagte Pa laut über den Tisch hinweg. »Du bist hier unter Freunden, wir haben genug zu futtern da. Anne, bring Jack noch ein Stück von dem Hühnchen, und dazu eine ordentliche Portion Soße.«

Anne trat an den Tisch und gab noch ein Stück Hühnchen, eine Schöpfkelle Soße und eine Kartoffel auf Jacks Teller. Wir anderen sahen zu, keiner sagte etwas. Jetzt merkte Pa, dass er alles noch schlimmer gemacht hatte.

»Und nun zu mir, Anne«, sagte er. »Gib mir noch ein bisschen von dem dunklen Fleisch und eine Kartoffel.«

»Und mir bitte auch«, sagte ich.

Daunt schielte auf meinen Teller, auf dem noch eine halbe Kartoffel und ein Stück Fleisch lagen.

Denk doch, was du willst, John Daunt, dachte ich. Ich werde nicht mit ansehen, wie Jack lächerlich gemacht wird.

Und so machten wir drei uns tapfer daran, unsere Teller leer zu essen.

»Wirklich, Mrs Thornhill«, sagte Daunt nach einer Weile.

»Ich konnte nicht umhin, Ihre prachtvollen Rosen zu bewundern. Herrliche Blüten. Scheint ein ideales Klima zu sein.«

Man hörte ihm an, dass er angestrengt nach Gesprächsstoff suchte, mit dem sich die Stille ausfüllen ließ, und jetzt veränderte sich seine Stimme – ihm war etwas eingefallen, das er erzählen konnte.

»Also, ich muss Ihnen gestehen, dass ich Rosensträucher nie leiden konnte«, sagte er. »Seit meiner Kindheit nicht. Meine Mutter hatte damals ein schönes Rosenbeet, und ich hatte so einen Reifen, Sie wissen schon, was ich meine, und an einem bestimmten Tag lasse ich ihn dahinsausen, und er rollt mitten in diese Rosen hinein. Ich also hinterher, und Sie werden's nicht glauben, aber ich verfing mich so sehr in diesen Dornen, dass ich dort festsaß wie ein Kaninchen in einer Falle. Oh, was hab ich geheult. War ja noch ein kleiner Junge und dachte, ich würde den Rest meines Lebens dort zubringen müssen. Stellte mir schon vor, wie man mir das Essen an einem Stock herreichte.«

Er machte eine Pause, um seinen Zuhörern Gelegenheit zum Lachen zu geben, und wir kamen der Aufforderung auch bereitwillig nach.

»Dann ist der Gärtner gekommen und hat mich befreit«, fuhr er fort. »Was ja gut und schön war, aber meine Kniehose blieb an einem der Büsche zurück, und von diesem bis zum heutigen Tag konnte ich es nicht ertragen, wenn Rosen in einem Zimmer standen, in dem ich mich befand.«

Mir wurde klar, dass die Art, wie Daunt eine Geschichte zu erzählen wusste, die zudem auf seine Kosten ging, ihn trotz seiner Hässlichkeit durchaus ein wenig anziehend gemacht hatte.

Aber nicht alle hatten ihm zugehört. Mary und Campbell hatten die Köpfe zusammengesteckt und redeten so leise miteinander, dass man es ein Privatgespräch hätte nennen können, und nach dem Essen nahm Mary mich beiseite.

»Dolly, Mr Campbell hat mir gesagt, er würde sich gern mal die Gegend unten am Fluss ansehen«, sagte sie. »Er und Mr Daunt. Ich hab ihm vorgeschlagen, wir könnten die Pferde nehmen und einen Spazierritt machen.«

»Unten am Fluss«, sagte ich, »was soll da so interessant sein?«

»Jetzt sei doch nicht so schwer von Begriff, Dolly«, zischte sie. »Du meine Güte!«

Nun ging mir ein Licht auf. Von mir aus konnten wir gern einen Ausritt machen und ihr viel Glück wünschen, wenn sie irgendwelche Hintergedanken hatte.

Phillip hatte die gesattelten Pferde schon auf den Hof gebracht. Daunt neben mir merkte, dass es nur vier waren.

»Nun ja, Miss Sarah«, sagte er, »ich frage mich, ob einer Ihrer Brüder uns nicht begleiten möchte. Oder Mr Langland.«

Er musste ebenfalls mitgekriegt haben, dass zwischen Mary und Campbell etwas vor sich ging, und wollte mit mir kein Paar bilden müssen. Fast hätte ich ihm ins Gesicht gelacht, dass er sich einbildete, ich könnte es auf ihn abgesehen haben. Wir gingen also noch einmal zum Haus zurück zu Jack und Pa, die gemütlich auf der Veranda saßen und ihre Pfeifen rauchten. Will und Bub schienen sich schon dünngemacht zu haben.

»Mr Langland, wollen Sie uns nicht auf unserem Ausritt begleiten?«, fragte Daunt. »Und Mr Thornhill, ich meine Ihren Sohn, Sir, falls er Zeit hätte, uns die Gegend zu zeigen.«

»Ich danke Ihnen, Mr Daunt«, sagte Jack. »Besten Dank. Aber Will ist flussaufwärts gefahren, um jemanden zu besuchen, und ich bleibe lieber hier bei Mr Thornhill.«

Ich machte hinter Daunts Rücken stumme Mundbewegungen, um ihm zu verstehen zu geben, *Ich würde lieber hier bei dir bleiben*, aber er sah nicht zu mir her. Bestimmt machte es ihm noch zu schaffen, dass Ma ihn vor der ganzen Runde zum Gespött gemacht hatte.

Du bist ein stolzer Mann, Jack Langland, dachte ich, und dafür liebe ich dich.

Mary sah mich schief an, als ich mir Bubs alte Hose anzog.

»Dolly!«, sagte sie. »Genierst du dich nicht darin?«

»Mach du, was du für richtig hältst, Mary«, erwiderte ich. »Aber ich denke nicht im Traum daran, hier die Dame zu spielen.«

Daunt ritt den Pfad entlang voraus, sein Rücken wiegte sich im Rhythmus des Pferdes, doch den Kopf hielt er so still, als würde er darauf ein Glas Wasser balancieren. Man merkte, dass er einen vornehmeren Reitlehrer gehabt hatte als Jingles, der Schwarze, es war.

Auf einmal ritt mich der Teufel, ich drückte Queenie die Hacken in die Flanken und galoppierte los. An Daunt vorbei und weiter unter den Bäumen entlang. Den Wind in den Haaren, sauste ich wie ein Junge dahin und hielt erst an, als ich die Felsen erreichte, an denen unser Land endete. Seit unserem Ausritt mit Pa war ich nicht mehr weiter geritten als bis hierher, aber der Rauchfleck schwebte noch immer über den Bäumen.

Daunt hielt neben mir an, war hoch zu Ross ganz gelöst und lächelte.

»Wirklich, Miss Sarah«, sagte er. »Sie sitzen gut im Sattel auf dieser Stute. Und sind vernünftiger als die Mehrheit der Damen, wenn ich so sagen darf. Ich bin immer schon der Meinung gewesen, dass wenig für den Damensattel spricht, was Sicherheit und Zweckmäßigkeit angeht.«

Was er da sagte, war durchaus in Ordnung, aber wer brauchte so viele Worte, um etwas auszudrücken? Mir kam es jedoch so vor, als hätte in seinem Lächeln ein Anflug von Spott gelegen, und ich bereute es, diese Schau abgezogen zu haben.

»Sind Sie zu Hause in Irland viel geritten?«, fragte ich. »Oder haben Sie in der Stadt gelebt?«

»Nein, auf einer Farm«, sagte er. »Bewirtschaftet wurde sie allerdings von Pächtern. Mein Vater ist Chirurg, und eigentlich hätte ich in seine Fußstapfen treten sollen. Aber dann bin ich einmal in Hörweite einer Amputation gewesen, und das hat mich von diesem Plan Abstand nehmen lassen.«

»Vielleicht war das auch besser so«, warf ich ein. »Ich habe sagen hören, Neusüdwales ist ein so gesundes Land, dass ein Doktor hier verhungern würde.«

»Ach!«, sagte er. »Hätte ich das doch nur früher gewusst, dann wären meinem Vater die Anstrengungen erspart geblieben, mich umzustimmen!«

Ich sah mich nach Mary und Campbell um und fragte mich, wo sie blieben. Ich wünschte, ich hätte Jack dazu gebracht, mit uns zu kommen, Stolz hin oder her. Wir hätten hinter Daunt herreiten und uns darüber lustig machen können, wie er da so putzig einherritt mit dem Wasserglas auf dem Kopf.

Daunt sah sich ebenfalls nach den beiden um und streifte mich dabei mit einem kurzen Blick.

»Und wo ungefähr befindet sich Ihre Farm, Mr Daunt?«, fragte ich. »Hatten Sie nicht was von Richtung Maitland gesagt?«

»Ja, ganz grob in dieser Richtung«, sagte er. »Gammaroy heißt das Dorf, das meiner Farm am nächsten gelegen ist.«

»Gammaroy«, sagte ich. »Hab noch nie von einer Ortschaft mit diesem Namen gehört.«

»Eine kleine Siedlung«, sagte er. »Können Sie nicht kennen.«

Von meiner Schwester und Campbell immer noch keine Spur.

»Gammaroy«, sagte er, »ist entfernt verwandt mit dem Namen, den die Eingeborenen für diesen Ort verwenden. So gut man ihn als Engländer eben aussprechen kann. Genauso haben wir's auch in Irland gemacht, wissen Sie.«

Wusste ich aber nicht und hatte auch nicht die leiseste Ahnung, was er meinte.

»Nehmen wir zum Beispiel den irischen Namen für einen Ort«, sagte er, »und übertragen ihn ins Englische. Glenmire ist so ein Beispiel. Wir nennen es Glenmire, aber im Irischen heißt es …« Er sagte ein Wort, das ein bisschen wie *Glenmire* klang, aber am Ende ein wenig länger war und mittendrin etwas hatte, das wie Räuspern und Husten klang.

»So können wir Engländer es besser aussprechen«, sagte er. »Wandeln es in etwas um, was wir kennen. Genauso ist es mit Gammaroy.«

Er warf mir einen kurzen Blick zu, um sich zu vergewissern, ob mich interessierte, was er da erzählte.

Nachdem ich kapiert hatte, was er meinte, interessierte es mich auch. In den ganzen fünfzehn Jahren meines Lebens hatte ich noch nie darüber nachgedacht, woher der Name eines Ortes stammte, und war auch noch nie einem Menschen begegnet, der sich über solche Dinge Gedanken machte. Dafür schämte ich mich jetzt, nicht aber für Bubs alte Hose. Wie beschränkt und unwissend war ich bisher durchs Leben gegangen. War nie weiter als bis Sydney gekommen, hatte noch nie etwas Großartigeres getan, als zum Essen ins Caledonian Hotel zu gehen und inmitten einer Menschenmenge einen Blick auf den Gouverneur zu erhaschen. Hatte nie lesen oder schreiben gelernt, nicht einmal meinen Namen, oder mir überlegt, warum die Dinge um mich herum so waren, wie sie waren.

Irgendwo in der Nähe fing mein alter Freund, der Was-Vogel, an zu sprechen, und aus Gewohnheit spitzte ich den Mund. *Dit dit dit dit dit?* Ich spürte, dass Daunt mich ansah. Denk doch, was du willst, Mr Daunt! Dieses Verhalten passte zu meinen Hosen und dem Galopp. Es war eine Art zu sagen, genauso bin ich, eine ungebildete Landpomeranze, ob es dir nun passt oder nicht. Als der Vogel seine Frage wiederholte, zog Daunt seine schiefe Augenbraue hoch und sah mich an.

»Ich glaube, er wartet auf eine Antwort, Miss Sarah«, sagte er.

Also wiederholte ich mein *Dit dit dit dit dit?* Daunt lachte, und weil ich ebenfalls lachen musste, brachte ich es nicht mehr heraus, und jedes Mal, wenn der Vogel *Dit dit dit dit dit?* fragte und ich zu antworten versuchte, brachen wir wieder in Gelächter aus. Als Mary und Archibald Campbell schließlich um die Wegbiegung kamen, so langsam, dass die Pferde sich kaum von der Stelle zu bewegen schienen, machten wir beide einen solchen Krawall, dass sich unsere Pferde im Kreis drehten und sich wunderten, was zum Teufel da los war.

Marys Wangen waren rosig, ihr Blick lebhaft.

»Was für ein prächtiges Stück Weg!«, rief Campbell aus. »Ein richtiges Paradies!«

Auf seinem Gesicht spiegelte sich sowohl die Freude über diese Gegend wider als auch über seine Begleitung.

»Reiten wir noch ein Stück weiter?«, fragte er und lenkte das Pferd schon auf die Felsen und den steinigen Pfad zu.

»O nein«, sagte Mary. »Weiter hinten ist nichts Besonderes mehr zu sehen, stimmt's, Dolly?«

Campbell beschloss, nicht auf seinem Wunsch zu beharren, und ich merkte schon, dass diese beiden gut miteinander zurechtkämen. Mary, die sagte, wo's langging, und Campbell, der ihr nicht widersprach.

Auf dem Rückweg ritt Daunt voraus, nun aber nicht mehr in gemächlichem Tempo. Er trieb das Pferd zum Galopp an, so wie ich es auf dem Hinweg getan hatte. Ich wollte Queenie schon hinter ihm hergaloppieren lassen, besann mich aber eines Besseren. Nicht John Daunt war es, mit dem ich irgendwelche Spiele machen wollte.

Als wir wieder zurück waren, fand ich einfach keine Gelegenheit, mit Jack unter vier Augen zu sprechen. Auf einmal hatte ich ein unangenehmes Gefühl. Als ob sich zwischen uns etwas verbogen hätte, was vorher gerade gewesen war. Beim Tee und das ganze Abendessen hindurch sah er mich kein einziges Mal an und war irgendwie immer auf der anderen Seite des Zimmers.

Campbell und Daunt wollten im Morgengrauen aufbrechen, und ich gähnte und führte mich auf, als wäre ich todmüde, weshalb wir alle früh schlafen gingen. Ich kroch ins Bett und tat so, als schliefe ich sofort ein, obwohl ich das Gefühl hatte, dass Mary noch gern mit mir geredet hätte. Ich wartete, bis sich das Geräusch ihrer Atemzüge veränderte. Als sie eingeschlafen war, schnaufte sie so heftig, als wäre sie über etwas entrüstet.

Ich glitt aus dem Bett und trat leise in den Flur hinaus. Daunt und Campbell waren im Zimmer gegenüber von Mary und mir. Kein Laut von dort. Auch aus dem Schlafzimmer von Pa und Ma kam kein Laut, während ich auf Zehenspitzen daran vorbeischlich. Lautes Schnarchen hinter der Tür von Will und Bub. Am hinteren Ende des Flurs war die kleine Kammer, in der Jack schlief. Weil ich wusste, dass die Tür dieses Zimmers quietschte, wenn man sie langsam öffnete, stieß ich sie blitzschnell auf, huschte hinein und schloss sie hinter mir. Es war stockfinster. Vom Bett her war ein Rascheln zu hören.

»Jack«, flüsterte ich und tastete mich vorwärts. Schlüpfte zu ihm ins Bett und rückte eng an ihn heran.

»Sarah Thornhill«, flüsterte er, ein warmer Atemstoß an meinem Ohr. »Was zum Teufel glaubst du eigentlich, was du da tust?«

»Komm her, Jack«, flüsterte ich. »Drück dich ganz fest an mich.«

Dabei hätten wir in diesem schmalen Bett gar nicht enger aneinanderrücken können.

Ich legte die Hand auf seinen Brustkorb und spürte sein klopfendes Herz.

»Du bist der Einzige für mich«, sagte ich. »Das weißt du doch, oder? Jack Langland, der Einzige.«

Was dann zwischen mir und Jack geschah, war völlig natürlich und wunderschön. Wir beide verschmolzen miteinander, als wären wir schon immer eins gewesen. Das Bett quietschte bei der kleinsten Bewegung, deshalb mussten wir ganz behutsam und leise sein. Dadurch und durch die Dunkelheit wurde das Gefühl noch stärker. Nichts als Haut und Teile von Armen und Beinen und die Wärme, die von zwei Körpern ausgeht.

Mir war von Anfang an klar, dass Mary sich geirrt hatte. Mit dem, was die Pferde machten, hatte es überhaupt nichts zu tun. War nicht bloß *ein bisschen schöner*. Das hier war etwas völlig anderes.

Hinterher lagen wir ineinander verschlungen da, mein Kopf auf dem fleischigen Teil seines Arms, den Muskel als Kissen. Bei jedem Atemzug, den wir machten, spürte ich seine Haut an meiner. Es kam mir vor, als hätte ich mehr Blut als sonst, es toste durch meine Adern, das Fleisch drückte gegen die Haut.

Mein ganzes bisheriges Leben war ich nur halb wach, halb lebendig gewesen. Jetzt gehörte mein Körper zu mir, bildete endlich eine Einheit mit meinem Ich. Nie hätte ich gedacht, dass ein Mensch so wonnevoll glühen konnte. Jetzt kann ich ruhig sterben, dachte ich. Etwas Besseres wird niemals kommen.

Als ich aufwachte, war es noch früher Tag, aber schon hell genug, um etwas erkennen zu können. Ich stützte mich auf den Ellbogen und betrachtete Jack. Seine Augen waren geschlossen, aber die Form seines Mundes, sein Lächeln, verriet mir, dass er meinen Blick spürte. Ich betrachtete die schwarzen Augenwimpern, die sich auf seiner Haut abzeichneten. Den

Ansatz seines dichten Haars an der Stirn. Die feinen Härchen seiner Augenbrauen, schön nebeneinanderliegend und am Ende spitz zulaufend. Woher wusste eine Augenbraue, dass sie diesen Bogen machen und dieses letzte Härchen genau so wachsen lassen musste?

Ich würde nie ein anderes Gesicht brauchen als seins.

Seine Augenlider zitterten, und er sah mich an. Berührte mit dem Finger meine Wange, als wäre ich der Schlusspunkt eines Traums. Jacks Lächeln, bei dem sich die vielen Fältchen um seine Augen herum bildeten. Ich konnte mich nicht sattsehen an ihm. Mein einziger Gedanke war: So kann unser ganzes restliches Leben weitergehen. Zusammen, all die kommenden Jahre hindurch.

Noch nie war mir etwas so schwer gefallen, wie dieses Bett zu verlassen. Als müsste ich einen Teil von mir abschneiden. Ich öffnete die Tür und vergaß dabei nicht, es schwungvoll zu tun. Im Flur war es dämmrig, aber nicht so dunkel, dass ich Daunt in seinem braunen Nachthemd vor der Tür seines Zimmers am anderen Ende nicht gesehen hätte. Ob er gerade kam oder gehen wollte, ob er mich sah oder nicht, konnte ich nicht sagen. Nur ein winziger Augenblick, dann trat er in das Zimmer und schloss die Tür hinter sich. Ich hörte das Einschnappen des Riegels.

Alles war so schnell gegangen, dass ich mich fragte, ob ich mir Daunt nur eingebildet hatte. Als ich auf Zehenspitzen an der Tür vorbeischlich, war sie geschlossen, als wäre sie nie offen gewesen.

In unserer Welt der gewöhnlichen Flussbewohner galt es als kein großes Verbrechen, wenn man ein bisschen Erfahrung mit einem Mann hatte. Nicht allzu viele – weder Männer noch Frauen – dürften bei ihrer Heirat völlig unerfahren gewesen sein. Aber ich wusste, dass die besseren Leute diesbezüglich merkwürdige Vorstellungen hatten. Wären wahrscheinlich schockiert gewesen, wenn sie ein junges Mädchen aus dem Zimmer eines Mannes hätten schleichen sehen.

Das war mir nur recht. Es vereinfachte die Sache mit Daunt, sofern da überhaupt etwas war, das sie komplizieren konnte.

Ich legte mich neben Mary ins Bett, und bis ich mich schließlich angezogen hatte und nach unten ging, waren die beiden Herren weg. Gut, dachte ich. Ich brauch dich niemals wiederzusehen, John Daunt.

Ich war überzeugt, dass man es im ganzen Zimmer spüren konnte, wie heftig es Jack und mich zueinanderdrängte. Dass jeder die Veränderung an mir bemerkte. Doch davon würde die Welt nicht untergehen. Eher würde dadurch alles beschleunigt und die Zukunft für uns schneller anbrechen.

Doch als Ma zu mir hinsah, während ich neben Jack saß, schien sie nichts wahrzunehmen. Pa blickte immer wieder so komisch zu Jack hin. Vielleicht ahnte er etwas. Aber wer konnte wissen, welche Gedanken sich hinter seinem großen, zerfurchten Gesicht verbargen? Was immer es auch sein mochte, er behielt es für sich.

Es ging auch niemanden was an. Nur mich und Jack, und dass es ein Geheimnis zwischen uns war, machte alles noch schöner.

Ein paar Wochen konnten wir miteinander verbringen, bevor Jack wieder aufbrechen musste. Wenn ich einen Teil meines Lebens noch einmal leben könnte, würde ich diese Zeit wählen.

Ich nahm ihn mit zur Höhle hinauf. Bis jetzt war sie mein eigenes Reich gewesen, nun konnte sie unser gemeinsames Reich sein. Als wir zum ersten Mal hochgestiegen waren, musterte Jack die Schöpfkelle, die Teetasse, die verstaubten Dinge meiner Kindheit.

»Fast wie ein Wohnzimmer«, sagte er. »Ohne Zweifel, Sarah Thornhill. Jemanden wie dich gibt's nur einmal.«

Wir setzten uns an den Rand des Felsens, unter uns waren das Dach des Hauses, die dunklen Schindeln und die gekalkten Schornsteine zu sehen. Pa auf der Pferdekoppel, seine qualmende Pfeife im Mund und die Hände hinter dem Rücken verschränkt, sah den Männern dabei zu, wie sie gerade einen Zaunpfosten in ein Loch hoben. Im Hof hackte der Junge Anzündholz, das *tock tock* des Beils drang gedämpft und verzögert, wie durch Wasser hindurch, zu uns herauf. Jemand rief etwas, dann klapperte etwas, was wir nicht sehen konnten, vielleicht der Eimer im Brunnen. Danach war alles still, und wir saßen in dem goldenen Licht.

Nur wir beide. Der Wind in den Baumwipfeln und der warme Fels unter unseren Hintern. Ich beobachtete, wie der Schatten eines Astes langsam über meinen Stiefel und über den

Sand wanderte, bis er schließlich an der Felskante abknickte. So lange saßen wir da. Kein Zimmer, in dem ich je gewesen bin, in welchem Haus auch immer, nirgendwo war es auch nur halb so schön wie in dieser Höhle mit dem Blick über das Tal.

Das Warten war fast so schön wie das, was danach kam. Die Berührung unserer Körper und das weiche Licht, das uns umfloss. Wenn ich den Kopf drehte, lächelte Jack mich auf seine besondere Weise sanft und liebevoll von der Seite an – oh, ich kann ihn jetzt sehen, diesen zärtlichen Blick! Und wie er sich dann im Sand ausstreckte.

»So gut wie ein Federbett«, sagte er jedes Mal. »Probier's mal, Sarah Thornhill, stimmt's oder hab ich recht?«

Ich streckte mich neben ihm aus, und wir blickten zum Höhlendach hinauf und ließen die Zeit still stehen. Der Fels dort oben war wabenartig von Löchern und Rillen durchzogen, denen man folgen konnte, bis man sich in dem zarten Gewirr verirrte. Nach einer Weile glitt Jacks Hand meinen Handrücken hinauf, und dann lagen wir Hüfte an Hüfte und Hand an Hand. Was ich für Jack empfand, war wie Hunger oder Durst. Nichts, zu dem man willentlich Nein sagen konnte.

Die Arme umeinandergeschlungen, saßen wir hinterher da. Wir redeten nicht viel, aber Jack sang gern Lieder. Ganz leise, damit man uns unten beim Haus nicht hörte. Eine Art Seemannslieder, kurze, abgehackte Weisen und die Texte über Schiffe und ferne Länder und zurückgebliebene hübsche Damen. Ich hatte keine sonderlich gute Stimme, aber Jack hatte es gern, wenn auch ich etwas sang, behauptete er zumindest. Ich gab mir ihm zuliebe alle Mühe und stellte fest, dass manches wie von selbst aus meinem Gedächtnis an die Oberfläche trieb.

Oranges and lemons, say the bells of Saint Clement's. Die Worte kamen so leicht über meine Lippen, dass es mir vorkam, als wäre meine Mutter in mir und würde für mich singen. *You owe me five farthings, say the bells of Saint Martin's.* Sie war bei uns, und dieses alberne Lied war für uns wie ein Segen von ihr.

Mir genügte es, so zu leben, als wäre jeder Tag der einzige Tag. Ich machte mir keine Gedanken darüber, wie es weiterging. Aber Jack warf während dieser Zeit der Nähe einmal einen Blick in die Zukunft.

»Mein Vagabundenleben ist so gut wie vorüber«, sagte er. »Wird Zeit, dass ich langsam sesshaft werde.«

»Was, keine Robbenjagd mehr?«, fragte ich.

»Du kennst doch Sullivans Farm, oder?«, fuhr er fort. »Dieses runtergekommene Grundstück ein Stück flussabwärts?«

Ja, ich kannte Sullivans Farm. Ein verwildertes Feld und eine schiefe, halb zerfallene Hütte an einem Hang. Vor langer Zeit hatte dort jemand eine Farm betrieben, musste dann aber weggezogen sein. Solange ich das Grundstück kannte, hatte ich dort noch nie einen Menschen gesehen.

»Ein Mann muss sich überlegen, was er sonst noch tun könnte«, sagte Jack.

»Und was könnte er tun, Jack?«, fragte ich.

»Diese Hütte irgendwann ausbessern«, sagte er. »Ein Mann mit einer scharfen Axt kriegt das an einem Tag hin. Sie ausbessern, das Feld roden und irgendwas anpflanzen.«

»Du willst Farmer werden!«, rief ich aus.« Jack Langland, ein Farmer!«

»Du scheinst mir ja nicht viel zuzutrauen, Sarah Thornhill«, sagte er. »Wirst staunen, was Jack Langland alles zuwege bringt.«

Nachdem er das gesagt hatte, malte ich mir sofort eine gemeinsame Zukunft für uns aus, sah uns beide in der ausgebesserten Hütte und wie wir auf dem Feld irgendwas anpflanzten.

»Noch ein paar Fahrten auf Robbenjagd«, sagte er. »Damit ich noch etwas mehr zurücklegen kann. Bis ich so weit bin, behalte ich die Idee mit der Farm von Sullivan für mich, damit mir kein anderer zuvorkommt.«

Er nahm meine Hand, strich mit dem Finger über die Linien auf der Innenfläche und tastete einen Finger nach dem anderen ab, wie er es schon mal getan hatte.

»Wird vielleicht einsam sein in dieser alten Hütte«, sagte er. »Könnte sein, dass ich mich nach Gesellschaft sehne. Denke da an eine bestimmte Person. Vielleicht hätte sie Lust, gemeinsam mit mir dort zu leben. Jedenfalls könnte eine bestimmte Person mehr zuwege bringen als Jack Langland. Das weiß ich. Könnte viel mehr zuwege bringen.«

Ich hatte Jack noch nie zuvor so schüchtern reden gehört.

»Und jetzt sag es mir«, fuhr er fort. »Sag's mir ganz offen. Wenn du was gesehen hast, was dir besser gefällt, brauchst du's nur zu sagen. Jack Langland wird stets Sarah Thornhills Freund bleiben, was auch immer kommt.«

»Hab noch nie was gesehen, was mir besser gefallen hätte«, antwortete ich. »Hab ich dir doch schon mal gesagt, dass du der Einzige für mich bist.«

Habe ich ihn geküsst oder er mich? Den Wind in den Blättern, das Gezirpe kleiner Lebewesen in den Sträuchern, den singenden Vogel – ich hörte alles zugleich, spürte jeden Lufthauch auf meiner Haut, war noch nie zuvor mit jeder Faser meines Körpers so sehr Teil des Lebens dieser Welt gewesen.

Nach diesen paar gemeinsamen Wochen kam die Nachricht aus Sydney, die *Industry* sei zum Auslaufen bereit, und Will und Jack mussten noch am selben Nachmittag mit Trevarrows Boot nach Sydney fahren.

Alle rannten geschäftig hin und her, Will und Jack packten eilig ihre Sachen zusammen, Ma lief aufgeregt die Treppe hoch und runter, und Pa stand alle paar Minuten an einer anderen Tür, zog seine goldene Uhr heraus und ließ den Deckel aufschnappen. Nur mit Mühe fanden Jack und ich noch einen Augenblick allein oben auf dem Flur. Wir umarmten uns, und er drückte mich so fest an sich, dass mir die Luft wegblieb.

»Wirst du auf mich warten?«, flüsterte er.

»Bis in alle Ewigkeit«, flüsterte ich zurück.

Und schon tauchte Ma wieder am anderen Ende des Korridors auf, und wir lösten uns so schnell voneinander, dass sie nichts mitbekam.

»Pass gut auf dich auf, Sarah Thornhill«, sagte Jack mit einer Stimme, die ruhig jeder hören konnte. »Dass du mir keinen Unfug machst, während ich weg bin.«

»Nun komm endlich, Jack«, rief Ma, »Trevarrow wartet schon! Und Dolly, sei so gut und steh ihm nicht im Weg rum.«

Im goldenen Nachmittagslicht gingen wir alle zum Bootssteg hinunter. Will mit dem Bündel, das auf seinem Rücken hüpfte, neben ihm Pa – zwei Männer mit langen Beinen und noch längeren Schatten. Um nicht auszurutschen, gingen Mary und Ma den steilen Abhang im Zickzack runter. Als Letzte kamen Jack und ich, begleitet von dem scheckigen Hund. Er wusste, dass irgendetwas los war, und blickte immer wieder in Jacks Gesicht. Am Bootssteg geriet er allen zwischen die Füße, weil er Jack nicht von der Seite weichen wollte.

»Ab mit dir!«, rief Jack und zeigte in Richtung Haus. »Geh heim! Ab mit dir!«

Der Hund stellte sich dumm und blickte hechelnd und mit heraushängender Zunge zu ihm hoch. Als Will und Jack ins Boot stiegen und die Männer die Leine aufs Deck warfen, reckte er sich über den Rand des Bootsstegs zu ihnen hin.

Ich sah dem Boot nach, als es in die Strömung hinausglitt

und Jack im Heck von Sekunde zu Sekunde kleiner wurde. Ich winkte mit meinem Schultertuch, und er nahm seine Mütze ab und schwenkte sie über dem Kopf hin und her. Dann umrundete das Boot die Landspitze hinter den Mangroven, und auf dem Wasser war nichts mehr zu sehen.

Der Hund und ich trotteten nebeneinander zum Haus hinauf. Ich tätschelte ihn, und er blickte zu mir hoch und leckte mir das Kinn. Statt wie sonst federnden Gangs zu traben, schlich er jetzt dahin. Der Hund machte sich nichts aus mir und ich mir nichts aus ihm, aber wir versuchten, uns miteinander zu begnügen.

»Nicht traurig sein«, sagte ich. »Er kommt ja wieder. Dann sehen wir weiter.«

Archibald Campbell sorgte dafür, dass Mary ihn nicht vergaß. Alle paar Wochen kam er von Garlogie hergeritten und brachte ihr jedes Mal etwas mit, ein Spitzentaschentuch etwa oder ein paar hübsche Kämme.

In seiner Heimatstadt Aberdeen hätte er über eine Frau, die weder lesen noch schreiben konnte und deren Vater ein entlassener Sträfling war, vielleicht die Nase gerümpft. Doch weil es in Neusüdwales wesentlich mehr Männer als Frauen gab, würde ein Mann, der allzu wählerisch war, leer ausgehen. Mary war klug, konnte einen Haushalt führen und war so weit ganz hübsch. Hatte kein vornehmes Gehabe wie die Frauen seines Standes, doch hier im Landesinnern war das auch nicht gefragt.

Campbell blieb stets mehrere Tage. Besichtigte mit Pa die Weiden und zeigte sich darüber so begeistert, als hätte er noch nie zuvor eine Kuh gesehen. Selbst als Pas Handgelenk schon längst wieder in Ordnung war, schnitt Campbell bei Tisch weiterhin das Fleisch auf, als wäre er bereits der Schwiegersohn.

»Sie haben wirklich eine gute Küche, Mrs Thornhill«, sagte er. »Mrs Devlins versteht etwas von Braten und Pasteten. Ich habe in Garlogie zwar eine ganz gute Köchin, aber sie hat elf von der Regierung zugeteilte Männer zu versorgen, und die arme Frau rennt sich die Hacken ab. Sie gibt sich alle Mühe, doch es ist schlichte Kost. Man könnte fast sagen, in alarmierendem Maße schlicht.«

Bloß dass wir ihn *in alarmierendem Maße* wegen seines starken schottischen Akzents nicht verstanden.

»Ihre Pasteten zum Beispiel«, fuhr er fort. »Ist nicht gelogen, wenn ich sage, dass ich mir an dem Teig einmal einen Zahn ausgebissen habe. Wonach ich mich so richtig sehne, ist eine Pastete, wie sie meine liebe Mutter gemacht hat. Ein Teig, der auf der Zunge zergeht, mit einer saftigen Füllung. Habe so etwas seither nie wieder bekommen.«

Mary nahm seine Worte als Herausforderung. Machte sich eines Tages zu den Langlands auf, um von ihrer Köchin, die herrliche Pasteten backen konnte, zu lernen, wie man einen lockeren Teig zustande brachte. Man mischte ihn mit einem Messer und durfte ihn beim Ausrollen fast nicht berühren, formte aus einem Rest Teig eine Rosenknospe, die man oben in die Mitte setzte, und bestrich zuletzt alles mit Eigelb, damit die Pastete eine schöne Farbe bekam.

An dem Abend, als sie Campbell ihre Pastete präsentierte, hätte man meinen können, sie überreiche ihm die Kronjuwelen. Ein paar Tage später, als wir gerade wieder alle beim Abendessen saßen, erhob sich Pa von seinem Platz am Kopfende des Tischs und sagte, er habe eine gute Nachricht zu verkünden. Eine große Überraschung für uns alle. Mr Campbell und Mary hätten sich verlobt.

Wir lachten alle, ach, wirklich, was für eine Überraschung! Und alle freuten sich. Ich mochte Archibald, einen eher sanftmütigen Menschen, liebenswürdig, doch ohne es allzu sehr zu übertreiben.

»Mary«, sagte ich später zu ihr, »er ist ja wirklich ein guter Kerl, aber du verstehst ihn doch so schlecht.«

»Ach, das brauche ich doch auch nicht, Dolly«, erwiderte sie. »Hauptsache, er versteht mich!«

John Daunt nahm als Trauzeuge an der Hochzeit teil. Elegant sah er aus mit seinem Zylinder und dem grauen Schwalbenschwanzfrack. Ein schöner Mann wäre er nie, aber mit dieser Kleidung hatte er das Beste aus sich gemacht. Ich war die Brautjungfer, und er nahm mit seiner behandschuhten Hand galant meinen Arm und schritt neben mir einher, wie es sich geziemte. Er redete dabei aber nichts weiter, als wie schön das Wetter sei und wie sehr er sich für das glückliche Paar freue. Lauter belanglose Sachen. Nichts von dem Daunt, der mich mal ermuntert hatte, den Was-Vogel nachzumachen. Ob er mich an jenem Morgen aus Jacks Zimmer hatte kommen sehen, konnte ich nicht sagen, eins jedoch war sonnenklar: Sollte er je Interesse an mir gehabt haben, hatte er jetzt jedenfalls keines mehr.

Ma musterte uns beide, stupste Pa an und flüsterte ihm etwas ins Ohr. Pa fühlte sich in seinen besten Kleidern nie ganz wohl in seiner Haut, weil er stets befürchtete, sich in irgendeiner Weise zu blamieren, doch als er uns beide ansah, entspannten sich seine Züge. Ihre Gedanken waren nicht schwer zu erraten. Nein, Pa, dachte ich, dieses Mal täuschst du dich.

Meine Güte, wie selig sah Archibald Campbell aus, als er Mary zum Altar führte! Er hatte die Hand auf ihre gelegt und hielt ihre Finger ganz fest, als hätte er Angst, sie könnte ihm davonfliegen.

Mir kamen vor Rührung die Tränen, wie er da so stolz und verliebt neben Mary stand. Dachte dabei natürlich an einen anderen Mann, von dem ich hoffte, er würde mich einmal genauso stolz und verliebt zum Altar führen und dabei meine Hand ganz fest halten.

Draußen vor der Kirche schleuderte ich lachend den Reis in die Luft, und als Mary ihren Brautstrauß in die Höhe warf, streckte ich schnell die Hände aus und fing ihn auf. Mary lachte, und ihr Blick wanderte zu Daunt, der neben mir stand.

Ja, Daunt würde für eine Frau bestimmt einen guten Ehemann abgeben. Aber ich hielt das Sträußchen in Richtung Osten. Wo Jack irgendwo in weiter Ferne war. Der Himmel über ihm war derselbe wie über mir, ein Ozean aus Luft, der uns miteinander verband. Ich schickte eine Botschaft hinauf, damit die Luftströmungen sie zu ihm trugen. *Du bist der einzige Mann auf der Welt, der für mich in Frage kommt, Jack Langland. Komm schnell nach Hause.*

Es heißt, eine Hochzeit ziehe die nächste nach sich, und das war in diesem Jahr bei den Thornhills tatsächlich der Fall. Johnny wurde volljährig und durfte sich somit eine Schankerlaubnis beschaffen, und er überredete Pa, ihm Geld zu leihen, um das Wirtshaus »Zur Wildsau« in der Bridge Street zu kaufen. Er hatte all die Jahre ein Auge auf Judith Martin gehabt, ein kluges, energisches Mädchen mit rotem Haar, das nicht mit sich spaßen ließ, aber ein heiteres Wesen hatte und gut im Rechnen war. Pa freute sich, denn auch die Martins waren eine Familie von Freigelassenen, doch mit viel Geld, und für einen Gastwirt war Judith genau die richtige Frau.

Bald darauf folgte Bub seinem Beispiel und heiratete Kathleen Cobb. Ihr Vater war ebenfalls ein *alter Kolonist*, inzwischen aber ein reicher Mann am Oberlauf des Flusses. Er und Pa legten zusammen und kauften für Bub und Kathleen hundertzwanzig Hektar Land am Ufer des South Creek. Mary und Archibald reisten von Garlogie zur Hochzeit an, Mary hatte noch immer das Strahlen einer Frischvermählten, und Archibald lächelte ohne Unterlass.

Billy Cobb, der arme Trottel, konnte den Blick nicht von ihr wenden.

Pa zog zu jeder Hochzeit seinen Schwalbenschwanzfrack und seinen Zylinder an – die Anschaffung machte sich bezahlt. Der französische Champagner, den er besorgt hatte, machte Ma betrunken und weinerlich. Als Freigelassener musste man besonders hart arbeiten und zeigen, dass man das Beste kannte und man es sich leisten konnte.

»Nun hab ich euch alle unter der Haube«, sagte er mit vom Champagner gelöster Zunge. »Und wie ich's mir immer erhoffte, habt ihr's alle zu was gebracht. Jetzt fehlst nur noch du, Dolly. Bald werde ich auch dich verheiratet haben. Mit einem feinen Herrn, nicht wahr? Einem feinen Herrn, keine tausend Meilen von hier entfernt.«

Er wollte mir zuzwinkern, musste aber, beschwipst, wie er war, erst kurz überlegen, wie das ging, und kniff dann nicht nur das Auge zusammen, sondern zog auch den Mundwinkel hoch.

Am Ende dieses Jahres war ich dreimal Brautjungfer gewesen. Sophia Langland, die es ärgerte, dass sie noch immer nicht Wills Ring am Finger trug, wies mich giftig auf diese Tatsache hin. Ich ließ mir nichts anmerken, doch es ärgerte mich. Aber Jack und ich hatten unsere Abmachung, nur wir beide wussten davon.

Der beste Teil des Tages war immer die Zeit vor dem Aufstehen. Jetzt, nachdem Mary ausgezogen war, hatte ich das Bett für mich allein und konnte meine Gedanken ungestört wandern lassen. Wenn die Sonne zwischen den Vorhängen hereinschien und die Vögel den Tag begrüßten, stellte ich mir vor, Jack wäre bei mir. Wie sein Blick sanft wurde, kurz bevor er mich anlächelte.

Um bei ihm sein zu können, versuchte ich mir das Land vorzustellen, in dem er sich befand. Aber Neuseeland mit seinen schräg wachsenden Bäumen und den Einheimischen, die Menschen fraßen, war unvorstellbar für mich. Mrs Trevarrow hatte einen Mantel aus Seehundfell, und wenn ich in der Kirche hinter ihr saß, beobachtete ich, wie das Licht darüber strich, doch es war schwer, sich dieses Fell als lebendiges Wesen mit hübschem Gesicht vorzustellen.

So lange wie dieses Mal waren sie noch nie weggeblieben. Zehn Monate, dann elf.

Ich ging zur Höhle hoch und suchte die Abdrücke, die wir in dem seidigen Sand hinterlassen hatten. Erstaunlich, wie schnell der Wind sie verwischte. Der Boden der Höhle sah aus, als wäre kein Mensch je dagewesen. Nur die gewellte Linie im Sand von einer Schlange. Ich beobachtete, wie das Licht über den durchlöcherten Fels des Höhlendachs wanderte, und sagte mir, hier, wo ich jetzt liege, hat Jack gelegen. Hat zu der Stelle hochgesehen, auf die ich gerade blicke.

Es war kein großer Trost. Ich zählte ungeduldig die Tage.

ZWEITER TEIL

Am elften Tag des elften Monats war Jack wieder zurück. Aber er kam allein. Kaum war er aus dem Boot gestiegen, erzählte er uns, Will sei ertrunken. Er sagte es mit so ausdrucksloser Stimme, als hätte er es schon so häufig gedacht, dass er dabei nichts mehr empfand.

Ich schrie auf, als hätte er mich geschlagen. Pas Gesichtszüge verzerrten sich. »Nein!«, brach es aus ihm heraus.

Sie waren an einer kleinen Insel gewesen, erzählte Jack. Codfish hieß sie. Dann war ein Sturm losgebrochen, und weil es vor dieser Insel bei solchem Wetter riskant war, hatten sie den Anker eingeholt und waren schnell in Richtung eines Hafens namens Easy Harbour gesegelt. Dann war das Boot jedoch auf einen Felsen aufgelaufen.

»Hat sich gedreht wie ein Blatt«, sagte Jack. »Und alle, die an Bord waren, wurden von Deck gespült.«

»Und Will?«, fragte Pa mit brechender Stimme.

»Hab ihn, nachdem wir ins Wasser gestürzt sind, nicht mehr gesehen«, sagte Jack. »Nur ich und ein Mann namens Matthew Stone konnten uns auf den Strand retten.«

Ich war völlig durcheinander. Obwohl ich wusste, dass Will tot war, wartete ich darauf, dass er jeden Augenblick zur Tür reinkam und *Dolly!* rief, wie er's immer getan hatte. Mein Lieblingsbruder, ein Teil meiner Welt, ein Teil meines Lebens.

Diese sinnlose Vergeudung von Leben. Weil mich die Trauer ebenfalls zu überwältigen drohte, musste ich wütend werden.

»Easy Harbour!«, rief ich aus. »Leichter Hafen! Wieso hat man ihn so genannt, wo er doch gar nicht leicht anzulaufen ist?«

Das Meer hatte mir schon immer Angst gemacht. Als Kind war ich auf der alten *Hope* bei einer unruhigen Fahrt nach Sydney einmal seekrank geworden. Die Wellen hatten das Schiff heftig hin und her geworfen und durchgerüttelt. Ich erinnerte mich, wie Will mich ausgelacht hatte, als ich mich im Heck zusammenkauerte und *Mach, dass das aufhört, mach, dass das aufhört!* schrie.

Und nun war Will in diesem kalten Meer ertrunken. Die Wellen hatten sich gegen das Schiff geworfen, und der hölzerne Rumpf hatte ihnen nicht standhalten können. Das Schiff war gekentert und gesunken, und alle waren von Deck geschleudert worden. Das Wasser war ihnen ins Gesicht geschlagen. Ob Will *Mach, dass das aufhört, mach, dass das aufhört* geschrien und in dem Augenblick, bevor das Meer ihn verschlang, an seine kleine Schwester gedacht hatte?

Und irgendwann würde er an Land gespült werden, glitzernde Wassertropfen im Bart, den Mund voller Sand.

Pa wollte es immer wieder hören. »Wo genau ist es passiert? Wie weit ist es bis zu diesem Hafen, und wieso seid ihr auf die Felsen aufgelaufen, und war denn keine Stadt in der Nähe, von der aus man Boote hätte losschicken können?«

»Dreißig Meilen vom Hafen entfernt, Mr Thornhill, und der Wind hat plötzlich gedreht. Keine Stadt weit und breit. Nur die Felsen und der heulende Wind und die Wellen, die auf uns zugerollt sind.«

Pa sah Jack erwartungsvoll an, als würde die Geschichte vielleicht anders ausgehen, wenn er sie ein weiteres Mal hörte.

»Es tut mir leid, Mr Thornhill«, sagte Jack.

Er konnte Pa nicht ins Gesicht sehen. *Es tut mir leid*, hatte er gesagt, weil er derjenige war, der überlebt hatte. Weil es nicht Will war, der die Geschichte erzählte, und Jack nicht derjenige, um den man trauerte.

Pa ergriff Mas Hand und hielt sie umklammert, als wäre er selbst kurz vor dem Ertrinken.

Nachdem Jack diese Nachricht überbracht hatte, zog sich Pa in sich selbst zurück. Saß im Salon und lauschte dem Ticken der Uhr oder draußen auf der Veranda und brütete dumpf vor sich. War so in sich gekehrt, dass er nicht einmal nach dem Fernrohr griff, sondern einfach nur über den Fluss zu der Baumreihe oben auf den Felsen starrte. Den Mund zusammengepresst und mit versteinerter Miene.

Jack und ich setzten uns zu ihm. Die Boote fuhren flussauf und flussab, und ich hielt Ausschau nach Dicks blauer Mütze, sah sie aber nie. Ich war wütend auf Dick, weil er am Leben war, weil er weggegangen war oder weil er vielleicht gar nicht mein Bruder war, sondern nichts weiter als ein Fremder, dessen Eltern ihn zufällig Richard genannt hatten.

Ich fand nicht genügend Dinge, auf die ich wütend sein konnte, um die Leere auszufüllen, die Wills Tod in mir hinterlassen hatte.

Die Nachricht verbreitete sich wie ein Lauffeuer am ganzen Fluss. In der ersten Woche legten täglich Boote an unserem Steg an, kamen Leute den Pfad heraufgestiegen. Die Langlands, die Cobbs und die Fletchers, alle in Trauerkleidung, sodass man sie erst erkannte, wenn sie näher gekommen waren. Pa verzog sich jedes Mal in den Salon, während Jack alles noch einmal erzählte und Ma in ihr Taschentuch schniefte. Alle sagten: »Ich bin sehr betroffen über Ihren Verlust, Mr Thornhill.« Pa wartete nur darauf, dass sie gingen. Dann setzte er sich wieder auf die Veranda und starrte zu dem Dickicht auf der anderen Flussseite rüber, als könnte es ihm was erklären.

Der tote Will lag zwischen Jack und mir wie ein quer über eine Straße gestürzter Baum. Wir blickten uns darüber hinweg an, redeten ein paar Worte über ihn hinweg, aber Jacks Blick war leer, und ich selbst konnte nur noch traurig dreinblicken. Ich ergriff Jacks Hand und drückte sie, versuchte mich an etwas zu erinnern, das nicht mehr da war. Wir waren untröstlich. *Der Verlust* war nicht nur die Person, die gestorben war. Es war die Lücke in denen, die zurückgeblieben waren, ein Loch, das auch alles andere verschlang. Ich hatte Will verloren, und es sah so aus, als hätte ich auch Jack und mich selbst verloren. Beide tasteten wir uns durch einen Nebel der Traurigkeit.

Eines Nachmittags, als ich gerade in der Küche war, kam Jack herein. Wartete, bis Mrs Devlin in die Spülküche ging.

»Können wir nachher mal miteinander reden?«, fragte er. »Oben in der Höhle?«

Seine Miene zeigte jedoch Besorgnis, und es war klar, dass er bei *der Höhle* nicht an das dachte, was sie für uns einmal bedeutet hatte.

Wir saßen nebeneinander dort, wie wir's immer getan hatten, und blickten hinaus. Unten im Hof feilte Phillip an Valiants Huf, aus dem Schornstein des Salons stieg Rauch. Dahinter der Fluss. Die Strömung war stark, die Wasseroberfläche aufgewühlt.

»Die Sache ist die«, begann Jack.

Er musste abbrechen und husten, als wäre seine Stimme eingerostet.

»Die Sache ist die«, wiederholte er. »Will hatte eine Frau. Eine Einheimische. War mit auf dem Schiff und ist ertrunken, zusammen mit den anderen.«

»Eine Frau!«, rief ich aus. »Will? Er war verheiratet?!«

»Rechtmäßig getraut«, sagte Jack. »Mit Pfarrer. Bin dabei gewesen.«

Das machte mich sofort froh. So hatte Will wenigstens ein bisschen was vom Leben gehabt, bevor er gestorben war. Sophia und das todlangweilige Leben, das er mit ihr geführt hätte, waren nicht das Ende der Geschichte. Aber ich wünschte, er hätte es mir erzählt. *Du hättest es sagen sollen, Will.*

Und Jack auch. Jack hatte es die ganze Zeit gewusst, ohne es mir anzuvertrauen, nicht einmal, wenn wir miteinander schliefen und ich geglaubt hatte, näher könnten zwei Menschen sich nicht sein.

»Warum hast du's mir nicht erzählt, Jack?«, fragte ich. »Hättest es mir sagen sollen.«

Er war zu traurig, um sich zu rechtfertigen, aber ich war verletzt.

»Ich hätte es bestimmt nicht weitererzählt, wenn Will es nicht gewollt hätte«, sagte ich. »Ich kann ein Geheimnis für mich behalten.«

Bei dem Wort »Geheimnis« durchzuckte mich ein Schmerz, wie wenn sich einem ein Splitter unter den Nagel bohrt.

»Du hast dir auch eine Frau genommen!«, rief ich aus. »Wie Will!«

Zum ersten Mal, seit er zurückgekommen war, legte er den Arm um mich.

»Warum sollte ich so etwas tun?«, sagte er. »Wenn Sarah Thornhill genug ist für einen Mann.«

»Na, Gott sei Dank, Jack«, sagte ich.

Meine Stimme zitterte, weil der Schmerz, der mich gerade durchzuckt hatte, mir zeigte, dass das Leben einen hart anfassen kann.

»Wenn du eine hättest, müsste ich dich umbringen«, sagte ich. »Das ist dir doch klar, oder?«

Ich wollte dem Thema eine Wendung geben, damit wir darüber lachen konnten, doch meine Stimme verriet mich.

»Mit einem von diesen Messern, die du immer so schön schärfst«, sagte ich. »Würde mir ja furchtbar leidtun, es tun zu müssen, aber ich würde es tun.«

Er versuchte darauf einzugehen und ein Lächeln zustandezubringen.

»Das würdest du«, sagte er. »Ich weiß, dass du das tun würdest.«

»Jack, geh nicht wieder weg«, sagte ich. »Geh nicht wieder dorthin.«

»Noch eine Fahrt«, sagte er. »Allerhöchstens zwei.«

Zwei klang gar nicht gut, aber besser zwei als fünf oder zehn.

»Und dann Sullivans Farm«, sagte ich. »Ist es das, was du denkst?«

»Genau das«, sagte er. »Irgendwann.«

Ich hätte gern mit ihm über Sullivans Farm gesprochen. Ob es dort einen Brunnen gab. Und einen Brotofen. Und ob der Kamin auch richtig zog.

»Erzählst du Pa von der Frau?«, fragte ich. »Oder besser nicht?«

»Hab's ihm schon erzählt«, sagte er. »Blieb mir nichts anderes übrig. Er wollte alles wissen, jede kleinste Einzelheit. Kaum hatte ich's ihm erzählt, fragte er sofort, ob sie auch Kinder hatten.«

»Oh«, rief ich. »Kinder?«

»Also musste ich seine Frage bejahen«, sagte Jack. »Ein kleines Mädchen. Fünf oder sechs Jahre alt.«

»Dann ist sie ja seine Enkelin«, sagte ich. »Und meine Nichte! Wie hat er darauf reagiert, Jack? Was hat er dazu gesagt?«

»Er will sie haben«, sagte Jack. »Dein Vater will sie haben.«

»Will sie haben?«, fragte ich. »Was meinst du damit?«

»Sie ist jetzt ein Waisenkind, hat er gesagt. Am besten, sie kommt hierher zu ihren Verwandten. Soll sie unbedingt holen. Damit sie nicht wie eine Eingeborene aufwächst. Meint, dass sie es hier besser hat. Wenn sie wie eine Weiße aufwächst.«

»Na ja«, sagte ich. »Das ist sie ja auch. Halb weiß.«

»Stimmt. Halb weiß«, sagte Jack. »Aber auch halb schwarz.«

Halb schwarz! Ich stellte mir ein kleines Mädchen mit Wills Gesicht vor, aber mit einem dünnen Körper und zerlumpten Kleidern, das in einer Rindenhütte wohnte und mich auf Queenie durch die Gegend reiten sah.

Meine Nichte. Und ich war ihre Tante.

»Sie hätte hier doch ein besseres Leben, oder nicht?«, sagte ich. »Bei uns. Bei ihren Verwandten.«

»Sie hat auch dort drüben Verwandte«, sagte Jack. »Nach deren Auffassung ist jeder verwandt mit jedem. Ich bezweifle, ob sie überhaupt ein Wort dafür haben, für Waise.«

Er drehte meine Hand um und betrachtete die Linien auf dem Handteller, als könnten sie ihm etwas sagen.

»Wenn ich bloß wüsste, was das Beste ist«, sagte er.

»Wie heißt sie?«, fragte ich.

Er sagte einen Namen, den ich noch nie gehört hatte. In meinem Ohr waren es nichts als aneinandergereihte Geräusche, die verflogen waren, kaum dass er sie ausgesprochen hatte.

»Dein Vater will es unbedingt«, sagte er. »Hat mich angefleht, mit Tränen in den Augen. Wenn ich nur wüsste, was richtig ist. Ich denke immerzu, dass es besser gewesen wäre, wenn ich mit diesem Schiff untergegangen wäre, nicht er. Wäre wirklich besser gewesen.«

Davon wollte ich nichts hören, und schließlich ließ er es zu, dass ich die Arme um ihn schlang.

An dem Abend, als Jack mit dem Mädchen aus Neuseeland kam, setzte plötzlich ein Sturm ein. Mit voller Wucht prasselte der Regen gegen das Haus. Das Mädchen auf dem Arm, betrat Jack den Salon, und es wurde schlagartig Nacht. Er lächelte mir zu, aber ohne Wärme. Als er das Mädchen auf den Boden stellte, klammerte es sich an seiner Jacke fest, als wolle es die nie wieder loslassen.

Sie war klein, fünf oder sechs, wie Jack gesagt hatte, und nach der langen Schiffsfahrt natürlich schmutzig. Auf ihrer braunen Schürze war vorne ein großer, dunkler Fleck, der aussah, als wäre dort Verkleckertes oder Erbrochenes abgewischt worden. Obwohl es nass und kalt war, hatte sie keine Schuhe an. Die schwarzen, zerzausten Haare hingen ihr ins Gesicht, und ihre dunkle kleine Hand hielt einen Zipfel von Jacks Jacke umklammert.

Ich konnte an ihr keine Ähnlichkeit mit William erkennen.

»Ist sie das?«, fragte Pa. »Verbürgst du dich dafür, Mann? Ist sie Wills Tochter?«

Jack legte eine Hand unter das Kinn des Kindes und drückte dessen Kopf hoch.

»Schauen Sie, Mr Thornhill«, sagte er. »Das ist das Gesicht von Ihrem Will. Verbürgen hin oder her, das ist seine Tochter.«

Er weiß nicht, was *verbürgen* heißt, dachte ich. Ist aber zu stolz, um zu fragen.

Es stimmte – die Form ihres Gesichts erinnerte an das

Gesicht von Will. Als Jack ihr Kinn losließ, blickte sie wieder zu Boden. Man hätte meinen können, sie atmete gar nicht, so reglos stand sie da. Wie jemand, der Zahnweh hat und hofft, dass die Schmerzen nachlassen.

»Bin froh, dass du wieder heil zurück bist«, sagte Pa. »Und sie mitgebracht hast. Ich danke dir dafür. Würdest du ein Glas mit mir trinken?«

Als Jack zu einem Stuhl auf der anderen Seite des Zimmers hinüberging, blieb das Mädchen wie eine Klette an ihm hängen. Ihre vier Finger und den schmutzigen Daumen in Jacks Jacke verkrallt, den Kopf gesenkt, schlurfte sie hinter ihm her.

Die Fahrt, bei der er das Mädchen holte, hatte Jack irgendwie altern lassen. Sein Gesicht war schmaler geworden, seine Miene hatte etwas Zweifelndes.

»Tja, Dolly«, sagte Ma, »dies ist ein armes neuseeländisches Waisenmädchen. Will, die gute Seele, wollte, dass wir uns um sie kümmern.«

»Nein, Meg«, sagte Pa. »Wir machen uns besser nichts vor.«

Er zog das Mädchen zu sich an den Sessel heran. Sie stand zwischen seinen Knien und blickte zu Boden.

»Das ist Wills Kind«, sagte er.

Er wollte noch etwas sagen, während seine großen Hände auf die Schultern des Mädchens drückten. Ich dachte, sie müsse Angst vor ihm haben, doch es sah nicht so aus.

»Wills Kind« sagte er noch einmal, als würden ihm die Worte Trost spenden. »Die Mutter war eine Neuseeländerin mit Namen … wie war noch mal ihr Name, Jack?«

»Rugig«, sagte Jack. »Sie hieß Rugig, Mr Thornhill.«

Als das Mädchen aus dem Gerede, das sie nicht verstand, den Namen ihrer Mutter heraushörte, erhellte sich sein kleines, schmutziges Gesicht. Aber seine Mutter war natürlich nicht da. Würde es auch nie sein. Hier in diesem Zimmer war seine Mutter nur ein Wort. Ich merkte, wie es das begriff, und sah, wie sich seine Miene wieder verdunkelte.

»Unser Will hat diese Rugig rechtmäßig geheiratet,« sagte Pa.

»Aber sie war eine Heidin!«, rief Ma. »Eine Schwarze!«

»Was Will dort drüben gemacht hat, war nach seinen Vorstellungen richtig«, sagte Pa. »Ich möchte nichts Gegenteiliges hören, Meg.«

Ma gab einen Ausruf des Erstaunens von sich, aber Pa berührte nur den Kopf des Mädchens und strich über sein schwarzes Haar.

»Das ist Wills eigen Fleisch und Blut«, sagte er. »Meine Enkelin. Es spielt keine Rolle, woher sie kommt oder was gewesen sein mag, es geht nicht um richtig oder falsch.«

»Wie heißt sie, Jack?«, fragte ich.

Er sagte das Wort, aber ich bekam nur das »Ra« am Anfang mit.

»Rachel«, sagte Ma. »So werden wir sie nennen.«

»Nein, Mrs Thornhill«, sagte Jack.

Er sagte den Namen noch einmal.

»Für uns wird sie Rachel heißen«, beharrte Ma. »Ein guter christlicher Name.«

Pa strich wieder über das Haar des Mädchens und blickte über seinen Kopf hinweg ins Feuer. Zwischen ihm und Ma musste es wegen dem Mädchen Streit gegeben haben, und weil er sich in diesem Fall durchgesetzt hatte, würde er darum, wie das Mädchen genannt wurde, nicht kämpfen. Und der armen Kleinen dürfte es egal gewesen sein, wie wir sie nannten.

»Sie könnte ’ne Kleinigkeit zu essen vertragen«, sagte Jack. »Ist für sie eine lange, schwere Zeit gewesen.«

Pa erwachte aus seinen Gedanken, worum auch immer sie gerade gekreist haben mochten.

»Meg, bring das Essen für die beiden herein«, sagte er. »Und

Jack, stell dich doch mit ihr an den Kamin, ihr seid ja beide klitschnass.«

Ich kniete mich neben das Mädchen hin und fing an, ihre Schürze loszubinden. Sie riss sich so heftig los, dass sie fast ins Feuer gefallen wäre.

»Lass sie am besten in Ruhe«, sagte Jack. »Bis sie sich an dich gewöhnt hat.«

In der Art, wie er zu mir herabblickte, sah ich etwas von dem Jack aufschimmern, wie ich ihn kannte. Er legte die Hand auf die Schulter des Mädchens, und als ich meine darüber legte, spürte ich die Kälte seiner Haut.

»Wird alles für sie noch eine Zeit lang fremd sein«, sagte Jack. »Am besten, man geht es langsam an.«

Dann kam Ma mit dem Tablett herein und stellte es auf den Tisch, damit die beiden sich dort hinsetzen und essen konnten.

»Hier am Kamin, Mrs Thornhill«, sagte Jack. »Das wäre das Beste, denke ich.«

Er nahm das Tablett und stellte es auf den Kaminvorleger.

»Das ist eher so, wie sie's gewöhnt ist«, sagte er.

Die beiden ließen sich auf dem Kaminvorleger nieder, und Jack fing an, mit dem Mädchen auf dem Schoß, so gut es ging, den Eintopf zu löffeln. Das Mädchen tauchte die Finger in ihre Schale und angelte sich die Fleischstücke heraus.

»So ist's recht!«, rief Pa. »Sieh mal, wie sie zulangt! Sieh dir das an, Meg!«

Zum ersten Mal seit Wills Tod war wieder etwas Leben in ihm. Er lachte fast vor Freude, dem Mädchen beim Essen zuzusehen.

»Ja«, sagte Ma. »Für heute Abend mag das ja angehen, aber ich sehe schon, dass ein langer Weg vor uns liegt.«

»Na ja«, entgegnete Pa. »Wir haben doch Zeit, Meg. Sie ist ja jetzt hier. Das ist das Wichtigste. Hier bei uns.«

Das Mädchen war inzwischen eingeschlafen, an Jack gelehnt und ein Stück Fleisch in den Fingern. Als Jack sich mit ihm erhob, schlang es, ohne aufzuwachen, die Arme um seinen Hals und klammerte sich fest an ihn.

»Ihr Zimmer ist das neben dem von Mr Thornhill und mir«, sagte Ma. »Soll sie dieses eine Mal dreckig ins Bett gehen.«

Sie hielt Jack die Tür auf, aber er ging nicht hinaus.

»Am glücklichsten wäre sie, wenn sie bei mir schlafen könnte«, sagte er. »Wir legen einfach ein paar Kissen auf den Boden.«

»Nein, Jack«, widersprach Ma. »Kommt nicht infrage.«

»Wenn sie aufwacht, wird sie sich fürchten«, sagte Jack. »Sie hat noch nie allein geschlafen.«

»Wir machen es von Anfang an so, wie wir's auch in Zukunft halten werden«, sagte Ma. »Leg sie aufs Bett, Jack, und deck sie zu. Das wird schon gehen.«

Die beiden starrten einander an: Wille gegen Wille.

Schließlich schob sich Jack mit dem Mädchen auf dem Arm an Ma vorbei. Ma folgte ihnen. Ich ging hinter ihnen her und beobachtete, wie Jacks Schatten im Schein der Lampe erst groß, dann klein wurde. Er stieg die Treppe hoch und ging den Flur entlang zu dem Zimmer, das Ma für das Mädchen hatte vorbereiten lassen. Jack legte es aufs Bett und breitete die Bettdecke über ihm aus, ohne dass sie erwachte.

»Morgen früh werden wir sie gründlich abschrubben«, sagte Ma. »Nicht wahr, Dolly?«

»Gehen Sie besser behutsam mit ihr um, Mrs Thornhill«, sagte Jack. »Sie ist unsere Lebensweise nicht gewöhnt.«

»Unsinn, Jack«, sagte Ma. »Das Mädchen hat sauber zu sein. Sie wird die schöne heiße Badewanne genießen, nicht wahr, Dolly?«

»Machen wir's lieber so, wie Jack es geraten hat«, entgegnete ich. »Und waschen sie am Anfang nur mit dem Waschlappen.«

»Genau«, sagte Jack. »Schön behutsam.«

Ich wartete, bis es im Haus still geworden war, dann schlich ich mich den Flur entlang zu Jacks Zimmer. Nicht, um das zu tun, was wir sonst dort gemacht hatten – Jack war dafür zu weit weg mit seinen Gedanken und zu erschöpft. Nur, um ihm zu zeigen, dass ich da war. Dass ich ihm in seiner Erschöpfung und Geistesabwesenheit zur Seite stand.

Die Tür stand offen. Er hat gewusst, dass ich kommen würde, dachte ich.

Es hatte aufgehört zu regnen, und das Mondlicht war hell genug, um den länglichen schlafenden Hügel im Bett zu erkennen. Das war Jack, doch am Fußende des Bettes war noch ein weiterer Hügel zu sehen: das Mädchen, das zusammengerollt dort lag. Die Decke, mit der Jack sie zugedeckt haben musste, war auf den Fußboden gerutscht. Das Mädchen war wach. Seine Augen schimmerten im Dunkeln und sahen mich an.

Arme Kleine, dachte ich. Alles fremd für dich, und Jack das Einzige, was du kennst. Aber du warst schlau genug, um im Dunkeln herumzuschleichen, bis du ihn gefunden hast.

Ich hätte mich gern zu Jack gelegt, doch das Bett war für drei Leute zu klein, und ich konnte das Mädchen schließlich nicht vertreiben.

»Tante Dolly passt auf dich auf«, flüsterte ich.

Ich hob die Decke vom Boden auf, legte sie fest um sie und küsste sie auf den Kopf. Sie beobachtete mich. Aber ohne sich dabei zu bewegen oder sonst eine Reaktion. Ich ging zurück in mein Bett.

Als ich am nächsten Morgen in den Salon hinunterkam, saß sie mit Jack am Kamin. Noch immer mit der schmutzigen Schürze. Im Zimmer herrschte eine unruhige Atmosphäre.

»Also wirklich, du hättest sie in ihr eigenes Bett zurückbringen sollen«, hörte ich Ma gerade sagen. »Statt sie in die Decke einzuwickeln, als wäre sie dort am richtigen Platz.«

»Sie hat noch nie allein geschlafen, Mrs Thornhill«, sagte Jack. »Nicht eine einzige Nacht in ihrem Leben. Das ist dort, wo sie herkommt, nicht üblich.«

»Tja, aber bei uns ist es so üblich, Jack«, entgegnete sie. »Und je früher sie das lernt, desto besser.«

»Ist doch nur eine Kleinigkeit«, sagte Jack. »Ein bisschen Nachsicht kann nicht schaden.«

»Also gut«, sagte Ma. »Ich weiß, was ich zu tun habe. Heute Abend wird sie in ihr Bett gehen, und ich werde den Schlüssel rumdrehen.«

»Sie einschließen!«, rief ich entsetzt. »Das ist zu hart, Ma!«

Sie fuhr zu mir herum.

»Ich verbitte mir das, Dolly!«, sagte sie. »Diese Widerworte. Und was dich betrifft, Jack Langland, du bist schon so lange bei den Wilden gewesen, dass du langsam selbst einer wirst.«

Anne läutete zum Frühstück. Das Mädchen zuckte bei dem Geräusch der Glocke zusammen und drückte sich an Jack.

»Rachel!«, sagte Ma. »Komm jetzt frühstücken! Komm mit ins Esszimmer, Liebes! Rachel!«

Sie packte das Mädchen am Handgelenk und versuchte sie aus dem Zimmer zu ziehen. Die Kleine war kräftiger, als sie aussah.

»Ich werde es ihr erklären, Mrs Thornhill«, sagte Jack. »Lassen Sie es mich ihr in ihrer Sprache erklären. Dann wird sie mitgehen.«

Er ging in die Hocke und redete in dieser anderen Sprache, weiche, ineinanderfließende Laute. Mit diesen Wörtern in seinem Mund war er ein Mann von einem anderen Stern.

»Das reicht, Jack!«, sagte Ma. »Ich will nichts mehr von diesem Gebrabbel hören! Sie muss lernen, richtig zu reden.«

»Es ist besser, wenn Jack es ihr erklärt, Ma«, sagte ich. »Bis sie sich an uns gewöhnt hat.«

Ich war zu alt, um verhauen zu werden, doch Mas Miene war anzusehen, dass sie es am liebsten getan hätte. Sie war bleich vor Zorn.

Auf einmal stand Pa in der Tür und ging schnurstracks zu dem Mädchen hin. Legte ihm die Hand unters Kinn, schaute ihm ins Gesicht.

»Na, wie geht's meinem Schatz?«, fragte er. »Wie geht's meinem kleinen Mädchen?«

Die Wärme in seiner Stimme war das einzig Gute in diesem Zimmer.

»Sag es ihr bitte, Junge«, sagte er. »Sag ihr, wie viel sie ihrem Großvater bedeutet.«

»Nein, William!«, sagte Ma. »Wir müssen ihr beibringen, Englisch zu sprechen. Je länger wir es durchgehen lassen, desto schwieriger wird es.«

»Das ist gut und schön, Meg«, sagte Pa. »Aber ich möchte, dass sie ein freundliches Wort hört.«

Jack redete mit dem Mädchen. Ihr Blick wanderte von ihm zu Pa, aber ihr Gesicht war maskenhaft. Pa beugte sich hinunter und küsste sie auf den Kopf.

»Danke, Junge«, sagte er. »Du bist ein Pfundskerl.«

Aber Jack wollte keinen Dank. Er beobachtete das Mädchen.

»Was passiert ist, ist passiert«, sagte Pa. »Aber du kriegst eine Chance, kannst es anders machen, du Glücklicher.«

»Was anders machen, Pa?«, fragte ich. »Was für eine Chance?«

»Bete zu Gott, dass du das nie erfahren musst«, sagte er.

»Komm jetzt, William, es wird Zeit«, sagte Ma. »Bringt das Mädchen mit, damit wir frühstücken können.«

Als die beiden in den Flur hinaustraten, blieb ich zurück, um endlich ein Wort allein mit Jack wechseln zu können. Nur das Mädchen war noch mit uns im Zimmer und blieb an seiner Seite. Wir umarmten uns rasch, waren ein paar Herzschläge lang wieder eine einzige Person.

»Sarah Thornhill«, flüsterte Jack. »Gott sei Dank, dass ich dich habe.«

»Geh nicht wieder weg«, sagte ich. »Nie wieder.«

»Nein, nie wieder«, sagte er.

Auf einmal stand Ma in der Tür.

»Komm jetzt, Jack«, sagte sie. »Lass uns was essen, dann werde ich dafür sorgen, dass sie gründlich gewaschen wird.«

Im Esszimmer hob Jack das Mädchen auf einen Stuhl, aber sie rutschte wieder herunter.

»Setz sie auf deinen Schoß«, Junge«, sagte Pa. »Das wird schon gehen, Meg, am ersten Tag.«

Es war ein steifes, schweigsames Frühstück. Immer wieder schob Ma einen Teller unter das Essen des Mädchens, wenn sie etwas auf das Tischtuch legte. Dann ergriff sie die Hand des Mädchens und drückte ihr einen Löffel zwischen die Finger. Das Mädchen schob den Teller weg. Ließ den Löffel zu Boden fallen. Flüsterte Jack etwas zu, worauf er ihr wortlos noch eine Scheibe Frühstücksspeck gab.

Nach dem Frühstück richtete Ma vor dem Kamin im Salon alles zum Baden her – die Wanne mit heißem Wasser, Seife, ein weißes Handtuch. Doch das Mädchen ließ es nicht zu, dass wir ihr Kleid aufknöpften, und schreckte vor dem dampfenden

Wasser zurück. Als Ma ihm die Seife unter die Nase hielt, *sieh mal, wie schön das duftet, Rachel*, schlug es mit der Hand darauf, und die Seife flog durch den Raum.

»Jack, mein Junge, das Beste wird sein, wenn du das machst«, sagte Pa schließlich. »Komm, Meg, lass die beiden in Ruhe. Dieses erste Mal.«

Er hielt ihr die Tür auf, und sie ging hinaus. Mit verkniffener Miene. Das hieß: Ärger im Verzug.

Damit das Mädchen mich nicht sah, verzog ich mich in eine Ecke und hörte zu, wie Jack mit ihr sprach. Ihre Hände wanderten zu den Knöpfen ihres Kleides, und schließlich ließ sie es zu, dass Jack sie in die Wanne stellte und mit dem Waschlappen wusch. Dann zog er ihr die sauberen Sachen an, ein Unterhemd und ein Kleid, das mal meins und davor Marys gewesen war. Ma hatte auch Strümpfe bereitgelegt, und weiche Pantoffeln, aber Jack ließ beides liegen. Er setzte sie auf den Boden zwischen seine Knie, und dann schauten sie beide ins Feuer. Ich kroch ganz langsam hinüber, bis ich schließlich neben ihnen war. Als ich meine Hand auf die des Mädchens legte, ließ sie es zu.

»Ich frage mich, ob ich richtig gehandelt habe«, sagte Jack. »Seit ich sie aufs Schiff gebracht habe, frage ich mich das.«

Das Mädchen drehte das Gesicht zu ihm hoch, um ihm beim Sprechen zuzusehen.

»Sie ist ja gerade erst angekommen. Bloß, dass Ma so ungeduldig ist.«

»Irgendwie wird es schon funktionieren, ist es das, was du denkst?«, fragte er. »Dass sie sich eingewöhnen wird?«

»Pa liebt sie«, sagte ich. »Er wird alles tun, um sie glücklich zu machen. Genauso wie ich, ihre Tante. Sie ist die erste Nichte, die die Thornhills je hatten, und wird nach Strich und Faden verwöhnt werden.«

Wir saßen eine Weile friedlich da. Aber Ma und Pa mussten wohl darauf gelauscht haben, dass die Waschgeräusche verstummten, und kamen viel zu früh wieder herein. Das Mädchen verschloss sich sofort wieder. Jack und ich standen auf, das Mädchen zwischen uns.

»Also, Jack«, sagte Ma, »wir haben nachgedacht, Mr Thornhill und ich. Wir freuen uns natürlich, dass du hier bist. Das weißt du. Aber für die arme Rachel wird es dadurch nur schwerer. Wenn du hier bist. Ist das richtig, William?«

»Bist hier immer willkommen, Junge«, sagte Pa.

»Ja, aber das macht es nicht leicht für Rachel«, sagte Ma. »Nicht wahr, William? Wenn Jack in dieser Sprache spricht und so weiter. Das Beste ist, man macht einen klaren Bruch. Hält nicht an dem fest, was sie kennt.«

»Und was wollen Sie damit sagen?«, fragte Jack.

Er ließ den Gedanken in der Luft hängen.

»Ja, mein Junge, nur für kurze Zeit«, sagte Pa. »Sagen wir, vierzehn Tage. Bis sie sich eingewöhnt hat.«

»Ihr wollt Jack wegschicken?«, rief ich. »Ihn wegschicken?!«

»Vierzehn Tage, mehr nicht«, sagte Pa. »Um ihr eine Chance zu geben, sich einzugewöhnen.«

»Rachel zuliebe«, sagte Ma. »Du willst es ihr doch wohl nicht schwerer machen, oder, Dolly? Und Jack, du siehst doch sicher ein, dass diese Lösung vernünftig ist.«

Jack starrte Ma an, als hätte ihm jemand einen Schlag ins Genick versetzt.

»Ich werde nicht mehr in dieser Sprache mit ihr reden, Mrs Thornhill«, sagte er. »Das garantiere ich. Kein einziges Wort mehr.«

»Es ist nicht nur die Sprache, Jack«, sagte Ma. »Solange du hier bist, wird sie sich nicht eingewöhnen. Das ist inzwischen klar geworden.«

Man hörte es ihrer Stimme an. Sie wusste, dass sie gewonnen hatte.

»Nimm das Boot«, sagte Pa. »Besuch deine Eltern, Jack. Sag dem Mädchen, dass du eine Weile weg bist. Sag ihr, dass du wiederkommst, und damit Schluss. Und, Dolly, das reicht jetzt, Mädchen. Deine Mutter und ich haben es so entschieden.«

Ich wollte Einwände erheben, aber Jack streckte die Hand aus, um mich davon abzuhalten.

»Gut, Mr Thornhill«, sagte er. »Zwei Wochen. Ich werd's ihr sagen: zwei Wochen. Dann bin ich wieder hier.«

Kaum hatte er ein paar Worte zu dem Mädchen gesagt, da weiteten sich seine Augen. Es schrie auf, seine Stimme hallte durch das Zimmer. Die ganze Zeit hatten diese heftigen, harten Schreie in diesem schweigenden Körper darauf gewartet, ausgestoßen zu werden. Ma und Pa nahmen sie in die Mitte und zerrten sie hastig aus dem Zimmer.

»Geh jetzt, Junge«, rief Pa ihm über die Schulter zu. »Mach schnell!«

Ich wollte ihnen nachlaufen. Konnte hören, wie sie das Mädchen die Treppe hochschleiften. War bereit, mich mit ihnen anzulegen, doch Jack hielt mich zurück.

»Hab sie den ganzen weiten Weg bis hierher gebracht«, sagte er. »Aus guten Gründen, dachte ich. Am besten, wir lassen es auf einen Versuch ankommen. Vielleicht hat deine Mutter ja recht. Dass man einen klaren Bruch machen muss.«

»Aber zwei Wochen!«, rief ich. »Wo du doch gerade erst angekommen bist!«

»Die Zeit wird nur so verfliegen«, sagte er. »Wie nichts. Du und ich, wir sind Warten gewöhnt, Sarah Thornhill.«

Von oben konnten wir das Mädchen aufschreien hören und dann Mas schrille, scharfe Stimme.

»Pass auf sie auf, wie ich es tun würde«, sagte Jack. »Hilf ihr, sich einzugewöhnen. Je schneller sie sich eingewöhnt, desto besser. Für uns alle.«

Pa kam schon wieder die Treppe herunter, wir hörten seine Stiefelschritte. Ich ergriff Jacks Hand, wollte ihn nicht gehen lassen.

»Da kann man nichts machen«, sagte er rasch. »Wir müssen uns in Geduld üben. Vertrau auf mich, Sarah Thornhill.«

Pa öffnete die Tür und hielt sie weit auf.

»Bist du immer noch da, Jack?«, sagte er. »Los, beeil dich, Junge!«

»Bin schon unterwegs, Mr Thornhill«, sagte Jack.

Und weg war er. Pa stellte sich in die Tür, damit ich nicht hinterherlaufen konnte.

»Nein, Dolly«, sagte er. »Es ist wirklich das Beste, wenn er geht. Und lass deinen Schmollmund. Meine Güte, ist doch nur für zwei Wochen, nicht für alle Ewigkeit!«

Vertrau auf mich, Sarah Thornhill.

Ja. Ich würde auf Jack vertrauen, was immer auch kommen mochte.

Am ersten Tag ließ das Mädchen keinen von uns an sich heran. Der einzige Ort, an dem sie sein wollte, war der Salon. Wo sie Jack zuletzt gesehen hatte. Sie hockte in sich zusammengekauert auf dem Kaminvorleger, als glaubte sie, Jack würde auftauchen, wenn sie nur ganz fest auf ihn wartete.

Am Mittag versuchte Ma, sie dazu zu bewegen, über den Flur ins Esszimmer zu gehen. Sie ergriff sie beim Arm und zog daran, aber es gelang ihr nicht, das Mädchen hochzuziehen.

»Sie wird schon zur Vernunft kommen«, sagte Ma. »Wir werden ja sehen, was passiert, wenn sie Hunger hat.«

Und tatsächlich, am Ende des Tages folgte das Mädchen dem Essensgeruch ins Esszimmer. Pa klopfte auf den Stuhl neben sich, füllte eine Schale, sie setzte sich und aß.

»Sieh mal, wie gut das auf einmal geht«, sagte Ma. »Morgen werde ich sie mit dem Löffel essen lassen. Werde sie ruckzuck in einen zivilisierten Menschen verwandeln.«

Ich machte mir Gedanken, auf welche Weise ich mich um das Mädchen kümmern konnte. Wollte Jack am Ende dieser zwei Wochen mit dem Mädchen an der Hand entgegentreten – Tante und Nichte, ein Herz und eine Seele. Wenn sie sich eingewöhnt hatte, bis er zurückkam, würde keiner mehr auf die Idee kommen, ihn wieder wegzuschicken.

Am nächsten Morgen nahm ich das Mädchen nach dem Frühstück bei seiner harten, kleinen Hand.

»Komm, ich zeig dir unsere Pferde«, sagte ich. »Gute Pferde

sind das. Kannst ihnen ein paar Apfelstücke geben, schau, hab hier welche in meiner Schürzentasche.«

Meine Worte konnte sie natürlich nicht verstehen, aber vielleicht erkannte sie am Tonfall meiner Stimme, dass ich sie zu etwas ermuntern wollte. Sie kam auch ganz bereitwillig mit.

In Erwartung eines Leckerbissens streckte Queenie die Nase über die Halbtür des Stalls zu uns hin. Um dem Mädchen zu zeigen, wie man es machte, legte ich ein Apfelstück auf meine flache Hand. Dann legte ich es auf ihre und zog sie nach vorn. Queenie senkte den Kopf, schnupperte an dem Apfelstück und zog die Lippe lang, um es aufzunehmen. Als das Mädchen die großen gelben Zähne sah, schrie es auf.

»Sei kein Gänschen«, sagte ich. »Queenie tut dir nichts!«

Ich drückte ihre Hand nach oben, doch Queenie scheute vor dem schreienden Mädchen, wich mit rollenden Augen zurück, wieherte und stampfte mit den Hufen. Je lauter das Mädchen schrie, desto heftiger scheute Queenie und schlug mit den Hufen gegen die Seitenwände der Box. Dann kamen bellend und knurrend die Hunde angerannt, das Mädchen schrie auf und schlug mich weg.

Phillip eilte heraus, rief den Hunden etwas zu, nur ein einziges Wort, worauf sie verstummten. Er nahm das Mädchen auf den Arm und trug es wie einen Mehlsack weg. Ich konnte es in der Sattelkammer japsen hören, als bekäme es keine Luft. Als ich um den Türpfosten blickte, sah ich, dass Phillip sie auf dem Schoß sitzen hatte und ihr das schwarze Haar aus der Stirn strich. Sie hatte einen Schluckauf, ihr Gesicht war tränenverklebt, ihr Mund zitterte.

»Keine Angst, Miss«, sagte er. »Hast noch nie ein Pferd gesehen, das ist alles.«

Als ich die Hand nach dem Mädchen ausstreckte, um ihr zu

bedeuten, dass es mir leidtat, wich es zurück. Das Beste war, ich ließ die beiden allein.

Jeden Abend brachte Ma das Mädchen in sein Zimmer und drehte den Schlüssel herum. Ich hörte, wie es an der Tür rüttelte, und bat Ma, das Mädchen bei mir schlafen zu lassen. Aber sie erlaubte es nicht. Wenn das Mädchen nicht tat, was Ma wollte, kriegte es nichts zu essen. Und wenn es aß, musste es es ordentlich mit Löffel und Gabel tun, sonst nahm Ma ihm den Teller wieder weg.

Schließlich gab das Mädchen den Widerstand auf. Am Ende der ersten Woche ließ sie sich waschen und die Haare bürsten und mit roten Bändern zusammenbinden, setzte sich an den Esstisch und aß mit dem Löffel. Sie aß, aber ohne Appetit oder Genuss.

Nach dem Erlebnis mit Queenie hatte sie kein Vertrauen mehr zu mir. Wenn ich in den Salon kam, wo sie auf dem Kaminvorleger saß, merkte ich, dass sie Angst vor mir hatte. Holte ich bei Mrs Devlin ein Gebäckstück, um es ihr zu geben, nahm sie es nicht aus meiner Hand. Legte ich es aber neben sie, ging hinaus, und kam nach einer Weile wieder herein, war es weg.

Pa behandelte sie liebevoll. Er saß in seinem Sessel, das Mädchen zwischen den Knien, strich ihr übers Haar und blickte ins Feuer. Anscheinend empfand es bei ihm ein wenig Trost. Vielleicht sah sie in seinem Gesicht etwas von ihrem Vater.

Zum ersten Mal seit Wills Tod war Pa jetzt wieder ausgeglichener. Mehr, als ich es je bei ihm erlebt hatte. Diese stets kurz vor dem Ausbruch in ihm lodernde Wut schien sich ausgebrannt zu haben.

Wenn wir beim Essen saßen, gab er ihr immer ein paar besonders gute Stücke von seinem eigenen Teller. Die saftige erste Scheibe einer Hammelkeule. Die schönste Kartoffel. Schnitt alles in kleine Stücke, spießte sie auf die Messerspitze und hielt sie ihr hin.

»Auf den Teller, wenn ich bitten darf, William!«, rügte ihn Ma jedes Mal.

Also legte er das Fleisch auf den Teller des Mädchens, damit sie es mit der Gabel aß.

»Bitte schön, kleines Fräulein«, sagte er. »Lass es dir schmecken.«

»Sie heißt Rachel, denk bitte daran«, sagte Ma. »Sprich sie mit ihrem Namen an, damit sie ihn lernt.«

»Rachel«, sagte er, und wuschelte ihr durchs Haar. »Guten Tag, Miss Rachel.«

Eine Woche verging, die zweite Woche war fast zu Ende, aber das Mädchen lebte sich nicht ein. Zog sich in sich selbst zurück, das Gesicht bleich und verhärmt. Blickte niemanden und nichts an. Wir sahen sie kein einziges Mal lächeln. Ihr Elend lag wie ein dunkler Schatten Tag und Nacht über dem Haus.

Bei den meisten Dingen gelang es Ma, ihren Willen durchzusetzen, nur in einer Sache nicht. Dieses Kind wollte partout nichts an den Füßen haben. Wand sich und biss nach Ma, wenn die mit einem Pantoffel auf sie zukam, riss ihn ihr aus der Hand und schleuderte ihn mit solcher Wucht auf den Boden, dass die Naht aufplatzte.

Aber Ma gab nicht klein bei. Weil das Mädchen gern Brot mit Honig aß, bestrich Ma einmal eine dicke Scheibe und legte sie neben das Mädchen auf den Kaminvorleger. Hielt dabei einen großen, lockeren Strumpf bereit. Sie hatte sich vorgenommen, mit einem Strumpf zu beginnen und das Mädchen dann nach und nach an Pantoffeln zu gewöhnen. Das Mädchen war schnell von Begriff und wusste genau, was Ma wollte. Es ließ sich von Ma den Strumpf anziehen, doch kaum hatte es das Brot im Mund, riss es den Strumpf herunter und schmiss ihn ins Feuer. Ma musste ihn schnell wieder rausholen, man roch schon die versengte Wolle.

»Ich kann warten«, sagte sie. »Kann warten, solange es nötig ist. Aber eins wird sie noch lernen: Ich gebe nie auf.«

Am letzten Tag, bevor die zwei Wochen um waren, rief mich Ma in das Zimmer des Mädchens. Ma saß neben ihr auf dem Bett, die Pantoffeln in der Hand.

»Wenn wir's erst mal geschafft haben, sie ihr anzuziehen, wird sie merken, dass sie nicht wehtun«, sagte Ma. »Wird uns am Ende dankbar sein.«

»Viele Leute laufen doch barfuß rum«, sagte ich. »Matthews und Maunders zum Beispiel haben noch nie Schuhe an den Füßen gehabt.«

»Matthews und Maunders sind nicht dasselbe wie die Thornhills«, sagte Ma. »Ich will nicht, dass sie rumläuft wie eine barfüßige Wilde. Halt jetzt einfach ihre Arme fest, Dolly.«

»Nein!«, rief ich. »Da mache ich nicht mit. Lass sie in Ruhe!«

Ehe das Mädchen sich versah, hatte Ma sie nach hinten gedrückt. Weil sie keinen Halt fand, schlug sie in Panik um sich. Ich spürte ihre Angst – wie ein in die Enge getriebenes Tier. Sie war wild, aber sie war nur ein Kind, und Ma kriegte sie schließlich unter und zwängte einen Pantoffel über ihren Fuß.

Auf einmal stand Pa in der Tür.

»Meg«, sagte er. »Hör sofort damit auf!«

Ma ließ das Mädchen los, und es rannte zu ihm hinüber und warf sich gegen ihn. Ohne einen Laut. Nie sah man bei ihm eine Träne, nie hörte man einen Laut.

»Ist doch völlig egal, wenn sie eine Zeit lang barfuß rumläuft«, sagte Pa. »Meg, ich möchte nicht, dass sie zu etwas gezwungen wird.«

Ich hatte Pa schon wütend erlebt und gehört, wie ihm vor Wut die Stimme versagte. Diesen schneidenden Klang hatte ich jedoch noch nie darin gehört.

»Gib mir die Schuhe«, sagte er. »Gib sie her. Wir legen sie beiseite, bis sie dazu bereit ist.«

»Je länger wir es durchgehen lassen, desto schwerer wird es ihr fallen«, sagte Ma. »Deshalb ist es besser, hart zu bleiben.«.

»Ist schon gut«, sagte Pa.

Er nahm die Schuhe und quetschte sie in seiner Hand zusammen.

»Irgendwann wird sie's schon tun«, sagte er. »Wenn sie dazu bereit ist, Meg, vorher nicht.«

Ich zählte jeden Tag dieser beiden Wochen. Immer wenn ich allein war, tröstete ich mich mit dem Gedanken an Sullivans Farm.

An dem Tag, an dem die zwei Wochen um waren, zog ich mich in aller Frühe an. Ich wollte rechtzeitig fertig sein und schon draußen vor dem Haus sitzen, wenn Jack durch das Tor kam. Doch als ich hinunterging, saß er bereits auf der Treppe, als wäre er die ganze Nacht dort gewesen.

Weil das Schlafzimmer von Ma und Pa direkt über unseren Köpfen war, sagten wir kein Wort, sondern lehnten uns einfach nur zueinander hin und umarmten uns.

»Hab schon gedacht, du wärst für immer weg«, flüsterte ich. »Ich lass dich nicht noch mal gehen, Jack. Um nichts in der Welt.«

Glückselig saßen wir einfach nur da. So still, dass ein kleiner brauner Vogel Stufe um Stufe die Treppe hochhüpfte und uns mit schief gelegtem Kopf ansah, als fragte er sich, ob die beiden Menschen, die da umschlungen vor ihm saßen, vielleicht eine neue Art Baum waren.

Dann kamen Ma und Pa hinter uns aus der Haustür. Pa hatte das Mädchen an der Hand. Als sie Jack sah, blieb sie wie angewurzelt stehen. Ging auf ihn zu, aber ganz langsam, als wäre er bloß ein Bild von Jack oder eine Statue.

»Denk dran, kein Wort in dieser Sprache!«, rief Ma.

»In Ordnung, Mrs Thornhill«, sagte Jack.

Er stand auf und ging auf das Mädchen zu.

»Rachel, kennst du deinen alten Freund Jack nicht mehr?«, fragte er. »Hast du mich schon vergessen?«

Er ergriff ihre Hand, und die Berührung schien etwas in ihr zu lösen. Sie beugte sich vor und schlang die Arme um seine Beine. Gab keinen Laut von sich, hielt ihn fest, als wollte sie ihn nie mehr loslassen.

Als Jack sie hochhob, schlang sie die Arme um seinen Hals und die Beine um seine Hüfte. Dann flüsterte sie ihm etwas ins Ohr. Ich merkte, dass ihre Lippen ganz steif waren – als könnte sie schon fast nicht mehr reden.

»Denk dran, was ich gesagt habe, Jack!«, rief Ma. »Kein Wort!«

Jack beachtete sie gar nicht und hörte dem Mädchen zu. Seine Miene verdüsterte sich. Als er nach hinten an ihren Fuß griff und ihn festhielt, erzählte sie ihm bestimmt gerade das mit den Schuhen, dachte ich. Er warf mir einen Blick zu.

Pass auf sie auf, wie ich es tun würde. Ich hoffte, sie würde ihm nichts von der Sache mit Queenie erzählen.

»Das reicht«, sagte Ma. »Komm jetzt rein, Jack, frühstücken wir erst mal, dann wirst du sehen, wie schön sie essen kann.«

Ma und Pa gingen ins Haus, und während Jack das Mädchen immer noch auf dem Arm hielt, drehte sie den Kopf zu mir um. Ihre Augen waren so dunkel, dass sie schwarz aussahen, und im Sonnenlicht sah man deutlich die Tränenspuren auf ihren Wangen.

»Das arme Würmchen«, sagte Jack. »Was hat man ihr angetan?«

»Ist nicht so gelaufen, wie wir's gehofft hatten«, sagte ich.

»Hat sich nicht eingewöhnt, oder?«, sagte er. »Sieht eher so aus, dass sie umkommt vor Gram.«

»Von eingewöhnen kann keine Rede sein«, sagte ich. »Nicht im Geringsten.«

»Hab mir gleich gedacht, dass es ein Fehler war«, sagte er. »Gleich nachdem ich sie aufs Schiff gebracht hatte und sah, wie sich ihre Miene verschloss, sind mir Zweifel gekommen. Jetzt steht mein Entschluss fest. Ich bring sie zurück.«

Sie zurückbringen! Noch einmal auf dieses Schiff! Wieder fortgehen, raus auf dieses Meer, auf dem so viele Menschen ertrunken sind. Aber ich hatte nicht vergessen, wie sich das Gesicht des Mädchens an jenem ersten Abend aufgehellt hatte, als sie den Namen ihrer Mutter hörte. Dieses Aufleuchten bei ihr wieder zu sehen würde einen weiteren Abschied wert sein.

»Aber pass bloß auf, dass du nicht ertrinkst«, sagte ich. »Pass um Gottes willen auf.«

»Ich bring sie hin und komme zurück, das ist in einem Monat zu schaffen«, sagte er. »Hab nicht vor zu ertrinken. Hab für die Zukunft was Besseres vor, als zu ertrinken.«

Er bemühte sich zu lächeln.

»Dolly! Jack!«, rief Ma aus dem Haus. »Lasst uns nicht so lange warten! Lass Rachel runter, Jack. Komm her, Rachel, mein Schatz, komm zu mir!«

Beim Frühstück sollte das Mädchen zeigen, wie manierlich es essen konnte. Es saß tatsächlich aufrecht auf seinem Stuhl und aß mit dem Löffel. Mit Schleifen im Haar und einer an diesem Morgen frisch umgebundenen Schürze. Aber es war kein Leben in ihr. In ihrem Blick, den sie keine Sekunde von Jack abwandte, lag keine Hoffnung. Sie hatte sich in sich selbst verkrochen wie eine kranke Katze.

»Den Langlands geht's gut?«, fragte Pa.

»Ja, Mr Thornhill«, sagte Jack. »Alles in Ordnung.«

»Was macht der Fuß deiner Mutter? Besser geworden?«, fragte Ma.

»Nein, Mrs Thornhill«, sagte Jack. »Unverändert.«

Als Ma in die Küche ging, trat Stille ein. Pa räusperte sich.

»Ich merke, dass du sie beobachtest, Junge«, sagte Pa. »Möchtest wissen, ob sie sich eingewöhnt hat.«

»Es geht ihr schlecht«, sagte Jack.

»Ich sehe, dass du mit ihr leidest«, sagte Pa. »Das ehrt dich, du hast ein gutes Herz. Aber sie wird schon irgendwann heimisch werden. Meg ist gut zu ihr. Siehst du die hübschen Schleifen in ihrem Haar? Das war Meg, hat sie gemacht.«

»Ja«, sagte Jack. »Wirklich hübsche Schleifen.«

»Das geht nicht so ohne Weiteres von heute auf morgen, ich weiß, Junge«, sagte Pa. »Aber sie wird sich schon fangen. Mit der Zeit.«

Er verstummte, und Jack hätte jetzt sagen können, *Ja, Mr Thornhill. Sie wird sich schon irgendwann fangen*.

Das Mädchen blickte die ganze Zeit von einem Gesicht zum anderen, und ich fragte mich zum ersten Mal, ob sie womöglich etwas Englisch verstand.

»Ich denke, dass es falsch war, sie herzubringen, Mr Thornhill«, sagte Jack. »Dass ich einen Fehler gemacht hab.«

»Da irrst du dich«, sagte Pa. »Es war das Beste, was du je getan hast.«

»Sie hat mich heute Morgen als Erstes gefragt, ob wir auf das Schiff gehen und nach Hause fahren können«, sagte Jack.

»Ein Kind plappert alles Mögliche daher«, sagte Pa. »Würde dem nicht zu viel Bedeutung beimessen.«

»Mr Thornhill, ich weiß, dass Sie sie sehr gern haben«, sagte Jack. »Aber es ist das Beste, ich bringe sie zurück.«

Pa blinzelte, sein Unterkiefer erstarrte, sein Mund wurde schmal und verkniffen. *Pass auf, Jack*, hätte ich am liebsten gesagt.

»Das brauchst du nicht, Junge«, sagte Pa. »Dazu besteht kein Anlass.«

Jack schien den ärgerlichen Klang in Pas Stimme nicht zu bemerken, deshalb schaltete ich mich schnell ein.

»Wir wollen doch alle, dass es ihr gut geht«, sagte ich. »Du als ihr Großvater willst nur das Beste für sie. Möchtest nicht, dass sie traurig ist.«

Ich hatte den Eindruck, er beruhigte sich. Jack glaubte das vielleicht auch, denn er versuchte es erneut.

»Dort leben ihre Verwandten, Mr Thornhill«, sagte er. »Das Beste ist, ich bringe sie zu ihnen zurück.«

Da explodierte Pa.

»Wir sind ihre Verwandten!«, rief er. »Wir! Hier!«

Lass es sein, Jack, beschwor ich ihn im Geiste. *Warte, bis er sich abgeregt hat* .

Aber Jack ließ sich von Pas Zorn mitreißen.

»Dort hat sie auch Verwandte«, sagte Jack. »Hat eine Großmutter. Tanten und Onkel.«

»Aber nicht so wie ihr Großvater!«, schrie Pa. »Und Dolly hier ist auch ihre Tante!«

Sein Blick war beim Schreien böse geworden.

»Könnte heute mit ihr losfahren«, fuhr Jack unbeirrt fort.

Seine Wut ließ ihn innerlich erstarren.

»Trevarrow hat heute eine Tour nach Sydney«, sagte er.

»Bei Gott, das wirst du nicht!«, sagte Pa. »Du wirst sie nicht wegbringen!«

Er erhob sich, und der Stuhl kippte hinter ihm um. Dann schlug er mit der Hand so heftig auf den Tisch, dass die Menage wackelte. Das Mädchen rutschte von seinem Stuhl und verkroch sich hinter Jack.

»Mr Thornhill«, sagte Jack. »Sie hatten mich darum gebeten, dass ich sie hole, und ich hab es getan. Mir ist jetzt klar geworden, dass es falsch war, was ich getan habe. Es tut mir leid, Mr Thornhill, aber ich werde sie zurückbringen.«

»Nein, das wirst du nicht!«, schrie Pa. »Das wirst du verdammt noch mal nicht tun!«

Er ging um den Tisch herum auf Jack zu und hielt ihm die

geballten Fäuste vors Gesicht. Jack zuckte mit keiner Wimper. Hob nicht mal abwehrend die Hände.

Angespannte Stille trat ein.

»Schon gut, Jack«, sagte Pa. »Kein Grund, handgreiflich zu werden.«

Er trat zurück, und ich dachte: Gott sei Dank.

»Die Sache ist die: Du hast keine Rechte vor dem Gesetz«, sagte Pa.

Sein Zorn war verflogen. Er lächelte jetzt leicht.

»Du bist nicht mit ihr verwandt«, sagte er. »Bist ein Außenstehender. Derjenige, der mit ihr verwandt ist, bin ich. Ich bin es, der die Rechte hat. Wenn du sie wegbringst, Junge, ist das eine Übertretung.«

»Eine Übertretung«, sagte Jack. »Von was? Vom Gesetz?«

»Genau, Junge«, sagte Pa. »Das Gesetz ist hierbei auf meiner Seite.«

Er stellte den Stuhl wieder hin. Ordnete die Behälter in der Menage, als wären sie wichtig.

Jack wurde kreidebleich. Das Mädchen sah es und klammerte sich an seine Beine. Schließlich ein leiser Laut, ein Wimmern.

»Pa, hör doch auf mit dem Gerede über Rechte vor dem Gesetz«, sagte ich. »Hier geht's nicht um Gesetzliches.«

Ich bemühte mich, so ruhig zu klingen, als wäre es eine ganz normale Unterhaltung.

»Keiner von uns möchte zusehen, wie sie sich vor Gram nach ihrem Zuhause verzehrt«, sagte ich. »Nicht wahr, Pa?«

Ich legte Wörter wie Pflastersteine aus, um damit die glitzernde Schwärze zu überbrücken, die sich vor unseren Füßen aufgetan hatte. *Eine Übertretung*. Ob das Mädchen zurückgebracht werden sollte oder nicht, war eine Sache. Zwei gegensätzliche Meinungen, ein Mann gegen einen anderen. *Eine*

Übertretung war eine andere Sache. *Eine Übertretung* war nichts Menschliches, sondern etwas Lebloses, Hölzernes, das weder Wut noch Schmerz empfand, sondern eiskalt war.

»Das hier ist ihr Zuhause«, sagte Pa. »Ich bin ihr Großvater. Sie wird hierbleiben. Das ist mein letztes Wort in dieser Sache.«

Ich merkte ihm an, dass er sich nicht so sicher war, wie er klang. *Übertretung* war die Waffe anderer. Doch er hatte sie ergriffen. Je mehr er zweifelte, desto mehr würde er daran festhalten.

»Du kannst gern ab und zu bei uns vorbeikommen, Jack«, sagte er. »Aber eines muss klar sein: Sie wird hierbleiben. Wenn du das Boot nehmen willst, bitte sehr. Kein Grund, es rasch zurückzubringen.«

Er drehte sich um und ging hinaus. Wir hörten, wie er Anne zurief, sie solle ihm seinen Hut bringen, er wolle runter zum Stechkahn, aber ein bisschen dalli, Mädchen, man hat schließlich nicht den ganzen Tag Zeit.

Jack hob das Mädchen hoch und legte die Arme um sie, ihre beiden schwarzen Köpfe dicht beieinander.

»Jack«, sagte ich, aber er blickte zu Boden und beachtete mich nicht.

»Ich lass dich nicht gehen«, sagte ich und merkte, dass meine Stimme den gleichen aggressiven Unterton hatte wie die von Pa.

»Wie können wir es hinbekommen, Jack?«, fragte ich. »Was sollen wir tun?«

»Da gibt's nur eins«, sagte er. »Dass ich gehe. Wie sie's wollen.«

Ich hatte Jack noch nie so niedergeschlagen gesehen. Hatte nicht gewusst, dass Jack Langland aussehen konnte wie ein geschlagener Mann.

»Nein!«, rief ich und suchte verzweifelt nach Wörtern, Gründen, Einsprüchen, die ich ihm an den gesenkten Kopf werfen konnte.

»Ich werde gehen«, sagte er. »Aber nicht so weit weg, wie sie denken.«

»Oh, zu Sullivans Farm!«, rief ich. »Du meinst Sullivans Farm!«

In Gedanken malte ich mir sofort alles aus, das Getreide auf dem Feld, den Wasserkessel auf dem Ofen, Jack und ich Tag und Nacht beisammen.

»Würde sie ja lieber zurückbringen«, sagte er. »Sullivans ist das Beste, was ich tun kann. Wenn das arme Ding weiß, dass ich in der Nähe bin, wird ihr ein bisschen leichter ums Herz sein.«

Ich wollte gerade die Arme um ihn legen, doch da beugte sich das Mädchen in seinen Armen zurück, um in sein Gesicht zu sehen, und er beugte sich zu ihr hin, um ihm zuzuhören. Sie flüsterte ihm etwas zu, das wie eine Frage klang, und er antwortete mit etwas Beruhigendem.

»Hat all ihre Hoffnungen daran gehängt, dass ich sie zurückbringe«, sagte er. »Weiß der Himmel, wie ich ihr klarmachen soll, dass ich das nicht kann.«

Er stellte das Mädchen wieder auf den Boden und hielt sie dicht an sich gedrückt.

»Kann nur abwarten«, sagte er. »Bis sich eine Gelegenheit bietet. Um ihr auf die eine oder andere Weise zu helfen.«

Seine Stimme war tonlos, und es versetzte mir einen Stich, dass er nur an das Mädchen dachte, während ich nur an mich selbst denken konnte und die Freuden, die vor mir lagen.

»Aber Jack, Tanten haben schließlich auch Rechte vor dem Gesetz«, sagte ich. »Ich werde diejenige sein, die für euch beide die Tür offenhält. Davon kann er mich nicht abhalten.«

Langsam kehrte wieder etwas Farbe in sein Gesicht zurück.

»Und Jack«, fuhr ich fort, »vergiss nicht, wenn wir erst Mann und Frau sind, wirst du ihr angeheirateter Onkel sein. Und hast ebenfalls Rechte.«

»Das muss man dir lassen«, sagte er und lächelte fast. »Bist den anderen immer eine Nasenlänge voraus.«

»Gemeinsam mit dir, Jack«, sagte ich. »Jeden einzelnen Schritt des Weges.«

Ich schlang die Arme um ihn, das Mädchen zwischen uns.

»Du und ich zusammen«, sagte ich.

»Sarah Thornhill«, flüsterte er. »Mit dir an meiner Seite werde ich es mit allem aufnehmen.«

Der Kuss, den wir uns gaben, brachte alles zusammen, die Vergangenheit und die Zukunft, die vor uns liegenden Tage und die vor dem Mädchen liegenden Tage. Alles wurde zu einem Knoten geschlungen, der sich nie wieder lösen ließ.

Erst als Ma uns anfuhr, merkte ich, dass sie in der Tür stand.

»Lass sie sofort los, Jack Langland!«, schrie sie. »Lass sie auf der Stelle los! William! Komm schnell! William!«

»Alles in Ordnung, Ma«, sagte ich.

Ich hielt Jacks Hand und amüsierte mich darüber, dass jemand meinen konnte, man müsse mich vor Jack beschützen.

»Jack und ich mögen uns schon lange«, sagte ich. »Wir wollen heiraten, Ma, haben schon feste Pläne.«

Ma wich einen Schritt zurück, als hätte ich sie geschlagen. Sie starrte mich entgeistert an, und ich dachte, das ist es, was die Leute meinen, wenn sie sagen, *ihr klappt der Unterkiefer herunter*.

»Hätte es Ihnen schon früher gesagt, Mrs Thornhill«, begann Jack, doch Ma hörte ihm gar nicht zu.

»Nur über meine Leiche!«, schrie sie. »Nur über meine Leiche wirst du diesen Schwarzen heiraten!«

Das warf mich nach hinten wie von einem heftigen Windstoß. Jacks Hand in meiner wurde schlaff.

»Wie kannst du es wagen, Jack Langland!«, schrie Ma. »Dich bei uns einzuschleichen!«

Sie kochte vor Wut, die sie regelrecht aufzublasen schien, denn sie wirkte doppelt so groß wie sonst.

»Dabei bist du ein Nichts!«, rief sie. »Nichts als ein Schwarzer, der nie mehr wert sein wird als ein Stück Dreck! Schleicht hier rum und schmeichelt sich bei Mr Thornhills Tochter ein!«

»Nein!«, rief ich. »Nein!«

Das war alles, was ich herausbrachte.

»Und du steh nicht da und sag Nein zu mir, Dolly Thornhill!«, rief sie. »Wie kannst du es wagen!«

»Was heißt da wagen?«, erwiderte ich.

»Ich hab deinen Vater gewarnt«, sagte sie. »Sieh zu, dass dieser schwarze Bock von hier verschwindet, bevor es zu spät ist, hab ich ihm gesagt!«

Als hätte man einen Stein umgedreht, und eine Schlange käme auf einen zu. Mir gefror das Blut in den Adern.

»Hast es wohl vergessen, Dolly, was?«, sagte Ma. »Dass seine Mutter eine schwarze Eingeborene war? Der Vater ist ja von ganz guter Herkunft, aber du hast selbst mal gesagt, Dolly, dass er das Blut seiner Mutter in den Adern hat.«

Sie trat ganz dicht an mich heran und berührte mich vorne am Kleid.

»Zu spät, ist es das, Dolly?«, fragte sie. »Ist es das, weshalb du hier vom Heiraten redest? Die Vorfahren kommen immer wieder durch, hast du das gewusst? Mit ihrem schwarzen Blut. Pass bloß auf, Dolly, dass du nicht noch was Schwärzeres kriegst als den da.«

»Ist mir völlig egal, ob Jack schwarz oder weiß oder schwarz-weiß gestreift ist.«

Jack machte einen Ruck, und ich dachte schon, er wolle Ma schlagen. Doch er beugte sich von ihr weg und lachte laut.

»Noch schwärzer als ich«, sagte er. »Ja, Mrs Thornhill, genau, schwärzer sogar als Mr Thornhills Enkelin hier, die er so sehr liebt.«

»Was Mr Thornhill tut oder nicht tut, geht dich gar nichts an!«, schrie Ma. »Du bist nichts weiter als ein schwarzer Bock, der ein Auge auf ein weißes Mädchen geworfen hat.«

»Komm, Jack«, sagte ich. »Wir werden uns nicht länger anhören, wie sie dich beleidigt. Lass uns Pa holen.«

»Hol ruhig deinen Vater, Dolly, wenn du meinst«, sagte Ma. »Aber an deiner Stelle würde ich besser nicht auf ihn zählen.«

Ich zog schon an Jacks Hand, doch als sie das sagte, kamen mir Bedenken. Hätte Pa nicht vorhin den Stuhl umgeworfen und die Fäuste gegen Jack erhoben, hätte ich ihre Worte in den Wind geschlagen. Als ich Jack ansah, merkte ich, dass er ebenfalls unsicher war.

Ma bemerkte unser Zögern und redete in verändertem Ton weiter.

»Dein Entschluss steht also fest, Dolly?«, sagte sie.

»Ja«, sagte ich und hakte mich bei Jack ein. »Bin mir in meinem ganzen Leben einer Sache noch nie so sicher gewesen.«

In all den Jahren, die ich sie kannte, hatte ich kein einziges Mal erlebt, dass sie klein beigegeben hätte. Aber jetzt hatte ich den Eindruck, sie würde es tun. Dass sich ihre Wut gelegt hatte.

»Du glaubst vielleicht nur, dass du dir sicher bist, Dolly«, fuhr sie fort. »Aber ihr habt nicht richtig darüber nachgedacht.«

»O doch, das haben wir!«, rief ich. »Jack wird mit der Robbenjagd aufhören, wir haben alles genau geplant, wir übernehmen die alte Farm von Sullivan und bringen sie wieder auf Vordermann.«

»Sullivans Farm!«, rief sie aus, und ich dachte, ich hätte sie überzeugt. Aber ich nahm die Falschheit ihres Lächelns nicht wahr.

»Na ja, Dolly«, sagte sie. »Ich kann nur sagen, dass du einen Fehler begehst. Einen großen Fehler. Aber du bist ja schon immer ein eigensinniges Gör gewesen. Ich werde nicht diejenige sein, die dich zurückzuhalten versucht.«

Womit sie sagen will, dass sie das lieber Pa überlässt, dachte ich.

»Deinem Vater wird man gut zureden müssen«, sagte sie. »Wenn du möchtest, dass alles klappt, überlass das am besten mir, Dolly. Jack und ich werden uns mal unterhalten. Wie er sich das vorstellt, woher das Geld kommen soll und so weiter. Dann kann ich damit zu deinem Vater gehen.«

Jack und ich blickten uns zweifelnd an. Wir waren uns nicht sicher, wussten nur, dass wir Ma auf unserer Seite haben mussten.

Das Mädchen hatte sich die ganze Zeit nicht von der Stelle gerührt und drückte sich immer noch an Jack. Als es unser Zaudern spürte, blickte es hoch, das Gesicht voller Tränen.

»In Ordnung, Mrs Thornhill«, sagte Jack. »Dann unterhalten wir uns mal.«

»Nur du und ich, Jack«, sagte Ma. »Du gehst rauf in dein Zimmer, Dolly.«

Sie sah mir an, dass ich ihr widersprechen wollte.

»Tu bitte ein einziges Mal, was ich dir sage, Dolly«, sagte sie. »Jack und ich sprechen alles durch, und dann holen wir deinen Vater. Wird nicht lange dauern, Dolly, zu klären, was zu klären ist.«

Also ging ich nach oben. Legte mich aufs Bett und wartete, bis sie mich rufen würden. Stellte mir uns beide auf

Sullivans Farm vor, in der gemütlich hergerichteten Hütte. Ich brauchte kein vornehmes Backsteinhaus, kein Dienstpersonal, keine Pferde. All die Dinge, die Pa so wichtig waren. Am Ende würde er sich freuen. Jack als Schwiegersohn war fast so gut, wie Will zurückzubekommen. Er würde ihm nichts übrig bleiben als zu erlauben, dass das Mädchen zu uns zu Besuch kam. Erst einmal einen Tag, dann eine Woche, dann einen Monat. *Müssen uns in Geduld üben.*

Ich würde ein paar Wörter ihrer Sprache lernen. Wenn ich ihr etwas Nettes sagen konnte, würde sie wieder Vertrauen zu mir fassen. Am Ende würde sie froh sein, mich zur Tante zu haben.

Ich wartete und wartete und dachte, langsam müssen sie doch fertig sein. Ich schlich die Treppe runter und drückte das Ohr an die Wohnzimmertür. Hörte Ma etwas sagen, konnte aber nicht verstehen, was. Dann drang ein Geräusch aus dem Zimmer, ein dumpfer Aufschlag, als wäre ein Möbelstück umgefallen, dann etwas, das klang wie ein Husten oder ein Schrei. Plötzlich wurde die Tür aufgerissen, und Jack wäre fast mit mir zusammengeprallt. Sein Gesicht war seltsam verquollen. Als hätte ihn von einer Minute auf die andere eine tödliche Krankheit befallen. Er fuchtelte mit dem Arm und schubste mich weg, ohne ein Wort zu sagen. Dann stieß er die Haustür auf und sprang, zwei Stufen auf einmal nehmend, die Treppe hinunter.

»Jack«, rief ich. »He, Jack!«

Vor Schreck musste ich lachen.

»Jack«, rief ich, »bleib doch stehen!«

Er musste mich gehört haben, drehte sich aber nicht um. Streifte im Vorbeilaufen Pa, der gerade vom Fluss heraufkam, und rannte zum Bootssteg, zu schnell, als dass ich ihn einholen konnte. Band das Boot los, sprang hinein. Legte sich so kräftig in die Ruder, dass sie hätten zerbrechen können. Seine Brust war mir zugewandt, doch den Kopf hatte er weggedreht.

Dann war das Boot hinter dem Schilfdickicht in den Seitenarm eingebogen, und nur noch das Schwappen des Wassers gegen die Pfähle war zu hören.

Als ich zum Haus zurückging, stand Ma mit dem Mädchen an der Hand am Tor. Das Mädchen zerrte an ihr und versuchte, Mas Finger zurückzubiegen, um sich aus ihrem Griff zu befreien.

»Was hast du zu ihm gesagt?«, fragte ich. »Du hast irgendwas gesagt.«

»Dolly, meine Liebe, ich habe ihn lediglich auf ein, zwei Dinge hingewiesen«, erwiderte sie. »Dolly hat Chancen, habe ich zu ihm gesagt. Bessere Chancen als einen Burschen, der ein halber Schwarzer ist und nichts zu bieten hat. Das zu bedenken, ist ihr gegenüber nur fair, habe ich ihm gesagt.«

»Er ist weg«, sagte ich. »Hat das Boot genommen und ist weggefahren.«

»Hab es vollkommen ihm überlassen«, sagte sie. »Hab es seinem eigenen Urteil überlassen. Hab ihm die Fakten dargelegt, und was er daraus macht, ist seine Entscheidung.«

In meinem Kopf wurde etwas gedehnt oder zusammengedrückt, während ich zu begreifen versuchte, was da vor sich ging. Ma beugte sich hinunter, um eine verdorrte Blüte von einem Strauch zu zupfen, als wäre alles in bester Ordnung. Ein Sonnenstrahl fiel auf den Kies und ließ ihn leuchten. Unten auf dem Feld bellte ein Hund und jemand rief *Hau ab!*

Harmlose, alltägliche Dinge – sie konnten sich unmöglich in derselben Welt abspielen, in der das Entsetzen auf Jacks Gesicht gestanden hatte. In der er hastig die Ruder eingetaucht hatte, um schnell von mir wegzukommen. Während ich auf dem Bett gelegen und vor mich hin geträumt hatte, waren alle Verbindungen gerissen.

Pa saß an seinem gewohnten Platz auf der Veranda. Hielt das Fernrohr in der Hand, blickte aber nicht hindurch. Musterte mich, und wie bei einem Kind schoss mir der Gedanke durch den Kopf: *Pa wird alles richten!*

»Denke, du wirst feststellen, dass dein Vater und ich darüber einer Meinung sind, Dolly«, sagte Ma hinter mir.

Ich sah seiner Miene an, dass Ma ihm bereits alles berichtet hatte. Er nahm einen Schluck von seinem mit Wasser verdünnten Rum und stellte das Glas ab.

»Euch hat es doch noch nie gekümmert, wer seine Mutter war«, sagte ich. »Dass er ein halber Schwarzer ist.«

»Jack ist ein Pfundskerl«, sagte Pa. »Du findest, er ist ein toller Bursche, und das ist er auch. Aber keiner zum Heiraten, Dolly.«

»Erzähl mir nichts von den Vorfahren, die immer wieder durchkommen!«, rief ich. »Hör bloß auf damit!«

»Du bist doch noch fast ein Kind, mein Schatz«, sagte Pa. »Nicht alt genug, um eine Sache genau zu durchblicken. Lass mich dir sagen, was ich zu sagen habe, Dolly.«

»Dann warten wir eben noch«, fiel ich ihm ins Wort. »Warten, bis ich volljährig bin.«

Er hörte gar nicht zu.

»Du weißt, dass ich mich aus dem Nichts hochgearbeitet habe«, sagte er.

Ich dachte, jetzt würde er wieder von den Orangen anfangen, und spürte kurz einen albernen Lachreiz in mir aufsteigen.

»Hab mich von ganz unten hochgearbeitet«, sagte Pa. »Möchte erleben, dass auch ihr Kinder was davon habt. Nicht alles wegwerft und dahin zurücksinkt, wo ich hergekommen bin.«

Er drehte die Handflächen nach oben und musterte sie, als wäre sein Leben darauf geschrieben. Ma stellte sich neben ihn, er lächelte sie an.

»Du wirst Möglichkeiten haben, mein Schatz«, fuhr er fort. »Wirst vorwärtskommen im Leben. Jack Langland zu heiraten, wäre ein Schritt abwärts. Du denkst, das ist alles nicht wichtig, Dolly. Aber ich als dein Vater kann es nicht zulassen, dass du die Chancen vertust, die sich dir bieten.«

Chancen! Ich wünschte John Daunt wäre tot, wünschte, er wäre tot aus dem Sattel gestürzt. Und jeder andere Gentleman auch, der Pa für seine Tochter gefallen könnte.

»Jack ist ein feiner Kerl«, sagte Pa. »Es gereicht ihm zur Ehre, dass er weggegangen ist.«

»Gereicht ihm zur Ehre?«, entgegnete ich. »Was daran gereicht ihm zur Ehre, Pa? Was denn, verdammt? Dass er sein Geld auf die Seite gelegt hat, um Sullivans Farm zu kaufen, das gereicht ihm zur Ehre!«

Doch mir war klar, dass alle Worte, die ich finden mochte, nicht die richtigen sein würden. Pa und ich redeten über vollkommen verschiedene Dinge. Zwischen uns war irgendwo das Gift, das Jack dazu gebracht hatte, sich mit aller Kraft in die Ruder zu legen, um schnellstmöglich von mir wegzukommen, aber ich fand nicht heraus, wo genau es war.

»O ja, Sullivans Farm«, sagte Pa. »Von allen Orten auf Gottes Erde musste er sich ausgerechnet Sullivans Farm aussuchen.«

»Wir wissen, dass es nichts Großartiges ist«, sagte ich. »Brauchst uns gar nicht darauf hinzuweisen. War auch nur für den Anfang gedacht, mehr nicht.«

»Sieh mal, Dolly, Jack will doch nur dein Bestes«, sagte Pa.

»Das wollen wir auch. Deine Mutter hat ihm alles erklärt, genauso wie ich's getan hätte, wenn ich dagewesen wäre. Er hat eingesehen, dass es vernünftig ist, was sie ihm darlegte. Hat zu ihr gesagt, er wolle dir nicht im Weg stehen. Ist das richtig, Meg? Hat er das gesagt?«

»Genau das waren seine Worte«, sagte Ma. »Ich will ihr nicht im Weg stehen. Sie ist ein liebes Mädchen, und ich will ihr nicht im Weg stehen. Exakt seine Worte.«

»Mir im Weg stehen!«, rief ich aus. »Was soll das denn heißen, mir im Weg stehen?«

»Er hat es begriffen, Dolly«, sagte Ma. »Wie es aussehen würde. Dass die Leute denken würden, Jack Langland, aus dem Nichts gekommen, sieht eine Chance, aufzusteigen in der Welt.«

»Sollen die Leute doch denken, was sie wollen«, sagte ich.

Aber dann ging mir auf, was sie gleich sagen würde, und mir stockte das Herz.

»Er ist ein zu stolzer Mann«, sagte Ma. »Würde sich nicht dem Gerede der Leute aussetzen. Du weißt, dass er stolz ist, Dolly. Nicht wahr?«

Das konnte ich nicht bestreiten. Ich hatte diesen Stolz gesehen, liebte diesen Stolz an ihm. Aber dennoch, der Ausdruck auf seinem Gesicht, als er mich weggestoßen hatte und weggerannt war. War das Stolz gewesen? Konnte Stolz einen Menschen aussehen lassen, als wäre ihm ein Dolchstoß versetzt worden?

»Ich weiß, dass du darüber nicht glücklich bist, mein Schatz«, sagte Pa. »Dass du denkst, das ist das Ende der Welt, nachdem Jack fort ist. Aber wir können weiter voraussehen als du. Wirst uns am Ende dankbar sein.«

Er redete so sanft mit mir, dass ich wusste, ich konnte mich nicht weiter wehren. Gegen seinen Zorn konnte ich ankämpfen. Aber sich gegen diese Milde zur Wehr zu setzen, die klang, als würde er mit einem Kranken sprechen, war genauso unmöglich, wie mit einem Messer Wasser zu schneiden.

Ich musste weg von ihnen und ihren lächelnden Gesichtern, ging hoch in mein Zimmer und schloss mich ein. Versuchte, alles noch einmal gründlich zu durchdenken. *Er wolle dir nicht im Weg stehen*. Weil Dolly Thornhill reich war und Jack Langland arm. Über einen armen Mann, der eine reiche Frau heiratet, würde immer verächtlich geredet werden. Eine schlaue Falle. Je fester man zog, desto fester schloss sie sich.

Doch es gab eine Möglichkeit, sie zu öffnen. Wenn Dolly Thornhill und Jack Langland auf gleicher Stufe stehen würden, könnte die Falle nicht mehr greifen. Ich konnte Jack Langland zwar nicht reich machen, aber ich konnte Dolly Thornhill arm machen.

Jack würde wiederkommen. Er würde sich von dem Mädchen verabschieden müssen. Würde nicht fortgehen, ohne mit ihr gesprochen zu haben. In seinem Zimmer lagen auch noch seine Sachen. Wenn er zurückkam, würde ich auf dem Bootssteg stehen und warten. Mit nichts in den Händen, mit nichts als den Kleidern, die ich am Leibe trug. Mir konnte nichts *im Weg stehen*, weil ich nichts von Pa annehmen würde. Keinen Penny, keinen einzigen Teller, keine Hochzeit mit französischem Champagner und Zylindern. Nicht mal einen väterlichen Segen.

Als Pa an die Tür klopfte und am Griff rüttelte, rief ich nur: »Geh weg.«

Ich holte mein warmes Schultertuch, steckte meine Haarbürste in die Rocktasche. Zog eine Schnur durch den grünen Stein, hängte ihn mir um den Hals. Das war die gesamte Mitgift, die ich brauchte.

Das ist die letzte Nacht, die ich in diesem Haus verbringe,

dachte ich. Morgen um diese Zeit bin ich mit Jack auf Sullivans Farm. Ein Glück, dass es warm ist. Aber wenn wir am Anfang vielleicht auch frieren oder Hunger leiden müssten, lagen doch all die Jahre unseres restlichen Lebens vor uns, in denen wir glücklich sein würden.

Ich würde Sarah Langland sein, mit oder ohne Pfarrer. Als ob ich nie eine Thornhill gewesen wäre.

Jack würde es dem Mädchen erklären. Dass es nur für kurze Zeit sein würde. Dass er und Tante Dolly nur eine Meile entfernt seien und auf eine Gelegenheit warteten, ihr helfen zu können. Ich stellte mir vor, wie sie sich eines Nachts aus dem Haus stahl, barfuß in ihrem Nachthemd über die Felder und über die Felsen lief, an Paynes Mühle vorbei, zwischen den Mangroven hindurch und durch das Gestrüpp bis zu Sullivans Farm. Sie hatte diesen Willen. Wenn sie erst einmal bei uns war, wäre schon viel gewonnen. Wenn Pa ihr glückliches Lächeln sah, würde er sie bei uns bleiben lassen.

Ich blieb die ganze Nacht wach und horchte, ob Jack zurückkam. Als die Sterne verblassten, trat ich hinaus in den Flur. Dort hinten war die Tür zu Jacks Zimmer, die ich so geschickt aufgestoßen hatte, um höchstes Glück zu erfahren. Und hier war die Tür, an der John Daunt mich vielleicht gesehen hatte oder auch nicht.

Mein bisheriges Leben. Es kam mir vollkommen kindisch vor, nichts davon in irgendeiner Form wichtig für die Frau, die es mit leeren Händen hinter sich ließ.

Unten am Bootssteg war der Fluss noch ganz schwarz, der Wald dunkel, selbst die Vögel waren noch nicht erwacht. Aber Pa war da. Vollständig bekleidet: Hut, Stiefel, alles. Als hätte er schon die ganze Nacht auf dem Bootssteg gestanden. Neben ihm saß der scheckige Hund und blickte wie Pa flussaufwärts.

»Tja, Dolly«, sagte er. »Wie ich sehe, hatten wir den gleichen Gedanken.«

Ich hatte ihm nichts zu sagen. Dies war das letzte Mal, dass ich neben meinem Vater stehen würde.

Dann kläffte auf einmal der Hund. Nur ein einziges Mal. Im grauen Licht kam das Boot auf uns zu. Wieso kommt es aus dem Seitenarm?, fragte ich mich, aber das war eigentlich nicht wichtig.

Das einzig Wichtige war, dass er auf mich zugerudert kam, das Boot mit kurzen, kräftigen Stößen gegen die Strömung vorwärtstrieb, wobei sich seine Schultern abwechselnd zusammenzogen und streckten.

Als er sich einmal umdrehte, sah er uns. Er hielt im Rudern inne, und das Boot wurde stromaufwärts getrieben, sodass ich schon dachte, er hätte es sich anders überlegt. Ich nahm mein Schultertuch ab und ging bis an den Rand des Anlegestegs. War bereit, mich in dieses seidige Wasser fallen zu lassen, damit er gezwungen wäre, näher zu kommen und mich herauszufischen.

Er drehte sich um und fing wieder an zu rudern. In der Haltung seiner Schultern lag etwas Verbissenes und Widerstrebendes. Schließlich war er am Anlegesteg, nahm die Ruder herein und machte das Boot fest. Alles, was ich sehen konnte, war die Oberseite seines Kopfes, sein dickes schwarzes Haar.

»Du bist also den Seitenarm hochgefahren, Junge«, sagte Pa.

Jack kletterte auf den Steg. Sein Gesicht, oder das, was ich davon sehen konnte, war starr.

»Bis ganz nach oben?«, fragte Pa.

Jack warf Pa einen düsteren Blick zu. Der Muskel in seinem Kiefer bewegte sich. Zwischen den beiden Männern war eine Art Spannung zu spüren. Jack setzte sich in Gang, um zum Haus hochzugehen. Ich ging auf ihn zu, um mich bei ihm unterzuhaken.

»Ich komme mit dir mit, Jack«, sagte ich. »Jetzt gleich. Nehme nicht einen einzigen verdammten Gegenstand mit, nicht mal den Namen, den ich von Pa habe. Von nun an heiße ich Langland, und das voller Stolz.«

Das war der Anfang der Rede, die ich vorbereitet hatte, und dann hatte ich mir vorgestellt, wie wir beide den Fluss hinunterrudern und Thornhills Farm hinter uns lassen würden.

Doch Jack riss sich von mir los und ging mit schnellen Schritten den Weg hinauf. Ich lief hinter ihm her, aber je schneller ich lief, desto schneller und weiter schritt er in seinen Stiefeln aus.

Er ging durchs Tor und dann die Vordertreppe hoch. Ma, die draußen stand, streckte die Hand aus, um ihn aufzuhalten, aber er schob sich an ihr vorbei. Als ich ihm ins Haus folgen wollte, hielt sie mich am Arm fest. Mit mehr Kraft, als ich ihr zugetraut hätte. Wir drehten uns auf der Veranda ein paarmal im Kreis herum wie zwei Leute bei einem wütenden Tanz.

Schließlich gelang es mir, mich aus ihrem Griff zu befreien, und ich rannte nach oben in Jacks Zimmer. Er hielt ein paar Kleidungsstücke und einen Beutel in der Hand, in dem Münzen klimperten. Ungeschickt, weil er sich so beeilte, schnürte er alles zu einem Bündel zusammen. Auch das Mädchen war im Zimmer, und er redete gerade mit ihr. Ihr Gesicht erhellte sich, da war das Leuchten, das ich hatte sehen wollen. Er würde sie wegbringen.

»Jack«, sagte ich, »sag mir doch um Himmels willen, was los ist.«

Ich streckte die Hand nach ihm aus, doch er zuckte zurück, als wäre ich glühend heiß.

»Vergiss deinen verdammten Stolz, Jack«, sagte ich, noch immer außer Atem, weil ich so schnell den Hang raufgelaufen war.

Auf einmal stand Pa im Zimmer, hinter ihm tauchten Jemmy Katter und Bob Dodd auf. Was hatten die beiden hier im Haus zu suchen?

»Bei Gott, du wirst sie nicht mitnehmen!«, schrie Pa.

»Das werde ich wohl!«, schrie Jack zurück. »Ich lasse sie auf keinen Fall hier bei Ihnen!«

Das Mädchen klammerte sich so fest an Jacks Jacke, dass ihre braunen Finger an den Knöcheln ganz weiß waren. Pa zog an ihr, und Jack versuchte, sie freizubekommen. Es sah aus, als wären die drei miteinander verknotet und für immer in diesem kleinen Zimmer verbunden.

»Jem!«, schrie Pa. »Jem, beeil dich, Mann! Bob, verdammt noch mal, halt diesen Burschen fest!«

Jemmy und Bob schoben sich neben Jack, packten ihn links und rechts an den Armen und zogen ihn nach hinten, sodass er ins Stolpern geriet und beinahe gestürzt wäre. Er trat um sich und wand sich in ihrem Griff. Jemmy und Bob brauchten ihre ganze Kraft, um ihn festzuhalten.

»Jetzt hör mir mal zu, Junge«, sagte Pa, während seine Arme das Mädchen umklammert hielten. »Ich sage es nur dieses eine Mal. Wenn du dich hier noch einmal blicken lässt, hole ich die Polizei. Wenn du dieses Mädchen noch mal anrührst, bringe ich dich hinter Schloss und Riegel. Das garantiere ich dir, Junge. Sperr dich ein, werfe den Schlüssel weg. Ich werd's tun, ohne die geringsten Bedenken, das kannst du mir glauben!«

Jack, der immer noch von den beiden Männern festgehalten wurde, gab seinen Widerstand auf, das Mädchen hörte auf, sich zu wehren. Pa starrte Jack mit steinerner Miene an. Sah aus, als würde sich nichts jemals wieder bewegen.

»Bring ihn raus, Jemmy«, sagte Pa schließlich. »Bring ihn weg. Bob, nimm sein Bündel, geht mit runter ans Tor, und dann seht zu, dass er sich davonmacht.«

Die Männer schubsten Jack zwischen sich aus dem Zimmer. Als ich ihnen folgen wollte, stellte Ma sich mir in den Weg, hielt mich fest und schrie mir etwas ins Gesicht. Ich spürte die Speichelspritzer auf meiner Wange. Als ich mich schließlich von ihr losgerissen hatte und beim Tor ankam, war Jack weg. Jemmy und Bob standen mit schuldbewussten Mienen da. Jemmy machte eine ruckartige Kopfbewegung zur Seite, und da sah ich Jack, wie er mit langen, wütenden Schritten den Hang hinaufstürmte.

Ich schürzte meinen Rock und rannte, wie ich noch nie im Leben gerannt war. Holte ihn ein und griff nach seiner Hand. Brachte vor Atemlosigkeit kein Wort heraus, ließ seine Hand aber nicht los, und er drehte sich schließlich halb zu mir um.

Dann blieb er stehen und zog seinen Arm weg, ohne mich anzusehen.

»Kümmere dich um Gottes willen um sie«, sagte er. »Tu wenigstens das. Dich um sie kümmern.«

»Wir nehmen sie mit zu Sullivans Farm«, sagte ich. »Zu uns. Wie wir's uns vorgenommen haben.«

»Sullivans Farm kannst du vergessen«, sagte er. »Das war einmal. Nichts wie weg von diesem verrotteten Ort. Nie wieder einen Fuß auf diese verdammte Erde hier setzen.«

Ich wollte nach seiner Hand greifen, aber er war zu schnell. Blieb ein Stück entfernt von mir stehen und sah mich schließlich an. Sein Gesicht düster, voller Wut, entstellt. Ein wild lodernder Blick.

»Ist nicht deine Schuld«, sagte er. »Aber merk dir eins. Ich will nichts mehr mit dir zu tun haben. Will dein Gesicht nie wieder sehen. Nie wieder.«

Dann wandte er sich ab und stieg mit energischen Schritten den Hang hinauf. Der Abstand zwischen uns wurde immer größer. Ich presste die Ellbogen an den Körper und rannte los.

Mein Atem ging rasselnd, ich bekam keine Luft mehr. Zwang meine Füße zum Weitergehen, einen Schritt nach dem anderen. Mein Atem ging stoßweise, dann wurde mir schwarz vor Augen. Ich fiel der Länge nach hin, hatte keine Kraft mehr, ihm etwas nachzurufen. Hob den Kopf gerade noch rechtzeitig, um zu sehen, wie er die Straßenbiegung erreichte. Sah ihn den letzten Schritt hinauf machen. Das Bündel auf seinem Rücken hüpfte, sein Fuß drückte sich vom Boden ab, und sein Ellbogen schwang nach vorn.

Ich blickte auf den gelben Staub, wo gerade noch sein Fuß gewesen war. Als ob er zurückkommen würde, wenn ich lange genug hinsah. Hielt die Luft an, wartete. Ein Windstoß fuhr durch die Sträucher, kringelte sich auf dem Boden, wirbelte Laub und Erde auf. Wirbelte herum wie etwas Lebendiges, sank wieder nach unten, Staub legte sich auf Staub.

Jack war fort, aber mein Körper stemmte sich mit ganzer Kraft dagegen. Schreie und Tränen brachen aus mir heraus, lange, peinigende Wehklagen, die nicht aufhören wollten. Ich hockte auf der Erde, wiegte mich vor und zurück, um das, was ich nicht zulassen wollte, wegzustoßen. Griff mir ins Haar, riss mir Strähnen aus, wollte meinem Körper Schmerzen zufügen, die den Schmerz in meinem Herzen ausschalteten.

Alles war feindlich gegen mich gesinnt. Die Erde unter meinen Händen, die einschnürenden Kleider, die stechende Sonne, der Wind, der meine Haut streifte. Mein schlimmster Feind war ich selbst. Ich wünschte, ich könnte vor mir selbst weglaufen. Wäre froh gewesen, wenn ich auf der Stelle aufgehört hätte zu leben.

Lange blieb ich dort sitzen. Irgendwo anders hinzugehen, hatte keinen Sinn. Dieses Fleckchen Erde war die einzige Stelle, an der ich sein konnte, weil es die letzte Stelle war, an der Jack bei mir gewesen war. Sie zu verlassen war, als würde ich ihn verlassen.

Die Sonne stand hoch über mir, als ich schließlich aufstand und den Hang hinunterstieg. Das Haar klebte mir im Gesicht, meine Kleider waren völlig verrutscht, weil ich mich hin- und hergeworfen hatte.

Im Salon wartete Ma schon wie eine Spinne in ihrem Netz auf mich. Legte ihre Näharbeit zur Seite, versuchte, mich in den Arm zu nehmen. Ich entwischte ihr und lief die Treppe hoch, aber wo wollte ich eigentlich hin?

Das Mädchen stand in Jacks Zimmer neben dem Bett. Berührte es, als wäre er vielleicht unter der Decke versteckt. Nahm keine Notiz von mir, sondern kletterte auf das Bett und setzte sich mit gekreuzten Beinen auf das Kopfende. Ihre Miene war ausdruckslos. Ich setzte mich ans andere Ende, wo sie sich in jener ersten Nacht zu Jacks Füßen zusammengerollt hatte.

»Er kommt zurück«, sagte ich. »Wird bald kehrtmachen und kommen, um uns zu holen.«

Unten in der Küche klapperte Anne mit den Tellern. Etwas schallte wie ein Gong, wahrscheinlich die Blechschüssel, die an ihren Haken gehängt worden war. Dann legte sich eine nachmittägliche Stille über alle Räume.

Ich rutschte auf dem Bett näher zu dem Mädchen hin und streckte den Arm über den leeren Raum zwischen uns zu ihm aus. Ließ es meine vom Weinen geschwollenen Augen sehen. Es starrte mich an, als wäre das Weinen eine Art Tier, das es noch nie zuvor gesehen hatte.

Nur ganz kurz hielt ich ihre kalten, dünnen Finger, dann zog sie ihre Hand weg, stieg vom Bett herunter und schlüpfte aus dem Zimmer. Ich blieb mit der Delle zurück, die ihr Körper in der Bettdecke hinterlassen hatte.

Ich hörte Ma rufen. »Rachel? Wo bist du Rachel?« Dann ihre Schritte, als sie die Treppe heraufkam.

In diesem Haus würde das Mädchen von nun an nur noch Rachel sein. Ihr neuseeländischer Name war für immer verloren. So lange, wie man sich an sie erinnerte, würde sie Rachel heißen. Ihr richtiger Name, wie er auch lauten mochte, existierte nicht mehr.

Es war ein erschreckender Gedanke. Wie leicht konnte ein Name verloren gehen. Es war eine Art Tod. Von einem Augenblick auf den anderen konnte das geschehen, und es gab kein Zurück.

Ich streckte mich auf dem Bett aus. An der Decke war ein verästelter Riss, der mir bisher noch nie aufgefallen war. Nur ein Riss in der Decke, aber kostbar für mich, weil Jack ihn gekannt haben musste. Er hatte genau hier gelegen, wo ich jetzt lag, die Hände unter dem Kopf verschränkt, und war diesem Riss von der Ecke, in der er begann, bis zur gegenüberliegenden Wand, an der er endete, mit den Augen gefolgt.

Eine Sekunde lang durchzuckte mich heiß das Gefühl, Jack wäre bei mir, sein Kopf neben dem meinen auf dem Kissen, neben mir atmend.

Ich überließ mich dem Schmerz. Wie sehr sehnte ich mich nach ihm. Vergrub mein Gesicht im Kissen, roch daran, um seinem Geruch nachzuspüren wie ein Hund. Aber da war nichts. Nur der Geruch von Stärke und Federn.

Jack war weg, aber ich wollte es nicht wahrhaben. Jeden Morgen beim Aufwachen versuchte ich es auf eine andere Weise zu verdrängen. Ich zog mich an, stieg in meine Stiefel und ging bis zu der Stelle hoch, an der er mich verlassen hatte. Oder in die andere Richtung zum Bootssteg hinunter. Überall dorthin, wo er gewesen war. Ging mit schnellen Schritten hin und ließ mich wartend dort nieder, als hätte er gesagt: *Ich bin bald wieder zurück,* und nicht etwa: *Ich will dein Gesicht nie wieder sehen*.

Pa sah mir wortlos nach. Ma drängelte mich, ich solle in der Küche helfen oder den Wäscheschrank aufräumen, aber Pa sagte: »Lass sie in Ruhe, Meg.« Was das Mädchen betraf, hätte ich genauso gut nicht da sein können. Nach dem Tag, an dem wir zusammen auf dem Bett gesessen hatten, sah sie mich nie wieder an. Sie setzte sich draußen bei Pa auf der Veranda oder im Salon mit dem Rücken zur Wand, schlang die Arme um ihre Knie und verbarg das Gesicht darin.

Ich wusste, dass Jack nicht auf Sullivans Farm sein würde. Sinnlos, dorthin zu fahren. Trotzdem nahm ich eines Tages das Boot und fuhr den Fluss hinunter. Ein stiller Morgen, ohne Sonne, ohne Richtung, ohne Zeit, der Fluss schleimig in dem trüben Licht. Ich ließ mich von der Strömung treiben, brauchte die Ruder kaum einzusetzen. An unserer Obstplantage, an unserem Maisfeld und an Paynes Mühle vorbei.

Solange ich die Landspitze nicht umrundet hatte, konnte man mich vom Haus aus sehen. Ich war schon zu weit weg, um es ausmachen zu können, aber ich spürte, dass Pa mich durchs Fernrohr beobachtete. Entschlossen, nichts von mir preiszugeben, nicht mal meinen Gesichtsausdruck, hielt ich den Kopf gesenkt. Wenn er mich tatsächlich beobachtete, wäre mein Scheitel das Einzige, was er von mir sah.

Sullivans Farm sah aus wie eh und je. Ein schmutzig wirkender Sandstreifen, auf dem überall alte Austernschalen herumlagen, ein verwildertes Feld, eine windschiefe Hütte im hohen Gras, die Rindenplatten auf dem Dach waren aufgerissen und teilweise schon abgefallen. An diesem Dach hatte kein Mann mit einer scharfen Axt etwas ausgebessert.

Um Enttäuschung zu empfinden, hätte man sich zuvor Hoffnungen machen müssen.

Im Innern der Hütte fröstelte es mich. Ein Holzkasten ohne Fenster, dunkel und feucht. Im Kamin hatte seit Jahren kein Feuer mehr gebrannt. Niemand hatte an dem wackligen Tisch gesessen oder auf dem Bett in der Ecke geschlafen. Überall Spinnweben und Staub. Die Luft war stickig. Mir kam es vor, dass nicht nur Menschen diese Unterkunft aufgegeben hatten, sondern auch die Natur. Die Hütte würde für immer unbewohnt bleiben.

Ich stand in dem grauen Licht, das einzige Geräusch, das ich hörte, war das Platschen der Wellen an die zerbrochenen Austernschalen unten am Strand. Angestrengt bemühte ich mich, irgendeine Anwesenheit von Jack zu spüren, aber da war nichts. Möglich, dass er einige Male hier gewesen war und an der Stelle gestanden hatte, an der ich jetzt stand, und versucht hatte, sich die Hütte als ein Heim vorzustellen, so wie ich es gerade tat. Aber mehr auch nicht. Er hatte sie nicht zu seinem Eigentum gemacht. Er würde nie wieder hierherkommen.

Trotzdem fiel es mir schwer, den Ort zu verlassen, den ich mir in meinen Tagträumen so oft vorgestellt hatte. Er beleidigte all die Hoffnungen, die wir gehegt hatten. Ich zog mein Schultertuch herunter und breitete es auf dem Bett aus. Steckte die Ecken fein säuberlich fest, damit es einladend aussah. Ich wusste, mein Schultertuch würde auf diesem leeren Bett liegen bleiben, bis es zu Staub zerfiel, tat es aber trotzdem. Es war eine Geste, um etwas Wärme in diese deprimierende Hütte zu bringen.

Als ich die Hütte verließ und wieder ins Boot stieg, hatte der Gezeitenwechsel eingesetzt und das Wasser war trüber geworden. In den verborgenen Tiefen trafen Strömungen aufeinander, wühlten das Wasser auf und ließen Strudel entstehen. Ich ließ mich von der Flut wieder flussaufwärts treiben und blickte zu der Hütte hin, bis sie außer Sicht war. Ich würde nie wieder dort hingehen.

Als ich mit dem Boot die Landspitze umrundet hatte, sah ich Pa auf dem Anlegesteg stehen. Er winkte nicht, stand reglos da. Ich steuerte auf das andere Ufer zu und ließ mich von der Strömung vorbeitreiben. Das Gesicht hatte ich abgewandt. Ich dachte, er würde mir vielleicht etwas zurufen oder mir folgen. Aber er sah mir nur nach.

Oben bei den Langlands war außer dem alten Mr Langland niemand zu Hause. Er sagte nicht viel. Nur dass Jack nach Neuseeland gefahren sei.

Etwas Kaltes lag in seinem Blick.

»Jacks Ma war eine schwarze Eingeborene«, sagte er. »Das wusstest du, oder?«

»Ja«, sagte ich. »War mir völlig egal.«

»Na, sieh mal einer an«, sagte er. »Ein dreifaches Hoch auf dich, Dolly.«

Er grinste mich mit einem Mund voll gelber Zähne an.

»Gibt viele, die das anders sehen, Dolly«, sagte er. »Wie du selbst festgestellt hast. Wenn du meine Tochter wärst, hätte ich dasselbe gesagt. Ein guter Kerl, aber keiner zum Heiraten.«

In diesem Augenblick wünschte ich, nicht hergekommen zu sein. Ich hatte gewusst, dass es sinnlos war, hatte mich aber trotzdem selbst überzeugen wollen. Jack war nicht hier. Würde es auch nie wieder sein.

»Das Beste ist, du munterst dich irgendwie auf, Dolly«, sagte Mr Langland. »Glaube kaum, dass Jack nochmal hierherkommt.«

»Wenn er's doch tut, sagen Sie ihm bitte, Sarah Thornhill möchte ihn sehen«, entgegnete ich.

Aber Jack wusste ja bereits, dass Sarah Thornhill ihn sehen wollte. Eine Nachricht an ihn würde nichts bewirken.

Mr Langland schwieg. Sog mit einem pfeifenden Geräusch die Luft durch seine leere Pfeife ein.

Als ich den Fluss wieder hinunterruderte, stand Mrs Herring auf ihrem Anlegesteg und winkte mich herüber.

»Dolly«, sagte sie. »Du bist ja fast erfroren, Mädchen.«

Sie führte mich zum Kaminfeuer, wickelte ihr Schultertuch um mich und gab mir zu essen und zu trinken. Mein Blut begann sich wieder zu regen und mit ihm meine Gefühle. Ich dachte, ich hätte all meine Tränen vergossen, aber sie hörten nicht auf zu fließen. Währenddessen saß Mrs Herring da und paffte an ihrer Pfeife. Als die Tränen schließlich versiegten, legte sie mir die Hand auf den Arm.

»Weißt du, Dolly«, sagte sie. »Vor langer, langer Zeit hatte ich einen Schatz.«

Worauf sie die Pfeife aus dem Mund nahm, um herzhaft lachen zu können.

»Ob du's glaubst oder nicht«, fuhr sie fort. »Sein Name war Joe Giddings. Großer, stämmiger Kerl, und du meine Güte, was war ich verliebt. Ich frage mich oft, wo ich heute wohl wäre, wenn ich Joe Giddings geheiratet hätte.«

Paffte wieder an ihrer Pfeife, als würde sie darauf warten, dass ich fragte: »Warum haben Sie's denn nicht getan?«

»Tja, warum, das ist die Frage«, sagte sie. »Er ist weggegangen, von einem Tag auf den anderen. Hab nie erfahren, weshalb. Oh, was war ich unglücklich. Hab geheult und geheult.«

»Sagen Sie mir jetzt bloß nicht, das wäre doch nur zum Guten«, sagte ich.« Sagen Sie das nicht.«

Ich hasste sie, wie sie dasaß, zufrieden mit ihrer Geschichte über diesen Joe Giddings, die ich nicht glaubte. Sie fing an, mit dem Messer im Pfeifenkopf herumzustochern, und schnipste die Aschekrümel ins Feuer.

»Das werde ich nicht«, Dolly, sagte sie. »Würde dich nicht kränken. Ich kann dir nur sagen, dass Jack seine Gründe gehabt haben muss. Dass er bestimmt nicht unbesonnen gehandelt hat.«

»Wo ist er?«, fragte ich. »Wo ist er hingegangen?«

»Meine liebe Dolly«, sagte sie, »das weiß ich genauso wenig wie du. Aber Jack weiß, was er tut. Da bin ich mir sicher. Er hat bestimmt gute Gründe gehabt. Das solltest du ihm schon zutrauen.«

Während ich zusah, wie sie mit dem Messer um den Rand des Pfeifenkopfes kratzte, wünschte ich, der alte Ton würde in Stücke brechen. Wünschte, das Messer würde abrutschen und sich in ihren Körper bohren.

»Ich kenne dich seit deiner Geburt, Liebes«, sagte sie. »Wenn ich dir helfen könnte, würde ich es tun. Aber es gibt nichts, was ich tun kann. Weder ich noch irgendwer sonst.«

Sie sah mir dabei aber nicht in die Augen. Da wurde mir klar, dass ich nun ganz auf mich allein gestellt war. Jetzt gab es nicht mehr Jack und mich, sondern nur noch mich.

Pa stand immer noch auf dem Anlegesteg, als hätte er sich die ganze Zeit nicht von der Stelle gerührt. Er beugte sich hinunter und griff nach dem Seil, streckte mir beim Aussteigen die Hand entgegen. Selbst nach all diesen Jahren hatte er noch immer eine harte Fährmannshand. Auch als ich schon auf dem Steg stand, ließ er meine Hand nicht los.

»Ich weiß, du trauerst ihm nach, Dolly«, sagte er. »Ich sehe, wie du dich nach ihm verzehrst. Aber er wird nicht zurückkommen, mein Schatz. Das weißt du, nicht wahr?«

Er hatte zumindest so viel Erbarmen, dass er mich nicht zwang, es auszusprechen: *Ja, er kommt nicht zurück.*

Ohne Jack war es ein trauriges Haus, die Stille darin undurchdringlich wie die Dunkelheit. Mein Kummer saugte alles auf, jedes Gefühl, bis auf den Kummer selbst. Sogar die Sonne war trüb.

Ich weinte nicht wieder. In meinem Innern war ich kalt wie ein Stein, wie jemand, dem ein Bein abgehackt worden war. Ich wartete, dass die Tage vergingen, ich und mein Körper voneinander abgetrennt, unmöglich, die Teile wieder zusammenzufügen.

Alles, was ich sah, jedes Geräusch führte zum selben Ort. Wenn Sturm einsetzte und Regen fiel, dachte ich an die Nacht, in der Jack das Mädchen hergebracht hatte, an den Glanz seiner nassen Haare. Wenn der Fluss glitzerte, empfand ich es als Hohn. Wenn ein Vogel auf einem Zweig mit dem Schwanz wippte und den Kopf schief legte, dachte ich nur, dass er froh sein konnte, ein Vogel zu sein.

Morgens stand ich auf und zog meine Kleider an, abends zog ich sie aus und legte mich ins Bett. Bei Tisch steckte ich mir Bissen in den Mund und kaute und schluckte. Hörte Ma und Pa reden, aber ganz weit weg. Hörte sie rufen. *Dolly! Dolly!* Ihre Stimmen waren wie eine Fliege, die hinter einer Fensterscheibe brummt.

Ich hatte geglaubt, Pa liebte mich auf seine Weise. Aber er hatte Ma die Drecksarbeit für sich machen lassen. Als es hart auf hart kam, hatte er sich ihr nicht widersetzt. Hatte nicht gesagt: *Dolly ist meine Tochter, ich möchte, dass sie glücklich wird.* War nicht zu Jack gegangen und hatte gesagt: *Vergiss den verdammten Stolz, Jack, mein Junge.*

Immer wieder überdachte ich diese wenigen Stunden, in denen alles kaputtgegangen war. Und jedes Mal kam ich zu dem Ergebnis, dass da etwas nicht stimmte. *Ich will ihr nicht im Weg stehen* und *Ich will dein Gesicht nie wieder sehen* – diese Sätze passten nicht zusammen. Ich hatte das Gefühl, hereingelegt worden zu sein.

Das Mädchen ging durchs ganze Haus, von Zimmer zu Zimmer. Öffnete die Schränke, blickte hinein. Wenn vom Hof ein Geräusch hereindrang, lief sie hinaus, um nachzusehen, was es war. Wenn sie in jedes Zimmer geschaut hatte, fing sie wieder von vorne an. Wenn Ma sie in den Salon zog, zwängte sie sich auf den Fenstersitz und blickte unverwandt zu der Stelle unten am Wasser hin, wo man die flussaufwärts fahrenden Boote sah.

Kümmere dich um sie, hatte Jack gesagt. Aber wie sollte man sich um ein Mädchen kümmern, das einen nicht in seiner Nähe haben wollte?

Nur ein einziges Mal sah ich sie in veränderter Stimmung. Als ich einmal am Nachmittag zum Fluss hinunterging, bemerkte ich, wie sie gerade zwischen den Bäumen verschwand. Ich ließ sie vorausgehen, um herauszufinden, wohin sie wollte.

Als sie die Sandbank an der Landspitze erreichte, wurde klar, weshalb sie dorthin gegangen war. Phillip planschte mit Belle am Halfter im seichten Wasser herum. Er zog die Stute hinter sich her, machte kleine, aufmunternde Geräusche, während Belle so tat, als wüsste sie nicht, was Wasser ist, mit dem Huf scharrte und die Nase eintauchte, um zu probieren, wie es schmeckte.

Man konnte deutlich sehen, dass die beiden, Phillip und das Mädchen, sich nicht zum ersten Mal dort trafen. Sie saß am Ufer, das Kinn auf die Knie gestützt, den Rücken an einen Baum gelehnt, und sah dem Mann und dem Pferd zu, als machten die beiden eine Aufführung für sie.

Phillip schnalzte mit der Zunge, Belle setzte sich in Gang. Hob die Hufe in die Höhe, man sah, was für eine Kraft in ihr steckte und was für einen Spaß es ihr machte. Das Wasser wurde tiefer, Phillip rannte hinein und platschte mit dem Seil, das er locker in der Hand hielt.

Er drehte sich zu dem Mädchen hin und lächelte ihr zu. Nicht das Lächeln, das er einem zuwarf, wenn er seinen Charme spielen ließ, sondern ein stilleres, persönlicheres Lächeln. Von meinem Versteck aus konnte ich sehen, wie das Gesicht des Mädchens weich wurde. Fast schon ein Lächeln. Das erste Mal, dass ich kurz den Menschen sah, der hinter dieser traurigen Maske steckte.

Gott sei Dank, dachte ich. Da hat sie wenigstens etwas gefunden, das ihr ein wenig Trost spendet.

Die Tage waren endlos lang und still. Die Felswände, die auf der anderen Flussseite über uns aufragten, ließen alles andere klein wirken. Wenn die Sonne an den langen Nachmittagen auf sie fiel, schimmerten sie erst gelb, dann messingfarben, dann golden. Das Licht veränderte sich Stunde um Stunde. Das Einzige, was in dieser Welt passierte, war die ständige Veränderung des Lichts auf den Felsen.

DRITTER TEIL

Ich musste wohl unbewusst mitgezählt haben, denn genau elf Monate und elf Tage nach Jacks Weggang fühlte ich mich morgens beim Aufwachen verändert. Während ich dalag und dem Rascheln der Blätter im Wind lauschte, spürte ich, dass sich auch in mir etwas regte.

Ich wollte hier weg.

Wir hatten die Nachricht erhalten, dass Mary ein Kind erwartete. Das gab mir einen Grund, sie zu besuchen. Ich war inzwischen fast achtzehn – alt genug, um mal rauszukommen. Als ich Pa und Ma von meinem Plan erzählte, sahen sie sich vielsagend an. *Na, also, Dolly zeigt wieder Interesse am Leben. Haben wir nicht gewusst, dass sich alles einrenken wird?*

Fast hätte ich meinen Entschluss rückgängig gemacht.

Am Morgen meiner Abreise suchte ich nach dem Mädchen. Ich fand sie an ihrem gewohnten Platz, auf dem Fenstersitz im Salon, von wo aus sie zum Fluss hinunterblicken konnte. Ich hielt Jacks Stein in der Hand, wollte ihn ihr schenken. Auf meiner Haut fühlte er sich so samtig an, dass ich überlegte, ob ich ihn wirklich weggeben sollte. Das Mädchen würde es nie erfahren. Würde nicht vermissen, was sie nie besessen hatte.

Aber ich konnte wegreiten. Hatte ein eigenes Pferd und eine Schwester, die ich besuchen konnte. Sie hingegen hatte nichts, konnte nur hin und wieder Phillip mit den Pferden zusehen, und selbst das würde ihr verboten werden, wenn Ma sie je dabei erwischte.

Als ich nach ihrer Hand griff, versuchte sie sie wegzuziehen, doch ich hielt sie fest und legte den Stein hinein. Sie betrachtete ihn lange. Als sie die Finger darum schloss, sah ich, wie sich die Sehne in ihrem dünnen Handgelenk anspannte und ein leichter Glanz auf ihre Wangen trat.

Ich wollte die Hand nach ihr ausstrecken, aber sie hatte sich immer gegen Berührungen gesträubt. Wollte etwas sagen, doch Worte nutzten keinem von uns beiden. Ich konnte mich nur hinter ihr vorbeugen und das gleiche Stück glänzenden Wassers betrachten wie sie.

Auf Queenie zu sitzen, durch das Tor zu reiten und alles hinter mir zu lassen, war ein gutes Gefühl. Der scheckige Hund rannte neben uns her zum Stechkahn hinunter und sah dabei grinsend zu mir hoch.

Du kannst dir deine Kräfte sparen, hätte ich ihm zurufen können.

Wir waren zu dritt, Pa und Jemmy Katter würden mich nach Garlogie begleiten, ein paar Tage bleiben und dann zurückreiten.

Endlich weg von allen, endlich eine neue Umgebung! Queenie spürte meine Ungeduld und trabte forsch auf den Stechkahn, warf den Kopf hoch und kaute auf ihrer Gebissstange. Der Hund musste zurückgehalten werden, damit er uns nicht weiter folgte. Als der Stechkahn sich in Bewegung setzte, stand der Hund bis zur Brust im Wasser, der sehnsüchtige Ausdruck auf seinem Gesicht schnitt mir ins Herz.

Nachdem wir übergesetzt hatten, lenkten wir die Pferde die neben den Felswänden entlangführende Straße hinauf. Am höchsten Punkt stiegen wir ab, um die Pferde verschnaufen zu lassen.

Dort unten war der Fluss, ein grünes, sich um die Landspitze schlängelndes Wasserband. Und dort war die Anlegestelle, und der graue Fleck darauf war der Hund. Hinter der Mauer das Haus, Ma im Rosengarten, neben ihr eine undeutliche Gestalt, die nur das Mädchen sein konnte. Sie musste jetzt zehn oder elf sein, doch aus dieser Entfernung konnte man fast durch sie hindurchsehen.

Die Linie oben hinter dem Haus, die Straße auf der anderen Talseite, war wie ein Spiegelbild der Straße, auf der wir uns befanden. Ich konnte die Kurve sehen, hinter der Jack verschwunden war. Mehr als ein Jahr war das her, kam mir aber kürzer vor. Wenn ich durch die Luft hätte laufen können, hätte ich direkt zu diesem staubigen, steinigen Fleckchen Erde hinübergehen können. Die Haarsträhnen, die ich mir damals ausgerissen hatte, mussten noch irgendwo dort sein und zwischen den Sträuchern hin und her wehen.

Wir zockelten den staubigen Weg auf dem Bergrücken entlang, die Straße bestand aus zwei sich zwischen dem Gesträuch hindurchwindenden Furchen. Diesen Bereich beobachtete Pa immer durch sein Fernrohr, das Gelände oben auf den Felswänden, wo nie ein menschliches Lebenszeichen zu sehen war. Es war ein langer Tagesritt, doch am späten Nachmittag führte die Straße bergab, und als es zu dunkeln begann, erreichten wir Garlogie, eine Farm in einem weiten, lieblichen grünen Tal.

Mary und Archibald lebten auf großem Fuß. Ein prächtiges Backsteinhaus mit einer geschwungenen Auffahrt, jedes Schlafzimmer mit einem Kamin, einem Orientteppich und einem marmornen Waschtisch, viele Dienstmädchen, die einem das heiße Wasser bringen konnten. Das Silberbesteck auf dem Mahagonitisch stammte aus dem Besitz der Familie Campbell. Es lag schwer in der Hand, die Ziselierung vom Gebrauch ganz abgegriffen. Bestimmt war es von Generation zu Generation weitervererbt worden und nicht wie das Silber der Thornhills vor einem Jahr bei Abercrombie's in der George Street gekauft.

Die Art, wie Archibald Campbell seine Worte aussprach, war für mich nach wie vor ein Problem. Wenn er bei Tisch etwas zu mir sagte, sprach ich die Laute im Stillen nach, während ich so tat, als kaute ich auf einem Stück Knorpel herum. Archibald, aus dessen gepflegtem Bart kein Härchen herausstand und dessen Wangen rosig waren wie die eines Kindes, war immer ganz Gentleman und wartete geduldig, bis seine dumme Schwägerin seine Worte entschlüsselt hatte.

Mary war inzwischen daran gewöhnt. Wenn sie merkte, dass ich Schwierigkeiten hatte, machte sie eine Bemerkung, die mich darauf brachte, was er gemeint hatte.

Pa fühlte sich in Garlogie nicht wohl in seiner Haut. Archibald Campbell war die Höflichkeit in Person, und mein armer alter Pa versuchte sich krampfhaft an die Umgangsformen zu erinnern, die er eigentlich kennen sollte. Ohne Ma an seiner Seite war er ein anderer Mensch. Nicht so selbstsicher. Ich erkannte jetzt, welcher Anteil der Frau zukam, die Pa sich ausgesucht hatte, seinem prächtigen Land und seinem stattlichen Haus. Nahm man all das weg, wurde sichtbar, was er vorher gewesen war. So arm, dass ein Messer mit einer abgebrochenen Spitze das Beste war, was er sich hatte kaufen können. Ein ehemaliger Sträfling, der einst tun musste, was ihm andere befahlen, und der sich bis heute dafür schämte.

Sogar seiner eigenen Tochter gegenüber wirkte er fast ein bisschen gehemmt, nun da sie Mrs Archibald Campbell war. Als Archibald einmal erwähnte, dass man für das Kind einen Hauslehrer engagieren werde, wenn es an der Zeit sei, wurde Pa ganz still. Du kannst dir noch so viel wünschen, dachte ich. Du kannst noch so viel wollen, aber deine eigenen Kinder und Enkel wirst du verlieren.

Er streifte durch die Räume, war sich nie sicher, wo er sich aufhalten sollte. Wenn er mit Archibald zusammensaß und sich mit ihm unterhielt, hörte man seiner Stimme an, dass er sich für seine ungehobelte Ausdrucksweise schämte. Nach kurzer Zeit gingen den beiden die Gesprächsthemen aus – man kann nur soundsoviele Male sagen, dass es eine gute Saison sei und die Wolle dieses Jahr sehr dick. Schließlich ging Pa zu den Ställen hinunter und gesellte sich zu den Männern dort – raue Gesellen wie er selbst. Er wusste, es gehörte sich eigentlich nicht, dass Mr Campbells Schwiegervater beim Stallburschen auf einem Strohballen hockte und an seiner alten weißen Pfeife paffte.

Mary und ich waren irgendwo dazwischen. Waren nicht so ungehobelt wie Pa, hatten aber auch nicht so geschliffene Manieren wie Archibald. Wie es Ma sonst tat, passten wir beide auf, dass Pa sich nicht allzu sehr blamierte. Wenn wir merkten, dass ihm ein Schnitzer zu unterlaufen drohte, warf ihm eine von uns einen Blick zu, damit er es rechtzeitig merkte.

Er blieb eine Woche. Als er mit Jemmy aufbrach, fiel uns allen ein Stein vom Herzen. Jetzt ist es zu Ende, dachte ich. Mein Leben als Tochter. Was als Nächstes kommen würde, wusste ich nicht, nur dass es mit Sicherheit nicht das Haus am Fluss sein würde.

Mary wollte wissen, was es Neues von zu Hause gab, und ich erzählte ihr von dem Mädchen, wie traurig sie noch immer war. Erzählte ihr von Jack und Sullivans Farm, von der rosigen Zukunft, die wir beide uns ausgemalt hatten. Von dem Krach mit Pa und wie Jack holterdipolter aus dem Haus befördert worden war. Dass er zu stolz war, Geld zu heiraten.

Ich brachte es nicht über mich, die Worte wiederzugeben, die mir immer noch einen Stich versetzten, wenn ich an sie dachte: *Ich will dein Gesicht nie wieder sehen*. Dieser letzte schreckliche Blick, den er mir zugeworfen hatte.

»Hab immer gewusst, dass ihr beide euch mögt«, sagte sie. »Ein guter Kerl, dieser Jack. Gibt keinen besseren. Ein Jammer, dass er weggegangen ist. Aber weißt du, Dolly, vielleicht zeigt sich eines Tages, dass es gut war, wie es gekommen ist.«

Ich machte mir gar nicht erst die Mühe, darauf irgendwas zu erwidern. Jack war ein dumpfer Schmerz in meiner Brust. Ich spürte ihn, wenn ich aufwachte, spürte ihn, wenn ich zu Bett ging. Daran würde nie etwas *gut* sein.

Mary ging es vor ihrer ersten Entbindung ziemlich übel. Sie war bleich und käsig und konnte außer einem Stück geröstetem Brot und einer Tasse schwarzen Tee nichts bei sich behalten. Ausnahmsweise einmal war Dolly diejenige, die geschäftig hin und her lief und Vorbereitungen traf, Windeln säumte und winzige Kleidungsstücke nähte. Ich fing sogar an zu stricken, fünf Wickeltücher und fünf Paar Babyschühchen, und als ich am Ende die Bändchen durchzog, war ich richtig stolz auf mich.

Als schließlich die Wehen einsetzten, wurde mir angst und bange, hatte mit Babys ja noch nie was zu tun gehabt. Zum Glück kannte die Köchin sich aus, und aus dem Wollombi-Tal kam eine Hebamme hergeritten. Ich kriegte nicht viel mit, sah nur einmal ganz kurz, wie Mary mit schmerzverzerrtem Gesicht auf dem Bett lag, doch schließlich kam die Hebamme mit dem Baby heraus, runzlig wie eine Dörrpflaume, aber alle strahlten, als sähe es wie ein Engel aus, und natürlich tat es das auch, sobald die Dellen und Beulen, die sein Köpfchen verformt hatten, verschwunden waren.

Nachmittags stillte Mary das Baby auf der überdachten Veranda hinter dem Haus. Lächelte es an, wenn es das Händchen auf ihre Brust legte, als wollte es Danke sagen, die pummeligen Füßchen überkreuzte und hin und her bewegte, wenn es trank.

»Weißt du, Dolly«, sagte sie eines Nachmittags, »mir ist's noch nie so gut gegangen wie jetzt. Bin nie glücklicher gewesen als mit Archibald.«

Nicht einmal die eigene Schwester hätte Mary eine Schönheit genannt, doch die heitere Gelassenheit, die sie jetzt ausstrahlte, gab ihr irgendwie etwas Bezauberndes.

»Ach, übrigens, Dolly«, sagte sie unvermittelt, »John Daunt kommt uns vielleicht besuchen. Archibald sagte neulich zu mir, er würde John Daunt gern mal wieder sehen, und was ich davon halte, wenn wir ihm eine Nachricht schicken und fragen, ob er Lust hat, herzukommen. Du weißt ja, wie die Männer sind, halten gern mal ein Schwätzchen miteinander.«

Liebe Mary, du bist so durchsichtig wie eine Glasscheibe, dachte ich.

Einst hatte ich mir gewünscht, Daunt wäre tot, doch jetzt hatte ich nichts mehr gegen ihn. Mein Herz würde immer Jack gehören, aber Jack war weg, und das Leben war lang. Daunt schien kein allzu förmlicher Mensch zu sein. Hatte keinen Schock gekriegt, als er mich in der Hose meines Bruders sah, und hatte sich mit mir über den Was-Vogel amüsiert.

»Nicht nötig, umständlich drumrumzureden, Mary«, sagte ich. »Würde mich freuen, John Daunt zu sehen.«

»Ich war mir nicht sicher«, sagte sie. »Was du davon halten würdest, meine ich. Wegen der Sache mit Jack.«

»Kein Tag vergeht, an dem ich nicht an ihn denke«, erwiderte ich. »Aber Jack ist weg. Vergangenheit.«

»Na, dann kann ich's ja sagen«, fuhr Mary fort. »Archibald hat mir erzählt, dass John Daunt von meiner Schwester sehr angetan war.«

Das war schön und gut. Aber weder Archibald noch Mary wussten von dem kurzen Augenblick in unserem Flur an jenem weit zurückliegenden Morgen. Ich war mir ziemlich sicher, dass ich für Daunt nicht mehr infrage kam, wenn er mich tatsächlich gesehen hatte.

Und wenn er mich nicht gesehen hatte und alles so verlief, wie diese beiden es erhofften, würde er, ohne es zu wissen, Gebrauchtes kaufen. Er war ein ehrlicher Mensch. Ich konnte ihm keine falschen Tatsachen vorspiegeln.

Mary hatte im Kopf schon alles genau geplant, hatte wahrscheinlich auch schon entschieden, welches Muster das Geschirr haben sollte, das sie uns schenken würde. Ich dagegen war mir nicht so sicher. Wenn er kam, würde ich mich langsam vortasten müssen, um herauszufinden, wie die Dinge standen.

John Daunt oder irgendein anderer. Wenn es nicht Jack war, spielte das kaum eine Rolle.

Ich hatte vergessen, was für ein grobschlächtiger und unattraktiver Mann Daunt war. Schultern wie ein Straßenarbeiter. Kaum zu glauben, dass es die Schultern eines Gentleman waren. Sein Haar war inzwischen noch dünner geworden, seine schwarzen Augenbrauen dagegen waren buschiger denn je. Nichts, was das Herz einer Frau hätte schneller schlagen lassen.

Er hatte mir etwas mitgebracht: sechs Paar Glacéhandschuhe in einer Schachtel mit Goldrand. Unterschiedliche Farben, beste Qualität. Er konnte nicht wissen, dass ich Handschuhe auf der Haut nicht ausstehen konnte, mochten sie auch aus dem besten Ziegenleder sein. Das sagte ich ihm aber nicht, sondern lächelte und bedankte mich. Anstandshalber hätte ich sagen sollen: Vielen Dank, John Daunt, aber ich habe für Handschuhe keine Verwendung.

Campbell und Daunt konnten sich eine ganze Stunde lang darüber unterhalten, was ein Ballen besonders feiner Wolle wert war. Aber Daunt war nicht gekommen, um über den

Preis von Wolle zu reden. Schon am ersten Abend nach seiner Ankunft ließ er die Bemerkung fallen, dass die Gegend hier wunderbar zum Reiten geeignet sei, und fragte, ob Miss Thornhill ihn wohl am nächsten Morgen bei einem Ausritt begleiten würde.

Wir ritten gemächlich einen der Wege entlang, machten auf einer schattigen Lichtung an einem Bach halt und ließen die Pferde ins seichte Wasser gehen, wo sie mit ihren haarigen Lippen ihre Spiegelbilder beschnupperten. Wir setzen uns auf Felsen, die wie Treppenstufen in den Bach abfielen. Wie ein sich bewegender Edelstein floss das Wasser klar und glänzend über die Steine am Grund des Bachs. Ich zog meine Stiefel aus und betrachtete meine Füße, die in der Strömung bleich und verschwommen aussahen.

Daunt sah mit seiner nach oben gebogenen Augenbraue aus, als wollte er gleich eine ironische Bemerkung machen. Man wusste deshalb nie so recht, wann er tatsächlich etwas ironisch meinte. Ich fragte mich, ob auch er den Ausritt damals nicht vergessen hatte. Na, ich war an dem Tag ganz schön frech gewesen. So beseelt von dem, was gerade zwischen mir und Jack begonnen hatte, so sicher, dass nichts schiefgehen konnte.

»Ich erinnere mich immer noch an unseren Ausritt beim Haus Ihres Vaters«, sagte Daunt. »Wir vier, ein herrlicher Tag. Für mich war Neusüdwales noch ganz neu, Miss Thornhill, und es gefiel mir damals schon sehr, aber jetzt, drei Jahre später, hat sich meine Meinung verfestigt, dass es das schönste Land der Welt ist.«

»Freut mich zu hören, Mr Daunt«, erwiderte ich. »Außer diesem kenne ich kein anderes Land, deshalb bin ich natürlich ganz Ihrer Meinung.«

»Ich muss allerdings feststellen, Miss Thornhill«, fuhr Daunt fort, »dass es ein Land ist, in dem man zum Teilen gezwungen ist, ob man will oder nicht. Erst kürzlich habe ich das erlebt. Ein Mann, der in meiner Gegend allgemein bekannt ist, Jewboy mit Namen, dachte, ich hätte genug für ihn und für mich.«

»Wollen Sie damit sagen, er hat sie überfallen?«, rief ich aus.

»Wir hatten uns gerade zum Essen hingesetzt, meine Männer und ich«, fuhr Daunt fort. »Es gab ein paar schöne junge Brathühnchen und frische Erbsen. Wir hatten sie mühsam hochgepäppelt, von Hand gewässert, unsere ersten eigenen Erbsen. Das Wasser ist uns im Munde zusammengelaufen, sage ich Ihnen. Und kaum hatten wir uns hingesetzt, schaut einer meiner Männer aus der Tür und sagt: ›Da draußen steht ein besoffener Polizist.‹ Aber es war kein Polizist, sondern dieser Kerl. In jeder Hand eine Pistole. Und ein anderer Kerl mit einer verdammt großen Muskete. Sie setzten sich an unseren Tisch und aßen alles auf, das ganze Geflügel und jede einzelne Erbse. Dann sammelten sie auch noch unsere Uhren und unser ganzes Geld ein, und als letzte Beleidigung gingen sie in die Speisekammer und bemächtigten sich eines Käselaibs. Ein äußerst trauriger Tag, Miss Thornhill, wenn ein Mann seinen eigenen Käse nicht verteidigen kann!«

Ich lachte und war froh, dass ich in der Lage war, ihn zu mögen, und sei es nur, weil er eine amüsante Geschichte erzählt hatte.

»Bestimmt haben Sie sich auf Ihrer Farm inzwischen gut eingerichtet«, sagte ich. »Wie hieß sie doch gleich?«

»Glenmire«, sagte er. »Sie erinnern sich vielleicht, so heißt der Ort in Irland, aus dem ich komme. Ich bin ein sentimentaler Mensch, Miss Thornhill, müssen Sie wissen. Wenn ich auch nicht so aussehe.«

Es stimmte, er sah ungefähr so sentimental aus wie ein Holzklotz. Ich stellte mir vor, wie er jeden Morgen beim Rasieren in dieses Gesicht mit der wuchtigen Stirn und der breiten

Kinnlade blicken musste und sich dabei wünschte, mehr Ähnlichkeit mit dem Mann zu haben, der er in Wirklichkeit war.

»Die Gegend ist wunderschön«, sagte er. »Das Gras so dicht wie das Fell auf einem Katzenrücken, die Schafe so fett wie eine Pastete mit Nierenfett, der Boden äußerst fruchtbar«.

Was für ein Schmus! Während er weiterredete, ertappte ich mich dabei, dass ich mich fragte, wie es mit ihm im Bett sein würde. Würde ich mit ihm einigermaßen glücklich sein können? Wenn er mich fragte, ob ich ihn heiraten wolle, würde er mich zufrieden machen?

»Das Haus ist solide gebaut«, fuhr er fort. »Und außerordentlich gut belüftet, weil mich dieser Schurke von einem Zimmermann mit den Fenstern hat hängen lassen. Hat aber fest versichert, dass er wiederkommt, wohlgemerkt, und dann wird es im Haus warm und behaglich sein.«

Nicht nötig, mich zu bestricken, John Daunt, dachte ich. Hab meine Gründe, hier mit dir zu sein, und die haben nichts mit deinem wunderbaren Haus oder deiner gewinnenden irischen Art zu tun.

»Ich war sehr betroffen, als ich die schreckliche Nachricht von Ihrem Bruder hörte, Miss Thornhill«, sagte er. »Ist schon einige Zeit her, ich weiß. Aber bitte lassen Sie mich mein aufrichtiges Beileid aussprechen.«

Eine steife, unpersönliche Floskel, doch er sagte es mit Gefühl.

»Vielen Dank, Mr Daunt«, sagte ich. »Das war ein schmerzlicher Verlust.«

Es war nicht richtig, den armen Will dafür herhalten zu lassen, aber ich wollte mit Daunt schnellstmöglich alles abklären, bevor sich irgendetwas weiterentwickelte.

»Sie erinnern sich vielleicht an Jack Langland?«, sagte ich. »Der mit Will auf dem Schiff war, als er starb?«

Ich spürte, wie mein Herz schneller schlug, als ich *Jack Langland* sagte.

»O ja«, sagte er.

In unbestimmtem Tonfall, aber ich merkte, dass er aufhorchte.

»Ich erinnere mich in der Tat an Mr Langland«, sagte er. »Sehr gut sogar. Obwohl Campbell und ich nur einen einzigen Abend im Haus Ihres Vaters verbrachten und wir früh aufbrechen mussten, wie ich mich entsinne. Als wir aufstanden, war es noch ziemlich dunkel. Im ganzen Haus hat sich noch keine Menschenseele gerührt.«

Dabei sah er mich länger an, als man's normalerweise getan hätte. Wenn ich mich je gefragt hatte, ob er mich damals aus Jacks Zimmer hatte kommen sehen, hatte ich nun die Antwort. Er hatte.

»Jack ist weggegangen«, sagte ich. »Zurück nach Neuseeland.«

»Das habe ich gehört«, sagte er. »Habe von seinem Weggang gehört.«

»Früher haben wir ihn häufig gesehen«, fuhr ich fort. »Als Will noch lebte. Aber ich glaube nicht, dass ich ihn jemals wiedersehen werde. Unsere Wege haben sich getrennt, könnte man sagen.«

Es laut auszusprechen, hatte etwas Schockierendes. Mir ging dabei auf, dass man etwas wissen und glauben konnte, es aber zugleich irgendwo tief im Innern nicht wahrhaben wollte.

»Abschied zu nehmen tut weh«, sagte Daunt. »Aber Sie und ich haben genug von der Welt gesehen, um zu wissen, dass es Zeiten gibt, da man Abschied nehmen muss. Ich bin froh, dass Sie mir das von Mr Langland erzählt haben. Ich hatte mich schon gefragt, was wohl aus ihm geworden ist.«

Er beugte sich vor, tauchte seine Hand ins Wasser und beobachtete, wie das Wasser hin- und herwirbelte, während er seine offene Hand mal nach rechts, mal nach links drehte.

»Wir haben damals im Haus Ihres Vaters voneinander Abschied genommen«, sagte er. »Sie und ich. Aber ich hatte immer das Gefühl, es wäre eher ein *au revoir* gewesen als ein Abschied für immer.«

Ich sah seiner Miene an, dass er überlegte, ob ich den Ausdruck *au revoir* kannte.

»Auch ich dachte, dass wir uns vielleicht wiedersehen würden, Mr Daunt«, sagte ich und lächelte ihn dabei an, damit kein Zweifel bestand, was ich ihm damit zu verstehen geben wollte.

Ich hatte meine Chance gehabt. Hatte erfahren, wie es war, einem anderen Menschen so nahe zu sein, dass man ohne ihn nur eine Hälfte war. Das passierte einem nur ein einziges Mal im Leben. Daunt war kein schlechter Kerl. Manch eine Frau musste sich mit Schlimmerem zufriedengeben.

Wenn er mich fragte, würde ich Ja sagen.

Gegen Ende der Woche begann Daunt sich Sorgen um seine Farm zu machen. Bei unseren Ausritten, die wir fast täglich unternahmen, erzählte er mir von den Arbeitskräften, die ihm von der Regierung zugeteilt worden waren, was für untaugliche Burschen sie seien, keine schlechten Menschen an sich, aber man müsse ihnen ständig auf die Finger sehen. Ich spürte, dass er unruhig war und sich gern auf den Rückweg gemacht hätte.

Ich brauchte keine lange Brautwerbung, war selbst ungeduldig. Nicht, dass ich Angst gehabt hätte, ich könnte es mir anders überlegen oder Daunt würde es sich anders überlegen. Aber ich wollte die Sache hinter mich bringen. Wenn dieser Mann meine Zukunft war, warum dann noch warten?

Ich warf ihm also eifrig Blicke zu, lächelte ihn fleißig an und ließ mein Haar von Mary auf eine Weise frisieren, die mir ihrer Meinung nach besser stand. Als sie mich fragte, ob ich John Daunt mochte, sagte ich, Ja, ich mag ihn, er ist ein netter Mann, wohl wissend, dass sie es Archibald erzählen und Archibald es an Daunt weitergeben würde.

Als er mich dann eines Morgens in der Gartenlaube aufsuchte, war mir ziemlich klar, warum. Er setzte sich mir gegenüber auf die Kante eines Stuhls. Ein bisschen blass, und seine Hände, bemerkte ich, zitterten leicht. Ich empfand kurz Mitleid mit ihm und allen Männern, die die Schmach einer Zurückweisung riskierten. Selbst Jack war sich damals unsicher gewesen, ob *eine bestimmte Person* vielleicht etwas gesehen hatte, *was ihr besser gefiel*. Eine Frau zu sein und warten zu müssen, bis man gefragt wurde, konnte einen schon verrückt machen, aber der Mann zu sein, der fragen musste, war auch nicht leicht.

»Miss Thornhill«, sagte er. »Da ist etwas, worüber ich mich gern mit Ihnen unterhalten würde. Wenn es Ihnen recht ist.«

»Ja, Mr Daunt«, sagte ich. »Mehr als recht.«

»Ich habe Ihnen doch von Glenmire erzählt«, sagte er. »Eines Tages wird es ein wunderbares Zuhause sein. Wie ich gesagt habe.«

»Ja«, sagte ich. »Glenmire scheint ein wunderbares Zuhause zu sein.«

»Kurz gesagt, ich habe alles, was man sich nur wünschen kann«, sagte er. »Es gibt nichts, was mich bekümmert, bis auf eines.«

Welche Frau hätte nicht gewusst, was nun kommen würde? *Raus damit, Daunt, zum Donnerwetter!*, drängte ich ihn im Geiste. Was hielt ihn noch davon ab, zu sagen, dass er *alles hatte, außer einer Frau, mit der er sein Glück teilen konnte*?

»Die Sache ist die«, fuhr er fort, »es ist meine Pflicht, Miss Thornhill, Sie darauf hinzuweisen, dass ich noch nicht so etabliert bin wie Archibald. In finanzieller Hinsicht, meine ich. Das Haus ist noch nicht fertig, und der derzeit äußerst niedrige Wollpreis erlaubt es mir nicht, größere Arbeiten am Haus durchführen zu lassen.«

Ach so, es ist nur das Geld, weshalb er sich Sorgen macht, dachte ich. Wenn er wüsste, dass ich einmal freudig bereit gewesen war, mit nichts als einer Haarbürste und einem Schultertuch ins Eheleben zu treten.

»Meine Lage kann sich nur verbessern«, fuhr er fort. »Der Wollpreis wird mit Sicherheit wieder anziehen, und dann wird es an nichts mehr fehlen, was ein Mensch sich wünschen kann. Dazu ist anfangs lediglich ein bisschen Geduld vonnöten, und dass man angesichts der gegenwärtigen Unzulänglichkeiten ein Auge zudrückt.«

Der arme Mann. Offenbar konnte er seinem Redefluss nicht Einhalt gebieten, als hätte er Angst vor meiner Antwort.

»Sie sind ein ehrenhafter Mann, Mr Daunt. Weil Sie so offen zu mir sind.«

»Ehrenhaft, ha!«, rief er aus. »Wenn Ehren Pfundnoten wären, Miss Thornhill, bräuchte ich im Leben keinen Finger mehr zu rühren. Aber ich will nichts beschönigen, das Leben auf meiner Farm ist gegenwärtig noch sehr mühevoll. Tatsache ist, dass in Glenmire bis jetzt von Mußestunden kaum die Rede sein kann.«

»Ich kann ordentlich zupacken, Mr Daunt«, sagte ich. »Hab nie Angst vor harter Arbeit gehabt. Sie werden überrascht sein, was ich alles zuwege bringe.«

Ich hätte alles Mögliche sagen können und wählte ausgerechnet dieselben Worte, die Jack damals zu mir gesagt hatte!

»O nein, Miss Thornhill«, entgegnete er. »Gestatten Sie

mir den Widerspruch, aber da täuschen Sie sich. Mich würde es überhaupt nicht überraschen zu sehen, was Sie alles können. Nach allem, was ich von Ihnen weiß, sind Sie eine vielseitig begabte Frau. Und jede einzelne dieser Seiten gefällt mir sehr, wenn ich mir erlauben darf, das zu sagen.«

Er sah mich mit seiner hochgezogenen Augenbraue an, und ich dachte, was für ein Theater muss ein Gentleman doch machen, um auszudrücken: *Ich liebe Sie!* Ich lächelte ihn an, und er fasste sich ein Herz.

»Was ich also fragen möchte, Miss Thornhill, ist Folgendes. Es würde mich zum glücklichsten Mann der Welt machen. Aber sollten Sie es nicht wollen, sagen Sie es bitte ganz offen. Was ich zu sagen habe, ist, würden Sie mir die Ehre erweisen, meine Frau zu werden?«

»Vielen Dank, Mr Daunt«, sagte ich. »Ja, das will ich.«

Er sprang auf und machte Anstalten, meine Hand zu küssen. War vielleicht in Irland so üblich. Aber ich war darüber so überrascht, dass ich zusammenzuckte. Wir mussten beide lachen, und das besiegelte die Abmachung, aber keiner von uns beiden lachte vor Freude. Uns war nämlich das Gleiche klar: Dass wir so verschieden waren wie Fisch und Opossum.

Pa, Ma und das Mädchen kamen zur Hochzeit nach Garlogie. Als Pa aus dem Wagen sprang, strahlte er so breit übers ganze Gesicht, dass es Falten warf wie altes Leder. Umarmte mich, was nicht sehr häufig vorkam.

»Gut gemacht, Dolly«, flüsterte er mir ins Ohr. »War 'ne gute Entscheidung. Ah, Mr Daunt, wie schön, dass wir alle wieder beisammen sind!«

Ich hatte ihn noch nie so aufgekratzt erlebt. Als hätte er sich all die Jahre streng unter Kontrolle gehalten, um alles, was zwischen ihm und seiner entbehrungsreichen Vergangenheit stand, fest im Griff zu haben. Jetzt konnte er diesen Griff lockern.

Ma zog das Mädchen vom Wagen herunter. Es wirkte missmutig, aber matt. Ihr Widerstandsgeist war erloschen.

Ich wollte ihm einen Kuss geben, doch Ma drängte sich zwischen uns.

»Dolly, meine Liebste«, sagte sie. »Ach, ist das schön! Ich freue mich so für dich!«

Ihr Blick ging zwischen Archibald und Daunt, ihren trefflichen Schwiegersöhnen, hin und her. Sie war so stolz, als hätte sie sie eigenhändig erschaffen.

Die beiden Gentlemen bemühten sich sehr um Pa und Ma. Archibald ließ sie auf den Sesseln Platz nehmen, brachte Ma eilfertig ein Kissen für den Rücken und einen Schemel für die Füße. Mas Augen waren überall, auf dem großen schwarzen

Klavier in der Ecke, den Samtvorhängen, den silbernen Kerzenhaltern.

Sie beugte sich vor, um mir etwas zuzuflüstern.

»Na, siehst du, Dolly, manchmal sehen die Wolken schwarz aus, und dann kommt wieder die Sonne raus«, sagte sie. »Bist du nicht froh, gewartet zu haben, Dolly?«

Ich bereute fast schon wieder, Daunts Antrag angenommen zu haben.

»Oh, das Baby weint«, sagte ich. »Lass nur, Mary, ich gehe schon.«

Während ich draußen in der Diele das Muster der schweren Prägetapete betrachtete, wünschte ich, das Baby würde tatsächlich schreien.

Als ich wieder hineinging, stand Campbell am Getränkewagen.

»Mrs Thornhill«, hörte ich ihn gerade sagen, »darf ich Ihnen ein Schlückchen von diesem Madeira anbieten, er wird Ihnen bestimmt munden. Und Mr Thornhill, ich erinnere mich, bei Ihnen einen hervorragenden Madeira getrunken zu haben. Es würde mich interessieren, was Sie zu diesem hier meinen.«

Auf einmal stand das Stubenmädchen in der Tür. Sie hielt das Mädchen am Handgelenk.

»Verzeihung, Mrs Thornhill«, sagte sie, »Ihre Kleine ist im Haus umhergeirrt und hat den Wäscheschrank aufgemacht. Weiß der Himmel, was sie darin gesucht hat.«

Ma, ihr Glas in der Hand, blieb gemütlich sitzen, stattdessen stand Pa auf, ging zu dem Mädchen hin und legte den Arm um sie.

»Meine Enkeltochter«, sagte er, als müsste das Stubenmädchen dies wissen. »Aus Neuseeland.«

»Und wie macht sie sich?«, fragte Daunt. »Hat sie sich inzwischen eingewöhnt?«

»Einigermaßen«, sagte Pa. »Läuft immer hin und her. Kann an keinem Schrank vorbeigehen, ohne einen Blick reinzuwerfen. Stimmt's, Rachel?«

»Unruhig wie eine Katze«, sagte Ma.

»Sie wird schon noch heimisch werden«, sagte Pa. »Nicht wahr, mein Schatz? Wirst uns noch Löcher in den Bauch reden, wenn du erst mal loslegst.«

Genauso wie zu Hause stand sie zwischen Pas Knien, während er im Sessel saß. Blickte in jedes der anwesenden Gesichter, und als sie festgestellt hatte, dass keins davon das Gesicht war, das sie gesucht hatte, schaute sie kein zweites Mal hoch.

Ich war froh, dass ich ihr Jacks Stein geschenkt hatte. Wenigstens eine einzige kleine Freude hatte ich ihr machen können. Ich fragte mich, ob Daunt wohl bereit wäre, sie zu uns nach Glenmire zu holen. Dann könnte ich mich auf diese Weise *um sie kümmern*.

Daunt kam herüber und setzte sich neben mich.

»Ein scheues kleines Mädchen, deine Nichte«, sagte er, so leise, dass Ma es nicht hörte.

»Sie hätte dahin zurückgebracht werden sollen, wo ihr Zuhause ist«, sagte ich. »Hat nie aufgehört, sich vor Gram zu verzehren. Einmal hätte es fast geklappt. Aber die Sache ist schiefgelaufen.«

Als ich das Wort *schiefgelaufen* aussprach, merkte ich, dass mit meiner Stimme etwas nicht in Ordnung war.

»Tut mir leid, das zu hören«, sagte Daunt. »Auf dieser Welt läuft so manches schief. Aber könnte man nicht einen neuen Versuch unternehmen?«

»Pa ist strikt dagegen. Er hat die Rechte vor dem Gesetz. Hat das sehr deutlich zum Ausdruck gebracht.«

Meine Stimme wurde ganz rau, während ich von etwas sprach, worüber ich eigentlich nicht reden wollte.

»Aber ich wäre froh, wenn wir etwas für sie tun könnten«, sagte ich. »Sobald sich eine Gelegenheit ergibt.«

»Das wäre mir eine Freude«, sagte Daunt. »Sie könnte doch ihre Tante Sarah und ihren Onkel John besuchen. Vielleicht bringen wir sie soweit, dass sie uns Löcher in den Bauch redet.«

Ich versuchte mir das Mädchen zusammen mit Daunt und mir in diesem Glenmire vorzustellen, wie auch immer es dort aussehen mochte. Tante und Onkel, die gut zu ihr waren. Doch es war ein trauriger, abgenutzter Gedanke. Anders als beim ersten Mal war ich nicht mit dem Herzen dabei.

Wir wurden im Wohnzimmer getraut, von draußen leuchteten die Sonne und ein Meer voller Blumen durch die Verandatüren herein, der Pfarrer freute sich, eine ordentliche Trauung vornehmen zu können in einem Land, in dem sich so viele nicht darum scherten.

Bub und Kathleen erwarteten in Kürze ihr zweites Kind und konnten deshalb nicht kommen. Johnny und Judith kamen den ganzen weiten Weg von Sydney angereist, was ihnen hoch anzurechnen war. Johnny trug eine neue gelbe Weste, der letzte Schrei in Sachen Mode. Neben den Herren in ihren dunklen Anzügen war die Weste allerdings ein bisschen des Guten zu viel.

Meinen Arm fest an sich gedrückt, führte Pa mich quer durch den Raum zu Daunt.

»Hier ist mein Mädchen«, murmelte er.

Ich lächelte, weil man als Braut zu lächeln hatte. Dachte aber: Nein, Pa, ich bin nicht dein Mädchen. Seit jenem Tag nicht mehr.

Ich wünschte, es wäre schon alles vorbei, und Ma und Pa wären wieder fort. Konnte sie nicht ansehen, ohne dabei an etwas Bestimmtes zu denken, und daran zu denken, tat weh. Wollte getraut werden und fertig.

Daunt sprach die Worte ein bisschen zu hastig nach und verhaspelte sich bei *in Reichtum wie in Armut*. Ich hätte eher gedacht, dass ich mich verhaspeln würde, weil die Worte zu viele Gedanken aufrührten, doch als ich an der Reihe war, blieb ich kühl und gelassen. *Und allen anderen entsagen,* sagte ich mit so fester Stimme, als hätte es nie einen anderen gegeben. *Bis dass der Tod uns scheidet*, sagte ich und wunderte mich über die Frau, die diese Worte aussprach, ohne Angst vor diesem Für-Immer zu haben.

Der dicke Ring an meinem Finger war mir lästig. Am liebsten hätte ich ihn gleich wieder abgestreift.

Mary überließ uns das Schlafzimmer am Ende der Veranda. Ein hübsches Zimmer, auf dem Bett lag die Steppdecke, die ich schon bewundert hatte, graue Seide mit einem aufgestickten scharlachroten Flamingo. Während ich mir das Nachthemd anzog, die Bettdecke aufschlug und ins Bett stieg, verzog sich Daunt diskret.

Ich hatte befürchtet, Jack würde mit mir in diesem Zimmer sein. Hatte befürchtet, mich Daunt nicht nähern zu können, wenn ich dabei an Jack denken musste.

Ich hatte Angst vor Jacks Anwesenheit gehabt, doch zu wissen, dass er nicht da war, erwies sich als noch schlimmer. Die einzige Person in diesem Bett war eine mit Namen Sarah Daunt, die erst seit diesem Nachmittag um halb drei existierte, und gleich würde ihr Ehemann kommen, um sie zu lieben und zu ehren.

Daunt kam herein, und ich bemühte mich, so gut es ging, zu lächeln.

»Den Schock, mich mit einem Schlag hüllenlos zu sehen,

möchte ich dir ersparen, Sarah«, sagte er. »Es ist besser, du gewöhnst dich nach und nach daran, meinst du nicht auch?«

Dabei blies er zu meiner Erleichterung die Lampe aus. Ich lag da und lauschte den Geräuschen, während er seine Kleider ablegte und sich sein Nachthemd anzog. Ich hoffte inständig, er würde sich mir rücksichtsvoll nähern, die Sache schnell und wortlos erledigen und dann einschlafen.

Ich malte mir aus, wie ich jede einzelne Nacht meines Lebens mit John Daunt neben mir im Bett liegen würde.

Er stieg ins Bett. Die Matratze sank in der Mitte ein, und ich krallte mich fest, um nicht zu Daunt hinüberzurutschen. Wir lagen eine Weile so da. Ich hörte ihn nicht atmen.

Ich nahm an, er würde mit einem Kuss beginnen. Das war der Teil, vor dem mir am meisten graute. Irgendwie persönlicher als die andere Sache. Und weil er wusste, dass ich keine Jungfrau mehr war, würde er vielleicht ein bisschen grob sein, um mir zu zeigen, was er davon hielt. Wie auch immer, ich würde es über mich ergehen lassen müssen, so gut es ging.

»Also, Sarah«, sprach er zur Zimmerdecke. »Wie sollen wir jetzt vorgehen?«

Ach du liebe Güte, dachte ich, dieser Bursche hat's noch nie gemacht! Damit sah die Sache schlagartig völlig anders aus. In der Dunkelheit verzog ich das Gesicht zu einem Lächeln, das, wie ich gestehen muss, ein bisschen überheblich war.

Er rückte näher an mich heran, ich spürte seine Wärme und den Druck seines Körpers. Er gab ein kleines, fragendes Geräusch von sich und fing an, mich zu berühren, und mir war sofort klar, dass er wusste, was er tat. Kein bisschen grob, aber sehr selbstsicher. Auch was mich betraf. Schien meinen Körper besser zu kennen als ich selbst.

Er unternahm gar keinen Versuch, mich zu küssen. Lediglich

seine Hände strichen über meinen Körper, dass es wie eine Art Unterhaltung war.

Es gab kein zärtliches Verschmelzen zweier Menschen. Mir schwanden nicht die Sinne vor Glückseligkeit, wie es bei Jack gewesen war. Dieser hier war ein völlig anderes Tier. Zwei Tiere, könnte man sagen. Wir wurden derart überwältigt, dass wir beide aufschrien.

Das war eine neue Erfahrung. Zum Glück war es dunkel. Ich muss ziemlich verblüfft ausgesehen haben.

Eine Woche lang schliefen wir in Garlogie jede Nacht unter dem scharlachroten Flamingo. Ich ging immer zuerst ins Bett, doch nach der ersten Nacht blies Daunt die Lampe nicht mehr gleich aus. Wenn er sein Nachthemd anzog, schielte ich aus dem Augenwinkel zu ihm hin. Mit nacktem Oberkörper sah er gar nicht übel aus, wenn auch die Haut im Lampenlicht milchweiß wirkte, während Jack braun gewesen war wie ein dunkel gebackener Brotlaib.

Wenn die Lampe gelöscht war, lernten wir uns tastend kennen. Wie ich bald merkte, legte Daunt auf Liebesgeflüster keinen Wert. Erwartete von mir keine Erklärungen und machte selbst auch keine. Wir hatten Vergnügen miteinander und ließen uns von der Intensität der Empfindungen davontragen. Aber es waren Körper, die da zusammenkamen, keine Seelen. Die Welt des Betts in der Dunkelheit war für mich eine einsame Welt. Daunt schien es genauso zu gehen.

Manchmal fragte ich mich, wer wohl die anderen Frauen waren, die er gekannt haben musste, weil er so erfahren war.

Tagsüber sprachen wir miteinander über dies und das, tauschten kleine Bemerkungen aus, *unterhielten uns ein wenig*. Offener als an jenem Morgen in der Gartenlaube redeten wir jedoch nie miteinander.

Daunt stellte mir keine Fragen über mein Leben. Vielleicht fürchtete er, durch Fragen könnte sich die Tür mit der Aufschrift *Jack* öffnen. Ich stellte ihm auch keine Fragen über seins, um die Distanz zwischen uns nicht noch größer werden zu lassen, als sie schon war. Ich spürte diese Distanz und fürchtete, es könnte im Laufe der Zeit nicht weniger, sondern immer mehr ins Gewicht fallen, dass Daunt und ich aus zwei verschiedenen Welten stammten. Irgendwann genügten meine Reize vielleicht nicht mehr, um wettzumachen, dass ich ein ungebildetes Mädchen war, dessen Vater Sträflingskleidung getragen hatte und dessen Herz nicht seinem Ehemann gehörte.

Mit einem guten Pferd und in scharfem Ritt konnte ein Reiter es an einem Tag bis nach Glenmire schaffen, allerhöchstens brauchte er zwei. Doch da waren Daunt und ich, außerdem zwei von Campbells Männern, um uns vor Buschräubern zu schützen, und dann mussten wir auch noch unser Tempo dem Wagen anpassen, der mit all meinen Sachen beladen war, die Pa von der Landspitze mitgebracht hatte. Drei Tage würden wir unterwegs sein, hatte Daunt gesagt, und es würde sehr strapaziös sein.

Direkt hinter dem lieblichen Tal von Garlogie schlängelte sich die Straße zwischen hohen, dunklen Bergen auf und ab: Ich sah nichts als Felskämme und Täler, ein Gewirr von Wülsten wie in einem bratfertigen Lammhirn.

Die Straße war miserabel. Besser als ein Reitweg, aber viel schlechter als die Strecke zwischen Thornhills Land und Garlogie. Zu Staub zerfallener Lehm, Bohlenbrücken über den Bächen, über die wir die Pferde führen mussten. Eine Krähe hätte geradeaus durch die Luft fliegen können, wir Menschen hingegen mussten dem gewundenen Pfad in jede Geländefalte folgen und aus jeder wieder heraus.

Den ganzen Tag hatte ich Daunt im Blick, der vorausritt. John David Daunt. Mein Ehemann. So würde es für den Rest meiner Tage sein, er hoch zu Pferde voraustrabend, ohne zu mir zurückzublicken. Mit jeder Meile, die wir in dieser Wildnis zurücklegten, fühlte ich mich einsamer.

Selbst in dieser unwirtlichen Gegend hatten Menschen Wurzeln geschlagen. Nine Mile Creek war ein Viehgehege mit einem trüben Bach und der schmutzigsten, primitivsten Hütte, die ich je betreten hatte. Allein der Geruch des Gastwirts genügte, um einen umzuhauen. Aber nach dem langen Tag auf dem Pferderücken war ich froh über das Hammelfleisch und den Tee und wäre sogar bereit gewesen, auf dem Fußboden ein Nachtlager für uns aufzuschlagen, doch weil es in der Hütte nur so von Flöhen wimmelte, bedankte sich Daunt freundlich bei ihm und sagte, wir würden im Zelt schlafen.

Während ich in der Dunkelheit lag, roch ich den öligen Geruch der Zeltleinwand, hörte in unmittelbarer Nähe das Quaken der Frösche und das Zirpen der Grillen. Obwohl ich todmüde war, konnte ich nicht schlafen. Hatte das Gefühl, wenn wir noch viel weiter ritten, müssten wir bald vom Rand der Welt herunterfallen. Ich war schon in Windsor und in Sydney gewesen. Beide Städte waren auf dem Landweg eine ordentliche Strecke entfernt, doch am Ende kam man dort an. Ich hätte nie gedacht, dass man so lange unterwegs sein konnte wie wir es heute gewesen waren, ohne irgendwo anzukommen. Mary und ich würden uns nur selten besuchen können, wurde mir langsam klar. Eine so weite Reise machte man nicht einfach mal so.

Ich dachte, Daunt würde schlafen, aber dann sprach aus dem Dunkeln seine Stimme zu mir.

»Das Schlimmste haben wir hinter uns«, sagte er. »Morgen wird es etwas angenehmer.«

Die Frösche quakten so laut, dass sie ihn fast übertönten. Noch nie zuvor hatte ich so laute Frösche gehört.

»Bis Mittag werden wir das Gebirge hinter uns haben«, sagte er. »Der Weg durch das Tal ist nicht mehr so strapaziös, kann ich zu meiner Freude sagen.«

»Das Dorf, das du erwähnt hattest«, sagte ich, »wie hieß es noch mal?«

»Gammaroy«, sagte er. »Ein Dorf kann man es, ehrlich gesagt, nicht direkt nennen. Morgen bei Einbruch der Dunkelheit werden wir dort sein, so Gott und die Pferde wollen.«

»Und übermorgen auf deiner Farm«, sagte ich.

»Unserer Farm«, sagte er. »Es ist jetzt auch deine, Mrs Daunt.«

In Reichtum wie in Armut, in Krankheit wie in Gesundheit. Diese Worte hatten an jede Eventualität gedacht. Sperrten dich ein, in keine Richtung konntest du ausbrechen. *Sarah Daunt.* Ich hatte meine drei Kreuze daruntergesetzt.

Ich wusste nicht, ob ich mit dem Leben als Frau von John David Daunt zurechtkäme. Ich käme in seinen Haushalt, ohne dort irgendeine Gefährtin zu haben und ohne die Möglichkeit, mich aufs Pferd zu setzen und davonzureiten. Irgendwann wären Kinder da, und das war mir unheimlich und machte mir Angst. Ich hatte Angst davor, ein Kind zu bekommen, nicht die richtigen Medikamente zur Hand zu haben, wenn es welche brauchte, nicht zu wissen, was zu tun wäre, wenn es eine Erkältung und Fieber bekam. Ganz zu schweigen von der Geburt. Dass sie schmerzhaft war und man dabei sterben konnte, war alles, was ich darüber wusste.

Und in mir schlummerte noch eine andere Angst, ganz tief in mir verborgen: Dass ich ein Kind, das nicht von Jack war, womöglich nicht lieben könnte.

Am zweiten Tag hielt ich es um die Mittagszeit auf dem Pferderücken fast nicht mehr aus. Die Sonne brannte, und alles war staubig. Doch wie Daunt es angekündigt hatte, führte der Weg im Lauf des Nachmittags aus den Bergen herunter in ein großes, weites Tal. Die Straße war zwar nicht besser, aber ebener, und lief neben einem klaren, sprudelnden Flüsschen entlang. Aus der Ferne schien Gammaroy aus einem Dutzend Häusern zu bestehen, die in einer Reihe an einer Art Straße standen. Ich atmete auf, freute mich schon auf ein Gasthaus mit einer fröhlichen Wirtin wie Judith und darauf, nach zwei Tagen durch die menschenleere Wildnis endlich wieder Gesellschaft zu haben.

»Übernachten wir heute in dem Gasthaus dort?«, fragte ich Daunt.

»Na ja, es ein Gasthaus zu nennen, wäre doch ziemlich übertrieben«, erwiderte er. »Es ist kein Beherbergungsbetrieb von der Art, wie du und ich es kennen. Dieses Gammaroy ist nichts weiter als ein Ochsentreiberlager. Siehst du, dort drüben am Bach ist der eingezäunte Bereich, wo sie die Tiere ausruhen lassen.«

Ich hatte weder vor ein paar Ochsen noch vor Ochsentreibern Angst. Fand es lächerlich, dass Daunt sich so zimperlich zeigte.

»Sobald du's aus der Nähe siehst, wirst du verstehen, was ich meine«, sagte er.

Als wir durch die Ortschaft ritten, wurde mir klar, was er mit seinen vagen Andeutungen gemeint hatte. Gammaroy war ein schmutziges, primitives Nest mit kleinen, windschiefen Hütten, keine einzige stand gerade. Fliegenschwärme vor den Türen, Hunde, die sich anknurrten und nacheinander schnappten, dunkelhäutige Kinder, die mit nacktem Hintern im Staub hockten. Ein Hufschmied, eine Sattlerei, eine Getreidemühle und eine Hütte mit einem schief hängenden Schild, das eine aufgehende Sonne zeigte. Als wir daran vorbeiritten, taumelte gerade ein Mann heraus, ohne Hut, in Hosenträgern, mit offen stehendem Hosenladen, den Arm um eine schwarze Frau gelegt, die nichts als ein Männerunterhemd trug, nackt von der Hüfte abwärts. Beide schwankten, und der Mann grölte etwas, was er wohl für ein Lied hielt.

Eine halbe Meile außerhalb der Ortschaft schlugen wir unser Lager auf. Es war eine erbärmliche Nacht. Mich juckte es am ganzen Körper von dem vielen Staub, von der Hitze, vor Müdigkeit und von den Moskitos, die so groß waren wie Vögel. Unter dem Laken erstickte ich fast, aber besser, als von den Moskitos gestochen zu werden.

Gammaroy schaffte beinahe, was siebzig Meilen durch die Wälder und zwei Tage auf einer holprigen Straße nicht geschafft hatten. Mein Fehler war, dass ich mir Hoffnungen gemacht hatte. Ich lag da und unterdrückte die Tränen, damit Daunt nicht merkte, dass ich kurz davor war, zu resignieren.

Am dritten und letzten Tag weitete sich das Land. Links von uns, nach Süden hin, erstreckte sich das dunkel bewaldete Gebirge, das wir durchquert hatten – ein großes, aufgeworfenes Stück Erde mit senkrecht abfallender Kante. Irgendwo dort drin war Garlogie. Noch weiter hinten war Thornhills Landzunge. Nach Norden hin wurde das Land flacher. Sanft gewelltes Grasland, soweit das Auge reichte, kein Gestrüpp, die Bäume so weit auseinander, dass ihre Schatten sich nicht berührten. Dunkle Baumreihen in Einschnitten der Landschaft zeigten an, wo Bäche entlangliefen.

Noch nie zuvor hatte ich eine so offene Landschaft gesehen.

Im Nordwesten waren in der Ferne schroffe, blassblaue Berge zu erkennen, die nach hinten zu immer blasser wurden, bis das Blau schließlich mit dem Himmel verschmolz. Die Regierung hatte diese Bergkette die Besiedlungsgrenze genannt, hatte auf der Landkarte die Grenze gezogen, *bis hierhin und nicht weiter*, aber es war nur eine Markierung auf dem Papier. Dort draußen lebten angeblich die wilden Schwarzen, die den

Weißen das Herz aus dem Leib schnitten, doch die landhungrigen Siedler ließen sich davon nicht abschrecken.

Die Sonne stand schon tief, als ich weiter vorne, in einer Talsenke, die mir wie eine Falte in einem Stück Seidentaft vorkam, Rauch aufsteigen sah. Jeder Höhenzug, jeder Pfad und Schatten lief auf diese Senke zu. Ich wusste es schon, noch ehe Daunt den Hut abnahm und hin und her schwenkte, um mir damit zu bedeuten: *Da ist es*. Bald würde ich es sehen, dieses Stück Land, von dem ich einmal jeden Stein und jeden Strauch kennen würde. Nur dieses eine Mal würde es neu für mich sein.

Daunt zog die Zügel an, damit ich ihn einholen konnte.

»Jetzt kannst du's sehen«, sagte er. »Dort drüben, wo die Bäume sind, ist unser Bach.«

»Ja«, sagte ich. »Ich sehe ihn.«

»Ein guter Bach«, sagte er. »Jede Menge Wasser.«

Ich versuchte, unter meiner Haube eine Art Lächeln zustande zu bringen.

»Jetzt ist's nicht mehr weit«, sagte er. »Nur noch ein Katzensprung.«

Einen kurzen Moment lang fragte ich mich, ob er den Arm ausstrecken und nach meiner Hand greifen würde. Vierzehn Tage verheiratet und jede einzelne Nacht im Dunkeln nebeneinander geatmet, ohne es fertigzubringen, uns ein einziges Mal zu sagen, wie wir uns fühlten. War wohl irgendwie persönlicher als das, was unsere Körper im Bett taten.

Das Haus stand auf einer kleinen Anhöhe. Lang und niedrig, aus gesägten Holzbrettern, Schindeldach, drei Zimmer breit. Schien ganz in Ordnung zu sein, doch als wir noch ein Stück näher gekommen waren, ging mir auf, was Daunt mit *den gegenwärtigen Unzulänglichkeiten* gemeint hatte. Keine mit Steinplatten belegte Veranda, nur Erde. Keine Fenster, nur die Öffnungen dafür. Rindenbahnen als Fensterläden.

»Dieser Schurke von einem Zimmermann«, sagte Daunt. »Hat mir vor über einem halben Jahr Fenster versprochen. Die Fensterläden sind nur ein Notbehelf, um den Wind abzuhalten, bis der Bursche es für angebracht hält, uns mit seiner Anwesenheit zu beehren!«

Hätte nicht so viele Worte gebraucht, um das Wesentliche zu erfassen.

Als wir dann vor der Haustür standen, merkte ich Daunt an, dass er sich fragte: *Soll ich sie über die Schwelle tragen?* Er warf mir einen kurzen Blick zu und entschied sich dagegen. Trat stattdessen einfach nur ein Stück zurück und machte eine kleine Verbeugung. Vielleicht dachte er, ich blickte wegen der Fenster so versteinert drein. Aber das war nicht der Grund. Ich musste an das andere Haus denken, das ich in meinen Tagträumen mit einem Ehemann betreten hatte. Nicht dieses Haus, nicht mit diesem Ehemann.

Seine Miene war ebenfalls ein wenig versteinert.

Drinnen war es recht sauber, aber ein bisschen kahl. Keine Teppiche, keine Vorhänge, keine Tapeten an den Wänden, nur nackte, weiß gestrichene Bretter.

Daunts Haushälterin, eine alte Irin, brachte mir eine Tasse Tee und ein Scone. Ihr Name war Maeve. Sprach die paar Worte Englisch, die sie konnte, mit einem so starken irischen Akzent aus, dass ich fast meinte, sie redete Irisch. Weil sie nur noch ein paar Zähne hatte, pfiff zudem beim Sprechen Luft durch ihre Zahnlücken. Aber ihr Tee war schön dunkel und stark. Daunt redete ein paar Worte auf Irisch mit ihr. Was für eine melodische Sprache das war, und von so einschmeichelndem Tonfall. Mir fiel auf, dass Daunts Art zu reden eine besondere Würze bekam, weil sie sich von der anderen Sprache abhob. Während ich zusah, wie sein Mund Worte formte, die ich nicht verstand, dachte ich daran, wie Jack stets ein anderer geworden war, wenn er mit dem Mädchen gesprochen hatte.

Gab es in meinem Kopf irgendeinen Gedankengang, der nicht zu Jack führte?

Maeve schien ein recht freundicher Mensch zu sein. Ihr Gesicht war schrumpelig wie ein alter Apfel, aber mit rosigen Wangen und strahlend blauen Augen. Wir würden bestimmt miteinander auskommen, trotzdem war ich betrübt, weil die einzige Frau, mit der ich gern ab und zu ein Schwätzchen gehalten hätte, für mich nicht erreichbar war.

Maeve brachte mir warmes Wasser, wofür ich ihr sehr dankbar war nach diesem langen, staubigen Ritt. Als ich mich hinlegte, zuckten meine Muskeln und klangen mir die Ohren, als säße ich immer noch auf dem Pferderücken.

Was für eine Wohltat, ruhig, still und frisch gewaschen dazuliegen.

Nach einer Weile ging ich hinaus. Die Dämmerung war schon hereingebrochen, aber am Himmel schimmerte noch Licht. Ich folgte dem Geräusch des Wassers zum Bach hinunter. Beobachtete, wie er über die Steine floss. Tag und Nacht wurde jeder einzelne dieser Steine gewaschen, Tag und Nacht, seit Anbeginn der Welt.

In einem Strauch auf der anderen Seite des Bachs flatterten unzählige winzige, kugelige Vögel umher, grün mit silbrigem Auge. Aufgeregt zwitschernd hüpften sie zwischen den Ästen herum, eine Schar fröhlicher Lebewesen, die alle auf einmal redeten. In diesem Strauch wimmelte es von Vögeln, wie es in einem Kuchen, den man über Nacht draußen stehen gelassen hat, am nächsten Morgen von Ameisen wimmelt.

Ihr munteres Treiben versetzte mir einen Stich. Ich trauerte dem Ort nach, den ich verlassen hatte, wo Boote am Steg anlegten, Leute zu Besuch kamen, ständig irgendwo Rufe, Niesen oder Pfiffe zu hören waren. Ich hatte ein Leben verloren, das niemals wiederkehren würde.

Auf dem Ritt hierher war Jack jeden Tag bei mir gewesen, doch mit jeder zurückgelegten Meile war das Gefühl schwächer geworden. Überall sonst, wo ich bisher gewesen war, hatte auch er sich aufgehalten und dort ein Haar oder eine Hautschuppe zurückgelassen. Nun war ich an einem Ort, an dem er nie die Luft ein- und wieder ausgeatmet hatte. Es auch nie tun würde.

Das kommt von dem Staub, ließ ich mir als Ausrede einfallen, falls Daunt herauskam und mich weinen sah. Ich hatte das Gefühl, dass er mich vom Haus aus beobachtete. Aber wenn er das tat, ließ er mich jedenfalls in Ruhe.

Wir waren zu viert im Haus – Daunt und ich, Maeve und der alte Paddy Riley. Dazu kamen die vier Daunt von der Regierung zugewiesenen Arbeitskräfte draußen auf der Schafweide.

Daunt konnte sich glücklich schätzen, Maeve zu haben, eine tüchtige Frau und eine ehrliche Seele, obwohl sie mal eine Diebin gewesen war. Beide kamen aus derselben Gegend, aber Daunt stammte von eingewanderten Engländern ab, während Maeve eine arme Frau und natürlich Papistin war. In Cork hatte sie damals einem Mann die Uhr aus der Tasche stibitzt, und es wäre auch gut gegangen, sagte sie, hätte ein Ladeninhaber sie nicht dabei erwischt. Einmal führte sie mir vor, wie man so was machte. Ich musste mir einen Stein in die Tasche stecken, und sie zog ihn so geschickt heraus, dass ich nicht das Geringste spürte.

Weil Daunts Männer die ganze Woche über auf der Schafweide waren, hatte ich nicht viel mit ihnen zu tun. Sie stammten aus London und hatten, bevor sie hierhergekommen waren, noch nie ein Schaf gesehen. Jedes Mal, wenn sie zurückkehrten, redeten sie wie ein Wasserfall, weil es draußen auf der Weide so einsam gewesen war.

Paddy Riley war von ganz anderem Schlag. Früher, in seiner Heimat, war er Schäfer gewesen, jetzt aber zu alt dafür. Er erledigte die Arbeiten rund um den Hof. Molk die Kuh, hackte Brennholz, holte das Heu für die Pferde. Ein wettergegerbter alter Bursche, so schüchtern, dass er einem nicht in die Augen blicken konnte. Wenn er den Mund öffnete, war unten ein spitzer gelber Zahn zu sehen, der einzige, den er noch hatte. Sein Filzhut war so abgetragen, dass er sich an den Kanten schon auflöste. Eine ganze Stunde lang konnte er dastehen und einem mit seinem schiefen Mund Geschichten erzählen. Er war vor vielen Jahren verbannt worden, hatte Frau und Kinder zurücklassen müssen. Als er mir einmal von seinem Sohn erzählte, hielt er die Hand immer wieder in Beinhöhe, um mir zu zeigen, wie groß er gewesen war, und ich hatte das Gefühl, der Junge würde jeden Augenblick unter seiner Hand auftauchen.

Er zeigte mir seine Fiedel, die in einem grünen Filzsack an einem Haken im Anbau hing, in dem er wohnte. Das Holz war vom Gebrauch schon ganz schwarz und glänzte an den Stellen, an denen er das Kinn abstützte und die Finger hin- und herglitten. Er ging mit der Fiedel so behutsam um wie mit einem Baby.

»Werde Ihnen in nächster Zeit mal was vorspielen«, sagte er. »Mr Daunt hat es gern, wenn abends ein bisschen musiziert wird.«

Es freute mich, das zu hören, und ich stellte mir schon vor, wie wir im Wohnzimmer auf den Dielenbrettern zu heiteren, schwungvollen Weisen herumtanzten oder sie mit unserem Gesang begleiteten.

Daunt war nicht nur ein Gentleman, sondern auch ein fleißiger Arbeiter. Das Schwerste, das Umgraben der Erde, übernahm einer seiner Männer, aber Daunt jätete das Unkraut in den Beeten, bewässerte und erntete das Gemüse und brachte es in die Küche. Er pflegte die Obstbäume und kümmerte sich um die Pferde. Wenn ein Schaf oder ein Lamm geschlachtet werden sollte, überließ er das Töten einem der Männer, das Zerlegen übernahm er selbst. Er konnte ein Tier so fein säuberlich zerteilen, wie Campbell damals das Geflügel aufgeschnitten hatte. Unter der Woche ritt er zu den Männern auf der Schafweide hinaus, um ihnen den Proviant zu bringen, und kümmerte sich auch sonst um alles. Wenn es Zeit zur Schafschur war, krempelte er wie alle anderen die Ärmel hoch. In seiner schäbigen Arbeitshose und dem verschlissenen karierten Hemd, dessen Farben am Rücken schon ganz verschossen waren, konnte man ihn von den anderen nicht unterscheiden.

Mochte er auch aussehen wie einer seiner Männer, so war er es natürlich nicht. Er sagte ihnen, was sie tun sollten, immer sehr freundlich, nie mit erhobener Stimme und wenn möglich in scherzhafter Weise. Worauf sie sich auch eifrig an die Arbeit machten. Wenn sie es mal nicht taten, konnte seine Stimme auch streng werden. Aber ich habe nie erlebt, dass er mal unhöflich geworden wäre oder die Beherrschung verlor.

Ich konnte nicht nachvollziehen, warum Daunt so gern selbst mit anfasste. Pa hätte sich nie in so einem Hemd oder mit einem Spaten in der Hand sehen lassen. Aber Daunt schien in dieser Arbeit aufzugehen. Wenn er nach einem Tag draußen auf den Äckern nach Haus kam, mit sonnenverbrannter Nase und Wangen, konnte er vor Müdigkeit zwar kaum noch sprechen, aber er war glücklich.

Mary und ich waren nicht dazu erzogen worden, auf dem Sofa zu sitzen und die Hände in den Schoß zu legen. Wir hatten zu Hause immer ordentlich mit anpacken müssen. So hart gearbeitet wie in diesem ersten Jahr in Glenmire hatte ich allerdings noch nie. Maeve und ich, nur wir beide, mussten das ganze Essen für die Männer zubereiten. Die Milch musste entrahmt werden, die Sahne gebuttert, und ständig die Sorge, wie man alles kühl hielt. Hammeleintopf, Hammelkoteletts, Hammelkeule, Hammelpasteten und kaltes Hammelfleisch für die Männer auf der Schafweide. Zwiebeln und Karotten, Steckrüben und Kartoffeln schälen und klein schneiden, schälen und klein schneiden. Jeden Abend musste als Letztes die Hefeflasche angesetzt werden, und bloß nicht vergessen, sonst gab's am nächsten Tag kein Brot, und das wäre eine Katastrophe.

Ich war froh, dass Maeve mir bei allen Arbeiten zur Hand ging, denn alles war leichter, wenn man es mit jemandem teilen konnte. Während sie den Teig knetete oder die Töpfe schrubbte, sang sie irische Lieder. Fragte ich sie, Maeve, wovon handelt dieses Lied, reichte ihr Wortschatz nur dazu aus, zu erklären, dass es ein trauriges war. Hinter Maeves abgehärmtem, lächelndem Gesicht und dem sanftem Wesen verbarg sich noch eine andere Frau, die einem immer nur dann gegenwärtig war, wenn sie ein Lied anstimmte. Ihre Stimme war nicht etwa leise und zart, wie man vermutet hätte, sondern kräftig und voll, sodass sie, wenn sie sang, wie eine Königin war, auf deren Worte man zu hören hatte.

Daunts Farm war genauso, wie er es mir geschildert hatte. Fruchtbare Erde und reichlich Wasser. Fette, rostfarbene Erde, in der alles gedieh, was man darin anpflanzte. Gutes Weideland für die Schafe, harte Fröste, die für eine dicke Wolle sorgten. Der Wollpreis lag zwar immer noch bei lediglich Sixpence pro Pfund, aber es war, wie Daunt gesagt hatte: Irgendwann musste er wieder steigen. Bis dahin würden wir nicht verhungern. Hatten jede Menge Lamm- und Hammelfleisch, Milch und Butter. Scheffelweise Kartoffeln und Kohl. Ein Maisfeld und die wachsenden Obstbäume. Die grobe Seife für die Wäsche und die Talglichter für den täglichen Gebrauch machte ich selbst.

Aber mit Sachen, die bar zu bezahlen waren, mussten wir uns ziemlich zurückhalten. Alle paar Monate kam der Fuhrmann vorbei, bei dem wir alles bestellten, was wir nicht selbst herstellen konnten. Daunt sagte mir immer, was wir uns leisten konnten, nie mehr als das Allernotwendigste. Zwei Säcke vom guten Weizenmehl. Ein Säckchen Rohrzucker. Eine Kiste Tee, aber nur den ganz groben. Ein Ballen Baumwollnesselstoff, die billige Qualität, so locker gewebt, dass man Erbsen hindurchschießen konnte.

Was ich am meisten vermisste, war das gute Mehl. Zwar hatten wir immer genügend Maismehl von der Mühle in Gammaroy, doch ohne Weizenmehl, das den Teig aufquellen ließ und zusammenhielt, wurde das Brot so bröselig, dass es einem in der Hand zerfiel, und die Scones wurden steinhart. Aber solange man wusste, dass es nicht immer so bleiben würde, konnte man irgendwie stolz darauf sein, aus dem, was man zur Verfügung hatte, das Beste zu machen.

Daunt und ich waren von morgens bis abends auf Trab. Abends saßen wir vor dem Kamin in dem Zimmer, das wir das Wohnzimmer nannten, obwohl es Wohnzimmer, Esszimmer und Büro in einem war. Während ich Flickarbeiten machte oder Baumwollstoff säumte, aus dem ich Vorhänge nähte, las Daunt oder machte die Buchhaltung und kritzelte in sein Wirtschaftsbuch. Die *Gazette* wurde uns zusammen mit den anderen Bestellungen mit dem Pferdewagen zugestellt, Daunt ordnete sie nach Datum und las eine Ausgabe nach der anderen. So konnte es vorkommen, dass er bei seiner Lektüre in den Februar zurückversetzt wurde, während es da, wo ich mit meiner Flickarbeit saß, bereits Mai war.

Eines Abends kam Maeve zu uns ins Wohnzimmer, hinter ihr Paddy mit seiner Fiedel unterm Arm.

»Eine Stunde Musik, Sarah, wenn du nichts dagegen hast«, sagte Daunt. »Wo drei Iren zusammen in einem Haus sind, kann es nicht lange dauern, bis sie ein paar alte Lieder anstimmen«.

Eigentlich dachte ich, dass ich die Menschen kennen würde, mit denen ich hier zusammenlebte, doch an diesem Abend erlebte ich sie alle von einer anderen Seite. Paddy wirkte mit seiner unters Kinn geklemmten Fiedel größer als sonst. Er spielte nicht etwa eine lebhafte Gigue, zu der man hätte tanzen können, oder Stücke von der Art, wie ich es mir vorgestellt hatte – Lieder, bei denen man hätte mitklatschen und den Refrain mitschmettern können. Er stellte sich in eine Ecke, schloss die Augen, und aus seiner Fiedel kam eine wilde, wehklagende Stimme, verzweifelt, konnte man sagen, eine von Traurigkeit gepeinigte Seele. Er wiegte sich mit der Musik hin und her, die Fiedel war Teil seines Körpers, seine Hand auf dem Bogen flink wie ein Frettchen. Entrückt an einen anderen Ort, in ein anderes Ich.

Nach einer Weile erhob Maeve ihre Stimme und begleitete die Fiedel mit ihrem Gesang, die Worte liebkosten die sich auf und ab bewegende Melodie. Ihr Gesicht war tränennass und leuchtete zugleich vor Freude, ich nahm sowohl die Freude als auch die Traurigkeit wahr. Was sie sang, verstand ich natürlich nicht, aber im Refrain hörte ich immer wieder einen Frauennamen heraus, Eileen Aroon, und nahm deshalb an, es müsse eine traurige Geschichte über eine verlorene Liebe sein.

Und dann Daunt, wie er da im Sessel saß und lauschte, und was immer die Worte auch bedeuten mochten und wie wenige davon er verstand, in seinen Augen glitzerten Tränen, sein Mund war weich vor Rührung.

Ich war die Einzige mit trockenen Augen.

So war das also, wenn man eine Heimat hatte. Die Musik des Landes, in dem man geboren war, brachte einen aus der Fassung. Der Verlust der Heimat war genauso schmerzhaft wie die Trauer um einen Geliebten.

Wir Kinder, die in der Kolonie geboren worden waren,

empfanden für das Land, das wir das unsere nannten, keine solchen Gefühle. Es hatte keine Stimme, die wir hören, kein Lied, das wir singen konnten. Für uns gab es keine Vergangenheit. Dort, wo die Vergangenheit lag, war nichts. Hinter uns Leere, wie ein verschlossener Raum.

An den meisten Abenden saßen nur Daunt und ich im Wohnzimmer. Ich hätte mich gern mit ihm über den vergangenen Tag unterhalten, doch Daunt saß da, die Hand an der Stirn, um nicht von der Lampe geblendet zu werden, und hätte genauso gut in der Grafschaft Cork sein können. Wenn er ins Lesen vertieft war, befand er sich in einem anderen Land, in das ich ihm nicht folgen konnte.

Ab und zu bekam er einen Brief von Archibald Campbell oder aus Irland.

»Deine Schwester lässt dich herzlich grüßen«, sagte er dann und sah dabei kurz zu mir her. Oder: »Meine Mutter lässt freundliche Grüße an Mrs Daunt ausrichten und hofft, recht bald das Vergnügen zu haben, sie kennenzulernen.«

Mir kam der Gedanke, dass seine Mutter das vielleicht gar nicht geschrieben hatte, sondern Daunt es nur so sagte, weil er wusste, dass er mir alles erzählen konnte, was er für angebracht hielt.

Zu meiner eigenen Überraschung stellte ich fest, dass man in Gesellschaft eines Menschen, der nicht mit einem redete, einsamer sein konnte als draußen auf einem menschenleeren Feld. Es gab noch einsamere Dinge als die Leere.

»Was liest du denn da?«, fragte ich eines Abends. »Was ist da so interessant?«

Worauf er mir einen Bericht aus der *Gazette* vorlas. Ein Mann namens Boland war der Ansicht, man könne in unserer Gegend Trauben anpflanzen und daraus Wein machen. Als

Daunt am Ende des Artikels angekommen war, blätterte er um, entdeckte wieder etwas Interessantes, vergaß mich und las stumm weiter.

»Du weißt doch, dass ich nicht lesen kann, Daunt«, sagte ich. »Oder?«

Er blickte verdattert hoch und klappte die Zeitung zu.

»Das Leben ist lang, Sarah«, sagte er. »Du kannst *noch nicht* lesen. Wenn du möchtest, kann ich's dir beibringen. Ich bin mir sicher, du würdest es innerhalb kürzester Zeit lernen.«

Daunt war mir in vielerlei Hinsicht nach wie vor fremd, aber ich kannte ihn gut genug, um zu wissen, dass ihm etwas unangenehm war, wenn er einen Satz mit *ich bin mir sicher* begann.

Da, wo ich herkam, konnte außer dem armen, versoffenen Loveday kein Mensch lesen oder schreiben, und man musste sich deshalb nicht schämen. Jetzt wünschte ich jedoch, ich wüsste, wie man Zeichen auf dem Papier in Wörter verwandelte. Ich wünschte, ich hätte eine Feder zur Hand nehmen und meine Einsamkeit mit einem Brief an Mary lindern können. Und hätte einen von ihr zurückbekommen. Es wäre eine Art Gespräch gewesen.

Ich hätte antworten sollen: »Vielen Dank, sehr gern.« Dass es Daunt offenbar unangenehm war, verletzte jedoch meinen Stolz. »Nein, nein, das brauche ich nicht.« Tat hochmütig so, als legte ich keinen Wert darauf, damit er nicht darauf bestand.

An manchen Abenden holte er sein Wirtschaftsbuch und die Feder hervor.

»Und, wie sieht's aus?«, fragte ich dann. »Bei der nächsten Bestellung nur die üblichen zwei Säcke Mehl, oder können wir uns diesmal drei leisten?«

»Na ja«, antwortete er. »Das kann ich dir im Moment noch nicht summa summarum sagen. Weil noch nicht sicher ist, wie groß der Ertrag für die Wolle der letzten Schafschur sein wird.«

Allmählich hatte ich den Eindruck, er würde die wichtigen Dinge lieber dem Pferd erzählen als mir. Über Gelddinge zu sprechen, gehörte sich wohl nicht für eine Dame, dachte ich. War wohl unfein.

»Jetzt komm schon, Daunt!«, rief ich. »Ich will keine genauen Zahlen wissen, sondern nur, ob wir's uns leisten können oder nicht. Zwei Sack oder drei?«

»Na ja«, erwiderte er. »Besser, du bleibst nach wie vor bei zwei Säcken.«

Man kann einen Mann nicht zum Reden zwingen, wenn er's nicht will. Mir blieb nichts anderes übrig, als mich wieder meiner Flickarbeit zuzuwenden. So sieht also mein ganzes zukünftiges Leben aus, dachte ich niedergeschlagen. Daunt und ich, beisammen, aber einander fremd. Bis der Tod uns scheidet.

Ein Stück vom Haus entfernt war ein kleiner grüner Hügel mit ein paar Bäumen und ganz oben einer Gruppe Felsblöcke, von denen einer genau die richtige Form für den Rücken hatte. Wenn die tägliche Arbeit verrichtet war, stieg ich dort hinauf, um mich zu entspannen.

Abends, im Licht der tief stehenden Sonne, wenn jeder Felsen und Baum einen langen, geraden Schatten warf, war es dort wunderschön. Die Bäume knietief im hohen Gras, die Stämme wie Moiréseide gemasert, zitronengelb und taubengrau, die Blätter zartgrün bis bläulich. Samtige, geschwungene Hügel, verschwimmende Berge im abnehmenden Licht.

Der Himmel war hier viel weiter als über Thornhills Landspitze. Unter diesem riesigen Himmel kam mir mein eigenes Leben ganz klein vor, nicht mehr als eine winzige Lichtknospe. Für mich selbst war es wichtig, doch in dieser unendlich großen Welt, die ihren rätselhaften Lauf nahm, ohne einen Gedanken an die junge Ehefrau zu verschwenden, die dort in der Dämmerung auf einem Hügel saß, war es bedeutungslos.

Wie hoch müsste man steigen, um Neuseeland sehen zu können?, fragte ich mich. Ein Vogel könnte es machen, könnte in dieses weiche Licht aufsteigen, den Kopf nach Osten wenden und ohne anzuhalten fliegen, bis er bei Jack angekommen war. Ob Jack in Neuseeland wohl jemals auf einen Hügel stieg und sich fragte, wie hoch er steigen müsste, um mich zu sehen?

Ich versuchte ihn mir vorzustellen. Jack auf einem schwankenden, wasserüberspülten Deck oder wie er von einem Boot auf einen Strand trat. Wie er sich vom Boot oder vom Strand aus umdrehte, mich erblickte und lächelte.

Manchmal konnte ich nur dieses andere Bild sehen. Jack, wie er meine Hand abschüttelte wie eine Spinne. Wie er mit ausgreifenden Schritten den Hang hinaufstieg, sein Bündel über der Schulter. Dann weg, weg, weg.

Er konnte inzwischen tot sein. Aber ich glaubte nicht, dass es so war.

Manchmal dachte ich an das Mädchen. Bestimmt hatte sie sich inzwischen eingelebt. Ein Mensch konnte sich nicht ewig in sich selbst zurückziehen. Aber ach, in diesem Haus am Fluss musste es einsam sein. Keiner da außer Ma und Pa, und nichts, worauf das arme Kind hoffen konnte.

Ich wünschte, sie wäre hier bei uns. Ein neuer Anfang, für sie und für mich. In dieser offenen Landschaft, unter diesem weiten Himmel würde sie bestimmt aufleben. Ich wusste zwar nicht, wie sie hätte zu uns kommen sollen, aber es war, wie Daunt gesagt hatte: Das Leben war lang.

Von der Hügelkuppe aus konnte man den herannahenden Regen sehen. Die Berge in der Ferne wurden einer nach dem anderen langsam grau, und eine Wolkenwand kam über das Tal hinweg auf mich zugekrochen.

Ich stieg wieder zum Haus hinunter und wartete, bis die ersten Tropfen auf die Schindeln klatschten. Nachdem ich ihre lange Reise quer durch das Land verfolgt hatte, kamen sie mir wie alte Freunde vor.

Daunt fragte nie, was ich oben auf dem Hügel machte. Vielleicht verstand er ja, dass es für mich das Gleiche war wie für ihn das Vertiefen in seine Bücher. Er entspannte sich auf seine Weise, ich auf meine.

In der Umgebung lebten auch Schwarze. Mehr als am Hawkesbury. Ein Stück bachabwärts hatten sie inmitten dichter Bäume ein Lager. Man konnte den Rauch sehen. Wenn man vor dem Haus stand und in diese Richtung blickte, nahm man über den Bäumen im Tal etwas Dunkles wahr.

Schon an meinem ersten oder zweiten Tag in Glenmire hatte ich zwei Schwarze die Anhöhe heraufkommen sehen. Die Hose des einen war unten völlig ausgefranst, der andere trug ein Wollunterhemd, das aus mehr Löchern als Stoff bestand, und Hosen, die an den Knien durchgescheuert waren. Ganz sachte traten sie mit ihren breiten Füßen auf. Sie gingen ums Haus herum nach hinten. Als ich ihnen folgte, um zu sehen, was sie wollten, sah ich, wie Daunt gerade eine Schubkarre mit einer Axt darin aus dem Schuppen schob.

»Du wirst diese beiden öfters sehen«, sagte er. »Der da drüben heißt Mittwoch – warum, weiß nur der liebe Gott. Er ist zuständig fürs Holz. Der andere, Skipper, holt das Wasser.«

Skipper war schon auf dem Weg hinunter zum Bach, in jeder Hand einen Eimer.

»Später werden sie dann zur Küche kommen«, fuhr Daunt

fort. »Um sich zu holen, was ihnen zusteht. Maeve ist gern ein bisschen knausrig, muss ich leider sagen. Ich wäre froh, wenn du ein Auge darauf haben könntest. Eine ordentliche Portion Fleisch und Kartoffeln, dazu Tabak für eine Woche.«

Der Mann namens Mittwoch holte die Schubkarre und rollte sie weg. Daunt warf mir einen forschenden Blick zu.

»Du hast doch keine Angst vor ihnen, oder?«, fragte er. »Ich weiß, dass viele Leute Angst vor den Schwarzen haben.«

»Wüsste nicht, warum ich Angst vor ihnen haben sollte«, erwiderte ich. »Arme Teufel, tun einem nichts zuleide.«

Ich erzählte ihm von den Schwarzen, die bei uns zu Hause an die Küchentür kamen. Wie Mrs Devlin zwar schimpfte, ihnen aber immer was gab. Und von dem Lager, zu dem mein Pa die Lebensmittel gebracht hatte.

»Hat sie selbst hingebracht«, sagte ich. »Hat sie hingebracht und die Hand ausgestreckt, um ihnen die Sachen zu geben. Aber sie wollten sie nicht nehmen.«

»Na, so was«, sagte Daunt. »Das hat er tatsächlich getan? Mr Thornhill im Lager der Schwarzen. Freut mich, das zu hören, weil, na ja, nicht jeder würde das gutheißen. Beresford zum Beispiel, du wirst ihn irgendwann kennenlernen. Ist nicht gut auf die Schwarzen zu sprechen. Coulters ein Stück weiter oben an der Straße ist ihnen gegenüber nicht ganz so hart. Aber er bezahlt sie mit Abfällen. Essensreste, die unsereins an die Hühner verfüttern würde.«

Er sah zu, wie Skipper mit langen Armen die vollen Eimer vom Bach heraufschleppte. Drüben auf dem Feld nahm Mittwoch gerade einen abgestorbenen Baum in Angriff, die Klinge glänzte, als er die Axt nach unten schwang, der Einschlag ertönte erst etwas später.

»Gute Arbeiter, wenn sie erst mal dabei sind«, sagte Daunt. »Jeder von ihnen ist so viel wert wie zwei von der Regierung zugeteilte Arbeitskräfte. Sie sind ihren Lohn wert, finde ich, und einverstanden damit.«

Eine solche Sichtweise war mir neu. Nichts von wegen *abstauben* oder *Christenpflicht*. Nicht mal, *weil deine Mutter sich für sie eingesetzt hat*.

Den ganzen restlichen Nachmittag war Mittwoch mit dem Zerkleinern des Baums beschäftigt. Das Holz brachte er schubkarrenweise zum Hof, wo Skipper es aufzustapeln begann, nachdem er die Wasserfässer gefüllt hatte.

Gegen Abend, als ich gerade in der Küche war, hörte ich ein Geräusch am Türrahmen: Mittwoch kratzte mit den Fingernägeln am Holz. Als er sah, dass ich ihn gehört hatte, trat er zurück. Beide, Skipper und er, standen mit gesenkten Köpfen da und warteten, die Gesichter im Schatten.

»Die Schwarzen, Mrs Daunt!«, rief Maeve. »Die Schwarzen!«

Sie murmelte etwas auf Irisch, es klang fast wie ein Gebet.

»Ja, Maeve«, sagte ich, »alles in Ordnung. Hol den Laib Brot und das Vorderstück. Einen Sack Kartoffeln. Und den Tabak, den Mr Daunt für sie bereitgelegt hat.«

Maeve legte die Sachen auf die Treppe, um nicht zu den Männern hingehen zu müssen.

»Also, Maeve, was soll denn das?«, rief ich. »Hast wohl zu viel Unsinn über die Schwarzen gehört!«

Maeve konnte sich dumm stellen, wenn ihr danach war. So tun, als hätte sie die wenigen englischen Wörter vergessen, die sie kannte.

»Eine Menge Holz hast du da gehackt, Mittwoch«, sagte ich.

Er war ein hässlicher Kerl, die Nase so breit wie das halbe Gesicht, und seine Augen waren unter den vorstehenden Brauen fast nicht auszumachen. Doch er lächelte aus seinem Bart heraus und ließ dabei so schöne Zähne sehen, wie man sie sonst nirgends sah, und sein finster wirkendes Gesicht wurde von diesem Lächeln erhellt.

»Gelbbaum, Missus«, sagte er. »Verdammt gut.«

»Gelbbaum«, sprach ich ihm nach. »So heißt der?«

»Hab ihn zerhackt, das Holz is' gelb wie 'ne Guinee«, sagte er. »Schon mal 'ne Guinee gesehen, Missus?«

»Leider nein«, erwiderte ich. »Du?«

Statt zu antworten, kicherte er nur stillvergnügt in seinen Bart hinein.

»Freche Kerle«, sagte Maeve hinter mir. »Kommen Sie da weg, Mrs Daunt!«

Skipper und Mittwoch waren die einzigen männlichen Schwarzen, die ich zu Gesicht bekam, aber ab und zu tauchten ein paar Frauen an der Küchentür auf. Sie kamen immer zu zweit oder zu dritt, ihre Kleider hatten die gleiche Farbe wie die Erde. Die Kinder, die sie dabeihatten, waren splitternackt, eine alte Frau mit schlechten Augen wurde von einem Mädchen geführt. Die Hälfte von ihnen hatte Pockennarben auf der Haut, und alle waren sie so mager wie die Schwarzen bei uns zu Hause.

Sie blickten mich nie an, bettelten nie direkt, hielten höchstens ihren Blechtopf in die Höhe und schüttelten ihn leicht.

Ich gab ihnen, was ich für angebracht hielt. Eier, wenn wir welche hatten. Immer ein Stück Fleisch. Etwas Maismehl. Eine Kanne Milch. »Danke, Missus«, hörte ich eine von ihnen sagen, und dann waren sie auch schon weg.

Einmal, ausgerechnet am Waschtag, wollte ich Wasser holen, doch das Fass war leer. Mittwoch und Skipper hatte ich schon seit einer Weile nicht mehr gesehen. Ich trat vors Haus und ließ den Blick suchend hangabwärts schweifen, und tatsächlich: Es war kein Rauch mehr zu sehen.

Als Daunt um die Mittagszeit staubig und verschwitzt vom Obstgarten herüberkam, wartete ich schon an der Tür auf ihn.

»Wo sind diese verdammten Schwarzen hin? Lassen mich einfach hängen, hab die gesamte Wäsche zu machen und keinen Tropfen Wasser!«, überfiel ich ihn.

»Tja«, sagte er. »Das ist das einzige Problem mit den Schwarzen. Fabelhafte Arbeiter. Aber leider etwas unzuverlässig. Kommen und gehen, wie's ihnen passt, und nicht etwa, wie es uns passen würde.«

»Dann wird es dir passen müssen, dass du nichts Sauberes anzuziehen hast«, sagte ich, heftiger, als angebracht war. Ich schien mich unbedingt mit Daunt anlegen zu wollen.

»Wir besorgen dir dein Wasser«, sagte Daunt. »Lass uns erst mal was essen, danach holen Paddy und ich das Wasser für dich rauf.«

Ich ging in die Küche und fing an, wütend die Kartoffeln klein zu schneiden, das Fleisch in Würfel zu hacken und schmiss Holz in den Ofen.

»Mrs Daunt«, sagte Maeve milde.

Sie schob mir einen Stuhl hin, nahm mir die Pfanne aus der Hand und brachte das Feuer, das ich erstickt hatte, wieder in Gang. Sie nahm meinen Anfall so gelassen hin, und Daunt war so sanftmütig, dass ich mich schämte.

Ich wusste, warum ich mich über diese lächerliche Sache so aufgeregt hatte. Ich wollte einen Grund haben, um mich ungerecht behandelt zu fühlen. Ich hatte gelobt, allem anderen zu entsagen, und hatte mich auch daran gehalten, konnte aber nichts dagegen tun, dass ich mich weiter nach ihm sehnte.

Ich richtete das Essen an und stellte Daunts Teller vor ihn hin.

»Ihr braucht mir heute kein Wasser zu holen«, sagte ich. »Hab nur schlechte Laune, weiter nichts. Die Wäsche kann warten.«

»Na, wenn das so ist«, sagte Daunt, abermals überrumpelt.

»Dann werde ich morgen früh als Erstes Wasser holen. Aber glaub mir, sie kommen schon irgendwann zurück. Ist jedoch zwecklos, nach den Gründen ihres Wegbleibens zu fragen.«

Eine Woche später hing wieder Rauch über den Bäumen, und dann kamen Mittwoch und Skipper zum Haus heraufgestiegen, als wären sie nie weg gewesen.

Wir hatten ein paar Nachbarn, sofern man jemanden, der eine Reitstunde entfernt wohnt, einen Nachbarn nennen kann. Im Westen grenzte unser Land an das von Beresford. Ein Bär von einem Mann mit einer Säufernase, der mit seinen Ansichten nicht hinter dem Berg hielt. Keine Ehefrau, nur er und seine Männer. Kam hin und wieder auf ein Glas mit Daunt zu uns geritten. Sah immer an mir vorbei, was mich auf den Gedanken brachte, dass er einer dieser Männer war, die sich nichts aus Frauen machten. Gebildet, hatte in England eine gute Schule besucht, konnte gut reden, führte aber auf seiner Farm, nach allem, was man so hörte, ein ziemlich primitives Leben. Ermunterte niemanden, ihn zu besuchen.

Unsere Nachbarn im Osten waren Major und Mrs Coulter. Sie stammten aus derselben Gegend Irlands wie Daunt, hatte er mir erzählt, und waren in der Anfangszeit der Besiedlung mit drei Kindern, ein paar Anverwandten, einer unverheirateten Tante und sieben Bediensteten hierhergezogen. Hatten gute Beziehungen zum Gouverneur und eine große Farm. Was ein wenig Gesellschaft betraf, so schienen mir die Coulters dafür am ehesten infrage zu kommen.

Als Lucy Coulter zum ersten Mal zu Besuch kam, saß sie auf einem entzückenden Pony, während ihr Diener auf einem traurigen alten Klepper hinterherzockelte. Leicht und federnd sprang sie von ihrem Pony und ließ die Zügel einfach fallen. Sie wusste, dass der Diener sie aufnehmen würde.

Schon an dieser einzigen Sache erkannte ich, aus welcher Welt sie kam.

Sie kannte Daunt und dachte wahrscheinlich, Mrs John Daunt sei aus demselben Stall wie er. Aber ich merkte, wie ihr Blick sofort auf meine Schürze fiel, die in der Mitte geflickt und unten ausgefranst war, auf meine Stiefel – kräftige Männerstiefel, in denen man, ohne aufpassen zu müssen, überall herumlaufen konnte –, und auf meine rauen Hände, die ihr verrieten, dass ich die Wäsche nicht waschen ließ, sondern selber wusch. Und was ihr dabei durch den Kopf ging, war sonnenklar: Der arme John Daunt – weil es in der Kolonie zu wenig Frauen gibt, hat er *unter seinem Stand* heiraten müssen.

»Ah, Mrs Daunt«, sagte sie und schüttelte mir zu meiner Überraschung die Hand, wie es unter Männern üblich war. Die Hand, die sie schüttelte, hatte kurz zuvor noch in der Mehlkiste gesteckt. Ich wollte sie zurückziehen, doch Mrs Coulter ließ sie nicht los.

»Ich kann Ihnen gar nicht sagen, wie froh ich bin, eine Artgenossin zu sehen!«, rief sie aus.

Man hörte den irischen Akzent, aber ganz dezent.

Sie fing an, den Staub von ihrem Reitkleid abzuklopfen, merkte dann aber, dass er ins Haus wehte.

»Oh, verzeihen Sie, Mrs Daunt«, sagte sie. »Ich bitte tausendmal um Verzeihung!«

Zu meiner Verärgerung bemerkte ich, dass sie ihre Hand abwischte, die nach dem Schütteln meiner Hand ebenfalls voller Mehlstaub war, als wäre sie verdreckt.

»In einer Welt aus Staub wird uns ein bisschen Mehlstaub schon nicht umbringen«, sagte ich deshalb etwas bissig. »Asche zu Asche und Staub zu Staub, Mrs Coulter.«

Sie war so verblüfft, dass ihr Lächeln verrutschte. Ich merkte, dass sie ihr Bild von mir korrigierte.

Daunt lächelte angestrengt. Ist ihm bestimmt peinlich, dachte ich. War mir aber egal. Dieses gütige Getue brachte mich auf die Palme.

Wir setzten uns ins Wohnzimmer, Maeve brachte uns Tee. Sie hatte das gute Geschirr herausgeholt, ohne dass ich daran gedacht hatte, es ihr zu sagen. Hatte Lucy Coulter offenbar richtig eingeschätzt.

»Und sagen Sie mir, Mrs Daunt«, sagte Lucy Coulter, »sind Sie hier geboren?«

An meiner Art zu reden musste sie natürlich längst erkannt haben, dass ich in der Kolonie geboren war. In Wirklichkeit wollte sie wissen, ob ich mit dem Makel behaftet war.

»Ja«, sagte ich. »Mein Vater ist William Thornhill. Ein alter Kolonist, weithin bekannt am Hawkesbury.«

»Ah!«, rief sie. »Schön, schön. Und ist es eine große Familie, Mrs Daunt?«

»Mittelgroß«, antwortete ich. »Zwei Mädchen und zwei Jungs.« Ich war schon drauf und dran, zu erzählen, dass da noch ein weiterer Bruder gewesen war, der sich aber mit meinem Vater verkracht hatte und jetzt Fusel brannte. Hatte aber Erbarmen mit Daunt.

»Eigentlich waren es drei Jungen«, sagte ich, »aber mein Bruder Will ist in der Nähe von Neuseeland ertrunken.«

Um mir zu zeigen, wie leid ihr das tat, legte Lucy Coulter ihr Gesicht in Falten. Zwischen ihren Augenbrauen bildeten sich dabei zwei tiefe Furchen, sodass man sich vorstellen konnte, wie sie mal aussehen würde, wenn sie alt war.

»Oh, Mrs Daunt«, sagte sie, »wie schrecklich muss das für Sie alle gewesen sein und was für ein Schock für Ihre arme Mutter.«

»Die ganze Besatzung ist untergegangen«, sagte ich. »Nur einer hat überlebt, ein Mann mit Namen Jack Langland.«

Mir war nicht bewusst gewesen, wie heftig ich mich danach gesehnt hatte, diesen Namen zu hören.

Sie verzog wieder das Gesicht und gab einen Laut von sich, der so ähnlich wie ein »Oje« klang.

Ich wollte weitersprechen, um noch einmal *Jack Langland* sagen zu können, doch meine Kehle schnürte sich zu, und ich musste schnell mein Taschentuch rausholen und so tun, als würde ich husten.

»Und was machen die lieben Kinderchen, Mrs Coulter?«, warf Daunt schnell ein. »So eine nette Schar, die Sie da haben.«

Du Guter, dachte ich. Verstehst und vergibst im selben Moment.

Lucy Coulter war eine dieser Frauen, die einem den ganzen Tag lang von ihren wohlgeratenen Sprösslingen erzählen konnten, bis zurück zum letzten Löffel Haferbrei, den sie zum Frühstück gegessen hatten. Charles konnte gut rechnen, Charlotte hatte eine schöne Handschrift, und der kleine Septimus würde bald anfangen zu lernen, in seinem Alter konnte man natürlich noch keine Wunder erwarten.

Daunt tat so, als interessierte ihn das alles sehr, und ich riss mich zusammen, nickte und lächelte.

Würde das denn nie weggehen, dieses Loch in meinem Leben, wo Jack hätte sein sollen?

Lucy Coulter schloss das Thema Kinder schließlich ab, hatte aber bereits das nächste parat.

»Habe ich Ihnen schon erzählt, Mr Daunt«, sagte sie, »und Mrs Daunt, das wird Sie interessieren, ich mache eine Studie über die Sprache der Eingeborenen. Bevor sie aussterben. Ihre Sitten und Gebräuche und ihre Wörter sind eine Kuriosität, die es wert ist, festgehalten zu werden.«

Sie nannte ein paar Beispiele, Wörter, die, wie sie sagte, *Aal* und *Holzschale* bedeuteten.

»Arme Teufel, sind wie kleine Kinder«, sagte sie. »Freuen sich, wenn sie ein wenig Vokabular gegen eine Decke oder etwas Futter tauschen können.«

Sprach *Futter* mit einem besonderen Unterton aus, um Daunt aufzufordern, sich mit ihr über die Putzigkeit dieses Worts zu amüsieren. Er verzog jedoch keine Miene.

»In meiner Anfangszeit hier bin ich mal zu ihrem Lager runtergegangen«, sagte er. »Hab ihnen ein paar Spaten und ein Säckchen Saatgut gegeben. Dachte, sie würden sich freuen über die Möglichkeit, Mais anpflanzen zu können. Und ein paar Äxte, damit sie sich was Besseres bauen konnten als diese Hundehütten, in denen sie leben.«

Mir fiel auf, dass sich sein irischer Tonfall in Gegenwart von Lucy Coulter verstärkte.

»Dachte, ich könnte Kätner aus ihnen machen«, fuhr Daunt fort, worauf sie beide lachten, als wäre es das Lustigste, was sie je gehört hatten.

Tja, und ich selbst hatte nicht die leiseste Ahnung, was Kätner waren. Wäre mir aber nicht im Traum eingefallen, zu lächeln und so zu tun, als wüsste ich es.

»Zu glauben, man könne aus den Schwarzen Kleinbauern machen!«, rief Daunt. »Damals war ich gerade erst aus der Grafschaft Cork hierhergekommen und völlig grün hinter den Ohren.«

Nochmals danke, John Daunt, dachte ich.

»Und ist Ihr Experiment erfolgreich gewesen, Mr Daunt?«, fragte Lucy Coulter. »Oder sind Sie zu dem gleichen bestürzenden Schluss gekommen wie der Major – dass sie furchtbar arbeitsscheu sind?«

»Kommt darauf an, worauf man das Wort Erfolg bezieht, Mrs Coulter«, erwiderte Daunt. »Sie haben die Spaten und das Saatgut und die Äxte genommen und sich sehr artig dafür bedankt. Die Äxte haben sie behalten, alles andere jedoch, wie ich hörte, in Gammaroy für einen halben Strang Tabak und ein paar Decken verkauft.«

Mrs Coulter schnappte leicht nach Luft, doch Daunt blickte nur auf seine Hände. Die Haut um die Fingernägel herum war rissig, und zwischen Daumen und Zeigefinger hatte er eine Blase vom Schafscheren.

»Wissen Sie, was ich darüber denke, Mrs Coulter?«, fragte er. »Dass diese Menschen zu klug sind, um sich beim Umgraben der Erde den Rücken kaputt zu machen. Ich bin zu der Ansicht gelangt, dass man kein vorschnelles Urteil über sie fällen sollte. Sie haben einfach nur eine völlig andere Lebensweise als wir.«

»So so, Mr Daunt«, sagte Mrs Coulter. »Ihre Sichtweise ist ja höchst interessant. Ich kann mich nicht entsinnen, dass ein anderer diese Ansicht schon einmal geäußert hätte.«

Bald darauf griff sie nach ihren Handschuhen und ihrem schicken Reithut. Verabschiedete sich liebenswürdig, aber ich hatte dabei das Gefühl, Mrs Coulter würde Mr und Mrs John Daunt nicht mit allzu vielen weiteren Besuchen beehren.

Daunt und ich standen draußen vor dem Haus und blickten den glänzenden Hinterbacken ihres Ponys nach, bis es in den Staubwolken verschwunden war.

»Jetzt kann ich's dir ja sagen«, gestand Daunt. »Jedesmal, wenn ich Lucy Coulter sehe, denke ich das Gleiche.«

Ich machte mich schon auf alles Mögliche gefasst, was nun käme. Wie bezaubernd sie sei. Wie lebhaft. Was für ein scharfer Verstand.

»Ich danke dem lieben Gott«, sagte er. »Meine Mutter hat mir mal gesagt, sie hätte mich um ein Haar auch Septimus genannt. Stell dir das vor, das siebte Leben führen zu müssen!«

Wenn er sich über etwas amüsierte, erhellte sich sein breites, unattrakives Gesicht.

»Und wenn ich Lucy Coulter ansehe«, fuhr er fort, »sehe ich eine Frau, die ein unschuldiges Baby dazu verdammen konnte, Septimus zu heißen.«

Er ergriff meine Hand auf eine Weise, als wollte er eine Abmachung besiegeln.

»Gibst du mir dein Ehrenwort, Sarah«, sagte er, »dass keins unserer Kinder Septimus heißen wird?«

»Ja«, sagte ich und musste lachen, weil er so angestrengt tat, als meinte er das alles todernst.

Mir kam es fast vor, als könnte er meine Gedanken lesen. Und dass er gemerkt hatte, wie ich mich in Lucy Coulters Gegenwart fühlte. Doch obwohl wir nun schon ein halbes Jahr verheiratet waren, schafften wir es immer noch nicht, offen miteinander zu reden.

Eins jedoch verrieten mir Daunts Worte: dass er bereits an Kinder dachte. Sich sogar schon Namen für sie überlegte. Was ja eigentlich nur natürlich war, denn auf eine Heirat folgten normalerweise Kinder. Mir allerdings wurde jetzt bewusst, dass ich dazu noch nicht bereit war.

Nicht, dass ich keine Kinder gewollt hätte. Aber was für eine Mutter konnte ich Daunts Kindern sein, wenn ich in mir ein so heftiges Verlangen verspürte, den Namen eines anderen Mannes zu hören?

Draußen im Busch war es üblich, vorbeiziehende Männer, zum Beispiel solche, die eine Schafherde nach Norden trieben oder mit einem Pferdewagen voller Wollballen unterwegs waren, gastfreundlich aufzunehmen. Wir gaben ihnen eine warme Mahlzeit und ließen sie in Paddys Verschlag übernachten, und am nächsten Morgen zogen sie weiter.

Sie erzählten alle gern Geschichten – lange Geschichten darüber, wie sie fast an einem Schlangenbiss oder vor Durst gestorben waren. Ein Bursche streckte seine Hand vor und erzählte, wie er mal allein draußen im Busch gewesen war und Bäume gefällt hatte. Als er die Hand nach dem Keil ausstreckte, war der Baumstamm umgestürzt und hatte zwei seiner Finger eingeklemmt. Hatte sie mit der Axt abhacken müssen. Ein Glück, dass er überhaupt an sie rangekommen war, meinte er. Sonst würde er jetzt noch immer dort liegen, ein Haufen Knochen mit der eingequetschten Hand unter dem Baumstamm.

Wir mussten uns etliche Geschichten über die wilden Schwarzen anhören, was sie alles angestellt hatten. In Brand gesteckte Hütten, getötete Schafe. Ein Schafhirte mit einer alten Muskete, die Schwarzen hätten den ganzen Tag gewartet, bis er sie abfeuerte, und als er sie nachlud, seien sie über ihn hergefallen.

Auch über Sachen, die weiße Männer machten, wurde geredet. Aber nicht offen. *Hat ihnen eine Lektion erteilt*, hieß es beispielsweise. *Hat sie verjagt*. Dazu eine Geste, als würde man ein Gewehr anlegen.

Alles spielte sich in Gegenden jenseits der Besiedlungsgrenze ab. Keiner konnte sagen, was so weit draußen vor sich ging. Ich hatte die Schwarzen, die dort draußen lebten und angeblich all diese Sachen machten, nie gesehen. Nahm die Geschichten nicht für bare Münze. Dass gelegentlich ein Schaf getötet und gegessen wurde, mochte ja stimmen. Auch Konflikte wegen Frauen mochte es hin und wieder geben. Aber dass Schäfer mit Wurfspeeren getötet wurden, konnte ich mir nicht vorstellen. Die Schwarzen, die ich kannte, Mittwoch und Skipper und die anderen, würden genauso wenig einen Mann mit einem Speer töten wie fliegen.

Allerdings gab es durchaus ein paar üble Typen in der Gegend, von denen ich mir vorstellen konnte, dass sie den Schwarzen tatsächlich mit Gewehren nachstellten. Aber das waren bestimmt nur Ausnahmefälle, kam nicht so häufig vor, wie diese Kerle einen glauben machen wollten. Dachten wohl, sie müssten sich mit gruseligen Geschichten für ihr Essen revanchieren, vermutete ich. Sie waren allesamt arme Schlucker, die davon träumten, irgendwann mal viel Land und viele Schafe zu besitzen und reich zu sterben. Ihr Gerede über die Schwarzen war bestimmt nur Aufschneiderei.

Einmal tauchten am späten Nachmittag drei Männer mit einer Schafherde auf, die schon einmal bei uns vorbeigekommen waren. Daunt und ich waren nicht sonderlich erfreut, sie wiederzusehen. Zwei von ihnen waren trinkfeste Kerle, die ihre Zunge einfach nicht im Zaum halten konnten. Nur Billy Undercliff, der alte Mann, den sie dabeihatten, war in Ordnung. Billy wollte nicht hereinkommen. Die anderen beiden sagten, er würde draußen bei den Schafen übernachten. An der Art, wie sie es sagten, merkte man, dass sie ihn für einen alten

Trottel hielten. In meiner Achtung hingegen stieg er gerade deshalb, weil er sich von den beiden fernhielt.

Sie stellten die Flaschen in einer Reihe auf den Tisch, als wäre das hier ein Wirtshaus. Ich sah Daunt an, dass er sie am liebsten weitergeschickt hätte, doch draußen war es kalt und schon fast dunkel. Zum Glück hatte ich am Morgen drei Brote gebacken, außerdem war noch Eintopf da. Werde sie ordentlich abfüttern, dachte ich, damit der Alkohol aufgesaugt wird.

Sie langten tüchtig zu, doch das hielt sie nicht davon ab, den Alkohol hinunterzukippen wie Wasser. Ihr Gerede wurde immer lauter. Selbst draußen in der Küche, wohin ich mich zwischendurch verzog, konnte ich ihm nicht entfliehen.

Nach und nach kam eine Geschichte heraus, die sich irgendwo jenseits der Besiedlungsgrenze abgespielt hatte. Anfangs redeten sie nur in Andeutungen, doch mit der Zeit löste der Alkohol ihre Zungen.

Sie – diese beiden Männer, der alte Billy Undercliff und ein paar andere – waren meilenweit von jeder Siedlung entfernt in einer Hütte gewesen. Eine Gruppe Schwarzer war auch dabei, die Männer kümmerten sich um die Schafe, ihre Angehörigen hatten in der Nähe ihr Lager.

Dann hatte es einen tödlichen Zwischenfall mit einem Speer gegeben. Ob es dabei um einen Menschen oder um ein Schaf gegangen war, wurde nicht ganz klar. Jedenfalls setzten diese Kerle es sich daraufhin in den Kopf, den Schwarzen eine Lektion zu erteilen. Schickten die Männer mit den Schafen weg. Trieben sämtliche Frauen, Kinder und alten Männer in die Hütte. Banden sie an den Hälsen aneinander. Alle bis auf zwei junge Mädchen, die für diese Dreckskerle im richtigen Alter waren, um sie zu behalten. Und einen kleinen Jungen, den Billy Undercliff hinter einem Fass versteckte.

Alle anderen scheuchten sie den Hügel hinter der Hütte hinauf und erschossen sie.

»Jeden Einzelnen von diesem Pack!«, rief einer der Kerle. »Haben gründlich aufgeräumt!«

Ich wusste nicht, ob ich ihnen glauben sollte oder nicht, wollte aber auf keinen Fall im Haus bleiben und mir noch mehr von diesem widerwärtigen Gerede anhören. Ich füllte einen Essensbehälter mit Eintopf und einen Henkelbecher mit Grog, um es dem alten Billy zu bringen. Er hatte die Schafe in eine Senke zusammengetrieben und sich ein Feuerchen gemacht. Als er mich mit dem Eintopf kommen sah, freute er sich.

Er holte zwei Blechteller heraus, auf denen er den Eintopf verteilte, und brach das Stück Brot in der Mitte durch.

»Ich hab schon gegessen, Billy«, sagte ich. »Ist alles für dich.«

Das ist ja vielleicht ein gutmütiger Kerl, dachte ich, will sogar sein Essen mit mir teilen.

»Nein, nein, Mrs Daunt«, sagte er. »Das ist für meinen Jungen da drüben.«

Er stand auf und ging mit dem Teller ein Stück zur Seite. Erst jetzt bemerkte ich, dass dort ein Junge saß, ein junger Schwarzer. Reglos wie ein Stein hockte er zusammengekauert an einem Baum, nur seine Füße, die Knie und die Oberseite seines Kopfes waren zu sehen.

»Lassen Sie ihn am besten in Ruhe«, sagte Billy. »Wenn jemand in seiner Nähe ist, wird er nichts essen. Kommen Sie da weg, Mrs Daunt.«

Nach einer Weile hörte man die leisen Geräusche des scharrenden Löffels auf dem Teller.

»Wo ist der Junge her, Billy?«, fragte ich.

Er gab keine Antwort, aß nur schweigend weiter seinen Eintopf. Als er fertig war, wischte er sich mit der Hand über den Bart und sah zu dem Jungen hin.

»Redet kein Wort«, sagte er. »Kein einziges Wort, niemals nicht.«

Der Junge hatte die Knie wieder an den Körper gezogen, der leere Teller stand neben ihm auf dem Boden, das Brot war aufgegessen.

»Er wird sich schon fangen«, sagte Billy. »Wird sich irgendwann fangen.«

Ich erwiderte nichts, hob nur den Teller auf und ging zum Haus zurück. Aber ich spürte, wie etwas in mir gefror, denn nachdem ich den Jungen gesehen hatte, kam mir der schreckliche Verdacht, dass an der Geschichte womöglich doch etwas Wahres war.

Versuchte es aber zu verdrängen. Sagte mir, dass es alle möglichen Erklärungen dafür gab, warum ein alter Bursche einen schwarzen Jungen bei sich hatte.

Daunt hatte die Männer inzwischen in den Anbau gebracht. Als wir im Bett lagen, hörten wir durch die Wand hindurch ihre Stimmen, nach einer Weile ihr Schnarchen. Immer wieder setzte ihr Atem aus, worauf sie mit einem lauten Grunzen nach Luft schnappten.

»Billy Undercliff hat einen Jungen dabei«, sagte ich. »Einen jungen Schwarzen.«

»Tatsächlich?«, sagte Daunt. »Na, so was.«

»Was sie da erzählt haben, war doch bestimmt nur Aufschneiderei«, sagte ich. »An der Geschichte ist doch bestimmt nichts dran, oder?«

»Na ja«, sagte er. »Ehrlich gesagt, bin ich mir nicht sicher. Es passieren verdammt viele schlimme Sachen. Was daran wahr ist, lässt sich allerdings nur schwer sagen.«

»Wenn das so ist, dann glaube ich, dass es stimmt, was sie erzählt haben«, sagte ich. »Und nicht bloß eine Lügengeschichte ist.«

»Es wird viel Unsinn geredet«, sagte er.« Dass Menschen getötet werden, ist allerdings wahr. Sowohl Schwarze als auch Weiße.«

»Hab so was noch nie gehört«, sagte ich. »Jedenfalls nichts, was ich geglaubt hätte.«

»Tja«, sagte Daunt.

Ich hörte seiner Stimme an, was er dachte. Du kannst ja auch nicht lesen. Und eine Frau kriegt von dem, was die Männer reden, wenn sie unter sich sind, ohnehin nichts mit.

Ich wusste nicht, was ich davon halten sollte. Wie ich vorgehen sollte, um mir darüber eine Meinung zu bilden. Die Männer drangen mit ihren Schafherden immer weiter ins Landesinnere vor, sie mussten sich ihren Lebensunterhalt verdienen, genauso wie wir. Das war leicht nachzuvollziehen. Andererseits waren da die Schwarzen, die aus den Gebieten, in denen sie schon immer gelebt hatten, verdrängt wurden. Immer weiter zurück, bis sie sich schließlich auf ein Lager in der Nähe der Weißen beschränken und diese unterwürfig um Essen bitten mussten. Oder noch schlimmer, ein Ort wie Gammaroy. Wo die Frauen kaum eine Wahl hatten und die Kinder im Dreck aufwuchsen, die Mutter eine Schwarze, der Vater irgendein Ochsentreiber, der dort mal vorbeigekommen war.

»Was sagst du dazu?«, fragte ich. »Was ist richtig, was ist falsch?«

»Wenn ich das wüsste«, sagte er. »Ich habe schon oft darüber nachgedacht, ohne zu einem Ergebnis zu kommen. Allerdings erinnert es mich irgendwie an die Pächter in meiner Heimat. Die Iren. Früher gehörte ihnen ganz Irland. Dann sind die Engländer gekommen. Meine Landsleute. Nahmen ihnen das Land weg, einen Hektar nach dem anderen. Inzwischen gibt's kaum noch einen Iren, der eigenes Land besitzt.«

Eins musste man Daunt lassen: Seine Antworten waren

immer irgendwie überraschend, ganz anders, als man es erwartete.

Das brachte mich dazu, über Dinge nachzudenken, über die ich mir noch nie zuvor Gedanken gemacht hatte. Thornhills Landspitze musste auch einmal wie dieses Land jenseits der Besiedlungsgrenze gewesen sein, wild und menschenleer, bis auf die Schwarzen, die es durchstreiften. Und irgendwann musste jemand es sich angeeignet haben, einen Hektar nach dem anderen.

Meine Familie stammte wie die von Daunt aus England. Hätte man meinem Vater nicht verbannt, wäre ich in London aufgewachsen. *Oranges and lemons, say the bells of St. Clement's.* Pa war immer noch Engländer. Die Art, wie er redete, die Erinnerungen in seinem Kopf. Pa könnte dorthin zurückkehren, sein früheres Leben wieder aufnehmen in der Stadt, aus der er stammte, und den Schwarzen wieder Thornhills Landspitze überlassen. Neusüdwales war für ihn nichts weiter als das Land, in dem er zu Geld gekommen war.

Ich hingegen war keine Engländerin. Hatte keinen anderen Ort in meinen Knochen als diesen hier. Für solche wie mich, Kinder, die in der Kolonie geboren waren, gab es keine Heimat, in die sie zurückkehren konnten.

»Irland ist ein kleines Land«, sagte ich.

Zu mir selbst ebenso wie zu Daunt, von dem ich eigentlich dachte, er wäre längst eingeschlafen, während ich versucht hatte, die Sache zu durchdenken.

»Wir haben hier doch endlos viel Platz«, sagte ich. »Oder?«

»Genug für uns alle«, sagte Daunt. »Ist es das, was du denkst?«

Wahrscheinlich schon. Zufrieden war ich aber immer noch nicht. Während ich versuchte, beiden Seiten gerecht zu werden, schlief ich ein. Auf der einen Seite die Schwarzen, auf der anderen Seite wir. Wie konnte man es richtig machen?

Die Natur nahm ihren Lauf, und gegen Ende meines ersten Jahres als verheiratete Frau wusste ich, dass ich in anderen Umständen war.

Als ich es Daunt erzählte, erschrak ich über seine Miene. Neben Freude lag darin auch etwas wie Angst und etwas Wildes, das ich bei ihm noch nie gesehen hatte. Er schlang die Arme um mich und wollte mich an sich drücken, sprang dann aber zurück, als befürchtete er, das Baby zu zerquetschen. Bei seinem ungestümen Satz nach hinten stieß er gegen einen Stuhl, der mit lautem Krach umfiel. Maeve kam herein, um zu sehen, was da los war.

»Ein Baby, bei Gott!«, rief er. »Ein Baby, Maeve!«

Als wäre es das erste Baby, das je zur Welt gekommen war.

Er kümmerte sich in einer Weise um mich, die man als Frau zu schätzen weiß. Stand sogar noch vor Maeve auf, brachte den Ofen in Gang und setzte die Hafergrütze auf. Kam zu mir ans Bett und fragte: »Wie wär's mit einer Tasse schönem heißem Tee?« Er nahm mir alle schweren Arbeiten ab, ich hätte nie gedacht, dass ich mal einen Mann Leintücher würde auswringen sehen. Einmal sah er mich einen Eimer Wasser tragen und wurde beinahe wütend, was ich noch nie an ihm erlebt hatte.

»Versprich es mir, Sarah, mein Liebling«, sagte er. »Versprich mir, dass du das nicht noch einmal machst.«

»Du lieber Himmel!«, rief ich. »Ich bin doch nicht aus Porzellan!«

Aber ich hörte auf ihn.

Mit der Zeit tat mir alles weh, Beine, Füße, Rücken. Als ich es Daunt gegenüber erwähnte, holte er sofort die Handsäge und kürzte damit die Beine eines Stuhls. Der niedrige Stuhl linderte tatsächlich die Schmerzen, und ich setzte mich wann immer möglich hin, ob beim Kartoffelschälen oder beim Zubereiten eines Puddings. Es rührte mich, dass Daunt überhaupt auf diese Idee gekommen war und es ihm nicht leidtat, einen der guten Stühle zu verstümmeln.

Bislang war er immer glatt rasiert gewesen, doch nun ließ er den Bart einfach wachsen. Als würde er das Bild aufgeben, das er sich jeden Morgen vor dem Spiegel von sich gemacht hatte. Jetzt war er nur noch er selbst, ein Mann, genauso bärtig wie alle anderen Männer.

»Ich bin ein großer, hässlicher Kerl«, sagte er einmal. »Hoffentlich gerät das Kind nicht nach mir.«

»Du bist ein gut aussehender Mann«, sagte ich, und war, noch während ich die Worte aussprach, von mir selbst überrascht, denn was ich da sagte, war nicht gelogen. Niemand hätte Daunt als schönen Mann bezeichnet, doch meine Einstellung schien sich dahingehend verändert zu haben, dass ein Mann nicht schön sein musste, um gut auszusehen.

Daunt war der Ansicht, eine schwangere Frau müsse ein Mittagsschläfchen halten, und ließ sich nicht davon abbringen. Mich tagsüber hinzulegen, war mir allerdings schon immer ein Graus gewesen. Ich versuchte es, musste jedoch zu Daunt sagen: Danke für deine Fürsorglichkeit, aber wenn ich mich noch einmal in dieses Zimmer legen muss, werde ich schreien.

Wir fanden einen Mittelweg, der darin bestand, dass ich zum Hügel hinaufgehen, mich dort hinsetzen und auf diese Weise ausruhen würde. Aber nur unter der Bedingung, dass ich ganz langsam und vorsichtig ging, immer schön auf dem Weg blieb und das Glöckchen aus der Küche mitnahm für den Fall, dass irgendetwas passierte und ich nicht um Hilfe rufen konnte.

An meinem privaten Plätzchen am Hang hinter unserem Haus war anfangs immer Jack bei mir gewesen. Aber die Frau, die jetzt hier saß und die kleinen Bewegungen des Babys in sich spürte, war nicht mehr dieselbe, die damals im Staub gesessen und sich die Haare ausgerauft hatte. Nicht mehr die Frau, die zum erstbesten Mann, der sie fragte, Ja gesagt hatte, weil es doch sowieso egal war. Nicht mehr die Frau, die befürchtet hatte, sie könnte nur Jack Langlands Kind lieben.

Mir war inzwischen klar, dass ich für das Kind mein Leben hingeben würde, obwohl es mit Jack Langland nichts zu tun hatte.

Die Bilder von Jack, die ich im Geiste so oft betrachtet hatte, waren vom vielen Erinnern schal geworden. Verschrumpelt wie ein Apfel am Ende des Winters. Mochte er auch immer noch die Form und die Farbe eines Apfels haben, Leben war keins mehr darin.

Ich hatte mich weiterentwickelt und war nun eine andere. Irgendwie war es erschreckend, als mir eines Tages aufging, dass auch Jack sich weiterentwickelt haben musste. Damals, als er den letzten Schritt aus meinem Blickfeld gemacht hatte, war es mir vorgekommen, als würde er die Welt verlassen. Nur war es lediglich meine Welt gewesen, die er verlassen hatte. Er musste weitergegangen sein, ungesehen von mir. Irgendwo auf der Welt war jetzt der Jack, der er geworden war. Nicht nur der Mann, der auf den Bildern in meinem Kopf zu sehen war, diese verdorrten Erinnerungen, sondern ein lebendiger Mensch, der sein mir unbekanntes Leben führte.

Inzwischen hatte er bestimmt eine glückliche andere Frau. Höchstwahrscheinlich eine Neuseeländerin. Bestimmt sah er sie genauso zärtlich an, wie er mich angesehen hatte. Er hatte sicher auch Kinder, die er liebte. Sie sahen vermutlich so ähnlich aus wie das Mädchen – ein Fuß in der schwarzen Welt, ein Fuß in der weißen. Er hatte das Mädchen bestimmt nicht vergessen. Er dachte an sie und manchmal vielleicht auch an mich. Hoffentlich. Aber seine Erinnerung an mich verblasste sicher genauso wie meine an ihn.

»Ich wünsche dir, dass du glücklich bist, Jack«, sagte ich laut in die Luft des leuchtenden Nachmittags hinein. »Ich wünsche dir ein glückliches und langes Leben.«

Das Wetter wurde kalt und stürmisch, als man mir allmählich ansah, dass ich schwanger war. Jeder Windstoß fuhr durch die Öffnungen in den Wänden. Nachmittags saß ich neben den Fensterlöchern, um das letzte Tageslicht auszunutzen, und nähte fleißig Sachen für das Baby.

Daunt sah mich einmal dort sitzen, als mein Rock gerade im Wind um mich her flatterte.

»Sarah, mein Schatz, du musst doch frieren!«, rief er. »Schau dich mal an! Komm von diesem verdammten Fenster da weg!«

Er führte mich zum Sessel, zündete die Lampe an und brachte sie zu mir herüber. Dann legte er Holz nach, bis das Feuer nur so prasselte.

Anschließend ging er nicht wieder hinaus, wie ich vermutet hatte, sondern setzte sich in den anderen Sessel. Seine buschigen Augenbrauen waren ein düsterer schwarzer Balken.

»Der Wollpreis wird bestimmt bald steigen«, sagte er. »So niedrig wie jetzt war er noch nie. Alle bekommen die schlechte Lage zu spüren.«

»Ja«, sagte ich, »er wird bestimmt bald steigen.«

»Ich war mir damals sicher, dass es um diese Zeit längst bergauf gehen würde«, sagte er. »Hatte es dir versprochen. In guten wie in schlechten Tagen.«

Ja, er hatte es versprochen, aber was konnte der arme Mann dafür, dass der Wollpreis nicht stieg?

»Einen Vorteil hat die Sache jedenfalls«, sagte ich und blickte zu einem der Fensterlöcher hinüber, in dem ein viereckiges Stück Hügel zu sehen war, das im Abendlicht erstrahlte. »Wir brauchen keine Landschaftsbilder an den Wänden, weil wir die echte Landschaft haben.«

Ich hatte gehofft, Daunt mit meinem armseligen Witz aufheitern zu können, doch er vergrub das Gesicht in den Händen.

»Ich habe dich hierhergebracht, so weit weg von deinem alten Zuhause«, sagte er. »Habe dich enttäuscht. Darüber besteht kein Zweifel. Wenn die verdammte *Gazette* geliefert wird, schaue ich sofort nach, wie der Wollpreis steht. Immer noch Sixpence das Pfund! Brauchen sie in der Grafschaft Cork etwa keine Decken und Strümpfe? Hat sich der verdammte Äquator verschoben, dass es in Irland jetzt so warm ist wie im Paradies?«

»Ich wusste, worauf ich mich einließ«, sagte ich. »Hab mich dafür entschieden. Hab nie einen Palast gewollt oder gebraucht. Nur einen guten Mann, der mit mir durchs Leben geht.«

»Einen guten Mann!«, rief er aus.« Ich hab dir diese Versprechungen gemacht! Kann dir nicht in die Augen sehen, wenn ich daran denke.«

Aha, jetzt ging mir ein Licht auf! All die Abende, an denen er in die *Gazette* vertieft gewesen war, mir keine Antworten gegeben hatte, wenn ich mich nach Geldsachen erkundigte. Ich hatte geglaubt, er schäme sich für mich, für seine ungebildete Frau. Dabei hatte er sich die ganze Zeit für sich selbst geschämt. Tatsache war, John David Daunt musste jeden Penny dreimal umdrehen.

Jeder Trottel hätte das gemerkt, doch ich war so mit mir selbst und meiner verlorenen Liebe beschäftigt gewesen, dass ich das, was direkt vor meiner Nase war, nicht gesehen hatte.

Ich legte meine Näharbeit zur Seite, ging zu ihm hinüber und stellte mich hinter ihn, die Hände auf seinen Schultern.

»Tja, John«, sagte ich.

Sein Vorname kam mir etwas steif über die Lippen, denn es war das erste Mal, dass ich ihn damit ansprach.

»Was für ein Glück, dass du mich gar nicht anzusehen brauchst«, sagte ich.

Er legte seine Hand auf meine, und wir verharrten eine ganze Weile in dieser Haltung. Ich blickte ins Feuer und dachte, wie leicht es doch ist, etwas misszuverstehen. Wenn dein Mann nicht mit dir redet, dir seine Gedanken nicht anvertraut, bildest du dir gleich ein, er sieht auf dich herab. Dabei ist es in Wirklichkeit vielleicht genau andersherum.

Ich setzte mich wieder und beugte mich zu ihm vor. »John, mich stört nur, wenn du nicht mit mir redest«, sagte ich. »Wichtiger als Glasscheiben in den Fenstern wäre mir, wenn du mir ein bisschen was erzählen würdest. Über Irland zum Beispiel. Wie ist es in dem Land, aus dem du kommst? Würdest du lieber wieder dorthin zurückgehen?«

»O nein«, sagte er.

»Na, komm«, sagte ich. »Um mich glücklich zu machen, musst du schon ein bisschen mehr erzählen!«

Sagte es ganz heiter, doch in meiner Stimme schwang ein flehentlicher Unterton, und Daunt musste ihn ebenfalls wahrgenommen haben.

»Nun denn«, sagte er und drehte seinen Sessel mehr in meine Richtung. »Ist ein schmaler Streifen Land. Glenmire, musst du wissen, liegt in einem Tal. Gibt nur zwei Richtungen, in die man gehen kann. Vor oder zurück. Aber ich hab mir immer was anderes gewünscht. Nicht das, was vor mir zu sehen war, und nicht das, was hinter mir zu sehen war.«

Ich verstand, was er meinte. Wie die Felswände bei uns zu Hause, zwischen denen man sich immer eingeengt fühlte.

»Nichtsdestotrotz«, fuhr er fort, »ist es eine schöne Gegend. Grüne Wiesen, saftig grüne Hecken, bewaldete Hügel, die Bäume prallvoll mit Laub. Man könnte es eine Landschaft mit einem Pflanzenüberschuss nennen.«

»Pflanzenüberschuss«, wiederholte ich verdutzt.

Dann ging mir auf, dass er mich damit zum Lachen bringen wollte.

»Du hast ein flottes Mundwerk«, sagte ich. »Erzähl weiter.«

»Ein kleinerer Himmel«, sagte er, schnaubte aber verächtlich über diese Feststellung. »Wie kann das sein, ein kleinerer Himmel? Aber es ist wirklich so. Ein fast ständig tief hängender, aufgewühlter Himmel. Und Regen, tagaus, tagein. Kann vorkommen, dass du aufwachst, und es scheint gerade die Sonne, aber kaum hast du dich einmal umgedreht, regnet es schon wieder.«

Ich war mir nicht sicher, ob er mich auf den Arm nahm. So viel Regen, konnte das sein?

»Der Himmel ist zwar hell«, sagte er, »aber die Sonne scheint nur selten. Die Luft ist immer so feucht, dass der Regen nichts weiter ist als herabtropfende Luft.«

Er starrte ins Feuer, während er an diesen anderen Ort zurückversetzt war.

»Neulich, an dem Abend, als Paddy auf seiner Fiedel gespielt hat, da hat Maeve geweint. Sogar du hattest Tränen in den Augen.«

»Wir Iren sind ein sentimentales Volk«, sagte er. »Diese Weisen gehen uns ans Gemüt. Aber dieses Land lässt einen auch wirklich nicht los. Ein herrliches Land, gibt kein schöneres auf der Welt.«

»Und deine Familie?«, fragte ich. »Vermisst du deine Eltern nicht? Und du hast doch bestimmt auch Geschwister.«

Ich schämte mich, weil ich bislang noch nie auf die Idee gekommen war, ihn danach zu fragen.

»Offen gesagt, haben die Daunts keinen großen Familiensinn«, sagte er. »Anders als ihr Thornhills – eine richtige Familie.«

Aber nur von außen betrachtet, dachte ich.

»Meine Brüder und ich sind mit fünf Jahren weggeschickt worden, um eine Schule zu besuchen«, sagte Daunt. »Sie fanden, das sei richtig so.«

Er beugte sich vor, die Ellbogen auf die Knie gestützt. Mit *sie* mussten seine Eltern gemeint sein, und es schockierte mich, dass er als ein so kleiner Junge weggeschickt worden war.

»Fünf Jahre alt«, sagte er. »Das muss man sich mal vorstellen. Sobald ich nach Hause schreiben konnte, hab ich's getan, Woche für Woche dasselbe: Holt mich hier weg. Bitte kommt und nehmt mich mit nach Hause.«

Er warf mir ein bitteres Lächeln zu.

»Lesen und schreiben zu können, ist gar keine so große Sache«, sagte er. »Mir hat's nicht das Geringste genutzt, sie sind nicht gekommen, um mich zu holen.«

Schon seit unserer ersten Nacht hatte ich ihm eine bestimmte Frage stellen wollen, und jetzt traute ich mich endlich.

»Hat es dort jemanden gegeben?«, fragte ich. »Du weißt schon. Bei dir zu Hause, in Irland?«

Er antwortete nicht, und ich holte schon Luft, um zu sagen, *vergiss es John, geht mich nichts an*.

»Ja«, sagte er schließlich. »Janey Davis hieß sie. Mit Ringellöckchen und blauen Augen, Liebreiz und Verstand und obendrein auch noch Geld. Die Prinzessin von Glenmire. Wir alle haben für sie geschwärmt. Sie hat sich in mich verguckt. Damals hatte ich natürlich noch volles Haar, hab noch nicht so hässlich ausgesehen wie heute. »

Ich versuchte mir vorzustellen, was das für ein Gefühl war, wenn man Woche für Woche zusehen musste, wie einem die Haare ausfielen, ohne dass man was dagegen tun konnte. Vielleicht führte es dazu, dass man sich selbst misstraute.

»Janey war nicht von gestern«, sagte er. »Wusste, was sie wollte und wie man einem Jungen eine Lehre erteilte. Hab mein Herz vollkommen verloren, naiv wie ich war. Hab ihr dann einen Heiratsantrag gemacht – oh, das war der beste Witz, den sie je gehört hatte. Was bildete ich mir eigentlich ein, ich, ein mittelloser Junge ohne große Perspektiven, wollte sie zu seiner Frau machen!«

Genau wie Lucy Coulter, dachte ich, nichts wie liebreizendes Getue und geistreiches Gerede, aber ein kaltes Herz.

»Ich war vollkommen niedergeschmettert, kann ich dir sagen. Aber es bewirkte bei mir, dass ich mich fragte, was für ein Leben ich eigentlich führen wollte. Was für einen Menschen ich wählen könnte, um dieses Leben mit mir zu teilen.«

Er streckte die Hand aus und legte sie sanft auf mein Knie. Durch meinen Rock hindurch konnte ich die Wärme spüren.

»Ich würde nichts von alledem wiederhaben wollen«, sagte er. »Möchte weder in dieses Land noch zu diesen Menschen zurück. Alles, was ich will, und alle Menschen, mit denen ich zusammen sein möchte, habe ich hier gefunden.«

Ich blickte in die glimmende und Funken sprühende Glut. Auch wenn der Preis für ein Pfund Wolle auf ein Pfund gestiegen wäre und die besten Glasscheiben in die Fenster eingesetzt wären, die in der Kolonie zu haben waren, säße ich noch immer mit einem schweigsamen Ehemann da und würde meinen Gram an einer Stickarbeit abreagieren, statt mich über das Gute zu freuen, das mir das Leben beschert hatte.

»Und du?«, fragte er. »Denkst du denn noch an das Vergangene?«

»Ja. Das weißt du. Hast ja mitbekommen, wie ich ein Gespräch bewusst so gelenkt habe, dass ich seinen Namen aussprechen konnte.«

Jack Langland. Versuchsweise sprach ich den Namen im Geiste aus, spürte aber nichts.

»Er war ein guter Mann, so wie du einer bist«, sagte ich. »Nicht wie diese Janey Davis, die mit dem Leben eines anderen Menschen gespielt hat. Aber das ist längst Vergangenheit, und ich bin eine glückliche Frau. Janey Davis war ein Dummkopf, John. Weil sie nicht erkannt hat, dass der beste Mann, den sie hätte bekommen können, vor ihr stand.«

Er beugte sich vor und strich mir das Haar aus der Stirn.

»Der Anfang unseres gemeinsamen Lebens war nicht gerade berauschend, Sarah, mein Schatz«, sagte er. »Aber vielleicht werden wir ja noch ganz glücklich werden.«

»Ich war klüger, als ich es mir selbst zugetraut hätte«, sagte ich. »Dass ich damals Ja gesagt habe.«

In dieser Nacht, zum ersten Mal seit wir Mann und Frau waren, kamen wir zusammen. Nicht nur unsere Körper, sondern auch unsere Seelen. Hatten endlich Vertrauen zueinander gefunden.

Je näher der Zeitpunkt der Geburt rückte, desto größer wurde meine Angst. Ich hatte nicht die geringste Ahnung, was mir bevorstand, wusste nur, dass es schmerzhaft sein würde. Und dass man dabei sterben konnte. Wie genau es vor sich ging, wusste ich nicht. Zum ersten Mal, soweit ich zurückdenken konnte, wünschte ich, meine Mutter wäre bei mir. Warum musstest du sterben, dachte ich, und mich hiermit allein lassen?

Wäre schön gewesen, wenn Mary mir hätte beistehen können, aber sie war selbst hochschwanger mit ihrem zweiten Kind. Lucy Coulter hätte vielleicht helfen können – nachdem sie es bis zu einem Septimus gebracht hatte, musste sie sich wohl einigermaßen auskennen. Sie war jedoch gerade mit ihren Kindern in Sydney und wurde erst in einem Monat zurückerwartet.

Ich hatte Glück, denn wie sich herausstellte, hatte Maeve vor langer Zeit ein Kind bekommen. Vielleicht sogar mehrere, sie wollte nichts Genaues sagen. Versuchte, mich auf das vorzubereiten, was mir bevorstand.

»Es wird wehtun, Mrs Daunt«, sagte sie. »Wird ganz furchtbar wehtun.«

Das war auch schon alles, was sie mir sagen konnte, und als es losging, wusste ich, warum sie sich nicht klarer hatte ausdrücken können. Die Schmerzen waren völlig anders als beispielsweise Zahnweh oder Schmerzen, wie man sie verspürte, wenn man hinfiel und sich verletzte. Krampfartige Schmerzen, für die ich kein Wort kannte. Am ehesten konnte man sie als etwas Ähnliches wie die heftigsten Regelschmerzen beschreiben, die man sich überhaupt vorstellen konnte. Sie dehnten sich über das Blut bis in jeden Körperwinkel aus, jeder Muskel und jeder Knochen wurde gepeinigt. In heftigen, mörderischen Wogen.

In einem klaren Augenblick dachte ich, dass es deshalb kein Wort dafür gab, weil es die Männer waren, die über die Wörter bestimmten, aber nur Frauen diese Schmerzen kannten.

Das ist nur mein Körper, sagte ich mir. Nicht ich selbst. Ich stand am Fußende des Bettes und klammerte mich an das Eisengitter. Da ist die gehäkelte Tagesdecke, sagte ich mir, und da ist das Loch, das ich stopfen muss, und zwar bald, damit es nicht noch größer wird, und habe ich überhaupt Wolle in der richtigen Farbe? Doch sosehr ich mich auch abzulenken versuchte, die Schmerzen ließen keine anderen Gedanken zu. Sie waren zu überwältigend. Sie füllten das ganze Zimmer. Es gab nichts anderes zu atmen und zu denken als Schmerzen.

»Schauen Sie, Mrs Daunt«, sagte Maeve. »So müssen Sie's machen.«

Sie machte tiefe Atemzüge und zog dabei den Kopf ein, als wollte sie unter einen Vorhang kriechen. Ich atmete so, wie sie es mir vormachte, und stellte fest, dass ich durch das Eintauchen in den Schmerz sozusagen zum Schmerz selbst werden konnte.

Das half eine Weile. Doch die Schmerzen hörten nicht auf. Sie brauchten keine Ruhepause, aber ich.

Das Ich, das ich kannte, wurde jedes Mal, wenn die Schmerzen wieder einsetzten, ein Stückchen kleiner. Ich versuchte mir vorzusprechen, wer ich war. »Sarah Thornhill«, sagte ich immer wieder vor mich hin, während ich mich unter dem krümmte, was in meinem Leib tobte. »Sarah Thornhill, Sarah Thornhill.« Aber ich schrumpfte immer mehr zusammen, wurde immer schwächer. Schließlich vergaß ich ganz, wer ich war. Wusste nicht mal mehr, dass ich ein Mensch war. Es gab kein Ich hier und die Schmerzen dort, sondern nur Schmerzen. Ich war nichts weiter als ein Kieselstein, der in dieser schrecklichen, reißenden Flut umhergewälzt wurde.

Maeve brachte warme Tücher für meinen Rücken und rieb mein Gesicht mit kaltem Wasser ab. Gab mir einen Lappen, an dem ich saugen sollte, wenn ich nicht schlucken konnte. Führte mich im Zimmer auf und ab. Redete bestimmt auch mit mir, doch ich bekam nichts mit.

Ich erinnere mich aber, dass irgendwann Daunt in der Tür stand. Mit kummervoller Miene, als hätte er einen furchtbaren Fehler gemacht. Knetete seinen Hut in den Händen, konnte mir nicht in die Augen sehen. Ich musste lachen, der arme Mann, wollte ihm sagen, er solle sich nicht grämen, es sei nichts anderes als bei den Mutterschafen draußen auf der Weide. Doch bevor ich die Worte herausbringen konnte, tobte die nächste Schmerzwelle über mich hinweg, und das Einzige, was ich sonst noch wahrnahm, war Maeves Hand, die meine drückte.

Nach Gott weiß wie langer Zeit veränderte sich der Schmerz, wurde kleiner und normaler. Man konnte die Hand darauf legen und sagen: Hier ist der Schmerz. Mein Kopf wurde wieder klar, ich war wieder ich selbst.

»Pressen, Mrs Daunt«, sagte Maeve immer wieder. »Pressen!«

Noch nie im Leben hatte mir alles so wehgetan wie bei der Geburt des Babys. Ich erinnere mich an den Gedanken, dass genau das der Grund war, warum man es *Wehen* nannte.

Ich konnte nicht glauben, dass diese kleine Person von mir hervorgebracht worden war. Mit ihr schwanger zu sein, war eine Sache, ihren Fuß hinter der Bauchwand zu spüren, wie sie sich in ihrem Nest hin und her bewegte und sich streckte. Neu und fremd, aber ein Teil von mir. Nun, hier draußen in der Welt, war sie ganz und gar sie selbst. Wie jeder andere Fremde, den man nach und nach kennenlernte.

Daunt stand neben dem Bett und hielt das Baby stolz und liebevoll in den Armen.

»Du hast mir damals die vielen Handschuhe geschenkt, erinnerst du dich?«, sagte ich. »Sechs Paar Glacéhandschuhe. Ich hab sie immer noch. Drüben in der Schublade.«

Offen gestanden wusste ich kaum, was ich da sagte. Mein Kopf war noch nicht ganz mein eigener, mein Körper ausgeleert wie ein Sack.

»Na ja, Sarah, mein Schatz«, sagte er, »ich muss wohl gedacht haben, du seist jeden einzelnen davon wert.«

Am Morgen nach der Geburt weckte mich das Baby vor Tagesanbruch mit einem leisen Schrei aus seiner Wiege, die neben unserem Bett stand. Die arme Kleine hatte wie ein Murmeltier geschlafen nach der langen Anstrengung, die wir beide durchgemacht hatten, um sie auf die Welt zu bringen. Ich trug sie auf die Veranda, wo Daunt den abgesägten Stuhl hingestellt hatte. Wollte ihr die Gegend zeigen, in die sie hineingeboren worden war.

Je heller der Himmel wurde, desto weiter wurde die Umgebung. In der Dunkelheit hatte sie eng gewirkt. Ein Vogel balancierte auf einem Zweig, sein Schnabel blinkte, dann warf er den Kopf zurück und fing an zu trällern.

Die Kleine sah sich mit weiser Miene um. Als wäre sie schon einmal hier gewesen und freue sich, alles wiederzusehen, ohne dabei im Geringsten überrascht zu sein. Ich konnte in ihren

Zügen Pa erkennen, und auch Daunt, etwas um die Augen herum.

Sie musste auch etwas von meiner Mutter haben. Noch nie war ich meiner Mutter nähergekommen als durch die Geburt einer eigenen Tochter. Ich kannte jetzt die Schmerzen, die sie bei meiner Geburt empfunden hatte. Die Schmerzen und auch die Freude. Auch von der Mutter meiner Mutter musste etwas in ihr sein. Und von deren Vater. Und von den Eltern meines Vaters. Bis zu diesem Augenblick hatte ich noch nie daran gedacht, dass auch Pa einen Vater und eine Mutter gehabt hatte. Und noch weiter zurück waren ein weiterer Vater und eine weitere Mutter gewesen. All die Menschen, die etwas an sie vererbt hatten, waren Teil von ihr. Die Toten und die Lebenden, alle waren sie in diesem nagelneuen Menschenpaket enthalten.

Die Liebe machte mich dünnhäutig. Während die Kleine in meinen Armen schlief, beobachtete ich, wie ihre blau geäderten Augenlider träumend zuckten. Ein Glücksgefühl stieg in mir hoch wie ein Gähnen oder ein Niesen. Etwas, das der Körper von selbst tat.

Wie von selbst kam mir auch ein Gedanke in den Sinn, während die Sonne höherstieg. An eine andere Mutter und eine andere Tochter. Irgendwo in jenem Land, das ich mir nicht vorstellen konnte – Neuseeland –, musste eine Frau einst genauso dagesessen haben wie ich und den sanften Druck des kleinen Körpers ihrer Tochter an ihrem gespürt haben. Genauso wie ich musste sie jeden Gott, den es für sie gab, angerufen haben, dass er ihre Tochter vor Leid bewahren möge.

Bei dieser Tochter handelte es sich um das Kind, das ich gekannt hatte. Dieses stumme, arme Wesen. Das nicht vor Leid bewahrt worden war.

Die Kleine wachte auf und öffnete die Augen. Solche weisen

alten Augen. Patschte mir mit ihrem gespreizten Händchen ins Gesicht und gab einen verwunderten Laut von sich. Eine Träne tropfte von meiner Wange auf ihre und lief hinunter. Ich sah zu, wie sie sie ableckte und das Mündchen zum ersten Mal in ihrem Leben vor Überraschung verzog.

Ich traute mich nicht so recht, Daunt zu fragen, ob wir sie Sarah nennen könnten, weil es mein eigener Name war, aber ich wollte meine Mutter, diese andere Sarah, in dieses neue Leben einbeziehen. Daunt war, wie er sagte, überglücklich darüber, nicht nur eine Sarah zu haben, sondern zwei, und meinte, man könne sie ja »Sadie« rufen, um Mutter und Kind auseinanderzuhalten.

Als Zweitnamen wählten wir Celia, den Vornamen seiner Mutter. Als ich ihm den Vorschlag machte, war Daunt überrascht, aber mir schien es nur anständig zu sein, das Kind nach beiden Großmüttern zu benennen.

Als der Pferdewagen die *Gazette* brachte, zeigte mir Daunt die Anzeige, die der Welt verkündete, dass Mr und Mrs John David Daunt mit einer Tochter namens Sarah Celia Daunt gesegnet worden waren. Er schnitt die Anzeige aus und befestigte sie über der Wiege an der Wand.

»Sarah Celia Daunt«, sagte er. »Ach, Sarah, mein Schatz, dies ist die glücklichste Zeit meines Lebens, kann ich dir sagen.«

Bis zu diesem Augenblick hatte ich noch nie den Wunsch verspürt, lesen zu können, doch als ich jetzt auf dieses Stückchen Papier blickte, ging mir auf, dass niedergeschriebene Worte Dinge zu etwas Dauerhaftem machten. Etwas Niedergeschriebenes würde für immer existieren und niemals in Vergessenheit geraten.

Daunt war ganz vernarrt in die Kleine, kam oft etwas früher

als sonst von den Feldern, um mit ihr auf dem Schoß vorm Kamin zu sitzen. Maeve war wie eine liebevolle Großmutter für die Kleine, küsste sie auf den Kopf, wiegte sie in den Schlaf und sang dabei so zarte irische Weisen, dass nicht nur das Baby, sondern auch ich einschlummerte. Die Tage verliefen harmonisch und geruhsam, alles drehte sich um die Kleine. Füttern, schlafen legen und mit ihr spielen, wenn sie aufwachte.

Der Hügel war nach wie vor mein Lieblingsplatz. Oft ging ich am späten Nachmittag, wenn die Sonne nicht mehr heiß brannte, mit Sadie hinauf, breitete eine Decke aus und wickelte sie aus ihren Kleidungsschichten. Sie strampelte mit ihren dicken Beinchen und streckte die Arme nach den Wolken aus, krähte und gluckste. Ein so winziges Ding inmitten dieser Weite. Ich hielt sie hoch, damit sie den leichten Wind auf ihrer nackten Haut spürte. Ließ warmen Sommerregen auf uns fallen. Sie blickte verwundert auf die Tropfen auf ihrer Haut, ihr Körper war glitschig wie ein Fisch, und mir wurde klar, dass einem das Leben kein größeres Glück bescheren konnte, als zusehen zu können, wie das eigene Kind die Welt begrüßte.

Ma und Pa benachrichtigten uns, dass sie sich Glenmire ansehen und das Baby kennenlernen wollten. Ihr Plan war, bei Mary und Archibald Zwischenstation zu machen und von dort aus weiterzureisen. Doch dann zog sich Ma bei einem Sturz auf der Haustreppe eine Verletzung am Bein zu, und sie konnten vorläufig nicht kommen. Ich hatte es nicht sonderlich eilig, sie wiederzusehen, aber mir wäre es lieb gewesen, wenn sie das Mädchen hergebracht hätten.

Weil das Wetter in jenem Jahr sehr ungemütlich war, Straßen weggespült wurden, Bäche über die Ufer traten, verging ein weiteres Jahr – Sadie konnte inzwischen aufrecht sitzen und selber essen –, bis sie die Reise tatsächlich in Angriff zu nehmen gedachten.

Als ich einmal gerade mit Sadie draußen auf der Veranda war, sah ich in der Ferne einen Mann auf einem Pferd auf unser Haus zukommen. Im ersten Moment dachte ich, er würde uns die Nachricht bringen, dass Ma und Pa nicht mehr weit weg waren. Auch Daunt sah das Pferd kommen und wartete mit mir. Während es immer näher kam, merkten wir, wie hoch sein Tempo war. Ein Mann auf einem Pferd, der so schnell dahergeritten kam, konnte nur schlechte Nachrichten bringen.

»Mary!«, rief ich. »O Gott, es ist was mit Mary passiert!«

Im gleichen Augenblick wurde mir bewusst, wie sehr ich meine herrische Schwester liebte. Die Staubwolke kam immer näher und schließlich erkannte ich das Pferd – es war Star.

Das bedeutete, dass es eine Nachricht von den Thornhills sein würde.

Ich lief mit Daunt zur Straße hinunter, und als der Reiter das Pferd zum Stehen brachte und heruntersprang, stellte sich heraus, dass es Jemmy Katter war.

Er rasselte seine Nachricht herunter, als hätte er Angst, er könnte sie vergessen.

»Das Mädchen aus Neuseeland ist gestorben, Mrs Daunt«, sagte er. »Heute vor vierzehn Tagen.«

»Gestorben!«, rief ich aus. »Wie, gestorben?«

»Hat ein Kind erwartet«, sagte er. »Und ist bei Mr Scott gestorben.«

»Aber sie war doch selbst noch ein Kind«, sagte ich. »Und wer ist dieser Mr Scott?«

Ich glaubte, er müsse etwas durcheinandergebracht haben.

»Weiß ich nicht, Mrs Daunt«, sagte Jemmy. »Nur, dass sie schwanger war. Von dem Schwarzen in den Ställen, diesem Phillip, sagen sie.«

Da wusste ich, dass es wahr sein musste, was er erzählte. Mir blieb aber keine Zeit, die Nachricht richtig zu begreifen, denn Jemmy hatte noch mehr zu sagen.

»Da ist noch was anderes, Mrs Daunt«, fuhr er fort. »Als die Nachricht kam, dass das Mädchen tot ist, hat Mr Thornhill eine Art Anfall gekriegt.«

»Einen Anfall!«, rief ich. »Ist er tot? Nein!«

»Noch nicht, Mrs Daunt«, sagte Jemmy. »Aber der Doktor hat ihn aufgegeben. Liegt da wie ein Stein. Wenn Sie ihn nochmal sehen wollen, sollten Sie sich beeilen.«

Sadie klammerte sich an meine Knie und weinte, sie war noch zu klein, um zu verstehen, was passiert war, spürte nur, dass etwas nicht stimmte. Das Mädchen war tot. Jetzt befiel mich die Reue. *Zu spät, zu spät.* All diese guten Absichten, die ich gehabt hatte. Die ich einen Augenblick lang gehabt und gleich wieder vergessen hatte. Das arme traurige Kind, nun konnte ihm keiner mehr helfen.

Und Pa lag im Sterben, war inzwischen vielleicht schon tot. Dieser Mann, von dem ich gedacht hatte, er würde immer da sein. Mein Vater, ein Mann wie eine Naturgewalt, der unser Leben geprägt hatte, meins und auch das des Mädchens.

»Es tut mir leid, Mrs Daunt«, sagte Jemmy, »dass ich derjenige bin, der's Ihnen sagen muss. Tut mir sehr leid. Aber Sie müssen sich wirklich beeilen, Mrs Daunt.«

»Beeilen«, sagte ich. »Muss mich beeilen. Ja.«

Ich konnte jedoch keinen klaren Gedanken fassen, hatte keine Ahnung, wie ich mit dieser Sache umgehen sollte, die wie ein Felsblock in meinen ruhigen Tag gestürzt war.

»Geh jetzt erst mal rein, Sarah, und setz dich einen Augenblick hin«, sagte Daunt. Er legte den Arm um mich und drehte mich in Richtung Haus.

»Vielen Dank, dass du dich so beeilt hast, Jemmy«, sagte er. »Geh in die Küche, Maeve wird dir was zu essen geben.«

Daunt führte mich im Wohnzimmer zu einem Sessel und nahm Sadie auf den Arm.

»Ich bin sehr bestürzt«, sagte er. »Was für eine traurige Nachricht über das arme Mädchen. Aber noch ist's nicht zu spät, deinen Vater zu sehen. Du könntest in einer Stunde unterwegs sein.«

Pa und Ma und die Welt des Hawkesbury waren inzwischen nicht nur in Bezug auf die Meilen, die zwischen uns lagen, weit von mir entfernt. Mich dorthin aufzumachen, erschien mir so unmöglich, wie es einem Baum unmöglich war, seine Wurzeln aus der Erde zu ziehen und loszulaufen.

»Unterwegs sein«, wiederholte ich. »Wie soll ich das denn machen, John? Ich kann das nicht.«

»Du hast nur den einen Vater«, sagte Daunt. »Du kannst das. Wir werden dir ein Bündel schnüren. Champion satteln. Dann gibst du mir und Sadie einen Abschiedskuss, schwingst dich in den Sattel und reitest mit Jemmy zurück.«

Meine Tochter und ich waren seit ihrer Geburt noch nie voneinander getrennt gewesen, keinen einzigen Tag, kaum eine Stunde.

»Ich kann sie nicht zurücklassen«, sagte ich. »Schau sie an, sie ist ja noch ein Baby. Ich muss sie mitnehmen.«

»Du kannst sie nicht mitnehmen«, erwiderte Daunt. »Überleg mal, Schatz, auf dem Pferd!«

Natürlich sah ich ein, dass er recht hatte. Er sagte nichts weiter, sondern brachte Sadie in die Küche, wo ich sie mit Maeve ein Lied trällern hörte, ein Lied, das sie schon oft zusammen gesungen hatten, wobei Sadie so tat, als verstünde sie jedes Wort, das sie sang. Als Daunt wieder zu mir hereinkam, vermisste ich sie bereits.

»Du bist hin- und hergerissen«, sagte Daunt. »Das ist ganz natürlich, wärst sonst ja auch nicht die gute, liebevolle Mutter, die du bist. Sie wird vielleicht ein paarmal weinen, aber das wird sich legen. Und für mich, Sarah, mein Schatz, ist es die Chance, einmal Vater und Mutter zugleich zu sein. Ich werde mich der Sache gewachsen zeigen, das verspreche ich dir.«

Er war sich so sicher, und es sah ganz so aus, als müsste man mir dieses eine Mal im Leben sagen, was ich zu tun hatte.

Ich schnürte mein Bündel, zog meine festen Stiefel und meinen warmen Umhang an, ging, als ich reisefertig war, in die Küche und küsste das Kind – nicht anders, als ich es dutzende Male am Tag machte. Schwang mich auf Champion und beugte mich über seinen Hals. Ich hätte nicht losreiten können, wenn ich zurückgeblickt hätte. Ohne Kind in den Armen fühlte ich mich nackt, aber Jemmy legte ein so scharfes Tempo vor, dass ich mich ganz darauf konzentrieren musste, mit ihm mitzuhalten. Daran, wie er das Pferd antrieb, merkte ich, dass er die Zeit, die uns noch blieb, für sehr knapp hielt.

Als wir drei Tage später mit dem Stechkahn übersetzten und die Pferde eilig das letzte Stück zum Haus hinauflenkten, war es schon dunkel. Johnny stand wartend am Tor. Er hatte zugenommen, sein Gesicht war rot und glänzte, und er trug wieder eine modische Weste, Satin mit Perlmuttknöpfen.

»Dolly«, sagte er. »Schön, dich zu sehen.«

Mir kam es vor, als wäre mit *Dolly* eine andere Person gemeint. Eine, die ich vor langer Zeit mal gekannt hatte. Ein komisches Gefühl, nach über drei Jahren mit Johnny diese Eingangstreppe hinaufzugehen und das Haus zu betreten. Alles war genauso wie früher, stellte ich fest, und mir wurde dabei bewusst, wie weit weg ich gewesen war.

Die anderen saßen im Wohnzimmer, Bub, Mary und Ma. Bub, der schon als Junge wie ein Erwachsener gewirkt hatte, war inzwischen ein ernster, behäbiger älterer Herr geworden, hörte aber immer noch auf den Spitznamen Bub.

Mary war blass und dünn, ihre Kinder waren zu schnell hintereinander gekommen. Das Jüngste hatte sie mitgebracht, es war erst ein paar Wochen alt. Als sie die Nachricht erhielt, habe sie sich sofort in den Wagen gesetzt und sei hergekommen, sagte sie. »Mit einem Baby in einem Pferdewagen auf einer holprigen Straße, mach das niemals, Dolly!«

Ich nahm das Baby auf den Arm, und als ich seinen Geruch einsog, sehnte sich mein Herz sofort nach Sadie. Der kleine Charles fühlte sich in meinen Armen fremd an, so winzig im Vergleich zu meiner Tochter. Mich überkam ein Gefühl der Angst um sie, und während Charles' flaumiges Köpfchen an meiner Wange lag, schickte ich ein Gebet auf die Reise: *Bewahre sie vor Leid!*

Bevor ich sie davon abhalten konnte, hatte Ma mich schon in die Arme geschlossen. Stocksteif ließ ich ihre Umarmung über mich ergehen. Wollte gleich nach oben zu Pa, doch sie hielt mich zurück.

»Ich weiß, dass du ihn sehen willst, Dolly«, sagte sie. »Aber heute ist es bereits zu spät, er schläft schon. Lass ihn lieber ausruhen.«

Ausruhen! Das Wort hing zwischen uns in der Luft, keine sah die andere an. Beide wussten wir, dass Pa sich noch nie ausgeruht hatte. Wenn Pa sich ausruhte, konnte es sich nur um die letzte Ruhe handeln.

Ich war bereit, mich mit ihr anzulegen.

»Ich bin den ganzen weiten Weg gekommen«, sagte ich, »um meinen Pa zu sehen.«

»Dolly«, sagte sie. »Du hörst gefälligst auf mich. Ich habe Nein gesagt.«

Ihre Stimme hatte einen schneidenden Unterton.

»Ich bin es, die ihm das Liebste und Teuerste ist«, fuhr sie fort. »Nicht du. Ich bin diejenige, die entscheidet.«

Das Liebste und Teuerste! Als ob ein Mensch nur eine einzige Person haben konnte, die ihm lieb und teuer war. Und sie bildete sich auch noch ein, diese Person zu sein. Sie hatte sich unseren Vater geangelt und dachte nicht daran, ihn mit jemandem zu teilen.

Aber keiner sollte betteln müssen, um seinen eigenen Vater auf dem Sterbebett sehen zu dürfen, dachte ich, und ich würde Ma auch nicht die Genugtuung verschaffen, mich ein zweites Mal abzuweisen. Bleib ruhig sitzen, sagte ich mir. Bleib ruhig sitzen. Pa, halte durch.

Ohne ihn wirkte das Wohnzimmer leer. Unwillkürlich sah

ich immer wieder zur Tür hin, als erwartete ich, dass er jeden Moment hereinkam. In einem Zimmer hatte er immer so viel Raum eingenommen. Sein Sessel war leer, aber keiner von uns wollte darin sitzen. Mein Blick fiel auf die vom vielen Darüberstreichen verschlissene Samtlehne.

»Wie ist es passiert?«, fragte ich. »Was für ein Anfall ist das gewesen?«

»Dieses schwarze Mädchen hat deinem Vater den Todesstoß versetzt«, sagte Ma.

Johnny schlug die Beine übereinander, Mary wendete ihre Strickarbeit. Sie haben das wohl alles schon gehört, dachte ich.

»Hat dem alten Mann das Herz gebrochen«, sagte sie. »Hat es in den Ställen mit diesem schwarzen Bock getrieben.«

»Hast du nicht gesagt, es sei Jingles gewesen?«, fragte Mary.

»Nein, der andere«, sagte Ma. »Haben ihn sofort rausgeschmissen. Auch Jingles sind wir los. Hab ihn und seine mürrische Art noch nie leiden können.«

Ihre Augen waren vor Boshaftigkeit zu schmalen Schlitzen zusammengekniffen. Vor Pa hatte sie immer die Freundlichkeit in Person sein müssen. Jetzt, wo er so gut wie tot war, konnte sie ihr wahres Gesicht zeigen.

»Hat dem alten Mann das Herz gebrochen«, sagte sie erneut. »Weil sie nie ein Wort gesprochen hat. Nie hat er ein Wort des Dankes für all seine Güte gekriegt.«

Was sie da sagte, war nicht wahr. Ich hatte Pa mit dem Mädchen beobachtet: Ihm hatte es genügt, dass sie einfach nur da war. Geplauder hatte er noch nie brauchen können.

Aber keiner von uns wollte sich mit ihr streiten. Johnny blickte in den Kamin, Bub pulte an einem Stück Haut an seinem Daumennagel.

»Das Mädchen«, fragte ich, »was ist mit dem armen Kind passiert?«

Meine Frage war an Johnny gerichtet gewesen, doch Ma kam ihm zuvor.

»Hier in diesem Zimmer hat dein Vater es erfahren«, sagte sie. »Der Mann kam rein und hat's uns gesagt. Dein Vater ist aus dem Sessel aufgesprungen – seinen lauten Schrei werde ich nie vergessen – und auf den Fußboden gestürzt.«

Wir blickten alle zu dem Sessel hin, auf die abgewetzte Lehne. Wie hatte er das samtige Gefühl unter seiner Hand geliebt.

»Ich hatte ihn gewarnt«, sagte sie. »Lass sie in Neuseeland, habe ich ihm gesagt, sie wird nur Ärger bringen. Wenn du die beiden unter deinem Dach hast, wird's nichts wie Scherereien geben. Und so war's dann ja auch, nicht wahr?«

Sie brachte bewusst Jack mit ins Spiel.

»Es ist das schlechte Blut«, sagte sie. »Das gemischte Blut.«

Mir ging schlagartig auf, wie es für das Mädchen gewesen sein musste. Mit diesem Hass hatte sie leben müssen, bis sie schließlich daran gestorben war.

Wärme hatte sie wohl nur bei Phillip erfahren, doch genau diese Wärme hatte sie getötet. Die beiden hatten nicht viel Zeit zusammen gehabt, genauso wie Jack und ich.

Dann musste das Mädchen mal in einem bestimmten Blickwinkel dagestanden haben, bei einem bestimmten Lichteinfall, und Ma hatte es bemerkt. Hatte sich sofort gedacht, dass es Phillip gewesen war, oder hatte die beiden vielleicht auch zusammen gesehen. Hatte wohl die Polizei geholt und ihm irgendeine Straftat angehängt.

Danach musste Ma sich umgehört haben. »Oh, da müssen Sie zu Mr Scott gehen«, hatte wohl jemand gesagt. »Für solche Fälle die beste Adresse.«

Eine dieser Adressen, die Mädchen aufsuchten, wenn sie in Schwierigkeiten geraten waren.

Was für eine Lüge hatte Ma sich ausgedacht, damit Pa das Mädchen gehen ließ?

Ma musste sie in der Kutsche zu Mr Scott gebracht und sie in der Ecke eines schmutzigen Raums mit kahlem Dielenboden zurückgelassen haben. Sie mussten etwas mit ihr gemacht haben, das Baby weggemacht haben, wenn Mr Scott tatsächlich diese Art von Adresse war. Oder sie hatten sie dabehalten, bis es soweit gewesen war, falls es sich um die andere Art von Adresse gehandelt hatte.

Wie auch immer es gewesen sein mochte, am Ende war das Mädchen gestorben. Selbst fast noch ein Kind. Gestorben, ohne dass jemand bei ihr war, der ihre Sprache sprechen oder ihre Hände hätte halten können.

Ich musste mich abwenden, damit die anderen meine Tränen nicht sahen. Johnny in seiner modischen Weste wippte mit dem Fuß. Bub blickte auf seine rissigen Bauernhände, hielt sie schräg gegen das Licht. Mary mit dem Strumpf in den Händen, von dem sie schon die halbe Länge des Beinteils erreicht hatte, hielt den Kopf schräg, um achtzugeben, dass sie keine Masche fallen ließ. Sie alle nahmen die Schärfe in Mas Worten gar nicht wahr.

Diese Leute waren meine Familie, meine Blutsverwandten. Brüder und Schwester, doch in unseren Herzen waren wir uns nicht näher als Fremde.

Am nächsten Morgen wartete ich nicht, bis Ma mir die Erlaubnis gab, sondern ging gleich nach dem Frühstück hinauf zu Pa. Sie war schon bei ihm im Zimmer.

»Dolly, mein Schatz«, flüsterte sie, »du wirst gleich merken, dass er fantasiert. Redet lauter wirres Zeug. Ich an deiner Stelle würde nichts von dem glauben, was er dir erzählt.«

»Willst du damit sagen, er liegt im Delirium?«, fragte ich.

»Er redet halt so komisches Zeug daher«, sagte sie. »Nichts von dem, was er sagt, ist wahr.«

Also ist es schon zu spät, dachte ich. Vielleicht erkennt er mich nicht mal. Und wenn doch, was sollte ich ihm sagen? *Du hattest es zwar gut gemeint, aber es war falsch, was du getan hast* oder *Es ist gut ausgegangen, aber das ist ganz bestimmt nicht dir zu verdanken?*

Vielleicht hatte ich ihm auch gar nichts zu sagen. Außer mich als Tochter von ihm zu verabschieden.

Auf Kissen gestützt, saß er im Bett, in einem seiner schlaff herunterhängenden Mundwinkel glänzten Speicheltropfen.

Als ich mich vorbeugte, um ihm einen Kuss zu geben, nuschelte er etwas Unverständliches. Tastete nach meiner Hand, hielt sie auf der Bettdecke fest.

Ma ließ sich mit ihrer Häkelarbeit auf einem Stuhl nieder.

»Ich möchte gern eine Weile mit meinem Pa allein sein«, sagte ich. »Geh bitte solange raus.«

Die Häkelnadel, mit der sie gerade einen Faden holte, verharrte mitten in der Schlaufe. Ich sah, wie ihr Mund schon die Worte zu formen begann. *Wie kannst du es wagen!*, würde sie gleich sagen.

Aber ich hatte die Widerworte schon parat und kam ihr zuvor.

»Er ist mein Vater«, sagte ich. »Ist schon mein Vater gewesen, bevor er dein Ehemann geworden ist.«

Wenn es sein musste, würde ich sie eigenhändig zur Tür schieben. Freute mich, ehrlich gesagt, schon darauf.

Sie muss es mir angesehen haben.

»Ich gebe dir fünf Minuten«, sagte sie, um Würde bemüht.

Kaum war sie draußen, holte Pa tief Luft und fuhr sich mit der Zunge über die trockenen Lippen.

»Dolly«, sagte er. »Ich möchte, dass du was für mich tust.«

Zu meiner Erleichterung konnte er besser sprechen, als ich gedacht hatte. Heiser und langsam zwar, aber ich konnte ihn ganz gut verstehen.

»Ja, Pa«, sagte ich.

»Rachel«, fuhr er fort, und ich dachte schon, Ma hatte vielleicht doch recht, und er verwechselte mich mit dem Mädchen.

Es versetzte mir einen Stich – dass er an sie dachte und nicht an mich.

»Hatte geglaubt, ich hätte es richtig gemacht«, sagte er.

Es war nur mehr ein Flüstern.

»Aber es war falsch.«

Dann schloss er die Augen, und ich fragte mich, ob das, was ich unter seinem Augenlid schimmern sah, eine Träne war oder nur das feuchte Auge. Sein Brustkorb hob und senkte sich, als er tief Luft holte.

»Will versuchen, es wiedergutzumachen«, sagte er. »Was ich getan habe.«

Er drehte den Kopf hin und her, als wollte er etwas abschütteln. Ich drückte seine Hand, und wir verharrten eine Weile so. Dann hob er mit einem angestrengten Ruck seine andere Hand, fuhr sich damit übers Gesicht und öffnete die Augen.

»Dick«, sagte er. »Oben am Seitenarm. Sei so gut, fahr hin und bring ihn hierher. Will ihn sehen.«

»Ja, Pa«, sagte ich. »Dick Blackwood meinst du?«

Sein Blick war so hart wie eh und je. Selbst in diesem Zustand konnte er einen immer noch mit diesem kalten Blick aufspießen.

»Nein, nicht Dick Blackwood«, sagte er.

So undeutlich die Worte auch waren, der verächtliche Unterton war unüberhörbar.

»Dick Thornhill. Dein Bruder.«

Aha. Nach all dieser Zeit. Der vierte Bruder.

Seine Augen standen voll Tränen, die nun durch die tiefen Furchen seiner Wangen rannen. Pa weinen zu sehen war, als würde die Sonne sich rückwärts bewegen. Ich beugte mich vor, versuchte unbeholfen, ihn in die Arme zu nehmen. Aber er wollte nicht getröstet werden. Ich spürte seine Ungeduld.

»Bring ihn hierher«, flüsterte er. »Hierher zu mir. Heute noch, mein Mädchen.«

Ich hörte, dass Ma schon wieder die Treppe hochkam.

»Sag deiner Mutter nichts davon«, sagte er.

Ich machte einen fragenden Laut, war mir nicht sicher, ob ich ihn richtig verstanden hatte.

»Sag deiner Mutter nichts davon«, wiederholte er. »Sie versteht nicht, dass man etwas bereuen kann, was man getan hat.«

Als Ma das Zimmer betrat, drehte er sich von mir weg, und sein Griff wurde schlaff. Es war, als schliefe er, nur dass sein Atem so schwer ging.

»Komm jetzt da weg, Dolly«, sagte sie. »Das war genug für ihn.«

Sie folgte mir die Treppe hinunter.

»Ich hoffe, er hat dir nicht irgendwelchen Unsinn erzählt«, sagte sie. »Hat er das, Dolly?«

Im gleichen Augenblick rief Anne von oben herunter, dass Pa nach Mrs Thornhill verlange. Selbst kurz vor dem Sterben hatte der alte Knabe noch immer ein paar Tricks auf Lager.

Das Boot wie eh und je an der Anlegestelle festgemacht zu sehen, war ein komisches Gefühl. Ich stieg hinein und legte die Ruder ein, sie glänzten an den Stellen, wo man sie festhielt. Jack hatte dieses Ruder an jenem letzten Morgen in seiner Hand gehalten. Ich öffnete die Hand, um die Stelle zu betrachten, die er umklammert gehalten hatte. Altes graues Holz, die Maserung war rissig geworden. Mir kam es vor, als läge jener Tag unendlich weit zurück.

Ich ruderte flussaufwärts bis zu der Stelle, wo der Seitenarm abzweigte, lenkte das Boot hinein und fuhr an Devines Farm, an Matthews und an Maunders Farm vorbei. Der Himmel hatte sich zugezogen, das Wasser war grau, die Büsche und Bäume entlang des Ufers waren unbewegt. Kein Vogel zwitscherte, keine Grille zirpte. Nur das leise Schwappen des Wassers unter dem Bug und das Platschen der eintauchenden Ruder waren zu hören.

Dass man bereuen kann, was man getan hat. Ein Kind weggeschickt und bis jetzt nicht versucht zu haben, sich auszusöhnen. Kein Wunder, dass er geweint hatte.

Auch Dick hatte seinen Stolz. Hatte mich ausgelacht, als ich sagte, er sei weggeschickt worden. Aus freien Stücken sei er gegangen, hatte er gesagt, aber ich würde ihn auf keinen Fall an diese großspurige Behauptung erinnern. Halt dich da besser raus, hatte Jack gesagt, aber ich hatte nicht auf ihn gehört. Ich war froh, damals bei Mrs Herring versucht zu haben, es herauszufinden. Wünschte, ich hätte es geschickter angefangen, hätte es ihm nicht einfach so an den Kopf geschmissen, wünschte, ich wäre mit mehr Feingefühl vorgegangen. Hätte bedacht, wie er die Sache von seiner Warte aus empfand. Statt so plump vorzugehen, um meine Neugier zu befriedigen.

Jack, lieber Jack, du hast es gewusst, dachte ich. Wusstest, dass er aus der Familie ausgestoßen wurde.

Als Jack gerudert war, hatte ich die Strecke den Seitenarm hinauf als kurz empfunden. Doch jetzt, wo ich allein unterwegs war, kam mir die Fahrt unendlich lang und mühselig vor. Der Fluss machte eine Biegung nach der anderen, und ich war bestimmt längst an der Stelle vorbei, wo uns die Hunde verfolgt hatten.

Du kannst einen ganz schön in die Bredouille bringen, Sarah Thornhill!

Ich würde Dick an diesen Tag erinnern. Wir würden darüber lachen. Ziemlich spät, dass Bruder und Schwester einander fanden, und auch traurig, dass dafür erst der Vater sterben musste, doch das Leben war lang und bescherte einem solche Geschenke, wenn man sie am wenigsten erwartete.

Die Anlegestelle war unverändert. Dicks altes Boot war daran festgemacht, und die Hunde kamen auch diesmal wieder bellend ans Ufer gerannt, doch heute kam ein Mann hinter ihnen her. Als er ihnen etwas zurief, verstummten sie und liefen zum Haus zurück.

Nachdem ich das Boot an den Steg gerudert hatte, beugte er sich vor, holte das Tau aus dem Bug und streckte den Arm zu mir herunter, um mir rauszuhelfen. Auch als ich schon neben ihm stand, hielt er meine Hand noch fest.

Dick Blackwood. Derselbe schwarze Bart, verwildertes dunkles Haar, ein braunes Gesicht, das viel dem Wetter ausgesetzt gewesen war. Und sein Blick. Genauso durchdringend wie beim letzten Mal.

Ich hoffte, dass er lächelte, konnte es wegen seines Barts aber nicht erkennen.

»Dick«, sagte ich, »ich bin's, Sarah Daunt. Ehemals Sarah Thornhill. Deine Schwester.«

»Hab mir schon gedacht, dass du vielleicht kommen würdest«, sagte er. »Dass einer von euch zu mir raufkommen würde.«

»Hab dich schon mal gesehen«, sagte ich. »Bei Mrs Herring.«

»O ja, Dolly«, sagte er. »Ich erinnere mich. Du und Jack Langland. Seid zusammen hier raufgekommen, aber die Hunde haben euch verjagt.«

»Es ist wegen Pa«, sagte ich. »Ihm geht's schlecht. Ist in sehr schlechter Verfassung.«

Er nickte einmal kurz. Offenbar erzählte ich ihm nichts Neues.

»Er möchte dich sehen«, sagte ich. »Hat mich hergeschickt, damit ich dich frage, ob du kommst.«

Der Mund inmitten des haarigen Gebüschs schien sich leicht zu kräuseln.

»Ich glaube, es tut ihm leid«, sagte ich. »Du weißt schon. Dass er dich weggeschickt hat. Will sich aussöhnen.«

Dick lachte. Ich sah seine rote Zunge und seine kräftigen Zähne.

»Meine Güte, Dolly«, sagte er. »Ich hab's dir doch schon damals gesagt. Er hat mich nicht weggeschickt. Ich bin aus freien Stücken gegangen. Und zwar mehr als bereitwillig.«

Er blickte flussabwärts, als könnte er die gesamte Strecke überblicken, die ich zurückgelegt hatte – am Schilfdickicht und den Sträuchern und den Uferbäumen vorbei bis zu dem im Bett liegenden Pa.

»Wie ich sehe, ist vieles nie gesagt worden«, sagte er.

Oben im Haus hatte offenbar jemand Holz nachgelegt, denn der Rauch, der aus dem Kamin stieg, wurde auf einmal schneller und dunkler. Wahrscheinlich hatte seine Frau Wasser aufgesetzt. Na, so was, Dolly, würde sie bestimmt sagen. Freut mich, dich endlich mal unter meinem Dach zu haben.

Ich hätte gegen eine Tasse Tee und einen kleinen Plausch mit ihr nichts einzuwenden gehabt. Hätte mit den beiden gern die verlorenen Jahre eingeholt.

»Ich kann dich nicht reinbitten, Dolly«, sagte Dick. »Kann dich nicht ins Haus bringen.«

»Wieso nicht, Dick?«, fragte ich. »Wir beide haben doch keinen Streit miteinander. Das ist doch nur zwischen dir und Pa, was auch immer es gewesen sein mag.«

Er ging gar nicht darauf ein, sondern wechselte zu meiner Verblüffung das Thema.

»Jack Langland«, sagte er. »Denkst du noch an ihn?«

Ich war eine mit dem besten Mann der Welt verheiratete Frau. Doch als Dick mir diese Frage stellte, wurde mir klar, dass dieser Name immer irgendwelche Gefühle in mir wecken würde.

»Ja«, sagte ich. »Werde ihn nie vergessen.«

»Und dieser Daunt«, sagte er. »Ist er in Ordnung?«

»Er ist ein guter Mensch, und ich bin eine glückliche Frau«, sagte ich. »Aber Dick, wenn du was weißt. Von Jack. Wäre nett, wenn du's mir sagen würdest.«

»Nett«, sagte er. »Glaube nicht, dass man hier von nett sprechen kann.«

Da fiel mir etwas ein, woran ich seit damals nicht mehr gedacht hatte. An jenem letzten Morgen mit Jack hatte ich das Boot aus dem Seitenarm kommen sehen und mich eine Sekunde lang gefragt, was das zu bedeuten hatte, seitdem aber nicht mehr darüber nachgedacht.

»Was ist denn passiert, Dick?«, fragte ich. »Etwas, das du weißt und ich nicht.«

»Du warst damals noch nicht mal geboren«, sagte er. »Hat mit dir rein gar nichts zu tun.«

»Von wegen noch nicht geboren!«, rief ich aus. »Mag vielleicht noch ein kleines dummes Mädchen gewesen sein, aber bestimmt kein Baby mehr!«

»Nein, Dolly«, sagte Dick. »Die Sache geht sehr weit zurück. Du warst damals noch nicht auf der Welt und ich noch ein kleiner Junge. Wir hatten nichts mit der Sache zu tun, aber sie hat unser Leben geprägt, den Weg bestimmt, dem wir gefolgt sind. Bei beiden von uns, Dolly, dir und mir, auch wenn's nicht unsere Schuld war.«

»Dann sag mir doch, worum's geht«, bat ich. »Sag es mir, Dick.«

Er blickte zum Haus hinüber. Etwas bewegte sich, in der Tür erschien eine Gestalt, dann eine zweite – ein Kind, das hinauslaufen wollte und zurückgezogen wurde.

»Ich kann dich nicht mit ins Haus nehmen«, sagte er. »Aber ich hole uns einen Tee. Setz dich doch, Dolly.«

Ich setzte mich, wohin er gedeutet hatte – auf einen umgestürzten Baumstamm am Wasser. Das Gras am Flussufer war niedergetrampelt, die Sitzflächen auf dem Holz von Hinterteilen blank poliert. Ich saß auf dem Platz dieser unbekannten Person, die vorhin Teewasser aufgesetzt hatte.

Dick kam mit Teebechern und einem Teller Maispuffern wieder.

»Hat nichts gegen dich, Dolly«, sagte er. »Sie sagt, achte darauf, dass deine Schwester auch wirklich was davon isst.«

Ich hatte zwar keinen Hunger, nahm mir aber trotzdem einen Maispuffer und aß ihn als eine Art Gruß.

»Sind gut, ihre Maispuffer«, sagte Dick. »Also, ich erzähl's dir jetzt am besten, so ungern ich's auch tue. Damals hat's Schwierigkeiten gegeben, musst du wissen. Mit den Schwarzen.«

»Mit den Schwarzen?«, wiederholte ich, als ich den Eindruck hatte, das sei alles, was er dazu sagen wollte.

»Seit ich groß genug war, um allein in der Gegend herumzustreifen, bin ich immer bei ihnen gewesen«, fuhr er fort. »Hab mit ihnen gespielt, ihre Sprache gesprochen. Waren mir näher als die eigene Familie.«

Es war schwer, sich diesen grimmig dreinblickenden Mann als Kind vorzustellen.

»Was für Schwierigkeiten waren das denn?«, fragte ich.

»Die Schwarzen hatten hier oben ihr Lager, an der Lagune«, sagte er. »Eines Morgens ist eine Horde Männer aufgetaucht. Haben sie umgebracht, alle bis auf fünf.«

Er sprach so leise, dass ich ihn gerade noch verstehen konnte.

»Tatsache ist«, sagte er, »dieser Mann war auch dabei. Dein und mein Vater.«

»Dabei?«, sagte ich. »Wie meinst du das, Pa war dabei? Bei den Schwarzen?«

»Nicht bei den Schwarzen, Dolly«, sagte er. »Der alte Tom Blackwood hat hier oben gelebt. Hat dieses Haus gebaut. Hatte eine Frau, eine Eingeborene. Und ein Kind, vier oder fünf Jahre alt.«

Er blickte flussabwärts, als ob er das Kind dort sehen könnte.

»Aber das war's nicht, worauf diese Kerle es abgesehen hatten«, sagte er. »Sie wollten die Schwarzen los sein. Weil sie sich den Mais holten und so. Dass Blackwood hier bei ihnen lebte, war den Kerlen ein Dorn im Auge. Sind eines Morgens mit der Flut gekommen. Erinnerst du dich an die *Hope*? Mit der sind sie hergekommen. Haben die Schwarzen im Schlaf überfallen. Mit Gewehren und Schwertern. Einer dieser Kerle hatte 'ne Peitsche. Hat damit um sich geschlagen. Hat den alten Blackwood voll an den Augen erwischt. Das war's dann für ihn. Hat von jenem bis zum heutigen Tag Licht von Dunkelheit nicht mehr unterscheiden können.«

»Sie haben das Boot gebraucht«, sagte ich. »Pa hat sie hierhergebracht. Sie brauchten die *Hope*. Weiter nichts.«

»Er war an der Sache beteiligt«, sagte Dick. »Daran gibt's nichts zu zweifeln, Dolly. War dabei, mit seinem Gewehr, hat einen der alten Männer mausetot geschossen.«

»Nein!«, rief ich aus.

Dick erhob sich und schleuderte die Teeblätter aus seinem Henkelbecher ins Gras.

»Sag ruhig Nein, Dolly«, sagte er. »Wie alle anderen auch. Nein, das ist niemals passiert. Nein, ich war's nicht. Nein, hab davon noch nie gehört. Elf Tote sind's am Ende gewesen, Dolly. Und ein paar andere war'n so schwer verletzt, dass sie so gut wie tot waren. Zwei Frauen konnten sich in den Wald flüchten, mit ein paar Kindern und einem Jungen.«

In der Tür stand jetzt niemand mehr, aber am Fenster war eine Gestalt zu erkennen, die zu uns hinausblickte. Nicht nötig, es mir zu sagen. Die Frau dort oben musste eins von den Kindern sein, die sich hatten retten können.

»Der alte Mann«, sagte ich. »Lebt in der Nähe von uns, unten an der Landspitze.«

»Mit dem halb weggeschossenen Schädel«, sagte Dick. »Ja. Du hast's erfasst, Dolly. Jetzt hast du's kapiert.«

Der Mann, der Pa nicht angeblickt hatte, als der ihm das Bündel mit den Lebensmitteln hingehalten und dabei wie ein Bettler gewirkt hatte.

»Nach dieser Sache bin ich hierhergezogen«, sagte Dick.

»Hab mich mit Blackwood und den anderen, die überlebt hatten, zusammengetan. Hab diesen Mann nie mehr gesehen, seit jenem Tag bis heute nicht. Will ihn auch jetzt nicht mehr sehen. Das kannst du ihm sagen, Dolly.«

»Und Jack?«, fragte ich.

Kaum mehr als ein Flüstern, weil ich die Antwort schon ahnte.

»Du hast das Recht, es zu wissen, Dolly«, sagte er. »Jack ist völlig aufgebracht hergekommen. Deine Mutter hatte ihm ein paar Sachen über das erzählt, was damals passiert war.«

Er lachte, ein hartes *hmf!*

»Kluger Bursche, dieser Jack«, fuhr er fort. »Wusste, dass man dieser Frau nicht über den Weg trauen kann. Wenn du mir nicht glaubst, geh und frag Dick Blackwood, hat sie zu ihm gesagt.«

»Was glauben?«, fragte ich.

»Jacks Mutter war tot«, sagte Dick. »War schon gestorben, bevor das Massaker passiert ist. Aber sie war mit den Leuten hier verwandt. Deine Mutter hat ihm die ganze Geschichte erzählt. Hat ihm gesagt, der Mann, den du zum Schwiegervater haben willst, hat das Blut deiner Verwandten an den Händen kleben.«

Will dein Gesicht nie wieder sehen.

»Glaub mir, Jack hat dich geliebt«, sagte Dick. »Bin mir wie dieser Kerl mit der Peitsche vorgekommen, als ich ihm bestätigte, dass es stimmte. Hab mich oft gefragt, ob ich's anders hätte machen sollen. Ob ich hätte sagen sollen: Nein, ist alles nur erfunden.«

»Und warum hast du's getan?«, fragte ich. »Warum musstest du's ihm sagen?«

Er starrte so lange flussabwärts, dass ich schon dachte, ich würde nie eine Antwort kriegen.

»Dolly, meine Liebe«, sagte er schließlich, »ich hab's ihm gesagt, weil es eines schönen Tages sowieso rausgekommen wäre. Kein Wasser ist tief genug, um so ein Geheimnis verbergen zu können.«

»Aber du hast doch selbst gesagt, ich war damals noch nicht mal geboren!«, sagte ich. »Das ist Pas Geheimnis, nicht meins!«

»Du hast das Blut von diesem Mann in den Adern, Dolly«, sagte Dick. »Genauso wie ich. Um diese Tatsache kommen wir nicht herum. Das Essen, das wir gegessen haben, die Kleider, die wir anhatten, alles kam vom Geld dieses Mannes. Und sein Geld kam von dem, was er an jenem Tag getan hat. Ich hab Jack wegfahren sehen, Dolly. Was anderes hätte er auch nicht tun können.«

Und ich war am anderen Ende dieser Strecke gewesen, die er gefahren war. Ich sah Jack vor mir, wie er am Bootssteg anlegte, innerlich kochend vor Wut und zugleich wie erstarrt. Hatte meinen Arm abgeschüttelt wie eine Spinne.

»Nein!«, rief ich.

Mein Ruf hallte über das Wasser zu mir zurück.

»Du wolltest es wissen«, sagte er. »Jetzt weißt du's. Hat mich gefreut, dich zu sehen, aber es ist besser, wenn du jetzt gehst.«

Er machte das Boot los, stellte den Fuß aufs Heck und wartete.

»Ist hart, es zu hören«, sagte er. »Nenn mich ruhig einen Lügner, wenn du willst. Wenn's dir hilft. Kannst du gern machen.«

Er kam zu mir herüber, schob einen Arm unter mich und zog mich hoch.

»Steig ein«, sagte er. »Hast einen langen Weg vor dir.«

Ich versuchte mich an ihm festzuklammern, aber er löste

meinen Arm, half mir ins Boot und stieß es ins tiefe Wasser. Die Strömung erfasste den Bug, schwenkte ihn herum und trieb das Boot stromabwärts. Dick hob die Hand, wandte sich um und ging zum Haus hinauf.

Kaum war das Boot um die erste Biegung geglitten, war alles weg: Dick, Anlegesteg, Haus, Lagune. Die Bäume und Sträucher, das Wasser und die Vögel mit den roten Schnäbeln im Röhricht – alles war so normal, dass ich mir am liebsten eingeredet hätte, diesen anderen Ort gebe es gar nicht. Keinen Dick, keinen Anlegesteg, kein Haus, keine Lagune. Eine Libelle schwebte kurz in der Luft und schwirrte dann blitzschnell davon. Ein schwarzer Vogel schoss von einer Flussseite zur anderen. Ein Windstoß fuhr durch die Schilfgräser und ließ sie rascheln, raute die Wasseroberfläche auf, dann war alles wieder still.

Alles war so, wie es immer gewesen war. Bloß die Person, die das alles betrachtete, war wie erschlagen.

Obwohl die Sonne noch schien, wirkte alles düster. Jedes Blatt, jeder Schilfhalm und jeder Zweig war mit Fremdheit beladen. Die Hand auf meinem Knie schien die einer anderen Person zu sein, wirkte im Sonnenlicht leichenhaft bleich. Meine Augen waren wegen meines starren Blicks ganz trocken.

Tränen wären ein Luxus gewesen.

Das Boot drehte sich und stieß an eine Schilfwand. Ein vertrocknetes Blatt fiel auf meinen Rock und blieb dort haften. Alles gehorchte den Regeln: Dinge fielen herab, Herzen schlugen.

Als ich die Augen fest zudrückte, wurde alles blutrot. Übelkeit hielt mich von innen umklammert. Ich spürte sie in meinem Brustkorb, in meinem Bauch, in der weichen Masse unter meinen Schädelknochen. Ich krümmte mich wie eine vergiftete Ratte. Es half, eine Ratte zu sein. Sie fraßen das grüne

Pulver, drehten sich im Kreis, schlingerten umher, fielen um, rappelten sich auf, fielen wieder um. Verkrochen sich an einen dunklen Ort.

Hier war jedoch keine Dunkelheit, nur Dolly Thornhill, die sich wegen dem Schmerz in ihrem Innern krümmte.

Was für wunderhübsche Geschichten das gewesen waren. Und ich hatte sie mir mit lächelnder Miene angehört und sie geschluckt. Mein Pa, dieser gute Mensch, ach, was war er großzügig den Schwarzen gegenüber, oh, wie stolz war ich auf ihn gewesen. Und Jack, was für eine herzergreifende Geschichte, war es nicht traurig, dass wir nicht zueinander kommen konnten, weil er zu stolz war und Dolly Thornhill so viel höhergestellt als er?

Diese Geschichten waren nun wie ein Sack von innen nach außen gestülpt worden. All diese Jahre hatte die Innenseite immer schon existiert, doch ich war nie auf Idee gekommen, sie mir anzusehen.

Ich hatte es nicht getan, nein. Hatte das Gewehr nicht angelegt. Aber Dick hatte recht. Ich hatte an dem Zedernholztisch mit der Doppeldamast-Tischdecke gesessen und das gute Essen gegessen. Hatte in den weichen Betten geschlafen. Hatte im Wohnzimmer gesessen, keinen einzigen Tag Hunger oder Kälte erlitten, hatte nie gefragt, woher das eigentlich alles kam.

An der Stelle in mir, wo einst Jack gewesen war, spürte ich eine Leere, fühlte ich mich ausgehöhlt wie ein ausgeweidetes Tier.

Laute entrangen sich mir, ein Ächzen, als würde etwas auseinanderfallen. Ich hatte in einem behaglichen Heim gelebt, das aus Geheimnissen und Lügen bestand. Jetzt befand ich mich in einem anderen Land, einem Land mit einem unbarmherzigen Klima.

Ich hatte Pa nichts zu sagen. Keine Worte. Aber ich wollte, dass er mich sah. Wollte ihn mit dem Wissen sterben lassen, dass ich wusste, was er sein ganzes Leben lang verheimlicht hatte.

Ich ging durch die Hintertür ins Haus. Warf im Vorbeigehen einen Blick auf Ma, die im Wohnzimmer in einem Sessel saß und schlief. Kopf nach hinten gekippt, Mund offen, hässlich wie eine Kröte. Ich starrte auf ihren Hals, die dicke Ader, in der das Blut pulsierte. Wusste im gleichen Moment, dass auch in mir ein Mörder steckte.

Vom Fuß der Treppe aus hörte ich in der Küche Mary herumwerkeln und das Dröhnen von Männerstimmen. Einer sagte gerade: »Bis zu den Hachsen im Schlamm.« Ein anderer lachte. Eine Hand öffnete die Herdklappe und warf Holz hinein, der Wasserkessel klapperte, das Baby stieß einen Schrei aus und jemand versuchte es zu beruhigen.

Ich würde mich von nun an nie mehr ohne dieses Wissen in der Welt der lachenden und plaudernden Menschen bewegen. Diese Sache würde mich nie mehr loslassen, würde so fest mit mir verhaftet sein wie mein Schatten.

Ich schlich die Treppe hinauf in Pas Zimmer. Er schlief. Ich beobachtete, wie sich die Bettdecke über seinem Brustkorb hob und senkte. In seinem Gesicht zuckte es immer wieder – seelische Spannungen.

Mein Pa. Er war immer ein Teil von mir gewesen, wie mein

großer Zeh. Mein Pa, ein Teil der Welt, die immer da war. Nun war er ein Fremder geworden.

Die Morgendämmerung mit den Gewehren und den schlafenden Menschen. Diese Hand auf der Bettdecke mit den braunen Sonnenflecken, den roten Schrammen, den dicken Fingerknöcheln: Das war die Hand, die das Gewehr hochgehoben und auf einen Menschen gerichtet hatte.

Während die Menschen noch schliefen, hatte Dick gesagt. Morgendämmerung, alle schliefen. Keine Zeit, um zu fliehen oder sich zu wehren. Gewehre und Schwerter. Und ein Mann mit einer Peitsche.

Ich hoffte inständig, dass Pa nicht derjenige mit der Peitsche gewesen war.

Er hatte diese Dinge in seinem Gedächtnis aufbewahrt. Sie waren bei uns gewesen, ohne dass wir sie wahrgenommen hatten, jedesmal, wenn er mich als Kind auf dem Arm getragen hatte, jedesmal, wenn wir uns an den Tisch setzten und er das gute Essen austeilte. Waren bei uns gewesen, wenn er auf der Veranda saß und durch sein Fernrohr zu den Bäumen oben auf den Felsen hinübergestarrt hatte. Sie waren in sein Gesicht geschrieben, in jede einzelne Linie, man musste sie nur zu lesen verstehen.

Auch jetzt waren sie bei uns, hier in diesem Zimmer, hinter diesem Schädel. Der Schädel, in dem er diese Erinnerungen bewahrte, bestand nicht aus Knochen, sondern aus Schweigen.

Er wachte auf. Stemmte sich angestrengt hoch und verzog dabei schmerzhaft den Mund, wobei die Sehnenstränge an seinem Hals hervortraten. Er sah zu mir her und blickte hinter mich. Suchte Dick.

Sein Kopf sank auf das Kissen zurück, seine Hand fuhr über die Bettdecke, als wollte sie etwas wegwischen.

»Du warst bei ihm«, sagte er undeutlich. »Warst bei Dick.«

Seine Hand tastete nach mir, aber ich wich zurück. In meiner Kehle stieg etwas auf, wie ein Lebewesen, das mir die Luft abschnürte.

Ich blickte ihm eindringlich in die Augen, damit er es mir ansah. Ein wilder Triumph. Hier bin ich, deine Tochter, die weiß, was für einen Vater sie hat. Was für ein Vermächtnis er ihr hinterlassen hat. Was du getan hast und was niemals wiedergutzumachen ist. Sieh gut hin, Pa. Stirb ungetröstet.

Er atmete, als wäre er eine Treppe hochgerannt. Ich dachte, jetzt stirbt er, hier und jetzt. Ich hoffte es sogar.

Doch sein Brustkorb hob und senkte sich weiter. Er nuschelte etwas. *Schlimme Tage*, meinte ich zu verstehen, war mir aber nicht sicher.

»Schlimme Tage«, sagte er. »Bei Gott, ich wünschte, es wäre alles anders verlaufen.«

Er fuhr sich mit der Zunge über die bleichen Lippen, schien wieder etwas sagen zu wollen, schloss dann aber die Augen. Sein Atem ging schwer, klang fast, als würde er schnarchen. Dann schnappte er nach Luft, zuckte zusammen und wachte auf.

»Bist du glücklich?«, fragte er. »Bist du glücklich, Dolly? Mit Daunt. Sag.«

Er hielt den Blick ganz fest auf mich gerichtet, doch dann wurde er schwächer, weil ihn das Sprechen anstrengte.

»Bei Gott, ich wünschte, es wäre anders verlaufen. Könnte die Zeit zurückdrehen. Und es anders machen.«

Er wartete darauf, dass ich etwas sagte. Ich konnte und wollte es nicht. Jedes Wort, das ich zu ihm sagte, wäre ein Zeichen der Vergebung.

Er starrte mich an, versuchte mit den Augen in mein Inneres einzudringen. Dann schlief er wieder ein, mit langen, schweren Atemzügen.

Er lebte noch eine Woche, aber er sagte nichts mehr. Wir saßen um das Bett herum und horchten auf seinen Atem. Zeitweise lag er vollkommen reglos da, und einer von uns musste sich vorbeugen, um sich zu vergewissern, dass er noch atmete. Manchmal schien er dem Tod so nahe, dass jeder neue Atemzug eine Überraschung war. Das einzige Geräusch, das zu hören war, war das Klicken und Rascheln, wenn Mary ihre Strickarbeit wendete oder weglegte, um das Baby zu stillen. Ihr hageres Gesicht bekam einen zärtlichen Ausdruck, wenn ihr Blick auf ihrem Sohn ruhte. Bub sah unverwandt aus dem Fenster, als machte er sich Gedanken über das Wetter. Johnny trommelte mit den Fingern auf seine Knie, zog die Uhr aus seiner Westentasche und starrte aufs Zifferblatt.

Als Ma mich einmal anzufassen versuchte, riss ich den Arm hoch, um sie abzuwehren. Damals, als diese Sache passierte, war sie noch Margaret Grant gewesen, doch Pa musste ihr davon erzählt haben. Sie hatte ihr Wissen im Gedächtnis bewahrt und es dann im ihr passenden Moment wie ein Messer hervorgeholt, um mich von Jack zu trennen und Jack von mir. Hatte das Messer so geschickt eingesetzt, dass man es nicht sah. Auch in Zukunft würde man es nicht sehen, weil jeder, der es in das Licht einer Lampe hielt, *fantasieren* würde.

Gerissen wie ein Fuchs, diese Frau.

Und meine richtige Mutter? Hatte sie es gewusst? Sie musste es gewusst haben. Deshalb hatte Pa dagestanden wie ein Bettler. Konnte einen diese Art Wissen krank machen, einen ausmergeln und die Haut gelb werden lassen? War sie daran gestorben?

Pa hatte gewusst, das Dick nicht kommen würde. Er hatte aber auch gewusst, dass Dick es mir erzählen würde. Mich hinzuschicken, um ihn zu holen, war eine Art Geständnis gewesen, aber ein Geständnis auf Distanz.

Während ich meine Brüder und meine Schwester musterte, wurde mir klar, warum er es mir gesagt hatte, ohne es zu sagen. Wie sollte man so etwas Ungeheuerliches in Worte fassen? Wie sollte man so etwas in ein Alltagsleben einbrechen lassen, in dem Leute mit ihren Uhren herumspielten, sich Sorgen ums Heu machten und verzückt ihre Babys anstrahlten? Wie sollte man danach jemals wieder mit ihnen zusammenkommen, wenn zwischen allen die Scham stand wie ein unerwünschter Gast, der nie wieder fortgehen würde?

Ich wusste, warum er es nicht selbst erzählt hatte, denn ich konnte es auch nicht. Ich versuchte mir vorzustellen, wie Mary von dem Baby hochblickte, um mir zuzuhören, oder Bub oder Johnny. *Ich war heute bei unserem Bruder*, würde ich sagen. *Hab ein paar Dinge erfahren*. Ich konnte das nicht tun. Sie würden es nicht hören wollen, würden es nicht glauben. *Nein!*, würden sie ausrufen, genauso wie ich bei Dick.

Das war das Eine. Aber zu einem größeren Teil war es die Scham, die mich davon abhielt, darüber zu reden. Genauso musste es Pa ergangen sein, all diese Jahre hindurch. Ich war jetzt in das gleiche schmutzige Geheimnis hineingezogen worden, mit dem er so lange gelebt hatte.

Dieses Wissen würde bis zu dem Tag, an dem ich starb, immer bei mir sein. Wenn man es einmal wusste, konnte man dieses Wissen nicht mehr loswerden. Es gab kein Mittel dagegen, dass einen die Vergangenheit immer wieder einholte. Mit dem Bösen war es wie mit einem Stein. Wenn man mit dem Fuß daran stieß, geriet er ins Rollen und ließ sich nicht mehr anhalten. Mit jeder Drehung des Steins vermehrte sich das Böse. Man musste damit leben und die eigenen Kinder auch. Und deren Kinder und immer so weiter. Ob sie davon wussten oder nicht, sie lebten in seinem Schatten.

Ich brachte es kaum über mich, an die offene Wunde zu

rühren, die Jack für mich darstellte. Irgendwo darin war eine Lüge verstrickt. Nicht die von Ma erzählte Lüge, er sei aus Stolz weggegangen. Die größere Lüge war meine eigene. Ich hatte mir in Bezug auf seine Person etwas vorgemacht.

Was war ich stolz gewesen, als ich zu Ma gesagt hatte, es mache mir nichts aus, dass Jacks Mutter eine Schwarze war! Ist mir egal, ob er schwarz, weiß oder schwarz-weiß gestreift ist, hatte ich gesagt. Aber es machte sehr wohl etwas aus. Nicht die Farbe seiner Haut, sondern was ihn selbst betraf, seine Person. Niemand hatte ihn je einen Schwarzen genannt, erst Ma hatte es getan, und das war ja auch die Wahrheit über ihn gewesen, eine Wahrheit, die niemand hatte wahrhaben wollen.

An dem Tag, als er über seine Mutter sprach, hatte er es mir zu vermitteln versucht. Mr Langland hatte ihm gesagt, er solle sich als Portugiese ausgeben, und ich hatte das Gleiche getan, bloß mit anderen Worten. Hatte seine dunkle Haut ignoriert und war dafür auch noch stolz auf mich gewesen. Hatte nicht gemerkt, was ich Jack damit sagte: dass ich den weißen Teil von ihm annehmen würde, den schwarzen jedoch nicht.

Er hatte es besser gewusst als ich. Hatte gewusst, dass die Farbe deiner Haut und die Hautfarbe deiner Mutter nicht einfach ignoriert werden können. Sie war ein Teil von dir, auch wenn keiner darüber reden wollte.

Er hatte all das gewusst, noch bevor ihm klar wurde, warum es so war.

Der Tag, an dem er mich damals auf der Straße verließ, war mir wie das Ende der Welt vorgekommen, weil der Mann, den ich so gut gekannt hatte wie mich selbst, plötzlich ein Fremder geworden war. Jetzt wurde mir klar, was mir damals nicht klar gewesen war: Wenn Jack mir an jenem Tag wie ein Fremder vorgekommen war, dann deshalb, weil er schon immer einer gewesen war.

An Pas letztem Tag spürte man die Unruhe in ihm, als kämpfte ein letztes Fünkchen Lebenswille in seinem müden Körper. Ab und zu bewegte er sich und murmelte etwas vor sich hin, fuhr mit der Hand in die Höhe oder stieß einen Fuß unter der Bettdecke nach vorn.

Seine Lider öffneten sich flackernd, seine Lippen zitterten. Doch falls er noch etwas sagen wollte, nachdem er sein ganzes Leben lang geschwiegen hatte, war es nun zu spät.

In dem Moment, als ich in Glenmire vom Pferd stieg, sahen mir alle an, dass etwas nicht stimmte. Sadie musterte mich mit ernstem Gesicht, als sähe sie eine andere Mutter vor sich. Daunt erfasste es mit einem einzigen Blick.

»Sarah, mein Schatz, du bist krank«, sagte er. »Sofort ins Bett mit dir.«

Mir kam es vor, als würde ich wochenlang nur schlafen. Auch wenn ich nicht schlief, blieb ich liegen, brachte nicht die Willenskraft auf, das Bett zu verlassen. Das Haus schien mich zu erdrücken, mir war, als bekäme ich keine Luft.

Daunt umsorgte mich, so gut er nur konnte. Brachte mir jeden Morgen eine Tasse Tee und einen Krug warmes Wasser. Das angenehme Geräusch, wenn sich das Wasser in die Waschschüssel ergoss, weckte mich auf. Dann fiel es mir wieder ein.

Das einzig Gute und Einfache in meinem Leben war Sadie. Sie hatte eine unendliche Geduld mit mir, kam mir in meiner Traurigkeit auf halbem Weg entgegen. Kuschelte sich neben mir ins Bett und saugte an dem Stofffetzen, von dem sie sich einfach nicht trennen wollte, war warm und lebendig. Wenn sie die Hand irgendwo auf mich legte, kam es mir vor wie ein Seil, das mich retten konnte.

Wenn sie von ihrer stummen Mutter genug hatte, nahm sie ihre Puppe, steckte sie neben mir unter die Decke und schlüpfte hinaus. Ich hörte sie dann hinten in der Küche bei Maeve, hörte, wie ihre klare Stimme die richtige Tonhöhe für ihr Lied suchte. Hörte das Platschen des Wassers, wenn sie Maeve beim Putzen der Kartoffeln half, während Lichtstreifen der Nachmittagssonne durch die Schlafzimmertür auf die Dielenbretter fielen und das Wasser in der Schüssel aufblinkte, wenn sie weiterwanderten.

Manchmal legte sich Daunt neben mich, versuchte aber nie, mich zum Reden zu bringen.

Nach einiger Zeit stand ich auf, war aber noch immer nicht wiederhergestellt. In allem, was ich tat, war ein schwarzer Knoten. Ein langsam an mich heranschleichender Schmerz. Es konnte passieren, dass ich gerade beim Brotbacken war und auf einmal Tränen in den Teig tropften, worauf Maeve mich wegschickte, damit ich mich hinlegte. Oder dass ich mit tränenüberströmtem Gesicht und mit dem Schürhaken in der Hand am Kamin stand, weil das Feuer ausgegangen war, und Daunt hereinkam und mir den Schürhaken abnahm.

Ich zwang mich, es mir vorzustellen: die Lagune und die schlafenden Menschen, die Männer, wie sie von Bord der *Hope* krochen und heraufgeschlichen kamen. Pa, wie er das Gewehr anlegte und zielte.

Und was hatten sie anschließend getan? Hatten sie die Toten begraben oder in die Lagune geworfen? Hatten sie gelacht und sich gegenseitig auf den Rücken geklopft?

Nein, diese Männer hatten die Köpfe zusammengesteckt und untereinander ausgemacht, niemandem von dieser Sache zu erzählen. Hatten sich gegenseitig die Hände geschüttelt und Stillschweigen gelobt. Und einer dieser händeschüttelnden und Stillschweigen gelobenden Männer war mein Pa gewesen.

Meine Gedanken waren wie Steine. Auch in hundert Jahren würden sie die gleichen sein. Die Vergangenheit war unveränderlich.

Die Sonne ging auf und wieder unter, Wolken zogen heran

und lösten sich auf, der Wind wehte vom Osten und dann vom Westen. Auch wenn ich längst tot war, würde alles so weitergehen. Dieser Gedanke war irgendwie tröstlich. Ich war Teil der großen Welt. Aber die große Welt brauchte mich und die Dunkelheit nicht, die ich mit mir herumtrug.

Abends saßen Daunt und ich wie immer vor dem Kamin, doch er las nicht und schrieb auch nichts in sein Wirtschaftsbuch. Wir saßen einfach nur da und blickten ins Feuer, ließen das Schweigen wie eine Einladung zwischen uns stehen.

Mehr als einmal nahm ich Anlauf, es ihm zu erzählen. »John«, fing ich an, doch weiter kam ich nicht.

»Ja?«, fragte er. »Was möchtest du sagen, Sarah, mein Schatz?«

Ich schüttelte den Kopf. Begriff, wie leicht etwas unwiederbringlich verloren gehen konnte. Pa war tot, und ich wäre eines Tages tot und Jack ebenfalls. Selbst Ma würde irgendwann sterben müssen. Es war nichts weiter nötig, als dass jeder von uns beschloss, nicht darüber zu reden. Wenn die Geschichte erst einmal in Vergessenheit geraten war, würde nie wieder jemand daran erinnern können. All diese Dinge könnten genauso gut nie geschehen sein.

Aus Scham würden wir schweigen, aus Scham und weil wir uns wünschten, es wäre anders gewesen. Dick und diese Frau, die mir einen Maispuffer hatte bringen lassen, die beiden würden ihren Kindern die Geschichte erzählen. Sie brauchten sich dafür nicht zu schämen, sie empfanden nur Gram. Doch wer würde ihnen zuhören?

Dieses Wissen war Pas giftiges Geschenk für mich gewesen, und es hatte mich krank gemacht. Trotzdem bedauerte ich nicht, es zu wissen. Die Frau, die bis jetzt lächelnd, lachend und unbeschwert dahingelebt hatte, war nichts weiter als ein Dummkopf oder eine Mitschuldige gewesen.

Eines Tages nahm ich mir einen Leinensack und steckte ein paar Sachen hinein: eine Hammelkeule, ein Pfund Butter. Einen Laib Brot. Kartoffeln und Grüngemüse. Natürlich nicht alles, was wir hatten. Nur so viel, wie ich tragen konnte.

Ich war noch nie dort gewesen, wo die Schwarzen lebten, aber es war nicht schwer zu finden. Man brauchte nur dem schmalen Pfad zu folgen, den ihre Füße ins Gras getreten hatten. Ihr Lager war größer als das bei uns zu Hause. Acht oder zehn Schutzhütten und mehrere Lagerfeuer, an denen Menschen saßen. Sie blickten kurz zu mir her und wandten die Gesichter dann wieder ab. Eine der Frauen kannte ich, sie war ein paarmal bei uns am Haus gewesen, und da war auch der Junge, dem ich mal einen Essensbehälter mitgegeben hatte, den er blank geputzt zurückgebracht hatte. Auch die alte Frau mit den schlechten Augen war da. Ein kleines Mädchen, fünf oder sechs Jahre alt, mit einer Decke. Als sie merkte, dass ich zu ihr hinsah, zog sie sich die Decke über den Kopf.

Den Leinensack in der Hand, stand ich am Rand der Lichtung. Stand sozusagen an ihrer Tür, genauso wie sie hin und wieder an meiner standen.

Die Frau, die ich kannte, stand auf und kam auf mich zu. Blieb ein Stück vor mir stehen. Ich hielt ihr den Sack hin. Hielt ihn ihr so lange hin, dass mein Arm zu zittern begann. Schließlich stellte ich ihn auf den Boden und holte einen Teil des Inhalts heraus.

Die anderen sahen jetzt zu uns her.

Das glänzende Fleisch, der Laib Brot. Wie Steine in meiner Hand. Wie Abfälle. Früher war Pa der Bettler gewesen. Von nun an würde ich es sein.

Almosengeben als kalte Pflichterfüllung. Jetzt merkte ich, wie wahr diese Aussage war. Kalt für denjenigen, der die Almosen bekam, noch kälter für den, der sie gab, wenn mit diesem Geben etwas eingestanden wurde, das so schrecklich war, dass man es nicht einmal denken mochte.

Langfristig gesehen hatte keiner was davon. Waren die Lebensmittel aufgegessen, war am nächsten Tag alles wie zuvor. Ich tat es, weil ich nicht wusste, was ich sonst hätte tun können. Zu wissen, dass ich nichts Besseres anzubieten hatte, war allerdings bitter. Das, was so falsch gelaufen war, ließ sich auf keine Weise wiedergutmachen.

Die Frau trat vor und hob die Lebensmittel vom Boden auf. Der Junge kam herüber, um den Sack zu holen. Dann gingen sie zum Lagerfeuer zurück und legten die Sachen neben sich hin.

Keiner hatte etwas gesagt, kein Blick war gewechselt worden. Die Lichtung war still, nur das leise Rauschen des Windes war zu hören. Ich atmete kaum. Eine Eidechse konnte in Regungslosigkeit erstarren, bis nur noch das pulsierende Blut in ihrer Kehle wahrnehmbar war. Genau das wäre ich in diesem Augenblick am liebsten gewesen – ein lebender Stein.

Als ich nach Hause kam, war es fast dunkel. Daunt wartete auf der Veranda auf mich. Ohne etwas zu sagen, nahm er mich bei der Hand und führte mich wie eine Blinde hinein. Setzte mich in den Sessel. Ging hinaus, kam mit einer Schüssel Wasser und einem Waschlappen zurück, wusch mein Gesicht, als wäre ich ein Kind, tauchte meine Hände zwischen seinen ins Wasser und rieb sie aneinander. Mit dem Handtuch, das er sich über die Schulter geworfen hatte, tupfte er mein Gesicht ab und trocknete meine Hände.

Während er all das tat, fiel kein einziges Wort.

Dann setzte er mich an den Tisch und stellte einen Teller Suppe vor mich hin. Öffnete meine Hand und steckte den Löffel hinein, und ich aß ein paar Löffel. Er führte mich ins Schlafzimmer, brachte mich ins Bett, legte sich neben mich.

Ich lag mit dem Rücken zu ihm, zwischen uns war ein kleiner Abstand. Es war tiefschwarze Nacht, Daunt und ich nichts als zwei atmende Körper.

»Da ist Vieles, über das nie gesprochen worden ist«, sagte ich. »In unserer Familie.«

»Ja«, sagte Daunt. »Ja, Sarah, mein Schatz. Du bist völlig verändert, seit du von dort zurückgekommen bist.«

Die Suche nach Worten ermüdete mich.

»Dachte mir schon, dass es mit deinem Vater zu tun hat«, sagte er.

»Ja«, sagte ich. »Ja, das stimmt. Hat mit meinem Pa zu tun.«

Als ich *Pa* sagte, war es, als würde sich ein Knoten lösen. Alles fiel plötzlich auseinander, jede einzelne Schlinge. Draußen an der Luft, in Worte verwandelt, war es eine widerwärtige Angelegenheit.

Als ich geendet hatte, kam es mir vor, als könnte nie mehr etwas geredet werden.

Daunt tastete zwischen dem Bettzeug nach meiner Hand.

»Sarah, mein Schatz«, sagte er.

Er sucht jetzt vielleicht nach tröstenden Worten, dachte ich. Doch jedes tröstende Wort konnte nur eine Lüge sein.

»Das ist eine furchtbare Sache, Sarah, mein Schatz«, sagte er. »Eine furchtbare und traurige Sache.«

Er hielt meine Hand so fest, als wollte er mich vor dem Hinabstürzen bewahren. Aber falls ich hinabstürzen würde, sagte mir diese Hand, würden wir es gemeinsam tun.

Ich suchte das Lager der Schwarzen nicht noch einmal auf. Sie kamen nach wie vor hin und und wieder zu unserem Haus. Sie spürten, dass etwas nicht stimmte. Die Frau, die mir an jenem Tag die Lebensmittel abgenommen hatte, sah mir ins Gesicht.

»Krank gewesen, Missus?«, fragte sie.

»Ja, bin krank gewesen«, sagte ich. »Geht schon wieder besser.«

Ich ging zum Vorratsschrank und nahm beide Brotlaibe heraus, sämtliche Eier, die geräucherte Hachse, die eigentlich zum Abendessen gedacht gewesen war. Etwas Zucker, einen Beutel Mehl. Ging zum Wäscheschrank und holte ein paar Decken heraus.

Es sprach sich herum: Bei Mrs Daunt kann man leicht was abstauben.

Ich schämte mich jedes Mal, wenn ich den Frauen die Sachen übergab. Sie bedankten sich nicht, und darüber war ich froh.

An einem Spätnachmittag saß ich mit Sadie oben auf dem Hügel – sie war inzwischen fast vier und Pa seit beinahe zwei Jahren unter der Erde. Daunt hatte von irgendwo eine Ziege her, die sich für einen Hund hielt und uns überallhin folgte und nun auf dem Hügel neben uns hockte.

Sadie liebte das Licht- und Schattenspiel der Wolken und den Lufthauch auf ihrer Haut genauso wie ich. Tag für Tag sahen Himmel und Wolken völlig anders aus, fühlte die Luft sich anders an. Die Kängurus kamen dicht an uns heran. Sadie wusste, wenn sie sich nicht bewegte, hielten sie uns für einen Teil der Felsen, hüpften auf ihren langen Hinterfüßen um uns herum, benutzten dabei den Schwanz wie ein zusätzliches Bein als Stütze und zuckten mit den Ohren.

Auf einmal nahm ich eine Bewegung wahr und erblickte einen Mann, der aus Richtung Gammaroy die Straße heraufmarschiert kam. Muss wohl einer dieser Burschen sein, die alles, was sie besaßen, in ihrem Bündel trugen und bei Mrs Daunt etwas abstauben wollten, dachte ich.

Ich fing schon an zu überlegen, was ich noch im Vorratsschrank hatte. Ein noch fast ganzer Laib Brot vom Vortag, den könnte ich ihm geben, und eine Hammelhachse – wenn er einen Hund hatte, würde sich das arme Tier über den Knochen freuen.

Doch der Mann, der da in einer kniehohen Staubwolke daherkam, war allein. Das war ungewöhnlich. In den meisten

Fällen hatten diese armen alten Burschen, obwohl sie sonst alles verloren und immer eine traurige Geschichte auf Lager hatten, einen Hund als Begleiter, der ihr Ein und Alles war.

Während er immer näher kam, meinte ich zu erkennen, dass das Gesicht unter dem Hut von dunkler Hautfarbe war. Auch das war ungewöhnlich – ein Schwarzer, der mit seinem Bündel über der Schulter allein durch das offene Land zog.

Als der Weg in eine Senke abfiel, war er ein, zwei Minuten lang nicht zu sehen, dann tauchte er wieder auf, zuerst sein Hut, dann sein Gesicht. Inzwischen war er nahe genug, um ihm etwas zurufen zu können, und ich stand auf. Nun konnte ich erkennen, dass es nicht die Haut seines Gesichts war, die es dunkel wirken ließ, sondern ein Netz von Linien, das aussah wie das Muster auf einem Käferrücken.

Zuerst dachte ich, der arme Kerl, was in Gottes Namen ist ihm passiert, das sieht ja ganz anders aus als die Pockennarben oder die Brandwunden, die ich schon bei anderen gesehen habe. Dann erkannte ich, dass es Tätowierungen waren. Aber nicht nur aufgetragene Farbe. Jede einzelne der Linien auf seinem Gesicht war eine rillenförmige Narbe. Ein in die Haut geritztes Bild.

Mir wurden zwei Dinge gleichzeitig klar. Diese Einkerbungen waren unter großen Schmerzen entstanden. Und der Mann, dem das Gesicht gehörte, war Jack Langland.

Sadie bekam es mit der Angst zu tun, sie drückte sich hinter mir an meine Beine und umklammerte sie so fest, dass ich mit dem Zeh am Rocksaum hängen blieb und ins Stolpern geriet. Jack streckte die Hand aus, erwischte mich am Unterarm und hielt ihn fest.

»Das kann doch wohl nicht Jack sein, oder?«, fragte ich.

Er sagte nichts, warf nur den Kopf in den Nacken und lachte, dass sich sämtliche Linien in seinem Gesicht in neue

Muster verzogen. Es hätte mich nicht gewundert, wenn auch seine Zunge tätowiert gewesen wäre.

Ich versuchte, Sadie zu beruhigen, die sich zwischen meinen Beinen vergrub. Vor lauter Angst vor diesem lachenden Mann mit dem tätowierten Gesicht konnte sie nicht einmal weinen. Unten am Haus fing Blackie wie ein Verrückter zu bellen an, was wiederum Daunt veranlasste herauszukommen, um nachzusehen, was da vor sich ging. Er blickte zum Hügel hinauf, auf das Knäuel aus Mann, Kind und mir, und kam mit dem an der Leine zerrenden Hund zu uns heraufgestiegen.

»Tja«, sagte Jack, »tja, da wären wir also.«

Er betrachtete mich dabei genauso wie ich ihn – als hätte ich ebenfalls ein Muster im Gesicht, das Linie für Linie gelesen werden musste.

»Jack«, sagte ich. »Ist so manches passiert, seit du weggegangen bist.«

»Ja«, sagte er.

»Pa hat mir ein paar Sachen erzählt«, sagte ich. »Na ja, nicht Pa. Ich war bei Dick.«

»Dann weißt du's also endlich«, sagte er. »Weißt Bescheid.«

»Ja«, sagte ich. »Dick hat's mir erzählt.«

Ich machte eine Bewegung auf ihn zu. Er wich zwar nicht direkt zurück, nahm aber eine abweisende Haltung ein.

»Pa hat dafür gesorgt, dass ich es erfahre«, sagte ich. »Das Einzige, was er richtig gemacht hat.«

»Hab gehört, er ist gestorben«, sagte Jack.

Ich sah ihm in die Augen, diese Augen, deren Farbe ich nie vergessen hatte.

»Hat mir nicht leidgetan, es zu hören«, sagte er. »Hoffe, er hat kein leichtes Ende gehabt.«

»Nein«, sagte ich. »Die Sache hat ihn bis zum Ende innerlich verzehrt.«

Daunt, der mit großen Schritten den Hügel heraufkam, hatte uns inzwischen fast erreicht, und Jack wandte sich ihm zu, um ihn zu begrüßen.

»Jack Langland, Mr Daunt«, sagte er und streckte die Hand aus. »Wir sind uns vor Jahren im Haus von Mrs Daunts Vater begegnet.«

Es amüsierte mich, wie umständlich er sich ausdrückte.

»Ich war mit seinem Sohn Will befreundet, der ertrunken ist«, sagte Jack. »Vielleicht erinnern Sie sich.«

Nicht einmal im Umgang mit einem Mann, dessen ganzes Gesicht von Narben überzogen war, ließen Daunt die guten Manieren im Stich, die man ihm in der von ihm so gehassten Schule eingebläut hatte.

»O ja«, erwiderte er. »Ich erinnere mich an Sie, Mr Langland, und wie ich gehört habe, sind Sie in Neuseeland gewesen.«

»Stimmt«, sagte Jack, »bin die letzten paar Jahre dort gewesen, auf Walfang.«

Als hätten die beiden untereinander ausgemacht, dass über dieses höchst ungewöhnliche Gesicht kein einziges Wort verloren werden dürfte.

»Sind Sie zu Fuß gekommen?«, fragte Daunt.

Er wirkte ganz gelassen und sah Jack offen in die Augen, aber ich kannte meinen Mann und wusste, dass er in Wirklichkeit nervös war.

»Nicht von Neuseeland!«, sagte Jack und beherrschte sich, um nicht laut herauszulachen. »Bin immer dann zu Fuß gegangen, wenn mir nichts anderes übrig blieb, Mr Daunt. Einen guten Teil der Strecke haben mich freundliche Menschen auf ihrem Fuhrwagen mitfahren lassen.«

Ich stellte mir vor, wie der Wagen hinter dem dahintrottenden Mann anhielt. Wie dieser oder jener freundliche Mann, der ihn lenkte, fröhlich und ahnungslos rief: »Springen Sie auf, mein Freund!«, und dann dieses Gesicht unter dem Hut erblickte. Du meine Güte, da musste doch jeder normale Ochsentreiber auf dem Weg nach Quirindi zu Tode erschrecken.

»Bin gekommen, um Mrs Daunt aufzusuchen«, sagte Jack, obwohl ihn niemand gefragt hatte.

Mrs Daunt. Musste ich ihn jetzt etwa mit *Mr Langland* anreden?

Er hatte mich nie Dolly oder Sarah genannt. Immer nur *Sarah Thornhill*. Und jetzt wollte er diesen Namen – *Thornhill* – wohl nicht mehr aussprechen.

»Da ist eine alte Geschichte, die geklärt werden muss«, sagte Jack. »Hoffe, es ist ihr möglich, mir dabei zu helfen.«

»Alte Geschichte«, sagte Daunt, und ich dachte, um Gottes willen, Jack, du willst doch wohl nicht etwa über unsere alte Geschichte reden, nicht nach all dieser Zeit!

»Es geht um das Mädchen, Mr Daunt«, sagte Jack. »Das Mädchen, das ich damals aus Neuseeland geholt hatte, Gott möge mir verzeihen. Nehme an, Sie wissen, dass sie gestorben ist. Da ist noch was zu erledigen.«

»Sie sind uns willkommen, Mr Langland«, sagte Daunt. »Willkommen, solange Sie bleiben möchten.«

Seine Worte klangen herzlich, aber ich kannte sämtliche Schattierungen von John Daunts Stimme und wusste, es war kein herzlicher Ton.

»Das ist ein freundliches Angebot«, sagte Jack. »Ich danke Ihnen dafür, Mr Daunt.«

Dann drehte er sich um und stieg vor uns den Hang hinunter, sodass ich die lange Mähne sah, die ihm über die Schultern hing. Er ging voran, obwohl der Hügel nicht ihm, sondern Daunt gehörte, und es normalerweise der Besitzer des Hügels war, der voranzugehen hatte. Das tat er, damit Daunt und ich nebeneinandergehen konnten. Er wusste, dass wir uns kurz miteinander bereden mussten. Kaum ein Mann dürfte erfreut sein, wenn plötzlich die alte Liebe seiner Frau auf der Türschwelle steht. Als ich Daunt ein Lächeln zuwarf, lächelte er zurück, wenn auch mit einer Spur Misstrauen.

Im Haus benahm er sich wie ein höflicher Gastgeber, schenkte seinen besten Jamaica ein und ließ Jack in seinem eigenen Sessel Platz nehmen. Ich machte mir in der Küche zu schaffen, länger, als nötig gewesen wäre, um das Essen herzurichten, und kümmerte mich um Sadie. Sämtliche Alltagsgegenstände kamen mir auf einmal fremd vor, weil Jack nebenan im Zimmer saß. Zum Beispiel das Glas in seiner Hand: Unzählige Male hatte ich es gespült und wieder weggestellt, doch jetzt schien es mir so zu sein, als hätte ich es noch nie zuvor gesehen.

Auch meine Gefühle waren mir auf einmal fremd. Da hatte ich mich so lange Zeit nach Jack gesehnt, dann hatte sich diese Sehnsucht in eine leise Wehmut verwandelt, und nun war Jack wieder da, und ich wusste nicht, was ich empfand.

Irgendwie war es verstörend, dass Jack und Daunt nebenan saßen und sich höflich miteinander unterhielten. Ich schnappte ein paar Gesprächsfetzen auf: Weil die Robben immer weniger wurden, jagte man Wale. Daunt wollte wissen, wie lang die Harpune war, die man auf den Wal schleuderte, wie lang das Seil daran war und wie viele Fässer man mit den Speckstücken eines Wals durchschnittlicher Größe füllen konnte. Im Gegenzug erkundigte sich Jack, wie viele Hektar Land Daunt besaß und wie viele Schafe, und wie viele man scheren konnte, bevor die Klingen wieder geschärft werden mussten.

Das Essen war eine einzige Strapaze, weil Sadie so unruhig war und Maeve immer wieder hereinkam, um Jack anzustarren.

Ich selbst musste mich ebenfalls beherrschen, um ihn nicht immer wieder anzublicken. Nicht, um die Linien in seinem Gesicht zu bestaunen, so verwunderlich sie auch waren, sondern um herauszufinden, weshalb er hergekommen war. Ich konnte mir nicht vorstellen, was dahintersteckte, wusste nur, dass es sicher nichts Belangloses war.

Nach dem Essen, als es mir endlich gelungen war, Sadie zum Einschlafen zu bringen, setzten wir uns alle vor den Kamin. Daunt huschte eifrig um mich herum, sorgte dafür, dass ich bequem saß, holte den Schemel für meine Füße und ein Kissen für meinen Rücken. Seine Art, mir zu sagen, dass alles in Ordnung war. Und um jedem, der vielleicht gerade zusehen mochte, zu verstehen zu geben, dass ich seine angetraute Ehefrau war, die allem anderen entsagt hatte.

Ich stellte fest, dass ich Jack gegenüber befangen war. Er saß im Sessel meines Mannes und schien sich in seiner Haut ganz wohl zu fühlen, wie ausgefallen diese Haut auch verziert sein mochte. Er hatte sich entschieden, wer er sein wollte, und dies auf seinem Gesicht zu zeigen. Dieser Jack hatte sich ein neues Ich zugelegt. Aus dem Mann, den ich gekannt hatte, war ein anderer geschnitzt worden.

Aber auch ich war nicht mehr die Frau, die er gekannt hatte. Sarah Thornhill war noch immer hier, weil es Sarah Thornhill war, die er hatte besuchen wollen. Sarah Thornhill war die Person, die mit ihm diese gemeinsame Geschichte erlebt hatte. Die ihm im Dunkeln ins Ohr geflüstert und ihn geküsst hatte, sich so fest an ihn gedrückt hatte, dass sie das Klopfen seines Herzens gespürt hatte.

Im Lauf der Zeit war Sarah Thornhill jedoch durch Sarah Daunt ersetzt worden. Und Sarah Daunt wusste nicht, wie sie mit Jack Langland reden sollte, weil sie ihn nicht kannte, obwohl sie genau hätte sagen können, in welche Richtung das äußerste Haar seiner Augenbraue wuchs.

Diese beiden Männer, die ich so gut kannte, hätten kaum unterschiedlicher sein können. Aber beide waren wunderbare Menschen. Ich konnte mich glücklich schätzen, dass es in meinem Leben zwei solche Männer gab. Glücklicher, als ich es verdient hatte.

Daunt gegenüber hatte ich das Wort *Liebe* nie benutzt. Solche Worte verwendeten wir im Umgang miteinander nicht. Doch als ich ihn jetzt zusammen mit Jack beobachtete, wurde mir klar, dass ich ihn inzwischen mit der gleichen Gewissheit liebte, mit der Sarah Thornhill Jack Langland geliebt hatte.

»Muss ein bisschen zurückgreifen«, sagte Jack. »Um zu dem zu kommen, weshalb ich hergekommen bin. Haben Sie bitte Geduld mit mir, Mr Daunt, all dieser alte Kram.«

»Aber ja«, sagte Daunt. »Alle Zeit der Welt, Mr Langland.«

»Sie erinnern sich an das Mädchen«, sagte Jack.

Einen Augenblick lang dachte ich, er würde mir gleich erzählen, dass sie nicht tot sei, sondern nur fortgeschickt wurde, dass Ma nur das Gerücht verbreitet habe, sie sei tot. Ich fing schon an es zu glauben, und auf meinem Gesicht wollte sich bereits ein Lächeln ausbreiten.

»Das neuseeländische Mädchen?«, entgegnete Daunt. »Ja. Eine traurige Sache, dass sie gestorben ist.«

»In der Tat«, sagte Jack.

Eine kurze Stille trat ein, in der ich über Wunder nachdachte. Ein Mensch, von dem du nie geglaubt hättest, du würdest ihn jemals wiedersehen, konnte aus heiterem Himmel wieder auftauchen. Aber sosehr man es sich auch wünschen mochte, nichts konnte ein Mädchen zurückbringen, das gestorben war.

»Ich war es, der sie mitgenommen hat«, sagte Jack. »Ich hab

sie zu Mrs Daunts Vater gebracht. Kein Tag vergeht, an dem ich das nicht bereue.«

Als er sich zum Feuer vorbeugte und das Licht auf sein Gesicht fiel, war jede einzelne Linie zu erkennen, die der Stichel in die Haut geritzt hatte. Kaum vorstellbar, wie jemand die Schmerzen ertragen konnte, damit dieses Muster in seinem Gesicht verewigt wurde.

»Sie wissen, dass meine Ma eine schwarze Eingeborene war«, sagte er. »Eine Tatsache, die ich, Gott möge mir verzeihen, lange Zeit verdrängt habe. Redete mir ein, ich wäre ein Weißer. Wie auch immer, jedenfalls wollte Mrs Daunts Vater das Mädchen bei sich haben. Wünschte es sich sehnlicher, als ich je einen Menschen etwas wünschen gesehen habe, und ich dachte, es sei richtig. Soll sie in der Familie ihres Vaters aufwachsen, dachte ich. Wo sie wie eine Weiße aufwachsen kann. Wie ich selbst es getan habe.«

Er wirkte nicht älter und auch nicht jünger als zu dem Zeitpunkt, als ich ihn zum letzten Mal gesehen hatte. Die Linien in seinem Gesicht überdeckten jegliche Hinweise auf sein Alter. Er würde für den Rest seines Lebens immer so bleiben – alterslos.

»Aber ich hätte Nein sagen können«, fuhr er fort. »Das ist mir jetzt völlig klar. Ich hätte Nein sagen sollen. Als mir damals aufging, welchen Fehler ich gemacht hatte, war es zu spät. Mrs Daunt weiß, dass ich sie nicht zurückbringen konnte. Ich hätte jedoch zumindest in ihrer Nähe bleiben können und habe es nicht getan. Hatte meine eigenen Probleme. Hab sie dort zurückgelassen.«

Du bist hier, um deine Schuld einzugestehen, dachte ich. Ich bin die Einzige, bei der du das kannst, weil ich damals auch dort war. Deshalb hast du den ganzen weiten Weg vom Südmeer bis hierher zurückgelegt.

»All das ist eine Sache zwischen mir und meinem Schöpfer. Nicht das, weshalb ich hierhergekommen bin. Die Sache ist die: Ich erfuhr, dass das Mädchen tot ist. Dann bekam ich die Nachricht, dass mich die Großmutter des Mädchens sehen will. Eine alte Dame, hat nicht mehr lange zu leben.«

»Ihre Großmutter«, sagte ich. »Dann ist sie also keine Waise gewesen.«

»So was wie Waisen gibt's bei den Leuten nicht«, sagte Jack. »Hab ich Ihnen schon erzählt, Mrs Daunt – damals.«

Er warf mir einen kurzen Blick zu. Er musste sich genauso gut an jenen Tag in der Höhle erinnern wie ich, wie herrlich es dort gewesen war, Seite an Seite. Doch in seinem Blick lag nichts, das mich dazu ermuntert hätte, an unser gemeinsames Erlebnis zu denken.

»Für diese alte Dame«, sagte er, »genügt es nicht, zu wissen, dass das Mädchen tot ist. Sie haben dort ihre speziellen Rituale. Handlungen, die sorgsam durchzuführen sind, wenn jemand stirbt. Man schickt die Verstorbenen auf ihren Weg, singt Lieder in Erinnerung an sie. Wer sie gewesen sind, wie sie gelebt haben, wie sie gestorben sind. Diese alte Frau kann nicht in Ruhe sterben, solange das nicht für das Mädchen getan worden ist.«

Er sah mich an, und ich wünschte, ich könnte diese Narben auf seinem Gesicht wegwischen, um zu erkennen, was er dachte.

»Sie sind dort gewesen, Mrs Daunt«, sagte er. »Sind die Einzige, die noch erzählen kann, wie's gewesen ist.«

»Nein, das kann ich nicht, Jack«, sagte ich. »Ich bin nicht dabei gewesen. Da ist nur irgendwann ein Mann auf einem Pferd gekommen und hat uns gesagt, dass sie tot ist.«

Das war eine Lüge. Ich war dort gewesen, genauso wie jeder andere auch.

»Die alte Dame erwartet keine genauen Einzelheiten«, sagte Jack. »Aber von allen Menschen, die noch auf dieser Erde leben, sind Sie diejenige, die am meisten weiß. Mit Ausnahme dieser Frau, und die werde ich bestimmt nicht fragen.«

Eine einzige halbe Stunde: ich oben auf dem Bett, während Ma im Stockwerk unter mir unser beider Leben verpfuscht hatte.

»Ihre Großmutter würde beruhigt sterben können«, sagte Jack, »wenn ihr jemand erzählt hätte, wie es gewesen ist. Wenn sie wüsste, dass jemand dazu bereit ist.«

Das Knistern des Feuers war wie eine eigenständige Unterhaltung, die neben der unseren stattfand.

»Dazu bereit«, sagte ich. »Du meinst, dorthin zu fahren? Nach Neuseeland?«

»Ja«, sagte er.

»Nach Neuseeland!«, rief Daunt aus. »Sie wagen es, hierherzukommen und so etwas zu verlangen! Sitzen hier und verlangen so etwas!«

»Ich verlange nichts, Mr Daunt«, entgegnete Jack. »Ich sage nur, wie die Sache aussieht, weiter nichts. Alles andere bleibt Mrs Daunt überlassen.«

»Aber Sie sind doch hergekommen, um sie mitzunehmen!«, rief Daunt. »Glauben Sie etwa, ich würde sie gehen lassen?«

Er war aufgesprungen und stand jetzt drohend vor Jack, und wenn Jack aufgestanden wäre, hätte Daunt ihn geschlagen.

»John!«, rief ich. »Lass gut sein!«

Ich musste halb lachen vor Angst und Schreck, wie er sich vor Jack aufbaute, wo es doch bestimmt nur irgendein Missverständnis war. Jack hatte mit Sicherheit nicht gemeint, dass ich mit ihm nach Neuseeland fahren sollte!

»Du wirst nicht fahren!«, sagte Daunt. »Ich sage es dir ein für alle Mal: Du wirst nicht fahren!«

Noch nie, solange ich ihn kannte, hatte ich dieses wütende Beben in seiner Stimme gehört. In dieser Schroffheit erkannte ich, dass er mich liebte, was ich, wenn er sanftmütig war, noch nie so richtig gemerkt hatte.

»Stell dir das mal vor!«, rief er. »Dieser Seegang und die Stürme auf diesem Meer. Dein Bruder ist in genau solchen Fluten ertrunken, hast du das etwa vergessen?«

Während ich selbst noch gar nicht richtig begriffen hatte, worauf Jack eigentlich hinauswollte, hatte Daunt die ganze Sache sofort klar erfasst.

»John, um Himmels willen, setz dich doch hin«, sagte ich. »Hier ist was völlig falsch verstanden worden. So hat Jack das doch nicht gemeint.«

»Doch, das hab ich sehr wohl, Mrs Daunt«, sagte Jack. »Darum bin ich hergekommen. Ich habe gesagt, was ich zu sagen hatte. Wenn Sie mir jetzt freundlicherweise zeigen, wo ich schlafen soll, Mr Daunt, lasse ich Sie in Ruhe.«

Daunt setzte sich und stand gleich wieder auf.

»Ich bin gekommen, um das zu fragen«, sagte Jack. »Ich musste es tun. Jetzt liegt es bei Mrs Daunt. Und Ihnen.«

Aber Mrs Daunt verspürte eine Art Frösteln in ihrem Innern, weil sie begriff, was von ihr verlangt wurde, und sie sich dem nicht gewachsen fühlte.

Während wir betreten schwiegen, schoben wir die Sessel zurück und holten die Decken, um vor dem Kamin ein Nachtlager herzurichten. Als es fertig war, blickten wir alle darauf hinunter, auf die ausgebreiteten Wolldecken und das Kissen, wo Jack schlafen würde.

Der Sand auf dem Boden der Höhle war weich wie Samt gewesen.

»Nun denn«, sagte Daunt. »Gute Nacht, Mr Langland.«

Als Daunt und ich uns im Schlafzimmer auszogen und in

die Nachtwäsche schlüpften, kam mir jedes Geräusch, das wir dabei erzeugten, so laut vor, dass es alle Welt hören musste. Im Bett ließen wir einen großen Abstand zwischen uns. Daunt blies die Lampe aus, doch wir konnten beide nicht einschlafen.

»So etwas überhaupt nur zu denken!«, sagte Daunt nach einer Weile. »Und zu fragen! Wenn ein Kind dadurch seine Mutter verlieren könnte! Und dein Mann zum Witwer würde! Und wofür das alles?«

Seine Stimme war heiser, weil ihm eigentlich nach Schreien zumute war, er sich aber zum Flüstern zwingen musste, da auf der anderen Seite der Wand, das Gesicht vom flackernden Feuer erleuchtet, Jack auf seinem Nachtlager lag.

Ich stellte mir vor, wie eine traurige alte Frau in diesem Land, von dem ich nichts wusste, die ganze Zeit an einem Lagerfeuer saß, während Jack die Reise hierher gemacht hatte. Wie sie da saß, mit langsamen Atemzügen, und auf Mrs Daunt wartete. Auf Mrs Daunt, deren glückliches Leben auf dem Leid anderer Leute gründete. Ich musste dorthin fahren, weil dies eine ausgestreckte Hand war, die sagte: *Hier ist deine Chance. Ergreife sie.*

Aber das ging doch nicht! Mein Kind zurücklassen! Es aufwachsen zu lassen mit einer toten, ertrunkenen Mutter, die mit einem aus der Vergangenheit wiederaufgetauchten Mann fortgegangen war!

Das Mädchen war tot. Von ihr war nichts mehr auf der Welt. Ich konnte mich kaum noch an ihr Gesicht erinnern, fragte mich, ob ich es überhaupt jemals genau angesehen hatte. Ich war nie auf den Gedanken gekommen, mich zu fragen, was diese neuseeländische Großmutter wissen wollte: Wie es zu ihrem Tod gekommen, wie es am Ende gewesen war.

Ich wusste nicht einmal, wo das Mädchen begraben war. Irgendwo musste ein Grabstein sein. *Rachel Thornhill* würde darauf stehen, und das wäre eine Lüge, aber es gab niemanden, der wusste, dass es nicht stimmte. Das war noch etwas, wofür man sich schämen musste.

Ich hatte die schlafenden Menschen an der Lagune nie gekannt. Scham für das, was dort vorgefallen war, empfand ich nur wegen meines Bluts. Das Mädchen hingegen hatte ich gekannt. Sie war unter meinen Augen verkümmert, während ich gedanklich mit anderem beschäftigt gewesen war – und das war etwas, wofür ich mich persönlich schämen musste.

Daunt war eingeschlafen, zwischen uns war nach wie vor ein Abstand, aber sein Fuß berührte mich im Schlaf. Ab und zu spürte ich, wie ihn ein Zittern durchlief, als wäre sein Körper innerlich noch immer in Aufruhr. Sadie seufzte und raschelte in ihrem Bettchen. Ich glitt aus dem Bett und tastete mich zu ihr hinüber. Als ich sie heraushob, machte sie ein kleines, fragendes Geräusch. Ihre Hand strich über mein Gesicht, dann legte sie den Kopf an meine Schulter und schlief wieder ein.

Ich blieb lange so stehen, spürte ihren Atem an meinem Hals. Mein wertvollstes und unverdientes Geschenk.

Mit einem Schlag war ich hellwach, als hätte mir jemand einen Stoß versetzt. Daunt schlief noch, eingerollt, aber ein Fuß berührte immer noch meinen. Ein Lichtstreifen fiel schräg über die Frisierkommode. Ich kannte diesen Streifen, beobachtete ihn jeden Morgen, wenn er über das Zierdeckchen glitt, den Spiegel berührte und weiter über die Wand wanderte. Die Sonne würde weiterhin Tag für Tag hinter den Hügeln aufsteigen und diesen wandernden Lichtstreifen erzeugen, bis das Zierdeckchen, der Spiegel und die Wand zu Staub zerfallen wären. Auch dann würde sie weiterhin Tag für Tag aufgehen und untergehen und auf andere Wände und andere Frauen scheinen, bis Sarah Thornhill vergessen war und sich keiner auch nur an ihren Namen erinnerte.

Ich hörte draußen die Vögel zwitschern, diese winzigen Geschöpfe, die nicht wussten, dass sie nur eine so kurze Zeit hatten, um einen Partner zu finden, ihre Nester zu bauen und die Jungen auszubrüten.

Sie wussten es nicht, aber ich wusste es. Das Leben dauerte nicht ewig.

Man konnte die Zahl der Sonnenaufgänge benennen, die ich erlebt hatte. Eine große Zahl, dreihundertfünfundsechzig in jedem der dreiundzwanzig Jahre, die ich auf der Welt war. Ich hatte vor, noch etliche weitere Jahre zu erleben, doch niemand konnte diese Zahl benennen. Noch nicht. Wenn ich tot war, würde man die Zahl genau ausrechnen können. Ob groß oder klein, es war eine besondere Zahl.

Jeder Augenblick, der verstrich, während ich beobachtete, wie das Sonnenlicht durchs Zimmer wanderte, war ein Augenblick, der nie zurückkommen würde.

Ich zählte sie. Eins, zwei, drei. Jeder davon unwiderruflich vorbei.

Der Lichtstreifen wurde schmaler, wurde von der Wand abgeschnitten. Ich werde fahren, dachte ich. Wenn ich nicht fahre, werde ich irgendwann sterben, ohne die Chance wahrgenommen zu haben.

Als Daunt aufwachte, blieb er so lange still liegen, dass ich schon dachte, er wäre wieder eingeschlafen.

»Sarah, mein Schatz«, sagte er. »Ich habe Angst davor, dich gehen zu lassen. Der Gedanke, dich an dieses kalte Meer zu verlieren. Ich kann diesen Gedanken nicht ertragen. Es passiert ständig, du weißt es. Jeden Tag, jede Woche, irgendwo auf dem Meer.«

Ich lasse ihn ausreden, dachte ich. Dann werd ich's ihm

sagen. Es wird kein Hin- und Hergerede geben. Ich werde es ganz klar sagen, mein Entschluss steht fest, ich kann nicht anders. Ich muss fahren.

»Wenn ich dich weniger liebte, würde ich's dir verbieten«, sagte er. »Würde dich am Kopfteil des Bettes festbinden und mit diesem Mann kämpfen.«

Er schnitt eine Grimasse, halb Lächeln, halb Zusammenzucken, als er sich diesen ungleichen Kampf vorstellte.

Er war ein lieber Mann. Es tat mir leid, dass ich etwas tun musste, was ihm nicht recht war.

»Doch ich kann dir dazu nur sagen«, fuhr er fort, »dass du es selbst entscheiden musst. Wenn du gehst, werde ich jede einzelne Minute vor Angst um dich zittern und jeden Tag zu Gott beten, dass du heil zurückkommst. Aber Sarah, mein Schatz, ich werde dir nicht im Weg stehen.«

Fast hätte ich daraufhin gelacht oder geweint, denn es waren die gleichen Worte, die ich in der Vergangenheit schon einmal gehört hatte. *Er hat mir gesagt, ich soll dir sagen, er wolle dir nicht im Weg stehen.*

VIERTER TEIL

Das Schiff war dreckig und stank fürchterlich. Die erste Woche auf See war gut verlaufen, bei ruhigem Seegang und Sonnenschein. Doch dann kam der Sturm. Eine Welle nach der anderen schwoll zu einer gewaltigen Wasserwand an und brach sich, die Gischt spritzte, der Schaum der Wellenkronen zerstob, und wenn das Schiff sich mit dem Heck nach oben stellte und in Wellentäler tauchte, waren wir so tief unten, dass der Wind erstarb. Ich wusste nicht, was schlimmer war – die bedrohliche Stille dort unten im Wellental, wo das Wasser glatt und weißlich durchschimmernd wie eine Glückshaube war, oder das Heulen des Winds auf dem Wellenberg, wo sich das Schiff hob und senkte und erzitterte und der Schaum in unsere Gesichter spritzte.

Ich hielt nicht viel vom Beten, aber bei Gott, jetzt betete ich. Nicht, um gerettet zu werden – dafür kann nicht einmal Gott sorgen, dachte ich –, sondern um einen schnellen Tod. Einen schnellen Tod und dass mir meine Tochter vergeben möge.

Der Abschied von ihr war noch schlimmer gewesen, als ich befürchtet hatte. Als Letztes sah ich von ihr, wie Daunt sie auf der Veranda auf dem Arm hielt, ihre Hand nahm und damit winkte. Nachdem ich eine halbe Meile geritten war und es mich dabei vor Trennungsschmerz fast zerriss, hatte ich das Pferd gewendet und war zurückgaloppiert, um noch einmal Abschied zu nehmen.

Der zweite Abschied war noch härter. Daunt hatte bleich und steif dagestanden und sich krampfhaft bemüht, um des Kindes willen zu lächeln, während ich dachte, was bin ich doch für ein Dummkopf, wegen einer alten, mir völlig unbekannten Frau diesen lieben Mann und unser liebes Kind zu verlassen. Sadie hatte nicht geweint, aber sie hatte mich angesehen, als würde sie das Gleiche denken wie ich: *Werde ich sie jemals wiedersehen?*

Pass auf sie auf, John, rief ich ihm im Geiste zu, während das Schiff heftig hin und her schlingerte und die Planken bedrohlich knarzten. Pass auf, damit meinem geliebten Kind kein Leid geschieht!

An jenem weit zurückliegenden Tag, als die *Industry* unterging, musste eine andere Mutter denselben aufgewühlten grünen Ozean gesehen haben, hatte sie die gleichen Erschütterungen eines Schiffs gespürt, das sich durch die Wellen pflügte, und dieses grausame Pfeifen des Winds in den Tauen gehört. Dann musste sie hineingestürzt und Wasser schluckend geschrien haben: *Pass auf sie auf! Pass auf, damit meinem Kind kein Leid geschieht!*

Wenn ich hier sterbe, dachte ich, wenn ich mit diesem klapprigen Kahn untergehe, wird das nur die gerechte Strafe sein.

Dann wurde ich schlagartig seekrank. Unter Deck war eine Nische mit ein paar Liegeplätzen, das Wasser hinter den Planken keine drei Zoll von meinem Gesicht entfernt. Ich wünschte, ich würde sterben. Auf dem Holz war ein dunkler Fleck, weiß der Kuckuck, woher er kam, doch in meinem Elend nahm er die Gestalt eines grinsenden Pferdekopfs an, dann wieder die eines riesigen, dicken Käfers.

Meine Güte, war mir schlecht. Mach, dass es aufhört, mach, dass es aufhört, wisperte ich, aber dieses Mal war hier kein Will, der mich auslachen konnte.

Ohne Ort, ohne Zeit, ohne Ich, ohne einen anderen. Nichts als diese graue Übelkeit und der dunkle Fleck neben meinem Auge. Sarah Thornhill, Sarah Thornhill, sagte ich immer wieder vor mich hin, wie ich es während der Geburtsschmerzen getan hatte, doch die Laute waren ohne Bedeutung.

Jack brachte mir einen Blechnapf mit Wasser und einen nassen Waschlappen für mein Gesicht. Sagte mir, es würde nicht ewig so bleiben. Setzte sich zu mir hin, hielt meine Hand, und die Hand fühlte sich an, als wollte sie mir sagen, ich sei es wert, gerettet zu werden. Klüfte, breiter als Ozeane, lagen zwischen uns, das tiefe Wasser der Vergangenheit. Doch die Berührung seiner Haut war eine Brücke.

Er hatte recht mit seiner Feststellung, dass es nicht ewig so bleiben würde. Eines Morgens hatte das Wogen des Wassers nichts Feindliches mehr, sondern war einfach normal. Ich war wieder ich selbst, ging an Deck, umklammerte ein hartes, kaltes Tau der Takelage. Der Wind toste noch immer, und die Wellen bäumten sich auf, weiße Schaumkronen auf ihren glatten grünen Seiten, aber das Schiff fuhr jetzt ruhiger.

Kurz gesagt, ich würde noch nicht sterben.

Obwohl ich im kalten, feuchten Fahrtwind oben an Deck fror, wollte ich auf keinen Fall wieder in diese Koje hinunter. Suchte mir eine Ecke zwischen einem Fass und einer tischgroßen Taurolle, setzte mich auf die Planken und hielt Ausschau nach Land. Aber da war nichts zu sehen, nur Wasser mit seinem ständigen, immergleichen Auf und Ab, doch auch jedes Mal irgendwie anders, und nach einer Weile dachte ich nicht mehr an Land, sondern war zufrieden damit, einfach nur das Wasser zu beobachten. Der Himmel war voller Wolkenfetzen, und der Wind, ein Wind, wie ich ihn noch nie zuvor erlebt hatte, schob uns vor sich her. Er hatte auf diesem endlos weiten Meer begonnen und wer weiß wie viele Meilen und Wochen lang geblasen und war dabei auf keine anderen Hindernisse gestoßen als ein paar Schiffe und Möwen.

Wo Meer und Himmel zusammentrafen, schwebte ein Wolkenband über dem Horizont. Vielleicht Land. Dieses verschwommene, farblose Gebilde war das Erste, was ich von Neuseeland sah.

Für das Mädchen war es das Letzte gewesen, was sie davon gesehen hatte, mit jedem Auf und Ab des Schiffs hatte sie sich weiter davon entfernt. Sie hatte bestimmt dorthin geblickt, bis ihr die Augen schmerzten, bis Wolken und Himmel sich nicht mehr voneinander unterscheiden ließen und schließlich von ihrer Heimat keine Spur mehr zu sehen war.

Ich wusste nicht, was Jack damals zu den Verwandten des Mädchens gesagt hatte. Dass es nur ein Besuch sein sollte? Oder hatte er so lange auf sie eingeredet, bis auch sie fanden, dass es für das Mädchen das Beste war?

War sie mit frohem Herzen abgereist? Hatte man ihr irgendein Abenteuer versprochen, das einem kleinen Mädchen verlockend erschien? Ein gutes, schönes Leben bei ihrem Großvater, in einer neuen Familie? Doch welches Kind würde sein Zuhause verlassen und zu wildfremden Leuten ziehen, wenn es wusste, dass es für immer war? Das Kind, das im Schein der Wohnzimmerlampe so bleich gewirkt hatte, war kein Kind gewesen, das gerade ein Abenteuer erlebte.

Einen Augenblick lang war sie mir so gegenwärtig, als stünde sie neben mir. Sie musste genauso dagestanden haben wie ich, hatte sich an die nasse Takelage geklammert und den vorbeistreichenden Wind gespürt. Sie musste genau dieselben Wellen gesehen haben, genau die gleichen fliegenden Wolken, musste die gleichen knarrenden Geräusche und Stöße des Schiffs gehört haben, das sich durch die Wasserberge kämpfte. Genauso, nur das Wetter war vielleicht anders gewesen.

Ich machte jetzt gerade die Heimreise, nach der sie sich so gesehnt hatte, während sie auf dem Fenstersitz hockte, Stunde um Stunde, Tag für Tag. Deshalb war ich jetzt hier. An ihrer Stelle. Nur ein bisschen zu spät und zugleich viel zu spät. Doch es war das Einzige, was ich tun konnte.

Jack stand völlig gelassen mit ein paar Seeleuten auf dem schwankenden Deck vorne am Bug. Als er mich erblickte, kam er zu mir herüber.

»Jetzt aber aufgepasst«, sagte er. »Mrs Daunt ist wieder munter. Guten Tag, Mrs Daunt, freut mich, dass Sie wieder auf den Beinen sind.«

Unter den brutalen Linien in seinem Gesicht nahm ich den Jack wahr, den ich kannte und der mich kannte.

»Wir kommen gut voran«, sagte er. »Ist nicht mehr weit. Morgen werden wir dort sein.«

Ich ließ den Blick nach vorne schweifen, aber wohin ich auch sah, überall nichts als wogendes Meer.

»Woran willst du das erkennen?«, fragte ich, weil ich den Verdacht hatte, er sage das nur zu meiner Beruhigung.

»An den Vögeln da«, sagte er. »Bleiben immer in Landnähe.«

Jetzt sah ich sie auch. Die Vögel waren von dem dunklen Wasser kaum zu unterscheiden und strichen so dicht darüber hinweg, dass es aussah, als würden sie die Wellenkämme streifen.

»Guter Essvogel«, sagte er. »Wie Hammelkoteletts.«

Ich war unterwegs zu einem Land, in dem man in ein menschliches Gesicht hineinritzen konnte wie in ein Stück Holz und in dem es Vögel gab, die offenbar wie Hammelkoteletts schmeckten. Was würde es dort sonst noch alles geben? Und wären dort sämtliche Gesichter so tätowiert wie das von Jack? Ich versuchte es mir vorzustellen, ich als Einzige mit nacktem Gesicht.

»Du hast richtig gehandelt«, sagte er. »Du bist eine gute, tapfere Seele. Bist es immer gewesen.«

Damit hatte er seit unserem Wiedersehen zum ersten Mal etwas Sanftes zu mir gesagt. *Du bist eine gute, tapfere Seele*. Ich empfand die Worte als kostbar, fast schon wie Vergebung.

Wir suchten uns eine windstille Ecke, wo er mich auf das vorbereitete, was kommen würde.

Zuerst einmal war da seine Frau. Ihr Name war Hinewai.

»Du hast bestimmt auch Kinder«, sagte ich.

»Nur eins«, sagte er, »unsere Maria, fast sechs, ein blitzgescheites Mädchen.«

Ich hörte die Liebe und den Stolz in seiner Stimme und war froh darüber. *Ich wünsche dir ein glückliches und langes Leben*.

»Jetzt erkläre ich dir am besten erst mal, wie alles ablaufen wird«, sagte er. »Die Menschen dort haben eine spezielle Art der Begrüßung. Singen ein Lied für dich, führen einen Tanz vor. Danach musst du das Gleiche tun. Na ja, tanzen musst du nicht unbedingt. Aber singen schon.«

Ich sollte vor einer Schar Fremder singen! Mit meiner schwachen, mickrigen Stimme, und was für ein Lied sollte ich überhaupt singen? Konnten sie mir nicht auch das Singen erlassen, nicht nur das Tanzen?

Aber dann dachte ich an das Mädchen. An ihr trauriges Gesicht. Wenn es für mich nichts Schlimmeres gab, als vor ein paar Fremden zu singen, war ich eine glückliche Frau.

»Nach dem Gesang werden sie dann zu dir kommen«, sagte er. »Einer nach dem anderen. Und ihre Nasen an deine drücken.«

Ich versuchte zwischen den Narben in seinem Gesicht zu erkennen, ob er mich auf den Arm nehmen wollte.

»Ganz sachte«, sagte er. »So wie wir uns die Hand schütteln.«

»Drücken ihre Nasen«, wiederholte ich, »an meine Nase.«

Ich starrte auf das Fass neben mir, auf eine astige Stelle im Holz und die Rille für den eisernen Fassreifen. Musste an etwas Einfaches denken, an etwas, mit dem ich mich auskannte, Holz oder Eisen. Je näher wir dem Land kamen, das Jack seine neue Gestalt verliehen hatte, desto klarer wurde mir, dass nichts von dem, womit ich mich auskannte, mir dort von Nutzen sein würde. In dem Land, auf das ich gerade zufuhr, war die Person namens Sarah Daunt noch unwissender als ein Kleinkind.

Als einer der Männer am Bug Jack etwas zurief, ging er zu ihnen zurück. Der Wind wehte das zwischen seinen Schulterblättern hängende Haar zur Seite.

Als ich am nächsten Morgen an Deck kam, hatte sich die Wolke am Horizont in ein festes Gebilde verwandelt. Durch eine Lichttäuschung entstand der Eindruck, als wäre zwischen dem dunklen Meer und diesem dunkleren Gebilde eine blasse Linie, sodass es über dem Wasser zu schweben schien.

Im Lauf des Vormittags kam ohne irgendeine Grenze, an der eins ins andere überging, das Land in Sicht. Steiles Gelände, hoch aufragend, dunkel und zerklüftet. Die hohen Partien waren oben abgeflacht und verschwanden in den Wolken. Jeder Höhenzug war von dichtem Wald überzogen, dunkelgrün, fast schon schwarz, weich und dicht wie Samtflor, an den Rändern steil zum Wasser hin abfallende schwarze Klippen.

Das Schiff bog um eine Landzunge, hinter der das Land flacher wurde. Vor uns öffnete sich eine weite, von niedrigen Hügeln umschlossene Wasserfläche. Das Wasser war spiegelglatt, das Land schützte es vor dem Wind. Unter der glatten Fläche war jedoch ein geheimnisvolles, langsames Wogen wahrzunehmen, ein lang gestreckter Wasserbuckel, der sich unter der Oberfläche bewegte, als würde das Meer atmen.

Wir segelten langsam und ruhig auf einen niedrigen Landrücken auf der gegenüberliegenden Uferseite zu, der so hell war, dass man ihn über dem Wasser kaum wahrnahm. Aus dieser Entfernung sah er aus wie eine flach auf dem Wasser liegende Echse, mit der stumpfen Nase und den kleinen Höckern auf ihrem Körper. Zwischen Kopf und Körper war eine Einbuchtung im Land wie ein Hals, und an diesem Hals sah ich Rauch aufsteigen und dunkle Formen, die anders aussahen als alles, was ich in den vergangenen zwei Wochen gesehen hatte: Häuser.

Auch Menschen sah ich, kleine Gestalten, die sich einen Pfad in Richtung Strand entlangbewegten. Eine davon war vielleicht die Großmutter. Vor all den Jahren musste sie dem Schiff nachgesehen haben, das ihre Enkelin fortgetragen hatte. Anfangs hatte sie bestimmt gewunken, hatte, egal was sie empfunden haben mochte, beim Abschied ein fröhliches Gesicht aufgesetzt. Und das Mädchen hatte bestimmt zurückgewunken, bis die Entfernung zwischen ihnen so groß geworden war, dass am Heck nur noch ein kleiner Fleck sichtbar war, schließlich nicht einmal mehr ein Fleck. Die Segel waren zu kleinen hellen Gebilden geschrumpft, die man für Vögel hätte halten können, aber die Großmutter hatte vermutlich noch immer am Strand gestanden und aufs Meer hinausgeblickt, selbst als schon längst nichts mehr zu sehen gewesen war.

Wir waren inzwischen nicht mehr weit vom Ufer entfernt, aber noch nicht nahe genug, um die Gesichter der Menschen am Strand erkennen zu können. Die Ankerkette glitt rasselnd über die Planken, und das Schiff kam langsam zum Stillstand, schaukelte sacht auf dem atmenden Wasser.

Vom Bug hörte ich einen Mann zum Land hinüberrufen, eine lange Folge von Wörtern. Jack, der da am Bugspriet stand, hatte die Hände trichterförmig um den Mund gelegt und rief diese mir unbekannten Wörter. Jemand aus der Gruppe am

Strand rief etwas zurück, es war die Stimme einer Frau, aber eine kräftige, die eine Abfolge von Sprachlauten über das Wasser schallen ließ.

So ging es hin und her, Jacks Stimme und die Stimme vom Land, und dann schien der Wortwechsel beendet zu sein. Die Seeleute ließen ein Beiboot ins Wasser, und Jack kam herüber und half mir über die Reling und die Leiter hinunter. Ich beobachtete, wie das Land mir entgegenkam, und wünschte einen bangen Augenblick lang, umkehren zu können, den ganzen weiten Weg bis ins ruhige, vertraute Glenmire. Dann stieß der Bootsbug knirschend auf den Sand, und ich betrat das unbekannte Ufer.

Ich hatte mir die Neuseeländer ähnlich wie unsere Eingeborenen vorgestellt, schwarz und dünn und mit der Angewohnheit, einem nicht in die Augen zu sehen. Doch diese Menschen hier waren groß und kräftig, mit ordentlich Fleisch auf den Knochen und muskulösen Beinen. Ein oder zwei Männer hatten wie Jack tätowierte Gesichter, einige der Frauen hatten einen Kreis um den Mund und das Kinn herum, eine akkurate blaue Umrandung wie auf einer Teetasse. Sie hatten aber keine Baströckchen an, wie Will und Jack es uns erzählt hatten. Die Männer trugen einfach nur Hosen, die Frauen Sergeröcke, und die meisten Gesichter waren unverziert wie das meine.

Sie starrten mich an, tuschelten sich Bemerkungen über mich zu, lachten und riefen. Vor langer Zeit hatten Will und Jack mal behauptet, diese Menschen würden ihre Feinde braten und essen. Ich konnte mir das durchaus vorstellen, war aber nicht hergekommen, um mich aufessen zu lassen.

Sie hatten einen Namen für Jack, Laute, die mir entglitten, als ich sie zu fassen versuchte. Er redete in ihrer Sprache mit ihnen, ein großer, kräftiger dunkelhäutiger Mann zwischen anderen großen, kräftigen dunkelhäutigen Männern, der zwar nicht ganz so aussah wie sie, aber wie ein zurückgekehrtes Familienmitglied empfangen wurde.

Jacks Frau erinnerte mich an meine Schwester. Hohe, runde Wangenknochen, eine straffe Haut und ein breites Kinn, nur dass sie schwarzes Haar und eine dunklere Hautfarbe hatte als

Mary. Sie lächelte, hielt meine Hand und sagte etwas zu mir, Laute und Formen beweglich wie Wasser.

»Hinewai heißt dich herzlich willkommen«, sagte Jack. »Sie dankt dir dafür, dass du diese lange Reise gemacht hast. Sagt, du bist eine tapfere Frau. Und das ist die Wahrheit, Mrs Daunt. Das bist du.«

Halb hinter Jacks Frau versteckt stand ein kleines Mädchen.

»Unser Töchterchen Maria«, sagte Jack. »Unser liebes Töchterchen.«

Ihre Haut war etwas blasser, ihr Gesicht etwas anders geformt als die Gesichter der anderen. Sie erinnerte mich an das Mädchen, und ich fragte mich, ob Jack die Ähnlichkeit ebenfalls bemerkte.

Was trug dieses Mädchen nicht alles in sich! Hinewai, Hinewais Eltern und immer weiter zurück, das ganze Leben dieses Landes. Und Jack, und durch ihn wiederum den alten Mr Langland und die Frau, deren Verwandte ich bei dem Haus an der Lagune kurz aus der Ferne gesehen hatte. All diese Männer und Frauen hatten Spuren in diesem ernst dreinblickenden Kind hinterlassen, das nun mit seinen großen Augen die Frau ansah, die ihr Vater mitgebracht hatte.

Sie führten mich in Richtung der Häuser. Dahinter, auf einer Anhöhe, stand an einem offenen Platz ein Gebäude, das größer als die anderen war.

»Sie werden dich nun begrüßen«, sagte Jack. »Dich willkommen heißen. Das ist Aufgabe der Frauen, ich muss mich im Hintergrund halten.«

Ich bedankte mich lächelnd und ließ mich führen, setzte mich auf einen Stuhl, der für mich herausgetragen worden war, und rings um mich her floss diese andere Sprache an mir vorbei wie ein Bach mit dickflüssigem Wasser, in dem ich mich nirgends festhalten konnte .

Genauso musste es dem Mädchen gegangen sein. Unser Leben auf Thornhills Landspitze, so klar und real für mich, musste für sie etwas gewesen sein, in dem sie hilflos umhergetrieben und umhergerudert war, ein Ort, an dem alles für sie unverständlich blieb, wo ihr jedes Gesicht und jeder Gegenstand fremd war, ohne das beruhigende Wissen, was dies oder jenes war oder was man damit machte, woher es kam oder was damit geschehen würde. Ein Ort, von dem man hoffte, er sei nur geträumt, weil man aus dem Traum hätte erwachen können.

Die Frauen bildeten vor mir eine Gruppe. Sie hatten sich umgezogen und statt Sergeröcken nun Baströcke an. Sangen ein lautes, wildes Lied und drehten sich dabei hin und her, machten dazu Bewegungen mit Händen und Schultern und verdrehten die Augen. Weil ich dachte, das wäre das Willkommenslied, auf das Jack mich vorbereitet hatte, stand ich auf und versuchte so zu schauen, als fühlte ich mich willkommen geheißen. Obwohl ich mich in Wirklichkeit fürchtete. Da sangen und tanzten keine einzelnen Frauen gemeinsam, sondern ein einziger Organismus, der stärker war als jede für sich. Und der Gesang hörte sich nicht nur wie ein Willkommensgruß an, sondern zugleich wie eine Drohung.

Ihr Gesang endete mit einem lauten Schrei. Jetzt war ich an der Reihe. So viele zu mir herschauende Gesichter. Hinewai lächelte mir zwar nicht direkt zu, strahlte aber Wärme aus. *Lass mich sehen, wer du bist*, sagte ihr Gesicht. *Zeig mir, wer du bist*.

Ich wusste, dass ich jetzt singen musste. Es war nicht sehr viel, was hier von mir verlangt wurde. Nichts im Vergleich zu dem, was von dem Mädchen verlangt worden war. Ich durfte sie nicht enttäuschen. Doch mir fiel kein einziges Lied ein, und meine Stimme war eingetrocknet.

Auf einmal hörte ich, wie Jack hinter mir zu singen anfing. *Oranges and lemons, say the bells of Saint Clement's.*

Während Jacks Stimme immer leiser wurde, hörte ich eine piepsige Stimme weitersingen. Sie war dünn und zittrig, schwach wie die eines Kindes. Aber ich sang.

You owe me five farthings, say the bells of Saint Martin's.

Mir kam es äußerst seltsam vor, so ähnlich wie etwas, das man in verworrenen, unruhigen Träumen erlebt, wenn man zu lange schläft. So überaus merkwürdig, hier auf diesem offenen Platz zu stehen, vor all diesen lächelnden und mir zuhörenden Frauen, mit meiner dünnen Stimme. Die Worte kamen so mühelos heraus, als hätte ich sie erst am Vortag gesungen. Als hätten sie die ganze Zeit wie Käse in seiner Rinde gesteckt.

When will you pay me, say the bells of Old Bailey. When I grow rich, say the bells of Shoreditch.

Aber ich schämte mich. Aus was für einer Welt kam ich bloß, wenn das hier das Einzige war, was ich auf ein Willkommenslied zu erwidern wusste?

Als ich geendet hatte, legte Hinewai die Hand auf meinen Arm und beugte sich mit einem heiteren, offenen Blick zu mir her. Ihr Gesicht kam ganz nah an meines heran, und dann spürte ich ganz sanft ihre Haut an meiner. Noch nie zuvor hatte ich einem Menschen so tief in die Augen geblickt oder ein anderer in meine. Ich spürte die Wärme ihres Gesichts, als sie ihre Nase an meine drückte.

Eine Frau nach der anderen trat auf mich zu, es müssen so um die zwanzig gewesen sein, und beugte sich mit dieser heiteren Miene zu mir her. Am Ende kamen sie mir wie eine Familie vor, zu der ich gehörte. Man kann vielleicht einen Menschen töten, den man geküsst hat. Oder auch einen Menschen, mit dem man das andere da gemacht hat. Aber es dürfte schwer sein, einen Menschen zu töten, dessen Gesicht man mit dem eigenen Gesicht berührt hat.

Hinewai nahm mich wieder bei der Hand, und dann gingen wir zusammen mit all den anderen Frauen in das Haus auf der gegenüberliegenden Seite des offenen Platzes. Hoch wie eine Kirche, aber nur schwach beleuchtet und leicht nebelig vor Rauch. Sie führte mich ans hintere Ende und ließ mich dann los. Sämtliche Frauen zogen sich in den Hintergrund zurück, und ich stand allein vor einer alten Frau in einem strohfarbenen Umhang mit dunklen Fransen. Ihr Gesicht war völlig verrunzelt, und auf ihrem Kinn war eine Verzierung, feine blaue Linien, die mit den Jahren zusammen mit der Haut schlaff geworden waren.

Auf ihr Zeichen hin setzte ich mich auf die Matte ihr gegenüber. Sie umfasste meine Hände, sodass ich die warme Haut ihrer Handflächen spürte. Glatt wie die einer Lady.

Sie fing an zu reden, vielleicht war es auch ein Gebet oder ein Gedicht. Die anderen Frauen murmelten ab und zu etwas, wie in der Kirche, wenn alle gemeinsam Amen sagen.

Nach einer Weile verstummte die alte Frau. War es jetzt zu Ende, sollte ich aufstehen? Doch hinter meinem Ohr hörte ich Jack ganz leise etwas zu mir sagen.

»Was sie dir gerade erzählt hat, waren lauter Dinge über das Mädchen«, sagte er. »Wie es war, als sie geboren wurde, mitten im Sommer. Die Bäume standen in voller Blüte, der Kabeljau wanderte zu seinen Laichplätzen.«

Wir hatten den Geburtstag des Mädchens nie gefeiert. Hatten uns nicht einmal gefragt, wann sie überhaupt Geburtstag hatte.

»Sie wurde geboren, als gerade die Sonne aufging«, sagte Jack.

Er zögerte, als ob er überlegen müsste, wie er es ausdrücken sollte.

»Schön«, sagte er dann. »Schön wie die Sonne, sagt sie, ihr Gesicht wie die Sterne und ihr Körper stark wie das Meer.«

Ich hätte mich am liebsten von dem durchdringenden Blick der Frau abgewandt, aber das konnte ich nicht tun. Ich zwang mich, sie anzusehen und mir anzuhören, wie sehr sie das Mädchen geliebt hatte.

»Jetzt muss ich den nächsten Teil erzählen«, sagte Jack. »Das, was ich mir nicht verzeihen kann. Wie ich sie weggebracht habe.«

Seine Art, die neuseeländische Sprache zu sprechen, war langsam und behutsam. Ein Laut nach dem anderen, wie Perlen an einer Kette. Dann hielt er inne, und sie sagte etwas. Es klang nicht freundlich. Jack senkte den Kopf.

»Jetzt musst du weitererzählen«, sagte er. »Was passiert ist, nachdem sie zu euch gekommen ist.«

Überall die breiten braunen Gesichter, die zu mir herschauten und darauf warteten, dass ich redete. Einige dieser Frauen waren vielleicht ihre Tanten, so wie ich. Das machte uns über viele Ecken hinweg zu Verwandten. Wenn Pa das Mädchen nicht hätte holen lassen, wäre sie jetzt hier bei diesen Menschen, würde die Hand ihrer Großmutter halten und sie beim Laufen stützen.

Ich hatte mir schon überlegt, was ich sagen würde. Hatte mich gezwungen, diese Bilder zu betrachten. Keine schönen Bilder. Aber ich war schließlich nicht hierhergekommen, um angenehmen, falschen Trost zu erhalten.

Ich erzählte, wie das Mädchen im Salon gestanden und sich an Jacks Jackenzipfel geklammert hatte. Wie sie sich, als sie den Namen ihrer Mutter hörte, umgeblickt und sich ihre Miene wieder verdunkelt hatte. Wie sie sich in jener ersten Nacht auf Jacks Bett zusammengerollt hatte. Und danach eingeschlossen worden war.

Ich machte eine Pause, weil ich dachte, Jack würde das, was ich gesagt hatte, in die Sprache der alten Frau übersetzen. Ich war froh über diese Pause. Diese Bilder zu betrachten, fiel mir schwer.

»Erzähl weiter«, hörte ich Jack sagen. »Erzähl einfach weiter.«

Ich zwang mich zu erzählen, wie traurig das Mädchen gewesen war. Jede einzelne Minute jedes einzelnen Tages nichts als Traurigkeit. Mit großem Widerwillen berichtete ich dann von der Sache, an die ich äußerst ungern dachte: Wie ich das Mädchen die Hand zu dem Pferd hatte hinstrecken lassen und wie sehr sie dabei erschrocken war. Dass sie nie gesprochen hatte. Den ganzen Tag im Fenster gesessen, zum Fluss hinuntergeblickt und nach dem Boot Ausschau gehalten hatte, das sie wegbringen würde.

»Wir hätten ihr genauso gut ein Messer ins Herz stechen können«, sagte ich. »Haben es aber Stück für Stück getan.«

Die Augen der alten Frau waren scharf wie die einer Eule. Was auch immer sie von meinen Worten verstand, sie brauchte es gar nicht in ihrer eigenen Sprache zu hören. Sie blickte an den Worten vorbei in die Frau hinein, die sie aussprach. Meine Stimme war unsicher, während ich das alles erzählte und diese Augen starr auf mich gerichtet waren, meine Hände und Füße kalt und zittrig. Ich hätte am liebsten aufgehört, doch es war zu viel Stille um mich herum, und abzubrechen wäre eine weitere Lüge gewesen. Die Frauen gaben mir das Gefühl, mich zu erdrücken, und kein Laut war zu hören außer meiner Stimme, die weiter in die Stille hineinsprach.

»Dann bin ich zu meinem Mann gezogen«, sagte ich. »In mein eigenes Leben. Hab sie dort zurückgelassen.«

Ich hätte gern gesagt, dass mir das alles schrecklich leidtat. Dass ich wünschte, ich hätte dies und das getan. Wie sehr ich wünschte, dies und das wäre geschehen. Doch mein Bedauern war nichts als Luft.

»Das Nächste, was ich erfuhr, war die Nachricht, dass sie tot war«, sagte ich.

Alle warteten.

»Ich kann nicht, Jack«, sagte ich. »Ich weiß es nicht. Wie sie gestorben ist. Nichts von alledem.«

Die Linien um seine Augen herum ließen ihn streng wirken.

»Du musst es erzählen so gut es geht«, sagte er. »Musst es sagen.«

Seine Stimme klang kaum wie seine eigene, war so ernst.

Ich wandte mich wieder der alten Frau zu. Sie beugte sich ein bisschen vor, als ob sie schon die Worte hörte, die ich noch gar nicht sagte. Ich blickte ihr in die Augen, in diese Augen, die in mich hineinsahen und erkannten, wer ich war. Die alte Frau wusste, dass ich ihr nicht erzählen konnte, wie ihre Enkelin gestorben war. Es war nicht das Wie, das Wo und das Warum, was sie wissen wollte. Dazu war ich nicht hier.

Ihr ging es darum – und dazu war ich hier –, sie sehen zu lassen, was ich beim Erzählen durchmachte. Meine zitternde Stimme zu hören und zu sehen, wie sich mein Mund dabei vor Qual verzerrte. Mir zuzusehen, wie ich die Bilder eins nach dem anderen betrachtete und sie in Worte kleidete, ein trauriges Wort nach dem anderen. Um sich zu vergewissern, dass ich spürte, was geschehen war.

»Sie müssen sie zum Friedhof gebracht haben«, fuhr ich fort. »Sie müssen sie begraben haben. Wo, weiß ich nicht.«

Das war das Ende von dem, was ich anzubieten hatte.

Ich hatte vorgehabt, nach dem Namen des Mädchens zu fragen. Ihrem richtigen Namen. Aber ich hatte keine Worte mehr, nur noch Tränen.

Niemand rührte sich, niemand beugte sich zu mir her, niemand legte den Arm um mich. Die Frauen sahen und hörten einfach nur zu. Meine Tränen würden so lange weiterfließen, bis sie versiegten. Die Frauen waren nicht herzlos. Aber sie wussten, dass es Zeiten gab, da Tränen vergossen werden mussten, so viele Tränen wie angebracht, und dies war eine dieser Zeiten.

Als es vorbei war, fühlte ich mich innerlich leer. Nach einer Weile fingen die Frauen an zu singen, ein leises, trauriges Lied. Anfangs dachte ich, sie sängen für mich. Doch dann rückten sie auf die alte Frau zu, scharten sich um sie. Sie war es, für die sie sangen. Einmal sah ich sie kurz zwischen ihnen, dann sah ich nur noch die Rücken der Frauen, ihre breiten Schultern, ihr glänzendes schwarzes Haar, und aus ihrer Mitte drang das An- und Abschwellen ihres Gesangs.

Meine Aufgabe war erledigt. Ich hatte das Stückchen Geschichte, das ich besessen hatte, weitergegeben. Hatte den einzigen Preis gezahlt, den ich zahlen konnte. Diese Frauen hatten sie in sich aufgenommen. Nun war es ihre Geschichte, eine Grundlage für das, was sie tun würden, um das Mädchen zu ehren.

Jack war weg. Ich wartete, aber er kam nicht zurück.

Schließlich stand ich auf und ging zur Tür, unsicher wie eine, die lange krank im Bett gelegen hat. Die Sonne war untergegangen, doch der Himmel war noch voller Licht. Ich ging über den offenen Platz und weiter einen Pfad hinunter, der sich über den niedrigen Landrücken zum Meer hin schlängelte. Halb blind folgte ich ihm, nahm außer meinen sich bewegenden Füßen nichts wahr. Gras und Steine und Sand, und eine Düne mit langen Gräsern, die aussahen wie die Fransen an dem Umhang der alten Frau. Dann war ich am Strand, spürte den Wind in den Haaren und kühl an meinen nassen Wangen.

Es gab keinen Anlass, irgendetwas zu tun. Da war nur diese menschenleere Landschaft und die innerlich leere Frau in ihr.

Der Wind war kalt, der Sand schimmerte grau im letzten Licht. Kleine Wellen liefen den glänzenden nassen Sand hinauf und zogen sich wieder zurück. Eine Möwe, strahlend weiß vor dem grauen Himmel, trieb mit dem Wind dahin, dann neigte sie sich mit ein paar Flügelschlägen zur Seite und schwebte wie schwerelos hinab.

Wie soll ich bloß all das erzählen, was mich hierhergebracht hat? Wie ich mich in diesem Land wiederfand, in dem der Wind nie aufhört zu blasen, wo zwischen dem Land und dem Eis am unteren Ende der Welt nichts weiter liegt als ein Ozean voll dunklen Wassers? Wie soll ich die Geschichte von mir und Jack Langland und einem Mädchen erzählen, das immer nur mit dem Namen einer anderen angesprochen wurde? Von den Dingen, die wir hätten tun sollen, aber nicht getan haben, und von den Dingen, die wir getan haben, aber nicht hätten tun dürfen?

Sie strömen in kleinen Wellen in all diese Leben hinein, von den Vätern zu den Töchtern und den Enkeltöchtern. Von einer Generation in die nächste, Dinge, die uns verbinden, und Dinge, die uns voneinander trennen. Alle durch etwas verursacht, was vor so langer Zeit geschah.

Ich würde gleich zu den Häusern zurückgehen, mich zu Jack und Hinewai setzen und ein liebenswürdiger Gast sein. Würde Maria kennenlernen und dabei an mein eigenes Kind denken, das so weit weg war. Würde nach einiger Zeit nach Glenmire zurückkehren, mein Leben gemeinsam mit John Daunt und Sadie fortsetzen, und vielleicht weiteren Kindern, mit denen mich das Leben segnen würde. Es würde Freudiges und Trauriges geben, Dinge, die falsch gemacht und Dinge, die richtig gemacht würden. Wenn ich irgendetwas tun könnte, um etwas wiedergutzumachen, würde ich es tun.

Ich würde alt werden und irgendwann sterben. Alles, was ich in meinem Leben gesehen, getan und gefühlt hatte, würde mit mir sterben, irgendwohin getragen werden, von wo es nie wieder zurückgeholt werden könnte.

Ich werde nie in der Lage sein, zu erzählen, wie sich alles zugetragen hat. Jack wäre jetzt der Einzige, und Jack ist nicht hier. Ich kann nur das erzählen, was ich weiß. Grausamkeiten und Verbrechen, leidvolle Erfahrungen auf jeder Seite. Aber das schlimmste aller Verbrechen wäre, die Geschichte in Vergessenheit geraten zu lassen. Mag sie nun von großem oder kleinem Wert sein, meine Geschichte sollte zu all den anderen dazukommen.

DANK

Wie immer könnte ich ein ganzes Kapitel mit einer Liste der Namen all jener füllen, ohne die es nicht möglich gewesen wäre, dieses Buch zu schreiben.

Es beginnt mit meiner Mutter Isobel Russell, die beim Erzählen der Familiengeschichten stets die Tatsache erwähnte, dass ihr Ururgroßvater Solomon Wiseman (auf dessen Leben einige Details von William Thornhill basieren) eine Tochter gehabt haben soll, die, »vom Reitlehrer geschwängert, aus dem Haus geworfen wurde und starb«. In dem Augenblick, da mir aufging, dass es in dieser Geschichte, falls sie überhaupt wahr ist, um seine Enkelin gegangen sein könnte und nicht um seine Tochter, wurde die Idee für den Roman *Sarahs Traum* geboren. Hätte meine Mutter dieses Detail nicht erwähnt, wäre ich nie auf die Idee gekommen, nach den bemerkenswerten Geschichten zu suchen, die Teile dieses Romans inspirierten.

Nach der Veröffentlichung meines Romans *Der verborgene Fluss* habe ich erfahren, dass das Wort »Geschichte« Zündstoff enthalten kann, deshalb möchte ich noch einmal betonen: Dies ist ein fiktiver Roman, der die Vergangenheit als Ausgangspunkt nimmt. (Unter kategrenville.com sind weitere Ausführungen zum Streit um den Zuständigkeitsbereich Geschichte/Roman und weitere Quellen für diesen Roman zu finden.)

Mein ganz besonderer Dank gilt Nigel Prickett, der früher als ich zu wissen schien, wie wichtig die Geschichte von Thomas Chaseland für dieses Buch sein würde. Ohne Thomas

Chaseland gäbe es keinen Jack Langland. Das Gespräch mit Lynette Russell und die Lektüre ihrer Arbeit über Chaseland haben meine Vorstellungen darüber, wer dieser Mann gewesen sein könnte und welch tiefere Bedeutung seine Geschichte für dieses Buch haben könnte, bereichert und erweitert. In einem frühen Stadium meiner Recherchen hat Barbara Dawson mir großzügigerweise ihre Doktorarbeit und ihre außerordentlich wertvolle Bibliografie von Quellen überlassen, auf die ich allein niemals gestoßen wäre. Bill Dacker hat mir die große Gefälligkeit erwiesen, den letzten Teil des Buchs zu lesen und wichtige Anregungen zu geben. Pat Grace öffnete mir die Augen für die Möglichkeit einer Geschichte, die nicht nur von der Vergangenheit handelt, sondern auch von der Gegenwart und ihren unerledigten Aufgaben.

Mein großer Dank an sie alle für ihre Großzügigkeit.

Andere, denen ich für ihre Unterstützung und Hilfe äußerst dankbar bin, sind: Paul Diamond, Laurie Edwards, Rachael Egerton, Deborah Figuera, Brian und Beryl Forbes, Lloyd Jones, Melanie Nolan, Marita und Ernie Ranclaud, Eric Rolls, Te Manu Adventures auf Rakiura, Sir Tipene O'Regan, John Mackie, Patrick Matthew, Don Maunder, Rober Milliss, Jacqui Mott, Des O'Malley, Jennie Pattrick, Henry Reynolds, Michael Skerrett, Kate Stevens, Angela Wanhalla, Dean Whaanga, Lydia Wevers, Suzi Whitehead-Pope und Bellbird & Swallows sowie Louella und Gerard Windsor.

Wie immer geht mein größter Dank an meine Familie für ihre beständige und unentbehrliche Unterstützung.